* 심춘순례 노정도 *
**

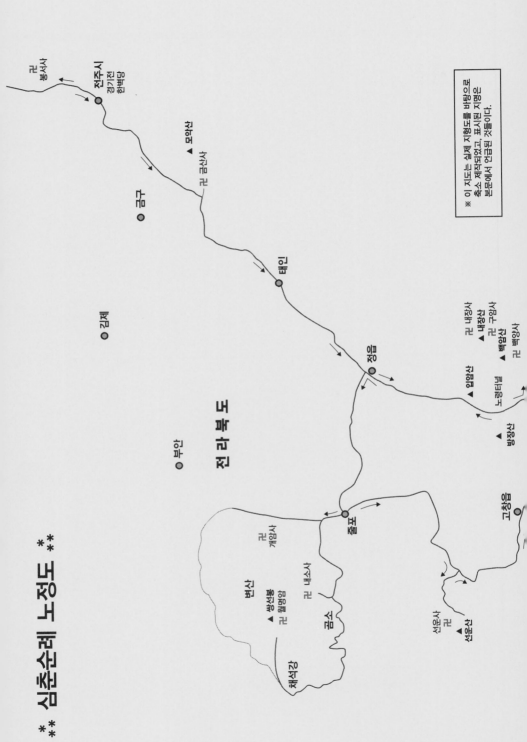

전라북도

권 봉서사

전주시
경기전
한벽당

▲ 모악산
권 금산사

● 금구

● 김제

태인

● 부안

정읍

권 내장사
내장산
권 구암사
▲ 백암산
권 백양사

▲ 입암산

노령터널

▲ 방장산

줄포

권 개암사

변산
쌍선봉
▲ 권 월명암
권 내소사
금소

채석강

고창읍

선운사 권
▲ 선운산

※ 이 지도는 실제 지형도를 바탕으로
축소 제작되었고, 표시된 지명은
본문에서 언급된 것들이다.

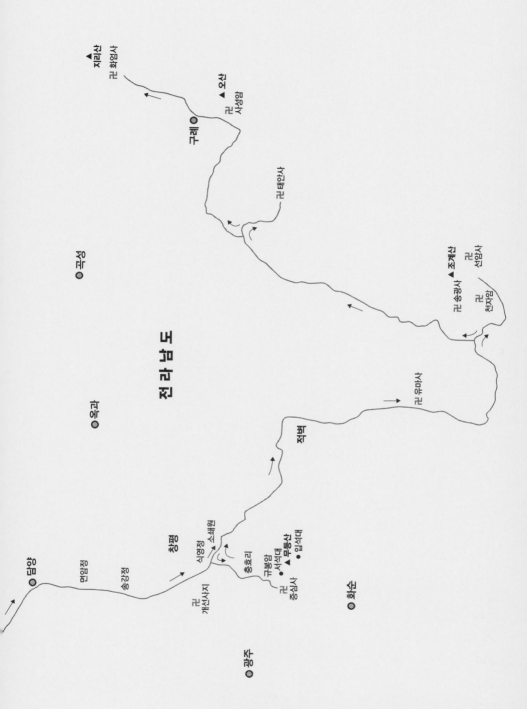

전라남도

담양 ●
연계정
송강정

창평

옥과 ●

곡성 ●

지리산 ▲
권 화엄사

오산 ▲
권 사성암

구례 ●

권 태안사

권 개선사지
식영정
소쇄원

적벽

권 유마사

권 송광사 ▲ 조계산
권 선암사
권 천자암

홍롱리
규봉암
권 중심사
서석대 ▲ 무등산
입석대

광주 ●

화순 ●

尋春巡禮

최남선 한국학 총서 1

심춘순례

최남선 지음

임선빈 옮김

景仁文化社

• 목 차 •

일러두기

본 총서는 각 단행본의 특징에 맞추어 구성되었으나, 총서 전체의 일관성을 위해 다음 사항은 통일하였다.

1. 한문 원문은 모두 번역하여 실었다. 이 경우 번역문만 싣고 그 출전을 제시하였다. 단, 의미 전달상 필요한 경우는 원문을 남겨 두었다.

2. 저자의 원주와 옮긴이의 주를 구분하였다. 저자 원주는 본문 중에 ( )와 ※로 표시하였고, 옮긴이 주석은 각주로 두었다.

3. ( )는 저자 원주, 한자 병기, 서력 병기에 한정했다. [ ]는 한자와 한글음이 일치하지 않는 경우와 한자 조어를 풀면서 원래의 한자를 두어야할 경우에 사용했다.

4. 맞춤법과 띄어쓰기는 『표준국어대사전』의 「한글맞춤법」에 따랐다. 다만시문(詩文)의 경우는 운율과 시각적 효과를 고려하여 예외를 두었다.

5. 외래어 표기는 『표준국어대사전』의 「외래어표기법」에 따랐다. 「외래어표기법」의 기본 원칙은 현지음을 따른다는 것으로, 이에 의거하였다.

   1) 지명: 역사 지명은 우리 한자음으로, 현재 지명은 현지음에 따르는 것을 원칙으로 하였다.

   2) 인명: 중국은 신해혁명을 기준으로 이전의 인명은 우리 한자음으로, 이후의 것은 현지음으로 표기하였고, 일본은 시대에 관계없이 모두현지음으로 바꾸는 것을 원칙으로 하였다.

6. 원래의 글은 간지·왕력·연호가 병기되고 여기에 일본·중국의 왕력·연호가 부기되었으나, 현재 우리에게 익숙한 시간 정보 규준에 따라서력을 병기하되 우리나라 왕력과 연호 중심으로 표기하였다. 다만, 문맥상 필요한 경우에는 해당 국가의 왕력과 연호를 그대로 두었다.

7. 이 책에 수록된 사진은 모두 새로 작업하여 실은 것들로, 장득진 선생이 사진 작업 일체를 담당하였다.

책머리에

조선의 국토는 산하 그대로 조선의 역사이자, 철학이며, 시(詩)이고, 정신입니다. 단순한 문자가 아닌 가장 명료하고 정확하고, 또 재미있는 기록입니다. 조선인 마음의 그림자와 생활의 자취는 고스란히 또렷하게 이 국토 위에 박혀 있어, 어떠한 풍우(風雨)라도 마멸시키지 못한다는 것을 나는 믿습니다.

나는 조선 역사의 작은 한 학도요, 조선 정신의 어설픈 한 탐구자로서, 진실로 남다른 애모(愛慕) · 탄미(嘆美)와 함께 무한한 궁금스러움을 이 산하 대지에 가지고 있습니다. 자갯돌 하나와 마른 나무 한 밑둥에도 말할 수 없는 느낌과 흥미와 또 연상을 자아냅니다. 이것을 일부분 겨우 읽게 된 뒤로부터 조선이 위대한 시의 나라, 철학의 나라임을 알게 되고, 또 완전 상세한 실물적 오랜 역사의 소유자임을 깨닫고, 그리하여 처다볼수록 거룩한 조선 정신의 불기둥에 약한 눈꺼풀이 퍽 많이 아득해졌습니다.

곰팡내 나는 서적만이 이미 내 식견의 웅덩이가 아니며, 한 조각 책상만이 내 마음의 밭이 될 수 없게 되었습니다. 도리어 서적과 책상에서 불구가 되어버린 내 소견을 절대 진리의 상태로 있는 살아 있는 문자, 커다란 책상 즉 조국의 국토에서 교정(矯正)받고 보양(補養)을 얻지 않을 수 없음을 통절히 느꼈습니다. 묵은 심신을 시원히 벗어 던지고, 자유로운 공기를 국토여래(國土如來)의 상적토(常寂土)에서 호흡하리라 하는 열망은, 이리하여 시시각각으로 나의 가슴을 태웠습니다.

일개의 백운향도(白雲香徒)로 힘자라는 대로, 시간이 허락되는 대로 국토 예찬을 힘써 닦는 것은, 나로서는 진실로 숭고한 종교적 충동에 끌린 것으로, 스스로 그만둘 수 없는 또는 부득이 그렇게 할 수밖에 없는 일입니다. 무엇보다도 큰 재미와 힘을 여기서 얻었고 얻고 얻을 것이니, 생활의 긴장미로만 해도 나의 이 수행은 오래도록 계속되리라고 생각합니다.

조선 국토에 대한 나의 신앙은 일종의 애니미즘일지도 모릅니다. 내가 바라보는 그것은 분명히 감정이 있으며, 웃음으로 나를 대합니다. 이르는 곳마다 꿀 같은 속삭임과 은근한 이야기와 느꺼운 하소연을 듣습니다. 그럴 때마다 나의 심장은 최고조의 출렁거림을 일으키고, 실신할 지경까지 들어가기도 한두 번이 아니었습니다.

이런 때의 나는 분명히 한 예지자의 몸이요, 일대 시인의 마음을 가졌지만, 입으로 그대로 옮기지 못하고 운율 있는 문자로 그대로 재현하지 못할 때, 나는 의연한 한 명의 평범한 사내며, 일개 말을 어눌하게 하는 사람이었습니다. 그러나 나는 이것을 섭섭하게 생각하지 않습니다. 왜냐하면, 나의 작은 재주는 저 크고 높고 아름다운 품격을 뒤슬러 놓기에는 너무도 커다란 차이가 있어서, 원래 애타고 서운해 할 염치가 없는 까닭입니다.

그러나 혹은 유적 혹은 전설에 내일을 기다리기 어려운 것도 있고, 혹은 자연의 신비스러운 빛 혹은 역사의 비밀스런 속삭임에 나도 모른 체할 수가 없어서, 변변치 않은 대로 혹시 문헌의 바다 속에서 한줄기 가느다란 흐름이 되려고도 하고, 간 곳마다 보고 듣고 살펴서 안 사실의 한 점을 기록하지 않을 수 없었습니다.

이는 진실로 문장으로 보거나 논고로 볼 것도 아니요, 또 천년의 숨은 자취를 헤쳤거나 만인의 심금을 울릴 무엇이 있다는 것도 아니지만, 그런 대로 조선 국토에 대한 뜨거운 마음이 넘쳐 나오는 것이니, 내게는 휴지로 버리기 어려운 점도 없지 아니합니다. 이러므로, 다만 한가지 또 어슴푸레하게라도 조선 정신의 숨겼던 일면이 나타난다면 물론 그나마 다행입니다.

그렇지 못할지라도 오랫동안 물려 내려오는, 우리 대대로 전하여 오는 오래된 물건에 대하여, 나의 애처롭고 안타까운 정리를 담은 것이 혹시나 강호의 동정을 산다면, 이 또한 큰 소득입니다. 아무튼 참으로 조선 국토의 큰 정신을 노래하는 이의 어릿광대로 작은 끄적거림을 차차 책으로 모아갈까 합니다.

이제 그 첫 권으로 내는 이 『심춘순례』는 작년 3월 하순부터 모두 50여 일간 지리산을 중심으로 한 순례기의 전반을 이루는 것이니, 마한(馬韓) 내지 백제인(百濟人)의 정신적 지주였던 신령스러운 산의 여훈(餘薰)을 더듬은 것이요, 장차 해변을 끼고 내려가는 부분을 합하여 서한(西韓)의 기록을 완성하려는 것입니다. 진인(震人)의 고신앙(古信仰)은 하늘의 표상이라 하여 산악으로써 그 대상을 삼았으며, 또 그들의 신령스러운 장소는 뒤에 대개 불교에 전승되니, 이 글이 산악 예찬, 불도량을 두루 찾아 보여 주는 것은 이 까닭입니다.

적을 것도 많고 적을 방법도 있겠지만, 매일 적지 않은 산을 넘고 물을 건너는 고된 여정을 마무리하고, 가쁜 몸이 침침한 촛불을 대하고 적는 것, 이것도 큰 노력이었습니다. 소재를 선택하여 글을 지은 것들이 모두 매우 거친 것은 재주가 모자란 이외에도 까닭이 없지 아니합니다. 그러나 고치자니 새로 짓는 편이 도리어 손쉽고, 고쳐 짓자니 그만한 여가가 없으므로, 숙소에서 그때그때 기록하여 날마다 신문사로 우송하였던 원고를 그대로 배열하게 되었습니다. 얼굴이 두껍다는 꾸지람은 얼마든지 받겠습니다.

　여행 중에 여러 가지 편의를 제공해 주신 연로(沿路)의 여러 대가들, 특히 각 산의 법승(法僧)들에게 이 기회에 깊고 깊은 고마움을 표합니다. 또 이 남쪽을 순례한 작은 책자에 다소라도 작은 보람 있는 구절이 있다면, 이는 도무지 시종일관 꾸짖고 이끌며 도와주신 노(老) 석전(石顚) 스님의 높은 가르침과 암시에서 나온 것임을 아울러 밝혀 둡니다.

정확하게 출발한 지 1년이 지난 1926년 3월에
백운향도(白雲香徒)

백제의 기상이 서린 모악산

1. 백제의 옛 영토로

　사흘이 멀다고 눈이 쏟아지는 요사이 서울은 청명을 지났다는 것이 거짓말만 같다. 제비가 떠나오는 남국으로 가서 봄소식을 알아볼까 하여, 삼짇날이 이틀 지난 저녁에 덮어놓고 남행길을 나섰다. 길동무는 이번에도 석전 노스님을 모셨다.

　학년 휴가로 귀성하는 학생들과 섞여서 열차 안은 엄청나게 붐볐다. 뻣뻣이 장승처럼 선 채로 수원까지 가서야 궁둥이 붙일 자리를 겨우 얻었다. 새벽에 대전에서 호남선으로 바꾸어 탔는데도, 좌석은 조금도 여유가 없었다. 찬바람에 찌푸린 하늘 저편에는 계룡산의 연이어 있는 봉우리들이 웅긋쭝긋한데, 선잠이 들락말락하여 창밖의 일은 도무지 알 수가 없었다.

　함열쯤에서부터 벌판과 함께 훤하기 시작하던 날이 이리에 이르러서는 아주 탁 틔어 버린다. 밤새도록 얼어 있던 구름은 기어이 빗방울을 뚝뚝 뿌리기 시작하고, 쓸쓸한 바람이 동정을 스치고 지나가는 느낌이 어지간히 싫게 생각되나, 눈에 들어오는 보리밭은 푸른빛과 더부룩한 포기를 아주 신선하게 얹어 가지고 있다. 아닌 게 아니라 과연 봄의 냄새쯤은 맡은가 싶기도 하다.

　하여간 눈 녹은 지는 한참 된 듯. 됫박 같은 경편 철도에 백탄 피운 동그랑 화로 한 개일망정 난방이란 설비 있음을 다행으로 여기면서, 보기부터 시원한 전주 평야를 동남으로 내려간다.

채신없이 어떻게 깝죽깝죽하는지, 마치 요망스러운 방울 당나귀에 올라앉은 것 같다. 대장촌으로 삼례로 농토야 좋기도 하지만, 이 근처가 호남 기름진 평야에서 맨 처음 남쪽 누에의 뽕잎이 되는 만큼, 시방 와서는 먹힌 것이 아니 먹힌 것보다 얼마나 많을 것인가를 생각하였다.

만경강의 상류인 한 내의 물에 임한 작은 언덕에 화산서원의 옛 터가 있는 지점부터, 들 맛이 갈수록 줄고 산 기운이 그대로 늘어난다. 평평하고 고운 산록이 옹기옹기 늘어서 있는 이곳이 동산역이다. 멀리 봉실산 뒤로 높은 하늘에 우뚝 솟은 미륵산은 이름 부끄럽지 않게 정숙하고 점잖다.

안천(雁川)이라고 쓰고 '가리내'라고 부르는 작은 물을 건너면서, 일본어의 '가리'가 또한 조선어에서 비롯되었음을 알았다. 이씨 조선 선조 분묘의 소재처로, 주위 수십 리의 나무나 풀 따위를 함부로 베지 못하도록 가꾼 덕에, 건지산 자욱한 소나무 숲의 덩어리진 비취색은 전주 오는 이의 첫눈을 반갑게 함이 얼마일지! 무엇보다도 전주의 자랑은 바로 이것일 것이다.

멀리에서 보기에는 공주의 쌍수산(雙樹山) 같은 일자로 된 산으로 여겼는데, 가까이 와서 보니 나지막한 대로 빙 돌고 어울려 겹쳐 퍽 재미있게 생겼다. 더구나 있었으면 할 곳에 알맞게 덕지(德池)가 거울을 펴니 더 말할 나위 없는 하나의 뛰어난 경치를 이루었다. 연꽃이 피어 있는 제철의 아름다운 경치는 아마도 상상 이상이겠지!

이 덕지는 건너편 숲속의 정자('숲亭')와 함께 서북쪽 비어 있는 고을의 지세를 보충하여 메꾸어 주기 위한 시설이던 것이라 한다. 유명하던 '숲정'도 이제 와서는 수십 그루 고목에 옛날의 의미가 대략 남아 있을 뿐, 전주 초입의 뛰어난 경치가 하릴없이 애꾸가 된 셈이다.

반대산(盤臺山) 밑에 높다란 널판장을 두르고, 천장으로 낸 창 있는 집채가 주줄이 보이는 것은 물을 것도 없이 감옥이다. 그 곁에서 시작하여 철로 쪽으로 논두렁처럼 울묵줄묵하게 약간 일자로 남아 있는 것이 후백제의 성터라 한다. 대개는 마한 이래의 옛터를 그대로 사용하여 내려온 것일텐데, 거의 없어지고 겨우 남은 몇몇 무너진 언덕의 흙이 사람들의 마음을 몹시 잡아당긴다.

신라의 사슴이 바야흐로 임자의 손을 떠났을 때에 여기저기에서 내 물건이라 하는 이들이 나섰지만, 세력과 규모는 누가 견훤에 필적할 수 있었던가? 저 고려의 태조 같은 이도 후백제에는 여러 번 혼이 나서, 삼국을 통일할 자신이 하염없이 무너지려 함도 한두 번 아니었을 것이다.

아니! 왜구 파척(破斥)이 이 태조가 나라를 얻은 단서였던 것처럼, 후백제 공파(攻破)가 왕 태조 성업(成業)의 기본이리라 함이 도리어 확실한 결론이 될 것이다. 그렇도록 견줄 바가 없이 크던 후백제 근거지의 떨어진 자취가 지금 저 흙덩이 몇 줌이다. 그나마 없었더라면 행인의 슬퍼하는 눈물을 받을 후백제의 남아 있는 유물이랄 것이 무엇이었을는지….

역을 나서자, 짐 다툼하는 작은 지게꾼들의 수월치 아니한 싸움통에 한참 우스운 괴로움을 겪었다. 성벽 훼철한 길을 시작으로 구남문의 '호남제일관(湖南第一關)'이라는 삼층의 현판을 쳐다보면서, 꽤 굉장한 가톨릭 교당 앞으로 하여 소나무 숲 대나무 숲에 둘러싸인 위봉사의 전주 포교당으로 찾아 들었다.

촘촘하고도 바닥이 보송보송한 대밭이 어찌나 좋게 눈에 드는지! 보고 또 보기를 금치 못하였다. 누워서 대나무 잎사귀에 떨어지는 가랑비 소리를 듣다가, 드는지 모르게 든 잠을 깨어 보니 오후

경기전(전북 전주)
조선 시대의 묘사(廟祠)로 태조 이성계의 어진을 모시고 있다.

세 시 가까이 되었다. 바람에 기세를 얻은 비와 비에 하소연을 하는
대숲은 이내 어지러운 소리를 가져다가 창밖에서 호통을 친다.

"이래서는 아니 되겠는데."하고 걱정을 하였더니, 바람 따르는
구름이 한편으로 몰리자 얼른 씻은 듯 개고, 볕이 바로 쨍쨍함도
싹싹한 봄맛이다. 석전을 재촉하여 우선 바로 곁에 있는 오목대(梧
木臺)를 올랐다.

대(臺)는 고을의 동쪽에 솟아 있는 하나의 작은 언덕이다. 머리를
편편히 펴서, 놀기에 안성맞춤으로 노닐며 관상하는 곳을 만들었
다. 고을의 안팎과 가깝고 먼 사방을 한눈에 바라보니, 다 거두어들
여 자못 형승을 차지하였다.

대의 등 뒤에는 목조(穆祖) 옛터, 대의 복판에는 태조 주필(駐蹕)
의 비각(碑閣)이 있어, 이씨의 왕업이 일어난 땅임을 진하게 나타내
려 하였다. 앞 전(殿)이라는 경기전, 뒷 전이라는 조경묘는 바로 발
아래 있고, '가짜 무덤[疑塚]'으로서 조경단으로 확정된 건지산은
북으로 에둘러 있어, 두만강 일을 완산으로 옮겨오던 고심을 시방

도 이야기한다.

삼천여 호의 마한 이래 옛 도읍도 번지르르한 것은 일본 기와뿐
이다. 일만 오천의 주민에 훌륭하다고 이름난 집안 하나, 명망 있는
선비 한 분 없음이 오늘날도 옛날과 같음은 어찌된 일인지…. 풍수
지리의 이로움으로나 살고 있는 사람들의 부유함으로나 남보다 나
으면 나았지 떨어질 것 없는 전주와 전주 사람도, 관리 농락, 식색
(食色) 방종 이외에 인생의 참된 장면이 있음을 깨닫게 되어야만 할
것이다.

동쪽으로 고개를 돌이키면 고덕산 · 발산 두 틈의 '좁은목' 너머
로 40리 긴 골짜기가 상관(上關)으로부터 시작되어 남원 만마동으
로 뚫려 나갔다. 기험한 형세와 그윽하고 깊은 의취가 서북면 넓고
넓은 들판과 하나의 대조를 이루었다.

남고산성 북쪽 봉우리 꼭대기의 표연(飄然)한 포루(砲樓)는 색시
같은 국면에 문득 웅대한 하나의 점선을 그었으니, 보면 볼수록 무
한히 슬프고 장엄한 맛을 느끼겠다. 유명한 만경대를 그 아래 지점
으로 여기지만, 이른바 "모양은 층운(層雲) 같고 기운은 만천(萬千)
을 닮았네."는 짐작으로는 모르겠다.

발산은 오늘에 이르러서는 중바위란 부분명으로 통칭하여 엄연
히 고을을 수호하는 산이 되었다. 산의 중허리에는 신당이 빤히 건
너다 보인다. 중바위에 신당은 어인 셈인지! 만마동으로부터 나오
는 추천(楸川)은 발산을 에둘러서 고을의 동남에서 성을 안고 흐른
다. 수량이 많지 아니하나, 전주로 하여금 전주되게 함에는 무엇보
다도 빼놓을 수 없는 하나의 물건이 이것이다. 한벽당이라, 황학대
라, 다가정이라, 전주 경승의 대개는 이 물을 끼고 생긴 것들이다.

서남쪽에는 곤지산 · 완산의 여러 봉우리들이 우뚝 솟아 있고,
서쪽에는 다가산의 남파랑 빛이 추천을 누르고 있다. 그 좌우로 송
림 곳곳에 점철하여 있는 것은, 어디에서든지 남모르는 동안에 얼

른 경승지를 차지하는 서양 선교사의 주택이란다.

성터 신작로를 좇아, 남문 밖 장터로, 서문 밖 구대로로 하여 다가교란 것을 건너서 공원처럼 만든 다가산으로 올라갔다. 옛날 활터와 백일장으로 문인과 무인이 함께 사용하던 다가정은 지금은 사무소란 것이 되어 있다. 그 곁에는 어린애 장난 같은 폭포와 분수가 있는 연못을 만들었다. 더럽고 지저분한 것이 특색이라면 그 특색이었다.

성 아래를 높은 곳에서 내려다 볼 수 있는 것, 싱싱하고 푸른 우거진 것, 그 무엇보다도 다가산의 자랑은 그 물에 임한 석벽일 것이다. 산 아래로부터 서문 밖 일대까지는 누런 초가집이 옛 시가지의 본색을 제 마음대로 쥐고 흔든다. 예전에는 여기가 부자도 많이 살고 전주의 중심이었다고 한다. 무지개 다리가 무너진 곁으로 서천·남천에 다 시멘트 다리가 새로 놓였다.

천변으로 하여 진영 터 앞, 호경루 터, 이만암 전설로 유명한 만화루 터, 향교 앞을 지나, 이창암 처사의 택지를 죽림 가운데에서 돌아다보면서, 막다른 산기슭에 석벽을 눌러선 한벽당[1]으로 올라갔다. 월당 최담 이래로 오백 년 최씨의 세업이라 한다.

이름난 정자에 정해진 주인이 있을 수 없는데, 소유권 침해에 겁을 내어서 당(堂) 앞뒤에 바짝 문간을 세워 경개를 반이나 죽여 버린 그 자손은, 월당만큼 현초하다고 할 수 없음이 유감이다. 여름에 물이나 철철 흐르고 서늘한 바람이 만마동 제 이름 같은 형세로 쏟아져 나오기라도 하면, 청량 세계는 여기뿐이라고 할 만하다.

월당 유허비를 가지고 보아도 이 뒷산이 발산임이 분명한데, 이 산의 주봉을 중바위로 부르고 그 가운데 뾰족한 하나의 봉우리에

---

1 한벽당은 전주시 완산구 교동에 현존하는 누정이다. 조선 태종 때 월당(月塘) 최담(崔霮)이 관직에서 물러나 낙향하여 세웠다고 전한다. 처음의 이름은 월당루(月塘樓)였으나 나중에 한벽당으로 바꾸었다.

조선 태종 때 최담이 관직에서 물러나 낙향하여 세웠다고 전하며, 이후 절벽과 누정 밑을 흐르는 물을 묘사한 '벽옥한류(碧玉寒流)'라는 글귀에서 한벽당이라 이름하였다고 하나, 최남선은 다른 설을 제기하였다.

바리봉이라는 이름을 붙여, 시방은 그 서쪽에 가까운 일면만을 발산으로 알고 있으나 옛 의미와는 매우 다르다.

생각건대 발산 — 속칭 '바리산'은 속설과 같이 산의 모습으로부터 얻은 이름도 아니요, 또 시방 '바리산'으로 부르는 일부분의 이름뿐 아니라 본디는 중바위를 주봉으로 한 이 산 전체의 이름으로, 발은 물론 '밝'의 대자(對字)이었을 것이다. '밝'이 '바리'로 바뀌는 예는 '바리공주'에서도 보는 것이다.

이 발산은 대개 마한 이래의 신산(神山)으로, 백제·후백제·고려 할 것 없이 끊이지 아니하는 민중 숭앙의 대상이던 곳이다. 이에 대한 꼼짝 못할 증거는 비교적 험악한 이 산꼭대기에 시방까지 이 지방의 중심적 신당(神堂)이 있는 것이다. 옛날 천군(天君)부터의 전통을 가진 것이 이 신당으로 하여금 아직까지 험하여도 오랜 터를 떠나지 못하게 하는 이유일 것이다.

한벽당(寒碧堂)의 이름도 그 기록하여 걸어 놓은 현판에 쓴 것처럼 '벽옥한류(碧玉寒流)'에서 나온 것이 아니라, 대개는 옛날 제단이던 의미를 이어받은 것으로 벽당(碧堂) 두 글자가 그것을 분별하는 식견일 것이다. 이름만 거룩한 옥류동(玉流洞)이란 데를 거쳐서, 가련산(可蓮山) 너머로 기울어가는 석양을 띠고 돌아왔다.

저녁 동안 야단스럽던 일기도 자고 나니 깨끗하여, 아침 햇빛에 싸인 전주 시가에는 기쁨의 물결이 출렁거릴 뿐이다. 밝자마자 불공이 들어서 끝나기를 기다릴 수 없으므로, 김 주장(主丈)에게는 고맙다는 말 한 마디 못하고 총총히 나섰다. 서북 터진 쪽으로 거칠새 없이 불어 닥치는 찬바람은 거의 볼을 에어갈 듯하여 봄은 천리만리 달아난 듯하다.

장날이라 하여 등에 짐을 진 자, 머리에 짐을 인 자, 수레를 앞에서 끄는 자, 뒤에서 미는 자가 꾸역꾸역 모여드는 남문 거리로부터 전주교를 건너 완산 곁으로 순천 통로를 남하한다. 돌아다보니 전주부 치소의 성립이 발산을 근간으로 하였음은 더욱 명료하고, 또 이 사방 주위에서 제일 높고 큰 이 산이 당연히 고을의 진산일 수밖에 없음도 의심의 여지가 없다.

전설에도 옛날에는 발산이 고을의 주산이었으나, 중바위 때문에 승도가 복잡하게 무더기로 모여들 것을 걱정하여 기린봉으로 대신하였다는 말이 있다. 발산의 발(鉢)이 본디 의발의 발이 아니요, 중바위란 이름도 발이란 대자가 생긴 뒤에 글자에 기대어 넓히고 더해진 것에 불과함을 알면, 토지의 오랜 주인을 억지로 제쳐 버리던 일이 매우 우습다. 더욱 발산이라, '중바위'라 하는 통에 풍수객들이 '호승예불혈(胡僧禮佛穴)'이란 것이 있겠다 하여, 대가리를 마주 부딪치면서 와서 찾는다 함에는 허리가 하마터면 부러질 뻔하였다.

오늘 여행 일정의 목표가 되는 맞은편 모악산에는 밤 추위에 눈이 허옇게 와서 덮였다. 줄남생이처럼 조르르 엎드린 완산칠구(完

山七丘)를 지나는 동안에도 모여드는 장꾼이 오십인지 백인지. 그 중에도 많은 사람들이 장작 팔러 오는 이다. 마소의 바리는 거의 없고, 대개는 지게에 발채를 얹고 세 줄로 쌓아 올렸음이 눈에 서투르다.

종잇짐, 청죽(靑竹)짐도 경성드뭇 들어옴은, 아닌 게 아니라 과연[2] 지방색을 드러낸 것으로 얼마쯤 반가운 생각이 난다. 나뭇짐이 이렇게 많은 것은 우리가 가는 쪽이 전주에서 두메산골이기 때문이다. 돌 절구를 파서 지고 들어오는 것도 한둘뿐이 아니었다.

꽃밭정이를 지나다가 길가에 벌여놓은 엿이 하도 먹음직하기에 사 먹으며 본즉, 엽전 꾸러미가 의젓이 돈 무더기에 놓여 있었다. 아직까지 전주도 그런가 하여 당연한 일이지만 퍽 의외로 생각된다. 다섯닢이 일전이라니, 쇠값에 지나지 아니할까 한다. 흰 엿 무슨 엿 할 것 없이 보기에나 먹기에나 퍽 만만한 것이 전라도 엿이요, 들깨쌈·콩쌈 따위 종류도 서울보다 많다. 콩나물의 연함과 엿의 말쑥함은 아무래도 전라도의 특장이 아니랄 수 없을 것이다.

길을 닦기 전에는 꽤 수월치 아니하였을 듯한 문정리의 긴 등성이를 오르락내리락하는데, 마지막 있는 낙가재를 넘어서자 세내 흐르는 큰 벌이 시원하게 눈앞에 펼쳐진다. 이 근처의 면 이름은 완전(薍田)이라 하니, 덤불이란 완자지만 매우 기이하고 후미진 지명이다. 한두 그루씩 가끔 만나는 길가의 수양들은 물 오른 실이 축축 늘어지고 푸른 잎새가 뾰족뾰족 눈을 터서, 바람이야 차거나 말거나 춘색의 선구는 오직 나라고 한껏 자부하는 듯하다.

둔전 숯막 앞에서 누추한 마누라 하나가 깨끗한 아낙네 둘을 붙들고, 미운 며느리 흉을 보는지 화가 꼭뒤까지 나서 긴긴 하소연을

---

2 원문은 '미상불'이다. 이후에도 미상불은 '아닌게 아니라 과연'으로 풀었음을 밝힌다.

한다. 나이 먹은 아낙네를 "아씨! 아씨!"하는 것이 몹시 귀에 걸린다. 아씨란 것이 이 근처에서는 여자에 대한 일반적 존칭으로, 바로 서울 말의 마님에 해당하게 쓰는 줄이야 누가 알았어야지….

최고 경의를 표하자면 큰아씨라고 하며, 처녀는 색씨, 신부는 아기씨라고 하여, 서울과는 같은 말도 표현하는 범위는 얼마쯤 다름을 본다. 아씨의 이러한 용례에는 마치 흉노 고어 '알지(閼支)'의 의미가 그대로 남아 있음을 얼마쯤 징험할 듯하다.

가만히 주의하여 듣노라면 재미있는 말이 퍽 많이 있다. 시골 오입장이인 듯한 손이 입꼬리에 침을 버걱거리면서 남을 헐뜯어 욕설을 하는 말 가운데 "그런 넋 떨어진 놈이 어디 있어."하는 것이 있다. 상용어지만 서울 같으면 "얼빠진 놈, 정신없는 놈."이라 할 경우에 넋이 떨어진다고 일컬음이, 아닌 게 아니라 과연 옛날의 의미를 잘 전한 것 같고, 겸하여 우리 선대 사람 영혼관의 일면을 엿볼 듯도 하여 크게 주의를 끈다.

부내(府內)에서부터 여자의 출입이 파라솔 한 개만 손에 들면 매우 자유로운 듯하여 비교적 빠르게 세태가 변하였음에 놀랐더니, 수십 리 촌으로 나와서도 젊고 얌전한 아낙네들이 파라솔을 옆구리에 가로 끼고 논틀 밭틀로 오고 가는 것을 가끔 보겠다.

말로 듣던 무릎깨란 것은 그림자도 볼 수 없었다. 대개 우리 부녀자의 파라솔이 쓰개 대용의 특수한 의미를 가졌음은 본디부터 알고 있었지만, 다시 진화하여 외출의 호부(護符)처럼 쓰이고 있음은 전주 와서야 깨달았다.

석전의 옛 친구요 근처의 고아한 선비라 하기에, 좀 돌아가는 길이 되지만 와동이란 데를 찾아 들어가 심농(心農) 조기석(趙沂錫) 씨를 찾았다. 이(李) 씨 석정(石亭)과 아울러 '석석벽죽(石石碧竹)'이란 말을 듣던 벽하(碧下) 주승(周昇) 씨의 영윤(令胤)이다. 가학을 잘 승계하여 글씨로나 대나무 그림으로나 그의 아버지보다 그다지 못하지 않음은 반가운 일이었다.

　벽하의 특장인 해서체 글자의 교묘하고 놀라운 수완을 나타낸 「난정서(蘭亭序)」 「낙신부(洛神賦)」 「가묘비(家廟碑)」 등의 첩에서는 공력 보이는 그 글씨의 갸륵함에도 감탄하였거니와, 글과 글씨가 다 정묘한 향수옹(香壽翁)[3]의 제발(題跋)이 얼마나 반가웠는지 몰랐다.

　서운하지만 서둘러 작별하고, 작은 내 하나를 건너 잘록한 산허리를 타고서 마루개 동네를 지나자 다시 큰 길이 되었다. 앞의 내 줄기로 드문드문 놓인 물레방아들의 시 같은 광경을 둘러보면서 한참 나아간다. 오른쪽으로 산 뿌다귀를 만나며 좁은 길로 갈려 들어가는 것이 모악산 길의 초입이다. 혼란하게 채색되어 있는 이씨 효자의 정려를 보는 학내 동네를 지나 산간 소로로 꼬불꼬불 북으로 올라간다.

　얼마 가면 모악산 가슴에 달려 있는 수왕대(水王臺) 암자가 바라보인다. 좀 더 올라가다가 산록 정면으로 기와지붕이 훤하게 보이는 것이 대원사(大院寺)였다. 문득 경사가 완만한 폭포가 나오고, 문득 맑은 못이 드러나서, 골이 깊어지는 대로 겹겹이 굽이굽이, 산골짜기 돌들의 정취가 자못 버리기 어려움을 깨닫겠다. 한참 주렸던 눈이라 돌 사이 골짜기에 흐르는 시내의 현류(懸流)가 하도 반갑기에 비슷한 운의를 따라 저것은 분설담(噴雪潭), 이것은 진주담(眞珠潭) 하면서 올라가자 재미가 좀 더하는 듯하다.

　깊숙하고 궁벽한 산속에 매우 많은 민호(民戶)가 한 마을을 스스로 이룬 것에 의외로 놀라면서, 그 뒤로 나서자 바로 절이었다. 대

3　향수(香壽)는 정학교(丁學敎; 1832~1914)의 호이다. 조선 말기의 서화가로, 본관은 나주, 자는 화경(化景), 또는 화경(花鏡), 호는 향수(香壽)·몽인(夢人)·몽중몽인(夢中夢人)이다. 글씨는 전서, 예서, 행서, 초서에 모두 능하였다. 광화문의 편액을 썼고, 그림은 괴석도에 특히 뛰어났다.

진묵대사 부도(전북 완주)
봉서사에 있는 조선 후기 부도로 다듬
어지지 않는 8각형 지대석 위에 기단
부·탑신부·상륜부를 올려놓았다.

원사라 하면 꽤 오랜 역사가 있
기도 할 뿐더러, 진묵 대사(震默大
師)⁴가 한참 살림하던 곳이라 하
여 작은 분수로는 크게 알려진 절
이다. 대웅전에는 미타삼존이 크
기도 하시거니와 상호가 퍽 좋으
시니, 대개 상당한 내력이 있을
듯하다. 그 좌우측 명부전의 시왕
상(十王像)도 비교적 어울린 작품
임을 보면, 본디는 상당한 명찰이
었을 듯하다.

대웅전의 왼쪽에는 진묵의 영
당이 있고, 뒷등성이에는 이끼가
고색을 드리우는 오층 석탑이 있
다. 무너졌던 것을 다시 모은 이
가 꽤 덤벙꾼인 듯, 층헌(層軒)을
반이나 거꾸로 얹었음은 퍽 우스

웠다. 앞으로 나와서 동구 밖 맞은편의 항가산과 그 동네를 개밋둑
같이 한참 내려다보다가, 새로 세운 지 8~9년쯤 된 염불당에서 하
룻밤 빌려 자는 인연을 맺기로 했다.

4 진묵 대사(震默大師; 1562~1633)는 조선 후기 전라도 김제 출신의 승려이다.
신통력을 가지고 있어서 이적을 많이 행하였다고 전한다. 『능엄경』을 즐겨 읽
었고, 좌선삼매에 빠져 끼니를 거르기 일쑤였으며, 술을 좋아하여 늘 만취하
였으므로 비승비속(非僧非俗)임을 자처하였다. 유학에도 매우 박식하였다.
전라북도 완주군 용진면 간중리 봉서사에 부도가 있다.

2. 모악산의 안계(眼界)

31일. 4시가 지나자마자 아침 예불이 시작된다. 처자(妻子)는 그만두고 닭과 개까지 가축으로 기르지만, 60, 70 넘은 노승도 이를 빠뜨리지 아니함은 기이하고 특별하다. '무상심심미묘법(無上甚深微妙法)'하고 함축이 깊다란 목청에 청승스러운 목탁들 두드럭거림은, 그래도 청정법계(淸淨法界)의 느낌을 준다.

이윽하여 꺽꺽푸드덕하는 장끼가 앞잡이가 되어서, 쩍쩍꿍꿍하는 꾹꿍이(멧비둘기)며, 자즈락쩍쩍하는 산새들의 때를 알리는 울음소리가 아닌 게 아니라 과연 산림의 새벽을 질번질번하게¹ 열어 젖힌다. 기도가 든 모양이다. 경주(經呪) 외우는 소리가 아침나절 끊이지 아니한다. 불공 많기는 전주가 경성 다음이어서, 16각사(各寺)가 불량답(佛糧畓)² 같은 것을 도리어 웃었다 하던 고풍이 아직도 여전한 모양이다.

창을 여니, 건너편 큰 산 너머에는 아침 구름이 울연히 붉어 온다. 무슨 산이냐고 하니 '불재'라고도 하고, '정각산(正覺山)'이라고

---

1 겉으로 보기에 모자람이 없이 넉넉하고 윤택하다는 뜻이다.
2 절에 딸린 논밭을 가리킨다.

도 한다. '불'을 '佛(부처 불)'이라 하면 한번 변하여 '정각(正覺)'의 이름이 괴이치 않지만, 최후의 형태인 '정각'만 가지고야 그 원형이 또한 '밝'임을 얼른 안다고 하기가 쉽지 않을 것이다. 우연히 좋은 예증을 배웠다.

절에 있는 승려들의 아침 문안이 부지런하고, 오는 이마다 세상 소문을 듣고자 함이 심히 간절하다. 어이하여 그리들 하나 하였더니, 차차 짐작하여 본즉, 내년 후년 사이에는 '왜중'이 나와서 처를 거느린 중을 산문에서 몰아내고, 자기들이 오래전부터 모아온 재산을 강제로 빼앗아 차지할 것이라는 풍문에 겁들이 났던 모양이다. 깜깜하다고는 하겠지만 곧이곧대로 들릴진대 걱정도 될 것이다.

이르는 곳 만나는 중마다, 불교의 진리를 팔아먹는 것은 고사하고, 소관 사찰의 기둥뿌리와 부처님 몸뚱이까지 팔아먹은 근처 어느 본산(本山)의 갈린 주지에 대한 논폄(論貶)에 귀가 솔깃할 지경이다.

불법 들어온 뒤 1,500년 만에 처음 생긴 불교계의 역적이라 할 추독(醜禿)[3]도, 교무원인가 하는 데서는 의연히 이사(理事)로 모신다 함에는 놀라지 않을 수 없었다. 썩은 냄새가 맡아지지 아니하는 까닭인지. 무엇으로 보든지 고쳐서 깨끗하게 하는 일이야 시급하지만, 어찌 보면 쫓기는 자나 쫓는 자나 모두 한가지 같아서 불법(佛法) 구주(久住)를 누구에게 믿어야 할지 안타까운 일이다.

산중으로부터 풍성한 공양을 받고, 일찍 떠나서 돌각다리 개울 바닥으로 하여 바로 산의 맨 꼭대기를 향하였다. 꽤 험악한 길이지만 그리 멀지도 아니하고, 가는 대로 물소리가 가슴을 씻어주므로 숨 가쁜 줄 모르겠다. 그제 온 눈이 아직도 다 녹지 아니하였으니 설화(雪花)도 꽃이라 하면 또한 일종의 춘색(春色)이 될는지.

---

3 '못생긴 대머리'라는 뜻이다.

청룡 허리로 휘움휘움 돌아가서 평탄한 길로 한참 들어가면, 꽤 험하고 가파른 바위가 세 방면으로 둘러선 한 가장자리에 바위를 등지고 있는 초가집 몇 칸이 수왕암(水王菴)이다.

암자의 남쪽으로 돌아가면 서쪽으로 치우친 바위 틈에서 한 줄기 맑은 샘물이 솟구쳐 나온다. 산 위의 석간수(石澗水)[4]로는 수량이 저렇게도 많은 것이 '물왕(王)'이란 이름이 나온 이유이며, 그리하여 수왕대(水王臺)란 일컬음까지 생긴 것이다. 호남 제일의 명천(名泉)이라 한다. 앞으로 내다보니, 노령산맥과 소백산계(小白山系)가 겹겹 주줄이 거세게 치는 파도같이 서남으로 닫는 것이 또한 장관 아니랄 수 없다.

암자 입구에 모질게 생긴 한 그루 괴목이 허리가 휘어가면서 버티고 있는 아주 높은 절벽은 얼마만한 풍상이나 지냈는지! 가까운 진묵 대사의 법뢰(法雷)라도 들려주었으면 하는 생각이 든다.

석전 스님이 옛날에 머물던 절이라 하여 주지 승이 기어이 점심이라도 먹고 가라고 하는 것을 억지로 떼치고, 가파른 길을 좇아서 올라가니 수왕대 위에 '무량굴(無量窟)'이라고 새로 새긴 것이 보인다. '물왕(王)'이 무량(無量)으로 변함에서 보는 것처럼, 지명에 나타난 국어들이 이것으로부터 저것으로 전변(轉變)하되, 음으로만이 아니라 형편에 따라 서로 응하는 의미를 표현하는 대자(對字)로써 기록하기 때문에, 뒤에 가서는 흔히 기막힌 관계가 생김을 다시 한번 생각하였다.

얼마 지나지 않아 등성이로 올라서니 시원하다. 앞에는 김만경(金萬頃)의 큰 들판이 벌어지고, 뒤에는 충청도와 경상도 사이의 연달아 잇닿은 많은 산이 세차게 달려 가슴속에 품은 생각이 쾌활하기 그지없다.

---

4 돌이 많은 산골짜기에 흐르는 맑은 시냇물을 말한다.

등마루를 타고 잔설(殘雪)을 밟으면서 올라가노라니, 양지쪽에는 녹는 듯 언 땅이 미끄러지기 쉬워서 얼마쯤 높은 곳에 오르기가 어렵다. 소나무가 일산(日傘)이 된 석굴들을 오른쪽으로 두고 한참 더 올라가면, 십여 칸쯤 되는 편평한 대(臺) 위로 나선다. 이것이 모악산(母岳山)의 상봉(上峰)인 국사봉(國師峰) 맨 꼭대기이다.

지도를 보니 표고 794m라 한다. 그리 높다고는 못할 것이나, 전라우도의 들 많은 중앙에 솟아 있으므로 안계가 사방으로 탁 터져서 도내 산하의 형세를 역력히 손바닥으로 가리킬 만하다. 서쪽으로 반등(伴等; 방장)·두승(斗升; 영주)·변산(邊山; 봉래) 등 소위 삼신산(三神山)이란 것으로부터, 북에는 미륵·대둔 내지 계룡 등의 산, 동쪽에는 적상산·덕유산·백운산 등 소백연맥(小白聯脈)의 여러 산, 남으로는 천마산으로부터 무등산까지 좌·우도의 두 지역이 인접한 여러 산이, 높은 놈은 고개들을 군데군데 쳐들고 낮은 놈은 엉덩이를 요리조리 두르는 것을 모형 보듯이 대국을 널리 보는 관찰을 할 수도 있고 자세히 볼 수도 있다.

남쪽 맨 뒤로 둥긋하게 구름 가운데 높이 솟은 것은 곧 반야봉(般若峰)이요, 그 앞으로 큰 병풍 하나만큼 둘러 있는 것은 곧 밑둥치가 수백 리에 이르는 지리산이다. 마치 커다란 어미새가 남해의 머리에서 두 날개를 활짝 펴고 물로 들어가려는 수많은 병아리를 엄호하는 것 같다.

동녘 여러 겹 산줄기 사이에 우뚝하고 뽀족하게 솟은 마이산(馬耳山)은 모양 비슷하게 맞추어서 과연 용하게 지은 이름임을 알겠다. 날씨가 맑으면 서해의 조망이 꽤 볼 만하다는데, 운무가 모처럼 온 나에게 이 구경을 아낌이 괘씸하고 얄밉다.

가만히 서서 사방을 둘러보니, 전주는 견훤 이래 여러 번 혁명의 본거지이던 곳, 태인만 하여도 이인좌 군대 박현필이 일을 꾸미던 땅, 모악산 신령이 얼마나 많이 반역아를 모아 기르기에 큰 솜씨를 보였던가. 그뿐이라고? 고구려의 검모잠, 백제의 복신 등이 조국 부흥을 위하여 나아가 싸우던 벌판과 물러나 쉬던 골짜기가 빤히 보이는 저기가 아니면 문득 여기가 아닌가?

언제는 당(唐), 언제는 왜(倭), 남쪽의 무지막지한 놈들, 서쪽의 사나운 놈들에게 반발하는 힘을 발휘하던 우리 조상의 육체와 정신, 피와 살이 얼마나 많이 섞이고 스민 땅인가? 어허! 옥토만을 다행으로 알아 생활 근심이 없고, 편안함만을 누리기나 하고 풍수를 숭상하고, 기적을 아무런 비판 없이 맹목적으로 뒤따르기만 하는 것을 인생의 중대한 일로 알기나 함이 결코 결코 호남인의 자랑이 아닐 것이다.

모악이 자느냐? 백제인의 뛰어난 기상이 어이하여 녹고 닳아서 이미 다 없어졌느냐? 지팡이로 땅바닥을 세 번 네 번 두드리기를 마지 못하였다. 서풍이 어찌 심한지 차가워 오래 섰을 수 없으므로 금구(金溝) 쪽을 향하여 지팡이의 머리를 돌렸다.

3. 삼층 법당의 금산사

　자라기는 했어도 크지 못한 소나무 틈으로, 북쪽으로 서쪽으로 완만한 비탈의 등성이 길을 내려간다. 얼마 지나지 않아 산등성이 기슭이 다하는 저기 저 평지에, 금빛 푸른빛 환하게 빛나는 삼층 불전(佛殿)이 곧 다리 아래에 있는 듯 보이는 기쁨이여! 5리가 넘는다 함이 거짓말 같다.

　북으로 한 골을 건너가서 도끼로 쪼갠 것처럼 생긴 하나의 커다란 암석 밑에 황폐해 버려진 작은 집이 한 채 있다. 높고 으슥하여 기도꾼, 즉 영혼과 통하려는 공부하는 자들이 이용하는 용안대(龍顏臺)라 한다. 대면(臺面)에는 돌 계단을 올려 쌓고 감실을 만들어 무엇인지 오똑한 돌을 위하고 있었다.

　훔치교(吽哆敎)[1] 냄새나는 상투쟁이 한 분이 괴나리봇짐을 짊어진 채 다 빠진 방고래를 이리저리 들추어 보다가, 인적을 듣고 놀라서 공연히 천연한 척하려 함이 도리어 우스웠다. 지난 밤 대원(大院)에서 미신의 포로(捕虜)감으로 생긴 노승에게서 훔치 주문의 기

1　1902년 강일순이 창시한 종교인 증산교를 말한다. 창시자의 호를 따라 증산교라고 부르지만, 일제 강점기에는 신도들이 외는 주문인 태을주(太乙呪)가 "훔치훔치…"로 시작하는 것을 본떠 훔치교라고도 하였다.

험(奇驗)이라는 여러 가지 이야기를 들었는데, "상포동, 저런 분네의 잦은 내왕이 모악산으로 하여금 꽤 진하게 훔치 물이 들게 하였구면." 하였다.

"거기서 무엇을 하시오?" 하였더니 "아니오. 재를 넘다가 목이 말라서 샘을 찾소."하고 딴전을 부리고, 되술래를 잡아서[2] "대원(大院)에서 장 처사(張處士)라고 있단 말을 들으셨소?" 하는 것이 마치 취한 사람이 취하지 아니한 체를 하는 것 같다.

그에게 길을 물어서 자개돌 깔린 개울 바닥으로 징검징검 내려가는데, 원길과 같지 아니하여 꽤 찾기가 어렵고 분명하지 아니하였다. 이름 모르는 관목이 빽빽이 나고, 여러 가지 덩굴이 겹겹이 얼크러진 틈으로 줄진 다람쥐가 이리저리 닫는 것이 높은 산과 깊은 골짜기 맛이 난다. 바람 때문인지 나무들이 잘 크지 못하고, 등성이를 찾아 행렬을 지어선 소나무들도 그리 큰 것을 볼 수 없다.

종려 새끼 같은 가비자(假椰子) 나무는 틈틈이 모를 부은 듯하고, 원추리 등속의 난과(蘭科) 식물이 여기저기에 나서 숲의 특징적인 형상이 산 뒷면과는 크게 다름을 본다. 그뿐 아니라 산의 저쪽은 아무 맛 없는 홑산이었지만, 정면인 이쪽은 살도 찌고 가닥도 많고 여기저기 골도 깊어서, 그만하여도 아닌 게 아니라 과연 남국 산악의 기분이 넉넉하다.

수선화 같은 것이 잇따라 발끝에 걸리는 것은 벌써 커진 무릇이었다. 제물에 쌉쌀한 미각이 돌아서 봄 정조(情調)가 입속으로부터 생긴다. 내려갈수록 관목은 줄고 송림이 빽빽하여지며, 꼭대기가 뾰족뾰족하게 솟은 산봉우리는 그대로 거듭거듭 겹쳐지고, 산 둘레가 그대로 벌어져 간다.

---

2 범인이 순라를 잡는다는 뜻으로, 잘못을 빌어야 할 사람이 도리어 남을 나무람을 이르는 말이다.

소리를 높이면서 내려오는 물이 돌쟁반 돌벼랑에 제법 잔재미 부리는 것을 흥미 있게 보면서 언덕을 거의 다 내려오면, 오른쪽으로 심원암(深源菴)을 본다. 많고 많은 먼 자손들이 전역에 널리 퍼져서, 시방 조선 불도(佛徒) 거의 반수의 법조(法祖)가 되는 환성(喚醒) 지안 선사(志安禪師)[3]가 법난(法難)의 원인이 된 금산사 화엄 대회를 설행할 때에, 머물러 살면서 채찍질하여 격려하던 근거지이다. 굉장히 큰 당우(堂宇)는 오히려 당시의 풍모를 전하지만, 대덕(大德)의 법주(法麈)를 걸었던 곳에는 이제 승부인(僧夫人)의 화장하는 거울이 걸리게 된 것이 변하였다 하면 몹시 변한 일이다.

물을 한 그릇 달라고 하자 점잖은 그 마님께서 내다보고 대꾸도 없이 "아이들 다 어디 갔느냐!"는 소리만 꽥 지른다. 어느 시를 짓는 승려가 정성스럽게 마음을 썼는지 뜰 앞에 매화 국화 복숭아 살구 등 꽃나무를 꽤 많이 심었건만, 입 없는 꽃이 해어화(解語花)[4]의 재미 같을 수가 없던지, 훼손되고 부러지고 잔인하게 파괴되어 보잘 것 없이 되었다.

감나무 오동나무 틈으로 하여 냇가로 한참 내려가다가 부도(浮屠)정이를 만나는 곳이 금산사(金山寺) 도량의 초입이었다. 동쪽 한 가운데에 궁연(穹然)한 비(碑) 하나가 검어 우뚝 서 있는 것은, 고려 혜덕왕사진응탑(慧德王師眞應塔)의 비명(碑銘)이었다.[5]

---

3 지안 대사(1664~1729)의 법호는 환성이고 속성은 정씨이며, 법명은 지안(志安)이다. 1725년(영조 1) 금산사에서 화엄 대법회를 열었을 때 학인 1,400명이 강의를 들었다. 1729년 법회 관계의 일로 무고를 받아 호남의 옥에 갇혔다가 곧 풀려났으나, 반대 의견 때문에 다시 제주도에 유배되었고, 도착한 지 7일 만에 병을 얻어 입적하였다. 나이 65세, 법랍 51세였다. 전라남도 해남 대흥사에 비가 있다. 임제종의 선지(禪旨)를 철저히 주창한 선사였으며, 조선 후기 화엄 사상과 선을 함께 닦는 전통을 남긴 환성문(喚醒門)의 시조이자 대흥사 13대 종사의 1인으로 숭봉되었다.
4 말을 알아듣는 꽃이라는 뜻으로 미녀 혹은 기생을 달리 이르는 말이다.
5 혜덕(1038~1096)은 고려 중기의 승려로, 1079년 금산사의 주지가 되어 절을

자세히 볼 수도 없고 얼른 생각도 나지 않지만, "고려국 전주 대유가업 금산사 보리료진정진요익 증시 혜덕(高麗國全州大瑜珈業金山寺普利了眞精進饒益贈諡慧德)" 운운이라 한 것을 보면, 금산사가 아직 법상종 도량으로 있을 적의 것임을 알 수 있다.

혜덕왕사 진응탑비(김제 금산사)
고려 시대 탑비로 비문에는 왕사의 생애·행적, 그리고 덕을 기리는 내용이 실려 있다.

귀부(龜趺)는 수법이 착실함을 보인다. 언제인가 떨어져 나가 겨우 하나의 파편이 되어 몇 발자국 밖에 남아 있는 용머리에는 꽤 정교한 부조가 남아 있는데, 다만 비는 석질(石質)이 취약하여 자형을 판독할 수 없는 것이 많았다.

이때까지 어디 있나 하였던 서산대사의 상좌인 소요(逍遙) 태능 선사의 비를 그 옆에서 보는 것이 매우 반가웠다. 남악(南嶽)이라 새긴 것 이하로 크고 작은 석종(石鐘) 무릇 5기와 난탑(卵塔) 5기가 있는데,[6] 꽤 치레를 한 것이었다.

퇴락한 돌층계를 내려와서 덜미로부터 대법당을 첨례하였다. 덮어놓고 갸륵한 느낌이 생겨서 수희(隨喜)[7]의 눈물이 그렁그렁해진다. 두서너 개에 지나지 않는 목조 고건축의 귀중한 유물이요, 사찰 역내에서 유일한 삼층 법당이다. 실속 없이 겉만 화려하거나 섬세

중창하였는데 금산사 역사상 이때에 가장 규모가 컸다고 한다. 고려 숙종이 그를 법주(法主)로 삼자 왕에게 불교 교리를 강의하였다. 59세에 입적하였다. 혜덕왕사는 숙종이 내린 시호이다.

6 종 모양과 달걀 모양의 부도를 일컫는 것이다.

7 다른 사람의 좋은 일을 자신의 일처럼 따라서 함께 기뻐한다는 뜻이다.

하고 교묘하지 않는 대신, 어디까지든지 차분하고 도리에 맞게 정성을 들여 지은 건축으로, 아닌 게 아니라 과연 미륵보살의 법우(法宇)에 상응함을 본다.

앞으로 돌아가니까, 반이나 무너진 향적(香積)에는 여우도 굴을 짓게 되었고 사람은 기척도 없는데, 미륵교 본부라는 패만 쓸쓸히 붙어 있다. 우선 주승(主僧)을 만나야 하겠기로 여기저기 찾으나, 간 데도 없고 물어볼 사람조차 없다. 큰 방도 텅텅, 사무소란 것도 감감. 국보가 있는 중요한 곳이요 신라 이래의 고찰(古刹) 명찰(名刹) 대찰(大刹)인데, 이것이 어인 일인가 하여 기가 막힌다. 수희하는 마음이 깊고 절실하였던 만큼 과연 기도 꽉 막혔다.

고적 보존으로 시멘트 페인트칠의 수리일망정 모처럼 적지 않은 육체적인 노동과 금전적인 비용을 들여가는 것이 아직 끝나지도 아니하였는데, 도량 전부를 텅 비어 놓고 사람도 없이 맡겨 둠은 감독 당국의 태만도 적지 아니하다고 생각하였다.

근래의 드물게 보는 호승(豪僧)이요 존경할 만한 의미의 순교자인 용명 대화상(龍溟大和尙)이 지성으로 채집하다 심은 아름다운 꽃 기이한 풀은 가꾸어 주는 이야 있거나 말거나 아직도 꽤 많이 뜰 앞에 남아 있어서, 한 도막 한 도막 가까워 오는 꽃 소식을 지루하게 여기는 듯. 황양목·황장미 등 귀한 것도 많은 가운데, 특히 명부전 앞에 불두화를 배치한 것은 유심인 것인지 무심인 것인지.

얼마 만에야 노장(老丈)님 한 분을 만나서 그가 주장(主丈)임을 알고 어찌된 일인지 곡절을 물어 보았다. 자기는 요사이 관청으로부터 대리 주지의 위촉을 받았으나, 그러한 일이 있어 대리는 이름뿐이요 몇몇의 주승은 절들을 버리고 달리 분주한 일이 있어서 다만 집이나 맡아 보는 셈이라고 한다.

서울에서도 듣고, 전주로 오면서 더욱 기괴한 일을 많이 들어서 대강은 짐작을 하는 일이다. 요약하자면, 이 절이 예속하여 있는 본산 주지가 절 안에 있는 많은 공공 재산을 부당하게 소비하고, 심지어 소속 불우 불상까지 일본 사람에게 헐값으로 마구 파는 무례한 짓을 다 하다가 마침내 주지가 취소되었다.

그래도 옛 직책에 악연이 있어서, 자기의 동료 및 권속을 청탁하여 주지 후임을 자기 수하의 사람으로 내어 죄를 저지른 증거가 될 만한 자취를 얼마만큼 엄호하여 볼 양으로 추한 운동을 계속하였다. 본사와 말사를 논할 것 없이 그의 권속으로 있던 자들은 절이야 떠 달아나든지 말든지 우선 자기가 속해 있는 당 보살피기에 열중하는 터이다.

더욱 금산사 주지는 취소된 자의 겸임으로, 자기에게 거대한 재산을 탕진토록 한 정녀(情女)를 변통하여 처리하는 방책으로 갖다 두었으니, 자고 이래로 금산사는 '내주장'이라는 괴이한 소문이 여러 사람의 입으로 퍼져서 왁자하게 된 터이다. 외주지(外住持)는 취소가 되었거니와 내주지(內住持)는 본디 법령의 구속을 받는 것 아니므로, 의연히 남아 있는 보루를 굳게 지켜 형세 머리 돌아가기를 기다리는 모양이다.

집기 자재와 식량 일체를, 서전(西殿)이라는 옛 승방을 강제로 빼앗아 차지한 내영(內營)에게 꽉 붙잡히고, 주지 대리로 명을 받은 노장님은 진지까지도 그 묘련화보살께 얻어 자신다 한다. 이러고 본즉, 내어놓지 않는 이나 못 찾는 이나 누가 옳고 누가 그른지 분간할 까닭조차 없다. 어허! 이런 것이 시방 불교계 일부의 내부 사정, 아니 대부분의 실상이라 함에는 막힌 귓구멍이 터질 수가 없다.

까마귀 자웅(雌雄)은 내가 본디부터 아랑곳할 바 아니지만, 금산사 ― 어디보다도 고귀하고 뛰어난 금산사 ― 더욱 율뢰(律雷)가 시방까지 굉굉(轟轟)한 진표 율사(眞表律師)가 계본(戒本) 및 계법(戒法)을 자씨(慈氏)께 친수(親受)하던 계율 대도량인 금산사가 한 파계승의 '첩택(妾宅)'이 되었다 함은 치가 부르르 떨릴 수밖에 없었다. 아

금산사 미륵전과 미륵장육상(김제 금산사)
우리나라 유일의 삼층 불전으로 정유재란 때 불탄 것을 여러 번의 중수를 거쳐 오늘에 이르고 있다. 그 안에 있는 미륵장육상은 통일 신라의 불상 양식을 보이는 본존불과 조선 후기 보살상의 양식을 갖춘 협시 보살로 이루어진 거대한 소조불이다.

무리 말법(末法)이라도 이럴 수는 없을 것 같은데, 어허! 불법을 설교하여 악법을 꺾고 정법을 따르게 할 항마검이 이제는 있으신지 여부를 의심할 수밖에 없다.

겨우 분노의 불꽃을 누르고 오직 감탄하여 우러러 보는 마음으로 돌아가서 노주장(老主丈)의 인도로 삼층 미륵전을 들어섰다. 놀랍게 갸륵하신 매달여불세존(梅呾麗佛世尊)의 어마어마하신 자금광명대주상(紫金光明大鑄像)! 삼세시방(三世十方)을 불광이 두루 비쳐 깊이 살피어 환하게 깨닫는 무량광(無量光)이 바로 곧 여기로부터 발사하실 듯한 대성체(大聖體)! 갸륵하시다고 아니할 수 없다.

왼쪽에는 묘향(妙香), 오른쪽에는 법륜(法輪)의 협시 양쪽 보살도 꽤 작지 아니한 체수시며, 보살 좌우의 양 동자(童子)도 우리보다는 훨씬 크다. 부처님의 몸은 하반을 철로 주조하였고 보살은 전부 흙으로 빚었는데, 법륜보살은 수십 년 전에 가슴과 배 부분이 무너져서 쇠로 에워싸 뒷벽에 당겨 있다.

곁에서 보기에는 꽤 장대한 법당이나, 안에서 보니 불보살 상(像)에 비하여 퍽 작다는 생각이 든다. 하다 못해 시방 당우의 한 세 배라도 되었으면 얼마나 장엄이 더하셨을까 생각하였다. 겉은 3층이나 안은 전체가 통하였고, 부처님 몸의 머리가 바로 2층 위에까지 올라가셨다. 도리 위에는 조금조금한 오백나한상을 뺑 돌려 얹었고, 불감(佛龕) 뒷간에는 십육나한상을 좌우에 벌이고 불상 한 분씩을 모셨는데, 아마 당초에는 별전에 베풀었던 것을 정전과 곁채가 훼실된 뒤에 이리로 합쳐서 모신 것 같다.

뒤로 돌아가면, 마루청 밑으로 사다리를 놓고 내려가서 미륵불의 족대(足臺)를 구경하게 만들었는데, 쇠로 큰 두멍을 만들어 두 겹으로 포개고, 그 위에 상(床)을 베풀었다. 어둡기 때문에 성냥을 그어서 보느라고 죽은 가지가 그득하기로, 그 꼼꼼하지 못하고 거침을 주의하였으나 심상히 들을 뿐이었다.

미륵전 동쪽으로 삼십여 돌계단 위에 늙은 소나무 오래된 느티나무가 가지를 걸고 있는 것은 보통 일컫기를 송대(松臺)라 하는 것이다. 위에는 이층의 돌로 만든 단을 모으고 섬돌의 아래 사방에는 돌로 된 난간을 베풀었던 듯하여, 횡석(橫石) 물렸던 돌 기둥이 군데군데 남아 있다. 그 안으로는 문무 석상을 벌여 세웠으며, 단 위 한가운데에는 석종을 세웠는데, 대에는 네 마리 사자를 받치고 맨 위에는 아홉 마리 용머리를 새겼다.

절 스님들의 전하는 바로는 통도(通度)와 같이 부처님의 사리를 매안한 곳이라 하나, 모르면 몰라도 통도사의 그것이나 여기 이것이나 다 계단(戒壇)으로 쓰이던

금산사 방등계단 석종(김제 금산사)
송대라 부르는 높은 대지 위에 형성된 이중 방형 기단 위의 중앙부에 고려 시대 만들어진 석종형 사리탑이 세워져 있다.

금산사 대적광전(김제 금산사)

금산사의 중심이 되는 불전으로 사찰 내의 단층 건물로는 가장 웅장하다. 1597년(선조 31) 정유재란으로 소실되기 전에는 대웅대광명전이라 하였다가 1635년(인조 13) 재건된 후부터 대적광전이라 칭하였다. 1963년 1월 21일 보물 제476호로 지정되었다가, 1986년 12월 6일 화재로 전소되어 보물 지정에서 해제되었다. 1990년에 다시 복원하였다.

것일지니, 이른바 '송대'도 대개 '성대(聖臺)'의 와전일 것이요,『삼국유사』에 적힌 진표 율사가 삼가 기도하고 힘써 구하는 것에 감응하시어, 두 번째 자씨께서 도솔로부터 구름을 타고 내려와서 율사에게 계법(戒法)을 주었다 하는 신비로운 유서가 있는 고적도 대개 이곳을 가리킴일 것이다.

　이 훌륭하고 좋은 인연으로 인하여 율사가 시주하는 사람의 집에 권하여 만 2년만에 주조하여 이룬 것이 미륵장육상(彌勒丈六像)이라 하며, 당시에는 '하강하여 계를 받는 위엄 있고 엄숙한 모습'을 금당(金堂) 남쪽 벽에 그리기까지 하였었다 한다. 사리탑의 앞에는 2단으로 이루어진 기단 위에 얹은 오층 석탑을 세웠다. 그 양식 수법이 신라 전성기의 탑에 비하면 자못 다른 양식을 지녀 고려 탑의 선구에 해당하는 것이라 한다.

　대(臺)의 남쪽 아래로 높은 돌 주추 위에 정묘한 작은 누각을 세우고 그 북쪽 벽에 닷집을 만든 가운데 들창을 하여, 내다보면 바로 계단(戒壇)의 석종을 첨례하게 하였다. 오른쪽 벽에는 나옹(懶翁),

왼쪽 벽에 자장(慈藏)의 상(像)을 걸었는데, 이것도 필경 영당(影堂)
이 없어진 뒤에 여기다가 주체한 것인 듯하다.

　우스운 것은 자장 영정 위의 제호(題號)를 "당태종 숭봉사 조선
국통 수교문수지율사문 자조사 진영(唐太宗崇奉師朝鮮國統授敎文殊持律
沙門慈祖師眞影)"이라 한 것이다. 무식한 화승(畵僧)이 종작없이 적은
것이겠지만, 자장의 '藏(장)'자까지 뺀 것은 그르치기에도 퍽 수고
하였다.

　그러나 이 조그마한 당에서 의외로 크게 얻은 것이 하나 있다.
석종 첨례공(瞻禮孔)의 위벽에 구름 문양으로 사방을 두르고, 한가
운데에 한 쌍의 삼차 태극(三叉太極)과 또 한 쌍의 변형 태극이 그려
져 있는 것이다. 태극 — 홍·흑·백 3색 합작의 태극 문양을 제단
의 정면에 신체(神體) 같이 그려 붙인 것은 힘들게 찾던 사실을 의
외의 곳에서 발견한 것이다. 대개 고풍(古風)이 세상에 널리 퍼져
전한 그 하나의 발자취가 여기에 머문 것일까 한다.

　송대(松臺) 옆에 남향하여 있는 대적광전(大寂光殿)은, 흔히 칠칸
법당(七間法堂)으로 부르는 이 절의 제2법당이다. 미륵전과 같은 수
법으로 지은 고건물로, 오랫동안 퇴락하고 버려져 있어서 문짝 하
나 성하지 아니하나, 한번 그 속에 들어가면 누구든지 찬탄하여 일

찍이 갖지 못했던 느낌을 지니게 된다.

주벽이 되신 비로자나불을 비롯하여 그 왼쪽으로 노사나 · 약사 오른쪽으로 석가 · 아미타며 또 그 사이의 협시 보살을 합하여 오여래(五如來) · 육광보살(六光菩薩) 등 불상의 말할 수 없이 단정하고 묘하신 상호(相好)는, 그 예술로부터 오는 훈화(薰化)가 뇌근(腦筋) 혈관에 생각하고 논의하지 못할 감격을 자아낸다. 무어라고 할 수 없는 쇼크, 아니 인스피레이션을 받는다. 아마 조선인의 손으로 만들어져 조선 안에 있는 종교 예술의 현존 작품 중에서 가장 우수한 작품 가운데 하나일 것이다.

장육미륵상(丈六彌勒像)은 바투 말하면 큰 것이 특색이지만, 그 예술적 가치로 말하면 후자보다 훨씬 떨어질 것이 물론이다. 부드러운 선과 따스한 살이 한계가 없음과 막히거나 거칠 것 없음을 웅숭깊게 표현한 것은, 별수 없이 원적(圓寂) 그것이다. 이를 대하여 충정으로 머리를 조아려 공경히 절을 하지 않는 자는 사람스러운 정조(情操)의 불구자일까 한다.

퍽 오래 되었으련만, 트집 하나 가지 아니한 삼단 불탁(佛卓)과, 간략하고 소박한 가운데 정밀하고 교묘한 솜씨를 마음껏 집어넣은 '닷집'도 또한 보기 어려운 하나의 작품으로 칠 것이다. 건축을 위해서나 여러 보물을 위해서나 보호 유지의 손이 하루 바삐 얹혀지기를 깊이 깊이 축원하였다.

적광전 앞에 있던 것을 미륵전 맞은편으로 이건한 대장전(大藏殿)은 당시 건축의 탄탄한 일면을 보기에 합당한 것인데, 용마루 한 가운데에 석제 독고(獨鈷)[8]를 얹은 것이 기이하다. 전에는 물론 불경을 넣어두는 집이었을 것이나, 시방은 두패(頭牌) 신패(身牌)가 웅장

---

8 승려들이 수행할 때에 쓰는 도구의 하나. 양 끝이 철이나 구리로 뾰족하게 된 금강저(金剛杵)이다.

하고 엄숙한 석가상과 고운 붉은색으로 칠한 그 양 협시를 봉안하였을 뿐이다.

대장전 앞에는 고색(古色)이 굼실거리는 석등이 있다. 뜰 가운데에는 남포 오석으로 만든 13층 탑이 있는데, 성한 것은 기대와 삼층 뿐이다. 탑신은 둘을 제외하고는 다 없어지고 지붕만 차곡차곡 겹쳐 놓았는데, 남아 있는 탑신에는 사방으로 간소한 불상이 음각되어 있다.

적광전 앞에는 꽤 큰 연대(蓮臺)가 있어 무엇에 썼던 것인지 자세하지 않지만, 위에 갈쭉하게 코진 구멍 둘이 있

금산사 육각다층석탑
(김제 금산사)
고려 시대 석탑으로 금산사 소속의 봉천원에 있던 것을 현재의 자리인 대적광전 앞에 옮겨 온 것이라고 한다.

어 당(幢)을 세웠던 것이 아닌가 하였다. 주승(住僧)은 여기에 대해 무엇이라고 지껄이나 종잡을 수 없는 말이었다. 금산사라고 패 붙인 큰 방 앞에는 꽃밭 속에 정륜탑(頂輪塔)이 서 있다.

대저 금산사는 신라 경덕왕 21년(762)에 진표 율사의 손에 창건된 내력 분명한 고찰이니, 율찰(律刹)이던 당초의 면목은 아직도 높이 솟아 우뚝한 계단(戒壇)에서 상상해 볼 것이다.

미륵상의 인연 때문인지, 후에는 혜덕 왕사(慧德王師)의 비에서 보는 것처럼 법상종의 대도량으로 속리산의 법주사와 서로 호응하던 것이다. 당탑(堂塔) 상설(像設)을 아주 크고 훌륭하게 한 것은 대개 당시 법상종의 통례인 듯하다.

다시 법상종 여러 사찰이 화엄종으로 변경될 때에 금산사도 거기에서 빠지지 아니하니, 새로운 종파에 상응하는 법당이 필요하게 되어 비로(毘盧) 위주의 대적광전이 새로 이룩되었다. 속리산의 법주사나 장흥의 보림사와 마찬가지로 법당을 둘씩 갖고 있는 것은 이러한 사정에 기인한 것이다.

이 절이 근세까지도 우리 교계(敎系)에서 중요한 지위를 차지하는 것은, 교학사상 끝판에 가서 더욱 크게 활약하는 환성(喚醒)의 화엄 대회가 여기에서 열렸을 때만 하여도 무리 1,400명이 벅적거렸고, 갑자기 당한 일을 임시로 처리하기 위하여 쇠로 만든 바리때를 많이 제조한 것이 그 시기하는 사람들이 역모 준비라고 터무니없는 일을 꾸미어 모함할 만한 기세를 보였음에서 짐작할 것이다.

그러나 이런 것들은 아무리 중첩한 파란이라도 교내(敎內)의 번복에 그치는 것이어니와, 금산(金山) 대 세간(世間)에는 가장 흥미있는 희곡과 같은 하나의 장면이 역사의 무대에 제공되어 있다. 저 신라의 통일이 조선인의 민족적으로 통일하려는 대기운에 독촉하여 나아간 것이지만, 그것이 외방의 세력을 의지한 만큼 자연스러운 성숙이 아니었다. 이 억지에서 생기는 파탄은 언제 무슨 형식으로든지 터지고야 말 것이었다.

후백제를 간판으로 한 견훤은 백제의 오랫동안 쌓이고 쌓인 원망을 대표하고, 마진(摩震)을 이상으로 한 궁예는 고구려의 풀지 못하고 남은 원한을 구현한 것이니, 반역의 이유로 표방하던 여왕의 실정 운운은, 요약하건대 그네의 내세울 만한 좋은 핑계 거리가 되었을 따름이다.

아무리 망국의 한이 뼈까지 사무치고 광복의 칼을 서리같이 갈아도, 신라의 국가적 통제력이 전처럼 탄탄할 동안에는 부질없이 영웅으로 하여금 뜨거운 눈물에 두 뺨을 목욕이나 시킬 수밖에 없었을 것이지만, 진성(眞聖)의 어리석고 나약함으로 인한 신라

쐐기의 느러짐은 백제와 고구려 유민의 불평 폭발에 바로 기회를 주었다.

속으로만 부글거리던 무서운 화력이 취약점을 얻어 가지고 옳다구나 하고 터져 버린 것이 그 양대 반역 운동이다. 이 지반(地盤)을 가진 지라 그네의 대단치 않은 계획으로도 의외의 공효(功效)를 나타내어, 실로 반역의 불이 벌판을 불태우는 세력으로 신라의 삭은 집을 살라 들어갔다.

그중에서도 백제인의 반감은 남다른 깊이와 넓이를 가졌던 만큼 그 세력의 발양에는 과연 놀라운 번득임이 있었다. 향하는 곳에 적이 없고 꾀하는 일에 낭패가 없어, 천하가 거의 호유아(虎乳兒)[9]의 손에 들어갈 것 같았다. 바야흐로 견씨(甄氏)의 세력이 아침에 돋는 해와 같을 무렵쯤은 궁예인들 어떤 인물이냐 하는 터인데, 그 나머지야 말은 하여 무엇하리.

저 왕건과 같은 자도 간사하게 남을 속이는 꾀로 궁예를 대신하여 왕위에 오르고 남을 속이는 잔꾀로 신라를 농락하여, 아닌 게 아니라 과연 칼에 피를 묻히지 않고 나라를 얻는 기술에는 미증유한 천재를 보였다고 할 만하지만, 실력 아니고는 어찌할 수 없는 견훤에게는 오래도록 쩔쩔맬 수밖에 없었고, 섣불리 좀 건드리다 가는 큰 코나 다칠 뿐이었다.

그러나 꾀발이 왕건에게 꾀부릴 짬이 오게 되기는 무슨 인과응보인지! 후백제에서는 의외의 재변이 집안에서 삐져 나왔다. 대개는 또한 왕씨의 계략으로 말미암아 이루어진 일이겠지만, 여하간 견훤의 자식이 여러 어미의 소생으로 띠앗이 좋지 못한 것은 기막힌 국면 변환의 동기를 만들었다.

대사가 이루어지기를 기약한 견훤은 자연히 인물 본위로 후사를

---

9 '호랑이 젖을 먹고 자란 아이'로 견훤을 지칭한다.

정할 수밖에 없었다. 키가 크고 지혜가 많은 넷째 아들 금강(金剛)에게 뜻을 두었는데, 작은 시기에 큰 눈들이 어두운 다른 아들[10]은 철없는 음모로써 제 스스로 멸망하는 망령된 짓을 하였다. 여기저기 병권을 나누어 가졌던 이 녀석들이 빈대 타는 것만 시원히 아는 짓으로 우쩍 거사를 하여, 우선 그 아버지를 깊이 가두고 한편으로는 도와서 왕업을 이루어야 할 금강을 도리어 없애 버렸다.

그 결과는 물을 것도 없었다. 집안 일이 첫째가 된 후백제에는 골육의 다툼에 차차 가릴 것이 없게 되었다. 달리 도리가 없는 견훤은 당면의 적인 왕건에게 구급의 은혜를 빌려고까지 하였다. 당초에는 잠시 이용이나 하려 한 일이겠지만, 한번 잘못 든 생각은 필경 왕건이 저편의 계략을 미리 알고 이를 이용하는 계교의 단서만 되고 말았다.

견훤의 실책과 함께 간신의 내응까지 있어 이렁성 저렁성하는[11] 동안에 후백제 하나만 부싯깃[12]이 되고, 이 통에 일진월장(日進月將)하는 것은 고려의 왕업(王業)이었다. 실력으로가 아니라 집안의 변고 때문에 국가의 패망을 부르는 설움은, 고구려 말년의 그것이 이제 후백제에게로 차례로 전하여 보내졌다.

이러구러 분수에 넘치는 영예로운 관이 천고의 음모가 왕건의 머리 위에 떨어지는 동시에, "근심과 분노로 등창이 생겨 며칠 만에 죽는" 비운이 마지막 견훤을 엄습하게 되었다. 이것이 얼마나 웅대한 비극인가? 얼마든지 용하게 지을 수 있는 시의 대제목이 아닌가?

---

10 원문에는 '돈아(豚兒)'라고 표기되어 있다. 돈아는 어리석고 철이 없는 아이라는 뜻으로, 남에게 자기의 아들을 낮추어 부르는 겸사말이다.

11 이런 모양 저런 모양으로 대중 없이 지나는 것을 이른다.

12 부시를 칠 때 불똥이 박혀서 불이 붙도록 부싯돌에 대는 물건. 수리취, 쑥 잎 따위를 불에 볶아 곱게 비벼서 만들기도 하고, 흰 종이나 솜 따위에 잿물을 여러 번 묻혀서 만들기도 한다.

그런데 비극의 최고 장면이 다른 곳 아니라 시방 내가 서 있는 금산사에서 벌어졌다. 일찍이 숭불(崇佛)이 특별히 두드러졌던 견훤이 행복을 축원하는 대도량으로 사력을 다하여 수리하고 점점 넓히어 놓은 금산사가, 몇 년 지나지 않아 남 아닌 자기의 유폐지가 될 줄이야 꿈엔들 꾸었을 일일까?

해동의 빔비사라왕(頻婆娑羅王)인 그의 억울하고 원통한 마음, 그의 비통, 그의 괴롭고 어지러운 마음, 그의 앉은뱅이 춤은 금산 철위산은 고사하고 수미산이라도 통으로 녹여 버렸을 것이다(『삼국사기』 견훤본전 참조).

송대(松臺) 나무잎에 불고쉬지 않는바람
끝없는 서러움을 하소연 하심인줄
아듣고 눈물진이가 몇이신가 하노라

미륵전 뒤에 '약수(藥水)'라 하여 돌로 쌓은 하나의 네모진 못이 있으니, 물이 많고도 좋다. 한 줌 움켜 먹으니 감로가 다 무엇이랴 하겠지만, 이 물에 지은 밥도 당일의 폐제(廢帝) 견훤에게는 모래알 같았을 일을 생각하면 슬픈 생각이 다시 한번 일어난다. 용왕이 와서 보호하고 미륵보살이 강림하였다는 곳이라고 하는 만큼, 금산은 웅위한 기세에 부드럽고 온화한 정미(情味)를 아울러 가진, 과연 쉽지 아니한 복토승지(福土勝地)이다.

겹겹이 둘러싸인 산봉우리들이 낱낱이 연약하고 아름다워 험상스러운 것은 돌멩이 하나 눈에 들어오지 않고, 동그랗게 산이 에운 가운데 평평하고 넓은 땅이 넓도 좁도 않게 열렸다. 돌 풍취가 가난하지 않은 맑은 시내가 꿈틀거려 흘러나가니, 장풍득수(藏風得水)가 설심(雪心)의 묘오(妙奧)라 하면 여기 이곳이야말로 누가 보아도 그 하나의 큰 이상적 형국이라 할 것이다.

풍수가들은 뭇 봉우리가 쪽 둘러 발끝 내놓은 이 국내(局內)를 지네에 비유하고 그 정혈(正穴)이 송대(松臺)에 있다 하니, 이 말에 깊이 빠진 자들은 할 수만 있으면 옛날부터 억만 냥이라도 내고 바꾸려 하였다든지.

그까짓 것은 어찌 갔든지, 어디로 보아서나 그 귀중함이 본디부터 남다르고 특별한 금산사를 이렇듯 학대하고 등한시하고, 심지어 파계승과 방탕한 부인네의 음란하고 더러운 장소로 버려둔다 함은, 이러고 저러고 할 것 없이 전 불교적 일대 수치와 모욕이다. 또 두 번 얻어 보기 어려운 저런 예술품을 오래도록 바람에 갈리고 비에 씻기도록 맡기다시피 함은, 불교계는 물론이요 실상 민족적 일대 손실이 아닐 수 없다.

언제나 금산사가 바로잡히나! 언제나 미륵의 괴로움에 시달리는 중생을 구하기 위한 등불이 칠통(漆桶) 같은 길고 긴 어두움을 시원히 타파하시게 되나. 어허!

오신다 오신다하니 오시려면 진작옵세
켜묵은 어두움을 더야어찌 참으리까
미륵님 등불아니면 헤칠 누가 없어라

길녘으로 나가다 보면 냇가에 임하여 이왕문(二王門)이 서 있다. 호남 일대에 필명이 높던 송 봉사(宋奉事: 日中)의 글씨인 듯한 '모악산 금산사'의 현판이·있는 속에는, 지저분하고 졸렬한 탱화가 옛날 설치되어 있던 불상을 대신하였다.

다만 서까래 아귀에 다른 데처럼 연꽃 같은 것을 물리지 아니하고 홍백(紅白) 양효(兩爻)의 태극을 그리고, 또 사방 돌에 끝이 삐죽 내민 아귀에는 태극이 바뀐 일광(日光) 표상의 화염문(火焰文)을 그린 것에, 아까 사찰각의 정면 벽화와 함께 크게 흥미를 느끼었다.

그 가까이 당간 버팀하였던 돌기둥이 서 있고, 수백 년 묵었음직한 귀목이 사방침(四方枕)에 팔 기댄 듯 가지를 거기 얹어 높은 것이 퍽 재미있 다. 가로로 찔러 가는 내 위에는 변변치 아니한 다리를 놓고 이름만 요란하게 만인교(萬人橋) 라 하여 기적비(記蹟碑)를 세웠다.

아무리 보아도 비에 든 비용이 다리에 든 비용보다 몇 배는 되었을 듯한 것을 보면, 목 적이 다리에 있는 것이 아니라 실상 비에 있음 이 너무도 겉으로 드러나 참 한심한 생각이 났 다. 중들이 이름 위에 직함을 쓰는데, '대본산 아무개' '연합장 아무개'라 한 것에는 가 뜩이나 아픈 허리가 거의 부러질 뻔하 니, 이 짓 한 그네들도 어질지 못한 사 람이다.

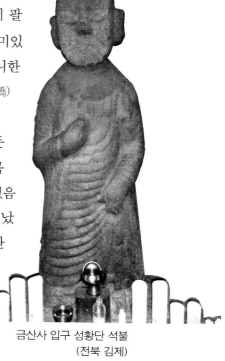

금산사 입구 성황단 석불
(전북 김제)

얼마 나오다가 양쪽의 산이 에워싸 합 하고, 물줄기 한 줄기가 겨우 통하는 목장이에, 산에 연하여 석성을 쌓고 문루 지었던 돌 무지개가 여전히 남아 있는데, 온전하였을 적 에는 얼마나 장관이었을까 생각되었다.

금산 전성기 때의 옛 물건인 듯한 길가 각(閣) 안의 돌미륵은 어 쩌다가 고개가 부러져 없어졌던지, 새로 머리만 만들어 꽂은 것이 극도로 졸렬하여 거의 바로 볼 수가 없었다. 집 뒤 바위벽에 금산 사 운운의 글자가 새겨져 있음은 절의 경계를 표시한 것인가 보다.

4. 최치원의 태산 유적

낮부터 바람이 자고 볕이 나더니만, 저고리의 솜이 두께가 점점 늘어가고 잔등이 겨드랑이에는 척척한 맛이 생긴다. 사방에 있는 산의 소나무 숲에는 아지랑이가 아른거리고 낙엽된 나뭇가지에는 붉은 기운이 솟아난다. 꽃이야 있거나 말거나 봄이야 왔다. 눈에 들어오는 것, 살에 스치는 것이 온통 그대로 봄이다.

이제 알고 보니, 봄이란 철을 가지고 오는 것, 달을 가지고 오는 것, 날을 가지고 오는 것이 아니라, 실상 한 나절 한 시간 동안에 와락 달려드는 것이다. 겨울로 나선 아침이, 봄으로 걷는 낮이 되었다. 아닌 게 아니라 과연 잘 닦아 놓은 대로에 따분한 기운조차 발 아래로부터 올라온다.

사금 걸러낸 석전 사광(石田沙鑛) 자리를 십 리나 나오면 원평(院坪)이 된다. 옛날에는 호남 물화의 일대 집산장으로, 여느 고을의 읍보다 훨씬 크고 번화하였으며, 도자(刀子)의 산지로 도자전(刀子廛)만도 길가에 수없이 행렬을 지었었다고 한다. 그러나 시장의 상황은 철도가 집어먹고 도자는 시대에 밀려나니, 수십 년 전에만 비하여도 인구조차 십분의 일이 남지 못하고 시장의 상황은 물론 보잘것없이 되었다 한다. 토질에 적당한 듯 부근에 과수원이 많고, 또

42

심춘순례

새로 만들어가는 것도 적지 아니한데 다 저 양반의 경영이신 모양이다.

부근 일대는 "갑오년 섣달 원평 접전(院坪接戰), 구미란 백성 손동한다."라는 속요에 나오는 동학당 전적으로, 백산(白山)·황산치(黃山峙) 두 번을 거쳐 셋째 번 접전으로 전주성을 들이부수던 전제(前提)가 된 곳이다. 여기서부터는 상두산(象頭山)을 등지고 목포 가는 일등 도로가 되어 안팎 5리나 되는 '솥터원'[鼎峙] 고개를 넘었다.

날기를 익히는 종달새는 한두 길 오르는 놈, 훨씬 높이 오르는 놈, 봄맛이 점점 진하여진다. 밭에는 가래 가진 이, 괭이 든 이 하여 사람들이 이미 서쪽에 있는 밭에서 일을 하고 있는데, 사나이가 헤쳐 놓은 흙을 따라가면서 꽃 같은 젊은 색시가 훌훌 뿌리는 것은 고추씨였다.

원평에서 20리, 돌창이 고개를 넘어서면 '우태인(右泰仁) 좌임실(左任實)'이라 하여, 호남에서 현감으로 묘한 자리의 쌍벽으로 치던 태인 폐읍(廢邑)이 된다. 통일 신라 때에는 태산(太山)이라 하던 곳이니, 최고운(崔孤雲)이

서학(西學)하여 얻은 바가 많아 앞으로 자신의 뜻을 행하려 하였으나, 말기여서 의심과 시기가 많아 용납되지 않고 태산군 태수로 나갔다.[1]

라 한 것이 곧 이 고을이다.

---

1 이는 『삼국사기』 최치원 열전의 글이다. 서학(西學)은 서쪽으로 가서 학문을 한다는 뜻으로 당나라 유학을 의미한다. 자신의 뜻을 행하려 하였다는 것은 진성왕 8년(894) 2월에 시무 10조를 올린 것을 지칭한다. 태산군은 현재의 전북 정읍시 칠보면 일대이다. 현재 정읍시 칠보면에는 최치원을 배향한 무성서원(武城書院)이 있다. 태수로 나갔다는 것은 『최문창후문집(崔文昌侯文集)』의 가승(家乘)에 의하면, 헌강왕 12년(886) 7월 왕이 죽고 태산군 태수로 나간 것으로 되어 있다.

현(縣)으로 유례가 드물 만한 객관(客舘; 詩山舘) 옛집을 보면서, 장거리로 하여 김 죽헌(金竹軒)의 집을 찾아 하루 묵기로 하였다. 문학에 관심을 갖고 있는 이요, 벌써부터 여러 번 만나기를 원하던 터이므로 근처를 지나면서 들르지 않고 그냥 지나가기 어려워서이다. 간절히 기다리다 못해 맞으러 나갔다는데, 덮어놓고 사랑으로 들어가 본즉, 첫째 맞은편 벽 위에 우상(虞裳)[2]의 시를 쓴 성당(惺堂)[3] 어른의 글씨 붙인 것이 무엇보다 반가웠다.

늦게 얻은 하나뿐인 영애(令愛)인 진민(瑱珉) 낭자는 일찍부터 서예 공부를 열심히 하여[4] 이미 매우 조예가 있는 터인데, 더욱 법가(法家)의 책진(策進)을 주기 위하여 지난해에 일부러 성당을 청하여 맞이하였을 적에 휘호한 것임을 나중에 알았다. 이슥하여 돌아오는 늙은 주인은 얼른 보아도 온화하고 기품이 있는 친절한 신사인데, 처음 만나면서도 전부터 안면이 있는 사람처럼 알며, 작년 풍악(楓嶽) 걸음에 동행하지 못한 것이 깊이 유감이었음을 여러 번 말한다.

식후에 달빛을 타서 호남 제일의 명정(名亭)으로 유명한 피향정(披香亭)[5] 구경을 나섰다. 꽤 넓은 두 연못 틈에 새가 날개를 편 것처

---

2 조선 영조 때의 역관으로 본명은 이언진(李彦瑱; 1740~1766). 자는 우상(虞裳). 호는 송목관(松穆館)·창기(滄起). 1759년에 역과에 급제하여 주부를 지냈다. 시문과 글씨에 뛰어났으며, 1763년에 통신사 조엄(趙曮)의 역관으로 일본에 다녀왔다.

3 성당(惺堂)은 김돈희(金敦熙; 1871~1936)의 호이다. 서예가로 본관은 경주, 자는 공숙(公叔)이다. 어려서 안진경의 서체를 배우다가 황정견(黃庭堅)의 행서를 배웠으며, 예서에도 능하였다. 서화협회 회장·조선미술전람회 심사위원을 역임하고, 서법 연구 기관인 상서회(尙書會)를 설치하여 후진 지도에 힘썼다. 벼슬은 검사를 거쳐 중추원 촉탁을 지냈다.

4 원문에는 '임지(臨池)를 과(課)하여'라고 하였다. 한나라 장지가 글씨를 배울 때 벼루를 씻은 물에 온 연못이 검게 변하도록 열심히 노력했다는 고사에서 나온 말로, 뜻이 변하여 서예를 통칭하는 말이 되었다.

5 전라북도 정읍시 태인면 태창리에 있는 조선 시대의 누정. 피향이란, 향국(香國)을 둘로 나누었다는 의미로, 본래 이 누정의 상하에는 상연지제(上蓮池堤)와 하연지제(下蓮池堤)의 두 연못이 있어 여름에는 연꽃이 만발하여 향기가

피향정(전북 정읍)
신라 헌안왕(857~860) 때 최치원이 태인 현감 재임 중 세웠다고 전하나 확실하지 않다. 조선 중기 대표적인 정자의 하나이다.

럼 좌우가 넓게 일으킨 작지 않은 정자니, "8월 부용군자로(芙蓉君子路)에 만당춘수(滿塘春水) 연홍(蓮紅)이 왔소."라는 '기생점고(妓生點考)' 구어(句語)로 널리 알려진 연꽃의 승지이다. '피향(披香)'이라 함은 향국(香國)을 들에 뻐기었다는 뜻이다.

풍류를 모르는 이의 손에 벌써 웃 방죽은 메워져서 시장이 되고 아랫 방죽만 남았으며, 정자는 면사무소가 되어 판자로 만든 벽 유리창의 살풍경을 나타내었다. 그 대신 함벽루(涵碧樓)라는 것이 군(郡)의 지사(志士)가 힘을 써서 연못 한가운데에 이룩되기는 하였다지만, 역사미(歷史味)는 차치하고 위치로나 건축으로나 멀리 미칠 바 아닌즉, 당초의 경영자이던 최치원으로 하여금 이를 보게 하면 후인의 운치가 없음을 얼마나 한탄하랴.

어허! 그가 남을 능가하는 학(學)과, 세상을 뛰어넘는 식(識)과, 아울러 선천하(先天下)의 깊은 우려를 가지고 모처럼 광국요세(光國

누정의 주위에 가득 차므로, 이를 뜻하여 피향정이라 부르게 되었다고 한다. 현재 보물 제289호로 지정되어 있다.

耀世)의 대경륜과, 계왕개래(繼往開來)의 대훈화(大薰化)를 보시하려 하다가, 난명(亂命)[6]하는 기왓가마 틈에 외로운 종이 울릴 길 없으니, 답답하고 근심하는 뜻과 억울하고 원통한 정을 애오라지 하나의 거울 같은 못 수많은 연꽃 송이에 씻고 닦아내던 그 땅을 밟고 선 나에게, 그때 그의 벗이던 저 달이 그때 그 빛으로써 고요히 나를 비추는가 하면, 나만 아는 듯한 감개가 울연히 두 눈에 이슬방울을 짓는다. 땅은 낡지 아니하고 달은 변함이 없다.

진흙에 피운연꽃 님이어찌 보시더뇨
혼자만 거니실제 무슨말씀 하더시뇨
저달아 들음있거든 나만알려 주시소

연못 저쪽으로 조막만하게 보이는 '도리뫼'는 작을 법하여도 약종(藥種)도 많이 나고 화초도 많이 피어서 시적인 동시에 실용적인 물건인데, 시방은 일본인의 신사(神社) 터가 되었다 한다. 물론 고운(孤雲) 시경(詩境)의 중요한 하나의 요소가 된 것이겠는데, 국선도(國仙道)의 찬양자인 그를 불러다 보이고 그의 눈썹이 어떻게 되는지를 보고 싶다.

죽헌(竹軒)의 말에는, 이 정자가 고운 당시의 뼈대를 그대로 가져온 것이요, 이렇게 습한 땅에 세웠건만 어찌 잘 지었는지 28수(宿)를 응하여 세운 28주(柱)와 기타 서까래와 마룻대가 하나도 트집나거나 돌아간 것이 없다 한다. 건축의 뼈대와 골수를 뽑아 지은 옛 건물인 것은 사실이라 해도, 고운(孤雲) 시대의 그것이라 하는 점은 얼른 수긍하기 어려운 말이다. 천향국색(天香國色)[7]이 사방 만발할

---

6 운명할 때 정신이 혼미하여 골자 없이 하는 유언을 말한다.
7 천하에서 제일가는 향기와 빛깔이라는 뜻으로, '모란꽃'을 달리 이르는 말이다.

시절에 정자 위에 높이 앉아 피향정(披香亭)의 명음(名吟)이라는,

원량(元亮)은 새로 땅에 묻었고,
고운(孤雲)은 이미 하늘에 올랐네.
허공은 연못의 물속에 남아 있고,
하얀 이슬은 가을 연잎에 물방울을 이루네.

를 소리 높여 읊어 보지 못함이 유감이었다(원량 운운은 태인 초기의 수령으로 명성이 있어 시방까지 토지신에 배향까지 되는 申潛[8]이 자를 元亮이라 함에서 나왔다).

---

8 신잠(申潛; 1491~1554)은 조선조의 문관이며 화가. 자는 원량(元亮), 호는 영천자(靈川子), 아차산인(峨嵯山人), 본관은 고령. 1519년 문과에 급제하고 태인·간성·상주의 목사로 치적이 높았다. 문장에 밝고 글씨를 잘 썼으며, 대나무와 포도를 잘 그렸다.

5. 노아의 노령을 빠져

4월 1일. 작별하기가 섭섭하다고 하여 첫새벽부터 이야기를 하였다. 이번 지리산행에는 기어이 동행자가 되어 다닐 결심이니, 우리들이 이 근방을 두루 돌아다닌 뒤 광주에서 기어이 만나서 손길을 마주 잡자고 신신당부를 한다.

태인에서 출발하는 제2열차를 타자면 시간에 여유가 없으므로, 다른 것은 여하간 이른 아침에 이 읍의 큰 자랑인 동헌(東軒) 구경을 갔다. 보기에 장대하고 아름답거나 굉장하고 훌륭한 것은 아니지만, 실제 전라도 안에서는 가장 잘 지은 청사라 한다. 수백 년 되었으나 틈새 하나 벌어지지 않고 반듯한 것이 어제쯤 손 뗀 것 같음은, 아닌 게 아니라 과연 보이지 않는 '잘'이 그 속에 들어 있음을 느끼었다.

연대가 기록되지 않은 '두진'이란 도편수(都片手)가 건물을 지은 것이다. 처음에 불러서 문의한즉 천 냥이면 짓겠다 하기로 그렇게 맡겼더니, 돈은 천 냥을 다 들였으나 공역(工役)은 터를 다지고 재목을 장만해 놓았을 뿐이었다. 다시 천 냥은 가져야 되겠다 하므로 어쩔 수 없이 주었더니, 이번에는 치목(治木)하여 사개를 맞추고서 돈이 떨어졌다.

더 천 냥은 있어야 되겠다 하는데, 뻔히 보는 바에 부정한 일이 있는 것이 아니요, 이만큼 된 일을 중도에 그만둘 수도 없는 터이 매 달라는 대로 주었더니, 그 결과로 생긴 집이 토구리 같고 정군산 같은 이 집으로, 갈수록 갈수록 도리어 싸다 할 이유를 알게 된 것이라 한다.

어찌하여 당초에 삼천 냥을 달라고 하지 아니하였느냐 하니, 누구라도 요만한 동헌을 짓는데 삼천 냥을 들이려 할 리가 없고, 그렇다고 돈에 끌려서 제 본정(本情)에 어그러지는 집은 짓기 싫어서 이러한 권변(權變)을 썼노라 하였다 한다.

그 입신(入神)한 기공(技工)도 갸륵하거니와, 그보다도 더 놀라운 것이 누구하고도 구차하게 타협하지 아니하는 그의 예술적 양심이 아니냐. 어린애 같은 속한(俗漢)을 달램달램 끌어 올림은 불세존(佛世尊)의 화성선교(化城善巧)를 홀로 아름답지 않게 함이 재미있다.

얼른 돌아와서 조반을 마치고, 같은 동학 안에서도 천도파(天道派)보다 시천파(侍天派)가 우세한 고장임을 교당의 살림살이에서 짐작하면서 바로 정거장으로 향하였다. 길다란 입암산(笠巖山), 우뚝한 반등산(半等山), 둥그런 두승산(斗升山)이 혹은 뒤에서 혹은 곁에서 나를 위하여 우두커니 서 있는 듯하다. 날 흐린 덕에 구름 기운이 뭉긋하게 산의 모양을 가리어 아닌 게 아니라 과연 구름과 봄 안개가 어렴풋하여 똑똑하지 않은 밖의 선경(仙境)을 바라보는 듯하다.

아마도 속세를 떠난 세계의 하거(遐擧)를 잠시도 잊지 못하고, 이르는 곳마다 진계(塵界) 그대로라도 선경처럼 보지 아니하면 견디지 못하던 최고운(崔孤雲)으로부터 이 고장 삼신산설(三神山說)이 비롯된 것 아닌가.

그가 다른 날에 "소요하면서 스스로 산림의 아래에서 방랑하여" "경주의 남산, 강주의 빙산, 합주의 청량산, 지리산의 쌍계사, 합포

현의 별서"를 모두 "노닐던 곳"으로 하고, 마침내 가야산 해인사에 숨어서 "조용히 살았던" 것은 실상 이렇게 움처럼 싹트기 시작한 모선 사상(慕仙思想)이 차차 성숙한 결과에 지나지 아니한 것이다.[1] 조금씩 조금씩 현실계를 관념화하는 버릇이 깊고 으슥한 곳으로 옮겨나간 것일 따름이다.

눈 한번 두르오매 앉은데가 거기로다
삼청(三淸) 구만리는 아득하다 하데마는
지금에 학(鶴) 아니온들 걱정할 줄 있으랴

이름 그대로 생긴 칠봉(七峰)·오봉(五峰) 두 산의 틈으로 하여 낙양촌(洛陽村)이니 무엇이니 하는 한당(漢唐) 냄새 나는 고개를 넘으면, 인의현(仁義縣)이라는 고현(古縣)의 주산인 백산(栢山)을 얼마 아니하여 지나게 된다.

한편으로 '잣뫼'라고 하는 것 같아서는 백산이 '잣뫼'를 한자로 번역한 이름일 듯도 하지만, 또 '배산'이라고도 하는 것을 보면, 잣이라는 '栢(백)' 자 하고는 아무 관계가 없고 '백'이란 음을 취하여 쓴 것임을 짐작할 것이다. 그것이 신당(神堂)이 있었을 하나의 고을인 현(縣)의 주산임으로써 당연히 '붉뫼'일 것을 생각하면, 잣뫼의 일컬음은 다른 것이 아니라, 곧 백산(栢山)이란 대자(對字)를 한번 되번역한 것임을 짐작하겠다.

신태인(新泰仁)은 전북 평야의 일부인 아홉매기들, 일곱 고을에서

----

1 이 부분은 『삼국사기』 최치원 열전을 인용한 것이다. 해당 기사는 다음과 같다. "방랑하면서 스스로 위로하였고, 산 아래와 강이나 바닷가에 정자를 짓고 소나무 대나무를 심었으며, 책을 베개로 삼아 읽고 시를 읊조렸다. 예컨대 경주의 남산, 강주의 빙산, 합주의 청량사, 지리산의 쌍계사, 합포현의 별장 등은 모두 그가 노닐던 곳이다. 최후에 가족을 이끌고 가야산 해인사에 숨어 살면서 친형인 승려 현준 및 정현사와 도우를 맺고 조용히 살다가 늙어 죽었다."

무척 많이 나는 미곡을 한 입으로 삼키고 뱉으므로, 발전이 날로 성하여 이미 일대 시가를 이루었고, 집집이 매갈이를 놓다시피 하여 과연 미곡 중심의 시읍(市邑)임을 알게 되었다.

역 앞의 작은 언덕에 올라서 보니, 망부석 전설지의 하나인 칠보산(七寶山)이 남쪽에 운환(雲鬟)[2]을 들고, 서해와 큰 들판 사이에 은연히 성장(城障)[3]을 이룬 변산(邊山)은 서편에 노을 벽을 둘렀는데, 넓고 아득하고 광대한 하늘이 내리신 곡장(穀藏)이 한번 시원하게 터져 있다. 이 큰 들판을 볼 때마다 세상에 배고픈 이 있다 함은 거짓말 같다.

10시 40분발 차로 사가리역으로 향하였다. 톱날 같은 내장산의 남다른 꼴을 차창으로 내다보면서 정읍을 지나니, 훔치교의 본거지인 대흥리(大興里)에는 또 무슨 꿍꿍이가 있는지 백의(白衣) 흑모(黑帽)가 덩어리 덩어리 모여서 마치 장날 같다.

1,100척이나 되는 노령 터널을 지나면 바로 그 밑이 네거리이다. 노령은 입암산 기슭에 있는 하나의 관문 입구로 상하 10리쯤의 험준하고 막힌 좁은 길이었지만, 이제는 3분이 못되어 통과하게 되었다.

노령(蘆嶺)은 우리말로 '갈재'라 하니, 추령(楸嶺)·갈치(葛峙) 등 자형은 달라도 우리말로는 한가지로 갈재라 하는 비교적 높은 고갯길이 근처에만도 무릇 세 곳이나 있다. '갈'이라 하는 것이 고개의 이름과 인연 깊은 백제 고어일 것은 물론이지만, 노아(蘆兒) 운운의 전설로 고개 지명의 기원을 설명하는 것도 사실을 떠나서 매우 흥미롭다.[4]

---

2 여자의 탐스러운 쪽진 머리를 뜻한다.
3 적을 막는 성벽·제방 등의 장애를 말한다.
4 장성 기생 노아(蘆兒)의 이야기는 시화류에 자주 등장한다. 고을 수령들이 노아에게 빠져 정사를 돌보지 않자 나라에서 탄핵사를 파견, 치죄하려 했으나

같은 전설 중에서도, 지명 기원 속설 등이 얼마나 나그네와 관광객의 피로를 위로하고 흥과 운치를 자아냄에 뛰어난 큰 효험이 있음은, 실상 헤아릴 수 없을 만한 것이다. 하물며 노아와 같이 재색 두 가지 모두 뛰어난 한 시대 얼굴이 잘 생긴 여자에 관하여서랴.

그가 간 지 이제 수백 년 아마 백골이 진토된 지도 이미 오래오래 되었으련만, 전설의 노아는 물론 언제든지 곧바로 핀 꽃 같은 만년장춘(萬年長春)의 미인으로 만인 염모(艷慕)의 표적임이 재미있지 아니하냐? 북의 황진(黃眞), 남의 노아(蘆兒), 너 같은 사람은 기생이 아니었다면 낭패일 사람이 반드시 풍류남아뿐은 아닐 것이다.

반갑고 훗훗함을 억지로 아니라 해
'파자(婆子)'[5]의 들인집을 태버려야 옳을는지
부처님 돌부처님께 구태물어 볼거나

오히려 노아의 꾐에 빠진다는 내용이다. 이를 '함안 차사'라고 하는 것은 '함흥 차사' 고사에서 음과 내용을 차용한 것으로 보고 있다.
5 할망구 또는 아내를 뜻한다.

호남의 금강산,
백양 · 내장

6. 황매(黃梅)의 백양산

네거리에서 간단하게 점심을 먹는데, 주막 주인 할머니의 대접이 유별나게 은근한 것은 여러 가지로 괄시할 수 없는 백양사(白羊寺) 손님임을 알아본 까닭이라던가. 입암산 기슭의 곰재[熊峙]를 넘어 '청암 들'을 지나면 약수리가 되니, 여기서 북으로 꺾이는 것이 백양사 길이다.

건너편 용두리란 곳에 고래등 같은 기와집이 번지르르하게 깔린 것은 하서(河西) 선생 종손의 집이던 것이다. 아닌 게 아니라 과연 소장을 관청에다 바치러 가던 촌민이 관가로 알고 소지(訴紙)를 디밀었다 함도 거짓말이 아닐 듯하다.

한식사리의 조기를 받으러 줄포 가는 이가 길에 경성드뭇한 것도 일종의 봄맛이었다. 이 부근 일대는 정미년(1907) 이후 한참 당년에 홍의 장군(紅衣將軍)의 여류(餘流)를 퍼 올리신 임병찬(林炳燦)·기양연(奇亮衍) 기타 여러 끄덩이 의병 패들의 소굴이던 곳이다.

골짜기로 들어서서부터는 가뜩이나 산이 점점 높고 깊어 가는데, 깎은 듯한 마루턱까지 산전(山田)을 갈아 부친 것이 더욱 강원도 두메산골에나 온 듯한 느낌을 준다.

"봄에는 백양산, 가을에는 내장산"이라 하여 주변에서 화류승지

백암산 백학봉(전남 장성)
백양사 대웅전과 쌍계루에서 바라보는 백학봉의 암벽 및 식생 경관이 매우 아름다워 예로부터 대한 8경의 하나로 꼽혔다.

(花柳勝地)로 으뜸가는 곳에 철 맞추어 온 셈이지만, 꽃이 피면 좋기는 하겠다 하는 밖에 아직 다른 수가 없는 것이 한없이 섭섭하던 차에 '솔마실' 주막을 지나니까 앙상한 가지 끝에 노란 꽃 다닥다닥 핀 나무 하나가 눈에 들어온다. "저 꽃 보아라!"하는 소리가 입에서 저절로 나온다. 오종종한 황매화(黃梅花; 아구사리)도 반가운 법이 다른 때의 모란 작약 이상이다.

추위를 어려워하면 남보담 먼저피랴
한가지 '아구사리' 봄을 혼자 맡았도다
다른 것 다피울때야 밟혀진들 설우랴

백암산을 쳐다본다. 여기서 보기에는, 글쎄 명승일까 싶었다. 정작 백양사 동네 어귀를 당도하니, 산기슭이 한번 닫쳐졌다가 다시쓱 열리는 곳에 국면이 바뀌면서 조금 돋보이기는 하나, 아직도 시원한 줄을 모르겠다. "백암산 좋은 줄도 아는 때가 있으리라." 함이 석전 스님의 늦여 주시는 말씀이다.

오른쪽 언덕 위로 돌이 뾰족 나온 모서리에 노송 둘이 있다. 하나는 늙은 용같이 거드름을 피우며 거만하고 또 하나는 벼랑에 붙어 있는데, 생긴 것이 낭떠러지 아래로 얼마 드리웠다가 꼬부장하게 다시 하늘을 가리킨 것이 마치 분재의 걸작을 확대하여 보는 것 같다.

시내 바닥이 높아지고 물소리가 점점 귀에 어지러워지는 곳에 새로 발견된 용수 폭포 골짜기 쪽으로 금벽산수도(金碧山水圖)에서 흔히 보는 것처럼 넓적넓적한 돌벽 바위 벼랑에 푸릇푸릇한 이끼가 두터이 입혀 있는 것은, 아닌 게 아니라 과연 명산에 상응하는 색채를 드러내었다. 시내를 끼고 언제나 푸른 침엽의 비자나무가 배치 좋게 여기저기 점점이 박혀 있는 것은 그림으로 쳐도 매우 본치 있는 솜씨이다.

법왕봉을 올려다 보고 운문암을 바라보고, 빽빽하게 우거진 나무숲에 가지 끝마다 북받치는 봄기운이 터질 듯 맺혀 있다. 간절히 바라던 것이 먼 곳으로부터 오는 우리의 눈을 기쁘게 함이 얼마인지!

소나무 비자나무 등이 군데군데 구름무늬 파도 무늬로 열을 지은 틈에 갖가지 활엽·낙엽·교목·관목이 쭉 들어섰으니, 푸른색 붉은색 노란색 하얀색이 골고루 어우러진 봄꽃 가을 단풍은 보나 아니 보나 일대 장관일 것이다. 이만 하여도 "백양!" "백양!"하는 이유를 짐작함직하다. 희망은 인생의 봄이라 할진대, 바야흐로 피게 된 꽃나무 숲은 그것이 희망의 바다인 만큼 가장 신성한 봄의 표상일 수밖에 없다.

> 맥이 피온뒤엔 떨어질일 뿐이로다
> 가지에 들었을적이 더 고운줄 뉘아실고
> 고대에 이우는빛을 예뻐할줄 있으랴

길가의 하마비(下馬碑)는 조선 왕조 누구의 태봉산(胎封山)이 있기 때문이란다. 시내를 막아 방죽 만든 것 셋을 지나면 두 물이 합하여 에워싼 중간에 질박하게 세워 놓은 것이 오래전부터 듣던 쌍계루(雙溪樓)였다. 조종순(趙鍾淳)이 쓴 편액은 아닌 게 아니라 과연 활기찬 솜씨였다.

백양은 오래전부터의 명찰로, 고려 시대에는 힘 있는 승려, 세력 있는 승려들이 내왕하기도 하니, 누각의 창건자인 각엄 존자(角儼尊者)란 이와 중건자인 "중대광 복리군 운암 징공(重大匡福利君雲岩澄公)"[1]이란 이가 다 그 가운데 한 사람이었다. 쌍계(雙溪)의 이름은 목은(牧隱) 이색이 지은 것이다. 그가 찬한 기문은 지금까지도 미간

(楣間)에 걸려 있다. 그 결어에

　　나는 지금 늙어서 누각에 밝은 달빛이 가득할 때 그 속에서 한 번이
　라도 묵을 길이 없으니, 소년 시절에 그곳의 객이 되지 못한 것이 한스
　럽기만 하다.

라고 한 것은 뛰어나다고 일컫는 구절이다.

사방 마룻대와 기둥에는 포은(圃隱) 정몽주 선생의 원운(原韻)을
보화(步和)한 제영(題咏)이 거의 빈틈없이 걸려 있다. 그 중에는 돈
있는 세도를 부려 차작(借作) 차필(借筆)하여 억지로 한몫 보는 것
들도 적지 아니하다. 이 따위일수록 각판(刻版)이 남보다 훌륭한 것
이 눈에 뜨인다. 간청하는 대로 갑작스럽게 휘갈겨 써준 소치이겠
지만, 원시(原詩)도 포은이 지은 것으로는 뛰어난 작품이 아닐 것
같다.

　　지금 시를 써달라 청하는 백암승(白岩僧)을 만나니,
　　붓을 잡고 침음(沈吟)하면서 재주없음 부끄럽구나.
　　청수가 누각 세워 이름이 이제 무겁고,
　　목옹(牧翁 – 이색)이 기문을 지어 값 더욱 더하네.
　　노을빛 아득하니 저무는 산이 붉고,
　　달빛이 배회하니 가을 물이 맑구나.
　　오랫동안 인간에서 시달렸는데,
　　어느날 옷을 떨치고 자네와 함께 올라 볼까[2]

---

1 쌍계루를 중수하고 목은 이색에게 그 기문을 부탁했던 승려이다. 쌍계루 기
　문에서는 "三重大匡 福利君 雲菴 澄公 淸叟"라고 하였다.
2 『포은선생문집』에는 권2, (시)에 「장성백암사쌍계기제(長城白嵒寺雙溪奇
　題)」로 실려 있다.

백양사 극락보전(전남 장성)
백양사에서 가장 오래된 건물이다. 지금의 절은 1917년 송만암이 고쳐 세웠다.

쌍계루로부터 왼쪽으로 '대가람 백양사(大伽藍白羊寺)'란 글씨 광고판이 달린 산문을 들어가노라니까, 새로 수리한 섬돌 아래에서 흙손으로 화초를 심다가 망연히 일어나 예하는 이가 곧 주지 송만암(宋曼庵) 화상이었다.[3] 이렇듯이 몸으로 시키고 일로 보이는 성의가 철응(徹應)하는 가운데 그의 백양 중흥의 공업(功業)이 나온 것을 직감하였다. 중후하고 침착하여 아닌 게 아니라 과연 실행적(實行的)인 인물인 듯하였다.

극락보전과 큰 방 한 채만 남아 있고 오래 쇠퇴하여 줄어 들었던 이 절이 몇 년이 지나지 않아 전각당료(殿閣堂寮) 170칸의 모습이 된 것은, 있던 것도 없애기로 능사를 삼는 요즈음 세대에 보기 어려운 일이 아닐 수 없다. 그런데 화상의 이 원심(願心)을 성취케 함에는 배학산(裵鶴山) 화상의 도움이 컸음을 가히 숨기지 못할 것이다.

---

3 만암은 45세 때부터 백양사 주지직을 맡아 30년 가까이 주석하면서 불사에 진력하는 한편, 강원을 개설하고 중앙불교전문학교장을 겸임하면서 많은 인재를 길러냈다.

학산 화상은 반드시 도승(道僧)도 아니요 학승(學僧)도 아닌 듯하나, 그에게는 무엇보다 존승(尊勝)한 자신을 버리고 불교를 위하는 성심이 있었다. 그리하여 일생의 정력을 다하여 모은 자재와 양식의 거의 전부를 희사하여, 만사(曼師)로 하여금 비로소 대원(大願)의 실현에 착수할 용기를 내게 한 것은 얼마만큼이라도 칭찬하여 줄 만한 일이다. 이 한 가지에 이 정도 인색하지 않고 시원스러움을 보인 것을 보면, 다른 모든 검소하고 인색하다는 기롱을 썻고도 남음이 있을 것이다. "바라건대 양사(兩師)의 복전(福田)이 절과 함께 늘어가십시사."하였다.

여러 승려들의 주선과 사미(沙彌)의 예의범절이 자못 볼 만한 것이 있고, 경내가 상쾌하고 깨끗하여 티끌 세상의 속된 기운이 없음은 염문이 돌고 있는 절을 보아 오던 눈에 퍽 좋은 인상을 주었다. 저쪽으로부터 한 청년 중의 인솔 하에 십여 명 새로 삭발한 아동이 행렬을 지어 오는 것은 무엇인고 하였더니, 교육 보급에 열심인 주지의 권도(勸導)로 오늘 신학년으로 학교에 새로 들어오게 된 병아리 생도들이 고마움을 표하러 온 것이라 한다.

한가하고 고요한 것을 사랑하여 석양에 다시 쌍계루를 올라 난간에 비스듬하게 기댔다. 어둑어둑한 네모진 연못가로 사람이 지나가자, 허연 그림자가 물에 비치어 한 사람이 두 사람인지 두 사람이 한 사람인지 모르겠다.

물가에 가는이와 못속에 비치는 이
참몸은 뉘어시늘 그림자는 또뉘신고
이윽고 다아니뵘은 또어디로 가신고

모든 차별이 하나의 어두움에 평등해지고, 인식하고 식별하는 마음의 작용이 열반의 경지에 들어, 내가 나를 잊을 듯한 때에 문

백양사 쌍계루(전남 장성)
백양사 입구에 자리 잡은 이층 누각으로 이 누각을 중심으로 백양산의 바위와 연못이 어우러
진다.

득 들리는 저녁 종소리가 고요하고 아득하였던 내 세계에 공연한
파동을 일으킨다.

해떨어진 깊은골은 어두움 하나뿐을
보이고 들리든것 다쓰러져 버린 것을
구태어 쇠북소리가 생트집을 내더라

늦도록 황씨(黃氏) 운곡(雲谷)의 불교계에 들려오던 이야기를 재
미있게 듣다가 재찬(齋饌)을 얻어 먹고 곤하게 아침까지 내켜 잤다.

2일. 아침에 다시 쌍계루를 올라서 맑고 넓은 기운에 배를 불리고, 이어 당우를 순례하였다. 새로 굉장하고 훌륭하게 지어 단청이 눈을 부시게 하는 대웅전에는, 현존한 인물로는 불구(佛具)를 만드는 유일한 사람인 양재덕(梁在德)의 손에 조성된 석가상을 봉안하고, 그 앞에 절을 하고 향불을 피우며 공양하는 위치 같은 것을 다 정연히 마련하였다.

그 오른쪽에는 백양사를 처음 개창한 여환 선사(如幻禪師) 이하의 영정을 모신 전각이 있으나, 똑같은 화상(畵像)에 이름만 달리 적은 듯한 것도 있음은 고증이 부실한 까닭인 듯하다. 그 곁에는 홀로 고색(古色)을 띠어 정토사(淨土寺; 백양사의 옛 이름) 이래의 역사를 이야기하는 극락보전이 있다.

그 앞에는 명부전이 꺾여 있으며, 건너편 대웅전의 왼쪽 날개로는 우화루(雨花樓)가 있어 새벽 종 저녁 북이 다 여기 쟁여 있다. 설선당(說禪堂)이라는 큰 방은 다시 그 옆에 큰 채 하나가 되어, 해운각(海雲閣)이라는 커다란 객실과 상대하여 있다. 요사이 일로는 무던히 만들었음을 인정할 것이다.

법당 뒤에 따로 한쪽 구석의 땅을 다듬고, 육바라밀(六波羅蜜)의 지문(地文)을 꾸민 가운데 새로 조성한 화강암 구층탑은, 일본에서 전래되어 온 불사리 1매를 안치한 곳이라는데, 탑도 탑이려니와 그 앞에 놓은 한 쌍의 석등은 과연 머리와 받침의 균형을 고려치 아니한 졸작이다. 일본 사람이 세운 것이라 한다.

아침밥을 먹고는 정말 백암의 숨겨진 경치를 찾아 들어갔다. 쌍계의 서쪽 근원을 향하여 시냇가로 올라간다. 울명줄명한 바윗돌 틈으로 막힐락 터질락 흘러내리는 물이 또한 범속하지 아니한 경치이다. 이런 나무 저런 나무 빽빽이 들어선 가운데, 특수한 경관을 뽑내는 것은 역시 남국 풍미를 보여 주는 비자나무였다.

길옆 바위 위에 '대방광불화엄경(大方廣佛華嚴經)'을 새긴 것은 막바지의 운문암(雲門菴)이 오래 강당(講堂)이었던 표적일텐데, 이렇게 경전의 제목을 돌에 새긴 것은 처음 보는 것이었다. 그 앞은 천제(天祭)등이라 하여 터를 잘 닦은 평지에 터진 입구(口) 자의 돌담을 두르고, 그 안에 이층 단을 모으고 가장 안쪽의 단 앞에 따로 횡석(橫石) 한 개를 놓았는데, 두 그루의 소나무와 한 그루의 전나무가 가지를 겨루며 이 신성한 구역을 보호하고 있었다.

이 산 이름인 백암(白巖)이 '붉은'의 대자(對字)임은 진실로 논할 것 없으니, 그윽하고 고요함과 기이하고 가파름이 남보다 특이한 이 산은, 아마 마한에 있는 여러 신악(神嶽) 가운데 가장 유수한 일좌(一座)이었을 것이다. 아니, 어느 한편으로는 수반지(首班地)[4]이었을지도 모른다.

시방 우리가 올라가는 이 골은 금강산으로 말하면 영원동(靈源洞)에 해당하는 것이니, 이 제단은 바로 영원동에서 그릇 '대궐 터'라고 부르는 제(祭) 터와 동일한 성질에 붙이는 것이다. 신령을 상징하는 신체(神體)의 바로 아래에 두었던 제단이 시대가 내려오면서 점점 평탄하고 편안한 곳으로 옮겨 내려온 것일지며, '불바라기재'(佛見峙·奮力峙)라 하는 이 산 안에 있는 한 고개도 또한 이러한 종류에 붙이는 것임이 의심 없다. 또 이 산 안의 법왕봉(法王峰)·천왕봉(天王峰) 등의 이름도 '붉'과 관계 있는 것임은 물론이다.

백암산 — 변하여 백양산 백양산하고 근방에서 떠드는 것은, 경치만으로 말미암은 것 또는 절이 있기 때문에 말미암은 것이 아니라, 실상은 아득한 옛날부터 종교적 근기(根基)가 깊이 사람의 마음에 박히게 된 산이기 때문일 것이다. 이 산을 소금강(小金剛)이라고 하는 것을 흔히 경치를 가지고 말하는 것만으로 알지만, 실상 그보다도 더 산의 성질 — 특히 그 민족 문화상 관계에 있어서 금강산의 그것을 줄여 놓은 것이란 의미로 그러함을 알지 않으면 안 된다.

---

4 첫째 가는 곳이라는 뜻이다.

그렇다! 백암산은 호남 지방에 있는 '붉'도(道) 한 편의 대영장(大靈場)이요, '백양(白羊) 구경'이란 것은, 요약하면 고대의 성지 순례가 남모르게 모양이 변한 것일 것이다(『풍악기유』 영원동 편 참조)

7. 물외(物外)로, 약사(藥師)로

이 천제(天祭)등으로부터 올라가자면, 가까워지는 대로 백암 일명 '학(鶴)바위'의 진용이 더욱 나타나기 시작하여, 흰 맛 맑은 맛 날카로운 맛 신령스러운 맛이 걸음걸음 금강산다운 모습이 된다. 이쯤에서부터는 아닌 게 아니라 과연 백암산도 우연만하다는 생각이 든다. 저 안에서 보기에는 한 뭉텅이 허연 바위로만 알았는데, 그런 게 아니라 각각 다른 여러 석순(石筍)이 모여 있는 것이었다.

황매화(黃梅花)가 무더기 무더기 핀 틈으로 기꺼움 속살거리는 시내를 한번 또 한번 건너고 또 건넜다. 백련암(白蓮菴) 들어가는 길목 석벽에 "장춘동천 경수연하(長春洞天耕曳烟霞)"라고 새긴 것은 기량연(奇亮衍)[1]의 짓이라 하는데, 무슨 장춘(長春)이냐고 묻는 이가 있으면, 나는 비자장춘(榧子長春)이라고 대답하겠다. 거기는 비자나무가 퍽 많이 서 있기 때문이다. 흙다리 하나를 건너서 이마가 맞닿도록 돌사닥다리를 올라가게 된다.

고개를 돌리면 백련암 터가 환하게 보인다. 옛날에는 풍류를 즐

---

1 기량연(奇亮衍; 1831~?)은 조선 말의 인물로 본관은 행주, 자는 덕수(德叟)이다. 『사마방목』에 의하면, 1858년에 28세로 진사에 입격하였는데, 거주지가 장성(長城)으로 기록되어 있다. 옥구 현감을 지냈다.

기는 수령이 여기에 놀이를 차려 놓고, 풍악은 일부러 이쪽 상봉에서 취타(吹打)케 하여 신선의 음악이 바람에 흩날리는 재미를 보시던 터라 한다. 암자는 수년 전에 썩어서 없어지고, 옥녀의 금빛 잔으로 마음껏 오락을 즐기던 터에는 파란 보리만 돌아온 봄을 아는 듯하다.

더 올라갈수록 소금강이란 말이 거짓말 아님을 느끼겠다. 그런 것 같으면서도 또 그렇지만 아니한 것은 대금강(大金剛)이 시적임에 대하여 이 소금강은 산문적인 점이다. 또 한번 말하자면, 저를 장팔사모(丈八蛇矛)라 하면 여기는 청룡도(靑龍刀) 같은 점이다. 그러나 보고 보아도 싫지 아니하기는, 또 다른 듯하고도 다르지 아니한 점이다. 그대로 떠다가 금강산의 일부를 만들지라도, 산과 돌의 형태로는 상당히 한몫을 볼 수 있음이 물론이다.

돌사다리는 더욱 급하고 돌부스러기는 더욱 많이 길에 깔려서 비로봉을 오르는 초입과 같다. 큰 나무 틈, 자개돌 바닥에 차(茶) 나무가 뭉쳐서 나 있음을 본다. 불그레 파릇한 새싹이 조금 지나면 따게 될 것 같다. 이 근처에도 차 나는 데가 많고 지리산은 차의 본산지가 되지만, 향과 맛 무엇으로든지 백양산 여기에서 생산되는 것이 역내에서 제일이라고 한다. 한 등성이 넘어 구암사(龜岩寺)에서 생산되는 것만 하여도 매우 손색이 있다 한다. 돌밭·대밭, 단단한 땅에 이아쳐[2] 자란 놈이라야 좋고, 또 햇살·절기 기타의 관계가 여기만큼 알맞은 땅이 없기 때문이라 한다.

틈 있는 데는 남기지 아니하고 그득하게 난 산죽(山竹)은 별로 쓰임새 있는 것이 아니요, 걸음 걷는 대로 발바닥에 박혀서 괴롭기 그지없는 자개돌도 우리의 피로와 근심과 고민을 깨끗이 씻어내도록 좋은 맛과 좋은 향을 찻잎에 훈지(薰漬)함에는 필요 불가결한 하

2 자연의 힘에 의해 손해나 상해를 입는 것을 말한다.

나의 물건임을 생각하면, 천지간에는 무엇이 버릴 물건이라고 할지 모르겠다.

지경 닦기 위하여 일부러 담아다가 부은 듯한 자개돌 밭을 밟으면서 이것이 곧 백암(白巖)의 부스러져 내려온 것 ─ 부스러기 된 소금강임을 생각하니, 감히 인정 없이 밟아 으스러뜨릴 수 없다는 생각이 더럭 난다. 빨리 간다 하다가 길을 잘못 들어 금강산 망군대(望軍臺)는 엿죽[3]이라 할 험준한 곳을 미끄러지며 엎드러지며 더위잡고 올라가자 다행히 한 솔틔가 되었다.

앞으로는 시방까지 오던 골목을 죄 내려다보고 뒤로는 백암의 아름다움을 비로소 분명히 대강 듣고 짐작해 알아 차리니, 조망의 편리함이 이만하기도 어려운 곳이다. 저 아래서는 희기만 하였지 별수 없는 둔각(鈍角)의 한 석봉으로 알았던 백암, 실상 크고 작게 들쑥날쑥한 일곱 개의 봉우리가 빽빽이 서 있는 것이고, 돌이 형명(瑩明)한 기운을 띠어 외금강에는 내리지 아니할 만한 곱고 아리따운 자태를 가졌음을 여기 와서야 알았다. 산을 구경하여 보면, 멀리서 보는 것이 좋을 수도 있고 가까이에서 보는 것이 좋을 수도 있는데, 시방 이 백암은 모두 다 가까이에서 볼 것이요 멀리서 보고 함부로 비평할 부류가 아님을 깨달았다.

대(臺)의 한가운데에 침성암(沈成岩) 홀쭉한 것 하나를 세우고, "대성자부미륵존불(大聖慈父彌勒尊佛)"이라고 써 놓았다. 불호(佛號)는 여하간에 오래전부터 있어온 하나의 '마세바'가 아닌가 생각하였다. 수선화 잎 같은 난과(蘭科) 식물이 여기저기 소담스럽게 난 것을 본거인(本居人)은 혜초(蕙草)라고 부른다. 시방은 잎사귀만 저렇게 싱싱하지만, 음력 7월쯤 되면 잎은 없어지고 쭉쭉 뻗은 줄거리에 꽃이 피어서 꽃과 잎이 서로 만나지 않는다고 한다.

3 하기 쉬운 일을 농담조로 이르는 말. '엿죽방망이'라고도 한다.

운문(雲文)으로 가는 지름길이라는 이정표 세운 곳에서 너머쪽 골짜기를 데미다보고, 오른쪽으로 일곱 개의 봉우리 중 한 가운데로 맨 앞의 봉을 돌아가면, 이름만으로도 까닭 없이 사람의 마음을 잡아당기는 물외암(物外菴)이 된다.

집은 변변치 아니하나 덜미의 돌은 볼 만하며, 집 뒤로는 바위가 감실(龕室)처럼 푹 들이패고 물이 세 군데서나 흘러 떨어진다. 그 밑에 '이마돌'만큼씩한 돌을 죽 늘어세운 것은 의식하지 않은 가운데 종교적 고풍이 흘러 내려온 것으로 보인다. 석질이 취약하여 이내 부스러져 떨어진다.

여기서 다시 오른쪽으로 무시무시한 바위 낭떠러지를 엉금엉금 기어서 간신히 내려가면, 물외(物外)보다 더 크게 뚫린 바위 문 앞에, 더 크게 지은 약사암이 있다. 유리 상자 안의 약사불상은 과연 비원(悲願)이 똑똑 떨어지는 듯한 것이었다. 굴이 저만큼이나 크니 벽면에는 커다란 불상이라도 하나 새겼더라면 하였더니, 석질이 또한 감당하지 못할 것을 보고 섭섭하였다.

주인의 풍치인 듯 화초와 정원수가 적지 아니하고 더욱 몇 포기 난초에는 꽃까지 피었는데, 기후 소관인지 매우 잔약하고 용렬하여 자평(子平)[4]의 글이나 소남(所南)[5]의 그림에 나오는 그것과 같았다.

암호(巖戸)의 왼쪽 끝에는 뭉툭스름한 큰 덩이가 앞으로 턱없이 내밀어서 어딘가에 있는 관재(貫齋)[6]의 「미전도(米顚圖)」 중에서 보

---

4 김수장(金壽長; 1690~?)으로 조선 시대의 문인·가객. 자는 자평(子平). 호는 노가재(老歌齋)·십주(十洲). 김천택과 함께 경정산 가단을 결성하여 시조 보급에 힘썼고 『해동가요』를 편찬하였다.

5 정사초(鄭思肖)로 중국 송의 유민화가. 자는 억옹(憶翁). 호는 소남(所南). 복주 근교인 연강 사람으로서 강남 지방에 살았다. 송 멸망 후, 종실 조씨(趙氏)의 문자 일부를 취해 사초(思肖)라 칭하며 충성심을 표명했다. 묵란을 잘 그렸으나, 이민족에게 더럽혀진 국토를 그리는 것을 좋아하지 않고, '뿌리가 드러나 있는 난'을 그렸다.

6 이도영(李道榮; 1884~1933)은 한국화가로 본관은 연안. 자는 중일(仲一), 호

왔던 돌과 똑같음이 재미있다. 그 짝으로 오른쪽에 기다랗게 내밀었던 놈은 오래오래 위태롭게 여기던 것이었더니, 지난 해 장마 끝에 밑둥으로부터 물려났는데, 지붕으로 떨어졌더라면 집 한 모가 무슨 광경을 당하였을지 모를 것을, 소리도 없이 곱다랗게 내려와 앉은 것은 도량 주인이신 나한님의 명우(冥佑)[7]라 하여 주승의 자랑이 대단하다.

다시 오른쪽으로 돌사다리를 끼고 돌아가면, 내려가는 목쟁이의 걸차게 생긴 석애(石崖; 석축, 석벽)는, 푸르고 굳센 잔물결과 높고 험한 기운이 보는 이에게 새로운 생기를 준다. 그대로 그림에 옮길 수가 있다면, 상머리의 아주 가까운 거리에서 파촉(巴蜀)의 솥 안에 있는 전체의 맛을 이 한 점의 저민 고기로써 배불리 먹을 듯하다.

여기서 조금 돌아가니, 몸이 홀연히 만물초(萬物草) 동구에 서 있음이 웬 일인가 하였다. 동구 밖에서 보던 백암, 백양사에서 보던 백암 내지 물외(物外) 솔틔에서 보던 백암은 어디로 가고, 여기까지 오기를 기다려 비로소 본지(本地)의 풍광을 이슬까지도 다하여 남은 것이 없는 맑고 깨끗한 진백암(眞白巖)! 그것이었다.

깊다고 할 골짜기도 아니요, 많다 할 산봉우리들도 아니언마는, 옥순(玉筍) 같은 몇 날 석봉이 다만 묘하게 배치되어, 그 속이 천첩(千疊)인지 만첩(萬疊)인지 모를 만큼 그윽하고 고요하게 서로 멀리 떨어져 있는 모습이 극치를 나타내었음은, 과연 조화의 묘완(妙腕)이라 할 수 밖에 없었다.

조막만한 국면이 얼마나 많은 변화와 활동을 보이는지, 보고 또 보아도 싫은 줄을 모르겠으며, 볼수록 의심나는 것은 이것이 금강산이요 만물초 어귀가 아니라 함이다. "저기 저 삐죽어슥한 것은

는 관재(貫齋) · 면소(苬巢) · 벽허자(碧虛子). 이름은 도영(鞱穎)으로 쓰기도 하였다.

7 모르는 사이에 입는 신불(神佛)의 도움을 받는 것을 가리킨다.

삼선암(三仙巖)이 분명한데, 아니란 말이 웬 말인고?"하고 더욱 자세히 살펴본즉, 높기가 그렇지 못하고, 넓기가 그렇지 못하고, 세찬 기운 우뚝 솟은 기운이 그렇지 못하고, 빽빽이 호위하여 매우 기이하고 괴상한 것이 아무래도 그렇지 못한 것이 만물초인 듯하면서도 만물초 아닌 점이었다.

그러나, 정경(情景) 취미 무엇으로든지 금강산과 한 집안 식구로 보아야만 하는 이곳은, 작은 대로 역내에서 하나의 이름난 구역임을 이제는 마음 가득히 허락하는 동시에 "아는 때가 있으리라."하던 석전 스님이 앞에서 한 말을 생각하였다.

왼쪽으로 약사(藥師)보다 더 큰 하나의 암혈(巖穴)이 있어 열 칸이나 됨직한 하나의 암자를 용납하고도 오히려 그만한 뒤뜰이 남아 있다. 그 속에서 나는 샘을 영천(靈泉)이라 하여 굴과 암자를 다 이로써 이름 하였다. 물맛도 달고 차갑거니와 안개와 노을의 공양까지를 겸하면, 아닌 게 아니라 과연 어지간한 세속의 티끌과 질병의 고통은 떨어지기도 할 터인즉, 주승이 그 효험을 관음(觀音)의 감로(甘露)에 비하려 함도 괴이치 않다 하겠다.

굴 안에는 미륵을 주세불(主世佛)로 하고 나한상 14체를 배치하였는데, 다 변변치 아니한 토상(土像)이었다. 마치 신만물초(新萬物草) 옥녀봉(玉女峰) 돌아가는 길 같은 데로 하여 바위에 붙인 작대기 하나를 밟고 서쪽으로 뻗은 석굴을 끼고 돌면, 갸름하게 뚫린 바람 구멍으로 올라가게 된다. 만물초의 금강산과 흡사하지만, 그리로 내다보는 대상이 유달리 뛰어나고 우뚝 솟은 그것 아님은 딴판이었다.

둥그렇고 뚱뚱한 약사(藥師)의 주승이 올려다 보면서 팔을 벌려 웃고 이야기 하는 것이 마치 포대(布袋)[8]도 같고 풍간(豊干)[9]도 같은

---

8 포대(布袋: ?~916)는 중국 후량의 선승으로서, 복덕만원(福德圓滿)한 상을

데, 바위 틈의 내가 한산(寒山)[10]으로 보였는지 어쨌는지 격(格)은 되었건만 시(詩) 못 하는 것이 유감이었다. 컴컴한 구름이 오락가락하고 빗방울조차 드문드문 듣건만, 바위 틈에서 뻗쳐나온 고목 하나를 의지하여 표연히 돌아갈 생각이 없다.

재촉을 받고 내려와서 다시 한참 백암의 뛰어난 경치를 데미다 보고, 아닌 게 아니라 과연 원시 종교의 숭배 대상이 됨직한 그 존귀한 얼굴을 새삼스럽게 올려다 보다가, 들어갈 때 보지 못하던 자개돌 조탑(造塔)의 경주 첨성대 같은 형상을 기이하게 보면서, 돌각다리 다른 길을 취하여 내려왔다.

이 모든 돌 — 물 갈 때마다 멀리멀리 야외로 흘러내려간 무량한 돌멩이까지가 아직 떨어지지 아니하였을 적에는 얼마나 더 기이하고 예스러우며 더할 나위 없이 고상하였을까 하고 다시 한 번 뒤를 돌아다보았다. 만물초로 치면 귀면암(鬼面巖)에 해당하는 석봉 위에 새 물이 오르기 시작한 푸른 소나무가 외줄로 죽 늘어선 것은, 마침 백암의 권속들이 나서서 가는 나를 붙드는 것 같았다.

12시나 되어 본사로 돌아오다가 부도(浮屠)정이를 들르니, 소요당(逍遙堂)을 중심으로 하여 좌우로 석종 아홉 개가 늘어섰는데, 꽤 정교한 조각을 한 것도 있다. 소요당 같은 이는 한 시대의 대덕(大德)이던 만큼, 그의 석종에는 사방에 운룡(雲龍)을 둘러 새기는 등 매우 힘들여 만든 것이었다.

지니고 있어 회화 · 조각의 좋은 제재가 되었다. 미륵보살의 화신이라 하여 존경받았다. 이름 계차(契此). 정응 대사(定應大師). 포대 화상이라고도 하며, 당시의 사람들은 장정자(長汀子) 또는 포대사(布袋師)라 불렀다.

9 풍간(豊干) 선사는 한산(寒山) 스님의 스승이자 행각승으로 알려진 당나라 시대의 선승이다.

10 중국 당나라 때의 승려. 천태산 국청사의 풍간 선사의 제자. 선도(禪道)를 깨우쳐 습득(拾得)과 함께 문수의 화신이라 이름. 시에 능했고 작품으로 『한산시집(寒山詩集)』이 있다.

소요당 부도(전남 장성)
백양사 주지를 역임한 소요 대
사(1562~1649)의 부도이다.

　본디는 용수 폭포로 청류암을 거쳐 가기 위하여 본사로 돌아온
것이지만, 점심하는 동안에 시간이 꽤 지나가고 또 찌푸린 하늘이
금시에 새어나올 것 같기도 하므로, 어쩔 수 없이 할애를 하고 다
시 아까 길로 하여 바로 운문(雲門)으로 향하였다.

8. 경담의 운문암

학바위 가던 길을 오른쪽으로 두고, 끊임없이 법뢰(法雷)를 울리는 시냇물 소리와 함께 흰 구름 많은 저 속으로 올라갔다. 골이 깊을수록 숲도 깊은데, 여기저기 '땅땅'하고 나무 베는 소리는 그대로 그윽한 생각을 자아낸다. 둘씩 셋씩 숯 나르는 짐이 끊이지 아니함을 보아 베어지는 나무의 운명을 알겠다. 다만 뛰어난 경치를 위해서나 부의 근원을 오래 지키기 위해서나, 적어도 베어 쓰는 만큼 심어 기름에 게으르지 말기를 빌었다.

금강대 터를 보고 청류암 길을 외어서 써나무 틈으로 10리를 올라가다가 작은 시내 하나를 건너자, 높다란 석축 위에 커다랗게 날개를 편 것이 운문암(雲門菴)이었다. 태극장(太極章) 그린 삼문으로 들어서자, 산중의 암자로는 너무 크고 아름다움에 놀랐다.

유명한 강사들이 오래 용상(龍象)[1]을 길들이던 곳이요, 또 정토(淨土) 본사(지금의 백양)가 불탄 뒤에는 백암 온 산의 중심이 되다시피 한 곳이니까, 초제(招提)[2]부터 이만이나 하여야 할 듯도 하다. 최근

---

1 물에서 가장 큰 용과 육지에서 가장 큰 코끼리를 비유하여 덕이 높은 스님들을 사후에 일컫는 말이다.
2 사방에서 모여드는 수행 승려들이 머무는 객사 또는 관부에서 사액한 절을

에도 훈계하는 소리가 천둥이 울리고 벼락이 치는 것 같던 명승 경담(鏡潭)[3]이 50년이나 이곳에 정주하였다 한다.

이 경담이란 이가 운문암을 중창하던 내력은 이야기로도 재미있는 것이다. 김문현(金文鉉)이란 이가 그 부친 장성 부사의 책방 도련님으로 왔다가 한참 이 절에 와서 머물렀다. 절이 오랫동안 쇠퇴한 것을 깊이 개탄하여 새로 일으킬 기회를 얻고자 애쓰던 경담은, 무엇을 보았던지 이 소년에게 중창 대시주(重創大施主) 되기를 간청하였다.

소년 호협한 기상에 "훗날 전라 감사를 하면 반드시 애써 주선하리라."하니, 그러면 훗날의 징빙(徵憑)으로 증표를 만들어 달라 하여, 수결한 그의 글발을 받아 두었다. 허허 실수로 한 일이 좋은 인연이 되느라고, 20여 년 만에 그가 마지막 전라 감사로 오게 되자, 그 증표를 주머니 속에 꽁꽁 뭉쳐 넣었던 경담은 하루가 바쁘게 이것을 영문(營門)에 바쳐 2천 냥의 대보시와 기타 필요한 편의를 얻어 가졌다.

감사가 이토록 애써 주선하는 일이니 며칠 안 걸려서 일이 차례대로 진행되려는데, 행운의 꽁무니를 따라다니는 불행은 간가(間架)를 겨우 마친 이 절에 빨간 혀를 날름거렸다. 동학 난이 일어나 전봉준이 산중 천진암(天眞庵)에 본영을 두고 탐관오리와 추악한 양반들의 뒤를 칠 때에, 김씨가 비호하는 곳이라 하여 건축 중인

말한다.
3 경담은 조선 후기의 승려 서관(瑞寬; 1824~1904)의 법호이다. 속성은 주씨이고, 15세에 백양사로 출가하였다. 뒤에 당대 최고의 선지식이자 명강백인 구암사의 백파긍선(白波亘璿)에게 공부하였다. 다시 선암사의 침명(枕溟)을 찾아가 계를 받고 선법을 전수받았다. 이어 전국의 명찰을 찾아다니며 수도하고 다시 백양사로 돌아왔다. 이로부터 그에게 배우려는 많은 학도들이 전국에서 모여들었다. 만년에는 강석을 제자에게 맡기고 참선에 전념하였으며, 일생 동안 계율을 엄히 지켰다. 1904년 나이 81세, 법랍 66년으로 입적하였다.

운문암을 불지른다 하는 소문이 왁자하게 퍼졌다. 단팔씨름이라도 한번 하겠다는 경담은, 화주(化主)로 내세운 응운(應雲)으로 하여금 권선책(勸善冊)을 들고 가서 범의 나룻을 막 뽑아 보게 하였다. 의기에 감동한 전봉준은 그럴 리가 만무함을 서언(誓言)하고 도리어 물심양면으로 큰 보조를 해 주기로 하였다.

그래서 화가 복이 되어 가지고 다른 것이 다 쑥 들어가는 그 판세에 운문(雲門)의 역사(役事) 하나만은 더욱 성대한 기세로써 망치와 깍귀의 소리를 드날렸다. 새옹(塞翁)의 득실은 발꿈치 돌릴 틈이 없이, 동학이 패망하고 온 세상이 한번 맑아지자, 전봉준이 간여했다는 것이 커다란 흠이 되는 실마리가 되었다. 응운은 관에 체포되어 옥사하고, 전봉준의 소개로 얻었던 수천 냥의 돈은 큰 욕을 보아 가면서 경담이 일일이 상환하게 되었다.

반 좀 넘은 공역(工役)은 손 놓고 중단한 채로 3년의 비바람에 낡아가다가, 다행히 용명(龍溟)이란 이의 손에 얼쯤얼쯤 끝이 나게 되었다. 얼마나 희곡적으로 발전한 하나의 운명이냐!

마루 앞의 건륭 16년(1751)에 주조했다는 종을 울려 보니, 특별히 청신한 소리가 늙은 용의 울음같이 깊고 큰 골짜기에 서린다. 뜰에서 내려다 보면 백암 온 산의 크고 작은 여러 봉우리들이 저 생긴 채로 한 눈 아래에 와서 조회하는 것은, 마치 금강산 백운암에서 만폭동 좌우의 여러 봉을 대함과 비슷하다 하겠다.

그보다도 더 좋은 구경은 멀리 곡성·동복·창평 등지의 통명(通明)·모후(母后)·무등(無等) 등 소백연맥(小白聯脈) 여러 산들이 앞서거니 뒤서거니 뒤섞여 내다보이고, 날씨가 청명하면 환하게 보인다는 조계산(曹溪山)은 구름과 아지랑이에 가려 어렴풋한 흔적을 더듬을 뿐이었다. 갠 날 새벽에 동이 울연히 터오면서 가까운 산부터 보이기 시작하여, 높은 놈 낮은 놈이 차차 하나씩 둘씩 구름 속으로부터 머리를 내어 놓음은 말할 수 없이 아름다운 모습이라 한다.

법당 서쪽에 "왕후구씨전(王后具氏殿)"이란 위패를 봉안한 왕후전이란 것이 있고, 또 그 옆에는 어필 북극전(北極殿)이란 것이 있다. 이 절이 전라도 사찰로는 꽤 궁중의 연줄을 이용한 듯, 선조·숙종·영조·철종 내지 고종까지의 여러 왕의 어필을 받아왔다고 그 기문 중에 씌어 있다.

마지막 무개대비(無盖大悲)[4]가 눈자위에 가득 차서 넘치는 진묵대사(震默大師)가 조성했다는 무개수불상(無盖壽佛像)을 첨례하고, 청류암 뒤라는 감투바위에 백암산색(白巖山色)을 아주 작별한 후, 부슬부슬 떨어지는 비를 무릅쓰고서 성불암(成佛菴) 터를 거쳐 소나무 다부룩한 등성이를 끼고 돌았다. 찍는 빗, 켜는 빗, 긋는 빗, 나무를 괴롭게 구는 갖은 일이 이 산중에서 쉴 사이 없이 연출된다. 불 다 붙은 숯가마는 아궁이를 틀어막기에 분주하다.

---

4 그 이상 더 넓고 크고 위에 있는 자비가 없다는 뜻이다.

9. 200년 선불장이던 구암사

가파르고 가파른 된턱을 꽤 한참 내려가면, 무릎이 시큰거릴 만하여 웃터울에서 백파(白坡)의 토굴터를 지난 지 오래지 않아 삼문 기둥에 추사(秋史) 김정희의 대련(對聯)을 붙인 집이 있으니, 보지 못하고도 내 집 같은 영구산(靈龜山) 구암사(龜巖寺)였다.

이름은 없을 법하여도 전라남북도, 백양사와 구암사, 장성군·정읍군·순창군 등 여러 목 교계(交界)를 혼자 맡아 보는 까닭인지, 아무 맛 없이 남의 다릿골만 빼는 것이었다. 남의 이름을 쓰기 싫어서 영구산(靈龜山)이라는 이명(異名)을 만들기는 하였지만, 실상은 백암 뒤 산기슭의 한 골짜기가 옷깃을 오긋하게 여민 것이요, 앞에는 화개봉, 뒤에는 화살봉 두 봉우리로 위의(威儀)를 장엄하게 갖춘 하나의 복지(福地)이다. 갑갑하다 할 만한 좁은 형국 안이지만, 그 대신 아늑하고 톡톡하여 떴던 마음도 가라앉음을 깨닫는다.

운문(雲門)에 있던 근대의 대강사(大講師) 백파긍선공(白坡亘璇公)이 이리로 강석을 옮겨 30여 년이나 진종(眞宗)을 언어로 표현한 이후로, 최근 강규(講規)가 이완되고 황폐해지기 전까지는 국중 최고의 의학종장(義學宗匠)이 뒤를 대어 연단을 주장하게 되었다.

불법을 물으려는 학인(學人)이 사방에서 운집하여 50~60명씩 줄

어들거나 흩어져 없어질 틈이 없고, 그 지류 여파가 해동(海東)의
전 법계(法界)를 항상 널리 윤택하게 하므로, 순천의 대승암(大乘菴)
과 함께 절은 작을 법하여도 역내에 가장 널리 들리는 명찰이 되
고, 한참 당년에는 '좌침명(左枕溟)·우백파(右白坡)'라 하여 한 시대
의리(義理)의 두 마리 용 한 쌍의 호랑이가 되었던 곳이다. 석전 스
님은 실로 그 혜등장명(慧燈長明)의 마지막 소임을 받아본 사람이다.

문의 기둥에, 집의 문미에, 추사의 연액(聯額)이 많이 붙어 있음은
그가 백파와 더불어 정분이 깊은 교제가 있었던 여운이요, 조실(祖
室)에는 추사가 써서 준 "화엄종왕백파대사(華嚴宗王白坡大師)"란 편
액이 시방도 걸려 있으며, 법당에 단 '화장(華藏)' 두 글자는 추사의
글씨 중에서도 득의작(得意作)이라고 일컫는 것이라 한다.

구암사는 본디 화장대(華藏臺)라고 일컫던 곳이다. 기둥마다 붙인
위창(葦滄)[1]옹(翁)의 주련은 타향에서 고인을 뵙는 듯 반갑기 그지없
고, 그 중에도 '점지감개태무위(漸知感慨太無謂), 단각강산도유정(但
覺江山都有情)'이라 쓴 것은 내가 오거든 보라고 준비하였던 것 같다.

경내가 한껏 맑고 깨끗하여 한 점의 속운도 없고, 실내외 없이
구중중한 것, 지저분한 것을 하나도 붙이지 아니한 것은, 이곳의 가
풍과 아울러 시방 주인의 품격을 짐작할 만하다. 권세 있는 사람,
돈 많은 사람들의 구역질나는 글·글씨와 부처의 가르침을 팔고
어리석음을 사는 더럽고 악하고 괴이하고 어지러운 상설(像設)·
도화(圖畵)는 약에 쓰려고 해도 얻어 볼 수 없으며, 단 것·건 것·
놓은 것이 다 예법을 중히 여기는 집안의 솜씨인 것은 과연 물건에
비춰진 임자의 얼굴이었다.

법당에도 내력 있는 미타상 한 분을 유리 상자 안에 모시고, 좌
우에는 내외각(內外刻) 일체경장(一切經藏)으로 협시(夾侍)를 삼아 벽

---

1 오세창의 호이다.

을 그득하게 한 것 같음이 다 그 정성스럽게 마음을 쓴 일단을 엿볼 일이었다.

이 집의 어른이신 영호사(映湖師)야 내가 다시 무슨 말을 할까마는, 그 훈화를 받은 현 주지 김일헌(金一軒) 군도 외국에라도 유학한 이들의 누구나 가지고 있는 병에 걸리지 아니하고, 이 흔들리고 움직이는 세대에 진속(眞俗) 양방(兩方)으로 능히 정지견(正知見)을 꽉 움켜지고 신구(新舊)의 중도(中道)를 잘 체득한 듯 함은 크게 인의(人意)를 강케 할 만하다.

그와 주선을 같이 하여 불법을 같이 닦는 벗들도 다 화락하고 조용하고 한가롭고 품위가 있어 용장(勇將) 아래 약졸(弱卒) 없음을 생각게 한다. 영호(映湖)를 중심으로 한 구암사(龜巖寺)와 구암(龜巖)을 원두(源頭)로 한 조선 불교의 여명(黎明) 운동은 최근 불교사에 이미 중요한 책장을 차지도 하였거니와, 지나간 자취를 능가할 만한 반가운 일이 앞으로 많기를 속으로 깊이 축원하였다.

진영각(眞影閣)에 설파(雪坡) · 백파(白坡) · 설보(雪寶) · 영산(影山) 등 삼학(三學)을 두루 갖춘 근대 이름난 승려가 어깨를 맞추어 사방의 벽에 둘러 있음은, 이 절이 제 이름에 맞추어 조선 근대 불교의 '화장(華藏)'이던 것을 무엇보다도 분명히 증명하는 것이다. 오래 떠났던 내 집 같은 마음으로 편안한 꿈을 이루었다.

3일. 여간 좀 오고 말려니 하였던 어제 낮부터의 비가 밤 되면서 쇠우쳐서, 잔잔하던 시내가 바로 쾅쾅 소리를 지르고 잠시도 끊일 새 없이 새벽으로부터 아침, 아침으로부터 낮까지 계속하여 온다. 고승대덕의 손때가 묻은 새로운 경권(經卷)도 들춰 보고 약간의 사찰 보물도 꺼내 보면서 하루 동안의 안식을 누리었다.

석전(石顚)을 못 잊어서 백양으로부터 따라온 윤영만(尹永萬)이라는 한 스님은, 소행이 보통의 범주에서 벗어난다 하여 광인(狂人)이라고 남들이 일컫고 자기도 또한 인정하는 사람이다. 본디 서울 화계사(華溪寺)에서 범패를 배우다가 갑오년 통에 호남으로 유우(流寓)[2]하고 자유자재하며 지내는 터이다.

범패(梵唄)도 하고, 작법(作法)도 하고, 또 능히 당년 불사(佛寺)의 성황을 이야기도 하여 날이 저묾을 잊게 한다. 매양 나라를 위하여 기도하는 사설에 "남첨부주해동대한국(南瞻部洲海東大韓國)"이니 "대황제폐하옥체안강성수만세(大皇帝陛下玉體安康聖壽萬歲)"니 하는 대목에서는, 자주 오열하여 능히 소리를 내지 못하였다.

족음하면 '돈! 돈!'하는 것은 무슨 심리로부터 나오는 것인지 모르거니와, 그가 일찍 장사차 지리산에서 바리때를 한짐 잔뜩 사 가지고 나오다가, 진주 남강에 이르러서 짐을 헤치고 한짝 한짝 모조리 강물에 떠내려 보내면서 손바닥을 치고 크게 웃으면서, 바리때 한짐이 다한 뒤에 그만두었다 하는 말을 옮기는 이가 있다.

미친 짓이다 하면 그만이기도 하거니와, 어느 장안 갑부의 자식이 집안을 탕진한 뒤에 나머지 얼마 돈으로 금박(金箔) 몇 짐을 사서 남산 잠두봉에서 바람을 따라 날리자, 장안 하늘이 온통 황금나비 세계를 환작(幻作)하였더란 것 같아서, 아닌 게 아니라 과연 재미있는 짓이 아니라고 할 수도 없다.

속은 멀쩡한 모양인데 가다가 전혀 관계없는 소리를 하고, 허허! 하고 한번 웃는 것이 어찌 보면 또 하나의 한산자(寒山子)인 듯하다. 석전(石顚)이 과연 그에게 풍간(豊干)이 되어 주실는지! 우선 '돈! 돈!'하는 버릇만 없애 주어도 좋을 것 같다. 밤이 되어도 빗줄기는 줄어들 줄 모르고 바람마저 일어나서 바깥이 매우 소란스러워 내일 노정이 걱정된다.

4일. 새벽에 바람 소리 물소리가 하도 야단이기에 창을 열고 내

---

2 이곳저곳으로 떠돌아다니다가 본 고향이 아닌 곳에 임시로 정착하여 사는 것을 말한다.

다보니, 비야 개었거나 말거나 눈이 하얗게 와서 시내와 산을 온통 덮었고, 쌀쌀한 바람이 대번에 뺨을 떼어 가려 한다. 들으니 세존이 승묘(勝妙)한 법을 연설하실 때에는, 제천(諸天)이 꽃을 뿌려 공양 찬탄하였다 하거니와, 아무리 계춘(季春)이라도 시냇물소리 요란함이 완연히 화장대(華藏臺)의 오랜 적막을 깨치는 듯한 끝에 육화(六花)![3] 아니, 분다리화(芬陀利華)![4] 아니, 만다라화(曼陀羅花)가 좀 왔기로 괴상한 변고는 아닐 것이다.

> 모처럼 느긋한비 말랐던풀 축 노매라
> 기운난 시냇물이 우뢰처럼 울리울제
> 허여케 눈이날림은 만다라인가 하노라

봄눈이라 한나절에는 녹을 만큼 녹고, 쨍쨍한 맑은 날이 일어나기를 재촉하므로 사나운 바람을 무릅쓰고 나섰다. 얼음이 버걱거리는 비탈길로 하여 구암 폭포를 구경 갔다. 평소에는 물이 그다지 많지 못하고 길이도 또한 3~4장(丈)에 지나지 못하는 곳이지만, 내려가는 길이 기험(奇險)하여 폭포 밑이 꽉 질렸다.

이틀 동안 내린 비가 무엇보다 먼저 이 폭포를 살지고 윤택하게 하여, 눈을 뿜고 우레 소리를 내는 것이 없인 여기지 못할 광경이다. 골도 좁고 절도 작은데, 꼭 알맞은 폭포일 듯하여 유가폭(瑜珈瀑)이란 이름을 지어주고 싶다. 무엇보다도 '상응(相應)'이 첫째가 아닐까?

---

3 눈을 가리킨다.
4 하얀 연꽃을 가리킨다.

10. 유군치 넘어 내장산

　구암 골짜기를 나서면 운봉(雲峰)과 함께 전라도에서 가장 높은 지방이라 하는 복흥면(福興面)이 되니, 사방 어디서든지 십 리씩을 오르게 되는 곳이다. 복흥이 '붉은'의 상서적(祥瑞的) 대자(對字)로 '백암' '백양'의 동어이형(同語異形)임은 물론이니, 이렇게 높다란 것이 그로 하여금 신역(神域) 되게 함에 매우 필요한 조건이었을 것이다. 그 본체로 보든지, 환경으로 보든지, 유적으로 보든지, 백암이 호남 일대의 중심적 일대 성지이던 것은 그리 알기 어려운 일 아니다. '대가리(大佳里)'(한가랏)니 '장군바위'니 하는 칭호도, 이 옛 뜻을 받들어 이어 오는 지명일 것이다.

　장군내를 건너 돔밤이재를 넘으면, 이미 내장산의 치마 꼬리를 붙잡는 셈이 된다. 구암사에서 보면 마치 구암사가 혹시나 외간(外間)과 교통할까 보아서 동구(洞口)를 바짝 막아선 것 같던 화개봉(華蓋峰)도, 나와 보면 실상 들과 물과 재를 건너 이쪽에 있는 것이었다.

　앞으로 지나가려면 그 동북 산기슭에 높이 쳐다보이는 것이 김하서(金河西)[1] 자부(子婦)의 묘라 한다. '금계포란형(金鷄抱卵形)'이라

---

1 김인후(金麟厚; 510~1560)는 조선 중기의 문신·학자로 전라남도 장성 출신

하여 하서의 후손이 번연(繁衍)하고 창성함은 이 길지가 내려준 복으로 알기 때문에 산소와 제청(祭廳)의 치장이 끔찍하여 아닌 게 아니라 과연 만여 명 자손의 울력² 을 볼 만하다.

봉서리에서 다시 고개 하나를 넘으면 아주 산길이 되어 그대로 유군이재의 험준한 고개를 내려가게 된다. '유군(留軍)'은 임진난에 호남 승병의 대장으로 한 지역의 중진(重鎭)이 되었던 희묵 대사(希默大師)가 군대를 머물러 방어하던 곳이기 때문에 생긴 이름이라 하나, 모를 말이다.

몹시 높고 험하고 가파르기 때문에 한번 발을 떼면 마음대로 멈추기가 어려우며, 대개 낭떠러지 곁으로 난 길이기 때문에 위험도 적지 않다. 눈이 녹지 아니한 데도 있고 군데군데 얼음조차 밟게 되어 있으나, 그보다도 어려운 것은 양지쪽의 언 땅이 풀려서 질척질척하고 미끄러지는 것이었다.

내장(內藏)의 주산인 쓰레봉이 보이면서부터는 계곡이 자못 웅대하고 수풀의 나무들이 더욱 우거지고 빽빽하다. 급하게 흐르는 물이 끊일 새 없이 상쾌한 음악과 무도(舞蹈)로 숨 가빠하는 나그네를 위로하여 준다. 한참 찌는 듯한 더위에 땀을 물같이 뒤집어쓰고 헐떡여 올라오는 이에게 저 물의 저것이 얼마나 고마울까 하는 생각을 하였다.

한 굽이를 돌면 깎아지른 듯한 석벽이 창태(蒼苔)에 덮여 있고, 한 굽이를 돌면 활등 같은 흙등성이에서 짙푸른 소나무가 늙음을 자랑한다. 이리로 돌아서는 우묵한 골을 데미다보고, 저리로 돌아

이다. 본관은 울산, 자는 후지(厚之), 호는 하서(河西)·담재(湛齋)이다. 1540년 문과에 합격하고 1543년 홍문관 박사 겸 세자시강원 설서를 역임하여 당시 세자였던 인종을 가르쳤다. 인종이 즉위하여 8개월 만에 사망하고 을사사화가 일어나자 고향으로 돌아가 성리학 연구와 후학 양성에만 정진하였다.
2 여러 사람이 힘을 합하여 일함. 또는 그런 힘을 말한다.

서는 깊다란 개울을 내려다 보아서, 어디든지 발만 붙이면 심심치 아니할 만한 구경이 있으므로 다리는 가쁠지언정 눈은 그대로 살이 찐다. 5리나 내려오는 꼬불꼬불하고 험한 길도 구경으로 다니는 이에게는 쉽지 아니한 선물이 될 것이다.

의무적으로 사흘이 멀다고 오르고 내리는 근처 산 사람들에게는 당하는 족족 파순(波旬)³을 대하는 듯 할른지 모르지만, 내장 구경의 절반이 이 온갖 굽은 길가에 있음을 알면, "나무(南無) 유군이보살마하살"이라고 하여야 할 것이다. 이 재를 거의 다 내려설 만하여 맞은편으로 보이는 오뚝한 석대(石臺)는 '山' 자의 고전(古篆) 그대로 생긴 것이 하도 기이하여, 몇 번이나 쳐다보았다. 시방까지 끼고 내려온 물이 안으로부터 나오는 내하고 합치는 곳에는, 꽃은 꽃이로되 꽃 같은 생각은 조금도 나지 아니하는 갯버들 꽃이 한창 피어 있다.

새로 일등 도로를 만드느라고 채워 놓은 흙이 신을 파묻는 땅을 골라 디디는 것이, 언덕길 내려오는 어려움보다 못할 것이 없다. 월조암(月照菴)이란 승방을 오른쪽으로 보고 6~7기의 부도정이를 지나서, 늙은 귀목 가지의 그림자를 엉그러뜨려 담고 있는 하나의 네모진 못 저편으로 커다랗게 보이는 오래된 전(殿)이 영은사(靈隱寺)적 풍모를 남겨 가진 유일한 집채인 대웅전이었다.

문짝에 새긴 연화천동(蓮花天童)은 의연히 옛날의 크고 아름다움을 전하고, 크고 엄전하여 무엇에 비겨도 손색이 없는 석가불께서는 황량해 빠진 당우에서 거미줄 번개(幡盖)⁴에 티끌 공양을 받으시는 듯함이 대단히 딱하였다.

응향각(凝香閣)이란 노전(爐殿)⁵에는 사람이 있는 모양이니까, 머

심춘순례

---

3 석가의 수도를 방해하려고 한 마왕의 이름이다.
4 깃발과 일산 등의 의물(儀物)을 뜻한다.
5 대웅전과 그 밖의 법당을 맡아보는 사람들의 숙소이다.

영은암 대웅전(전북 정읍, 조선고적도보)
백제 때 영은 조사가 창건하여 영은사라 하였다. 1557년(명종 12) 희묵이 영은사의 자리에 법
당과 요사채를 건립하고 절 이름을 내장사로 고쳤으나, 정유재란 때 전소되었다. 다시 중수
하였으나, 6.25전쟁 때 불에 타 다시 중건하였다.

지 아니하여 당(堂)의 모양이 아주 새로와지소서! 하고 한번 합장
명축(冥祝)하였다. 명부전의 지장상은 크기도 하고 상호도 보일 만
하였다. 웅향각에는 순치 3년(1759)에 주조한 종이 있고, 대웅전 앞
에는 많이 파손된 오층탑이 있었다.

　내장사(內藏寺) 전신(前身)의 본명을 홀로 간직한 영은암(靈隱庵)이
란 승방을 들여다보고, 부도정이 곁의 샛길을 따라, 마치 정양사(正
陽寺) 올라가는 듯한 언덕으로 하여 꽤 한참을 올라가다가, 큰 길로
나서자 바로 보이는 것이 고내장(古內藏)으로 통칭하는 벽련암(碧蓮
菴)이었다.

　본디는 영은(靈隱)에 딸려 있는 한 암자이었겠지만, 시방 와서는
내장산, 땅과 사람의 중심이 되어 내장사라고 하면 이곳을 가리키
게 되었으며, 주지 같은 이도 여기서 일을 보는 모양이다. 정재(淨
齋)라는 승방을 또 비키어, 봄에 물든 휘초리 끝이 북홍[6]보다 더 붉

6 매우 짙은 붉은 색의 물감을 말한다.

은 숲으로 하여 비스듬하게 올라가노라면, 석축(石築)한 위에 번듯이 나서는 것이 곧 그것이었다.

고내장(古內藏)은 바로 내장산의 주봉이라 할 쓰레봉을 병풍 같이 둘러치고, 그 높은 지점인 신선봉(神仙峰; 표고 763m)을 안산으로 하여 있는 곳이다. '남금강(南金剛)'이니 '소금강(小金剛)'이니 하는 상(上)으로 말할진대, 바로 본금강(本金剛)의 마하연(摩訶衍)에 해당하는 것이다.

일자로 둘러선 석봉이 상부가 톱니같이 위로 불쑥 솟거나 밑으로 푹 꺼진 것을 풍구(豊具)인 '쓰레'에 비하여 봉우리의 이름이 생긴 것인데, 이곳이 여러 해 내려오면서 선정(禪定)을 닦는 장소가 된 뒤에 음이 서로 비슷한 것을 취하여 요사이 '서래(西來)'라는 대자(對字)를 쓴다 한다. 한번 나아가면 달마에 부회(附會)하는 설화의 성립을 볼는지도 모를 것이니, 조선의 고지명과 지명 기원 설화를 상고하는 이는 이러한 점을 얼른 알아보는 안목과 식견이 필요하다.

그러나 '쓰레'의 출처를 다시 한번 생각하면, 실상은 '살' '실' 등 산의 이름에 흔히 사용하는 고어이던 것을, 옛 뜻을 잊어버린 뒤에 아마 그러리라는 생각으로 '쓰레' 운운의 설명이 생긴 것일지도 모를 일이다. 신선봉이라는 이름의 뜻도 또한 그 옛 뜻의 이형별전(異形別傳)이던 것으로, 둘이 다 하나의 산 전체를 몰아서 부르는 이름인 동시에, 주봉의 단독 명칭으로 통용하던 것일까 한다. 이만큼 깊고 높고 크고 기이한 산이 종교적으로 그대로 있지는 아니하였을 것이다.

쓰레봉 밑의 커다란 대밭이 그대로도 볼 만한데, 석양이 한참 비추어 잎마다 붉은 빛을 반사하자, 녹음의 그것 단풍의 그것과는 별다른 광경으로, 아름다움이 더할 나위 없다. 또 이름 모를 아름다운 새가 가끔 공교한 소리를 깊은 잎새 저 속으로부터 내어 보내니, 몇 가지의 정취가 그대로 더하여진다. 코는 찬바람에 물을 흘려도,

눈에 그득한 것은 춘의(春意) 춘광(春光)뿐이다.

벽련암(碧蓮菴)이라고 패 붙인 집 옆으로 아주 맑고도 깨끗하게 새로 지은 큰 선방과 비스듬히 그 뒤에 간가(間架)를 겨우 맞춘 법당은, 다 지금의 주지인 백학명 선사(白鶴鳴禪師)[7]의 고심을 거쳐 생긴 것이라 한다.

선사의 깊은 증오(證悟)와 날카로운 예봉(機鋒)이 이곳을 선불장(選佛場)으로 하여 크게 현양 발휘되기를 바라는 이가 물론 나뿐이 아닐 것이다. 더욱 맹봉치할(盲棒痴喝)[8]을 격외지(格外旨)로 알고 종욕난행(縱慾亂行)[9]을 대승선(大乘禪)으로 자랑하는 이 판에, 정풍선양(正風宣揚)·진종부립(眞宗扶立)을 위하여 해오(解悟)를 겸비한 선사 같은 이의 노력이 크기를 간절히 바라지 않을 수 없다.

뜰 앞에 고괴(古怪)한 나무 등걸을 열 지어 벌여 놓고 이름난 꽃 기이한 풀을 곳곳에 심어 놓은 것은, 빡빡한 듯하면서도 실상 작작(綽綽)한 운치를 가진 선사의 풍모를 설명하는 것이다. 방생지를 만든다, 저수지를 경륜한다, 무릇 법계를 장엄할 만한 모든 시설은 힘 자라는 대로 아니 힘에 겹도록 마음과 힘을 써서 잠시도 가만히 있

---

7 학명(鶴鳴; 1867~1929)은 조선 말기의 승려로 계종(啓宗)이라고도 한다. 성은 백씨. 전라남도 광양 출신. 20세에 불갑사에서 출가하여 구암사·영원사·벽송사·선암사·송광사에서 경학을 공부하였고, 구암사·운문사 등의 여러 사찰에서 강석을 열어 몇 해 동안 후학의 양성에 힘을 기울였다. 그러나 불교의 궁극적인 목표가 생사해탈에 있으며, 경전을 연구하는 것만으로는 해탈이 불가능함을 깨닫고 학인들을 모두 해산시킨 다음 밤낮을 가리지 않고 정진하여 크게 깨침을 얻었다. 이로부터 부안 내소사와 월명사 등으로 자리를 옮기며 선원을 짓고 선풍을 일으켰으며, 백양사 선원으로 옮겨 선실을 증축하였다. 그 뒤 수년 동안 중국과 일본의 명찰을 살피고 귀국하였으며, 만년에는 정읍 내장사 주지에 취임하여 그곳에 선실을 세우고 황무지를 개간하여 벼 40여 석을 추수할 만한 농토를 확보하였다. 1929년 3월 27일에 법랍 43세로 입적하였다.

8 눈먼 막대기와 미친 고함소리라는 뜻이다.

9 제멋대로 하는 욕심과 어지러운 행동을 뜻한다.

지 못하고 그대로 두지 못하는 그의 성격은, 반드시 내장사가 부활하기 위한 큰 주초(柱礎)를 놓고야 말리라 한다.

뜰 앞으로 나서면, 기다란 내장골의 크고 작은 산봉우리들이 일자로 눈앞에 나열하여, 별도로 숨기고 가려진 것이 없다. 그 위에 늙은 단풍나무가 거의 빈틈없이 덮였으니, 보나 아니 보나 끔찍스럽도록 절기가 되었을 때의 성대함이 짐작된다. 영원동 못 본 이는 내장(內藏)으로써 역중(域中) 제일의 단풍 승지라 하고, 영원동 본 이라도 그 다음은 내놓지 아니하리라고 허락함이 결코 우연이 아닐 것이다.

반이나 벗어진 머리에 흰 수건을 질끈 동인 신선봉(神仙峰)은 그 서쪽 가지의 한 봉우리인 금선대(金仙臺)와 함께 다 태초의 이름을 유전(流傳)함일 것이요, 고내장(古內藏)의 일명인 백련사(白蓮社)란 것도 대개는 불교의 출처만을 가짐이 아닐 것이다.

쓰레봉 바로 밑에 있는 백련(白蓮: 碧蓮·古內藏)의 터부터 불도량으로 비로소 수치(修治)된 것이 아닐 것이다. 모처럼 훌륭하고 좋은 인연을 얻었건만, 헛된 하룻밤을 지내고 5일 아침 일찍이 백 선사(白禪師)와 함께 불출암(佛出菴)으로 향하였다.

내장 계곡의 아름다움은 서쪽으로 들어갈수록 돌의 기세와 함께 늘어남을 알겠다. 이끼 하얘진 돌 병풍이 엇비슷하게 가로질린 것도 있고, 웅긋중긋하게 앞으로 둘러선 것도 있어서, 때 만나면 모두 불 비단 병풍이 될 것이다. 한참 가다가 비자나무의 천연림이 가지를 쭉쭉 뻗은 쪽으로 굵고 가는 곧은 절리(節理)의 널따란 석봉이, 어깨가 길고 짧고 들쭉날쭉하게 늘어서서 마치 중향성(衆香城)[10]을 작게 만들어 놓은 듯하다. 쓰레봉 무너져 내려온 돌이 기다랗게

---

10 금강산 내금강의 영랑봉 동남쪽을 병풍처럼 둘러싸고 있는 하얀 바위 성을 이른다.

'너덜'을 이룬 곳쯤에서 바라보는 것이 가장 아름다운 모습이었다.

단풍의 승지는 다시 없는 것이 아니지만, 사방 10여 정(町)에 덮인 비자 밀림은 조선뿐 아니라 세계에서 거의 짝이 없을 일대 경관이라 하는 것이니, 비탈을 만나서 저 혼자 절로 '현애(懸崖)' 체(體) 분재(盆栽)를 이룬 그것이 백인지 천인지 수를 헤아릴 수 없음은 과연 다시 보기가 어려운 구경이다.

그중에도 더욱 400년 풍상에 9척의 허리 둘레를 만들어 가진 노대목(老大木) 한 그루는, 여기는 물론이려니와 대개 세계 비자 사회의 최대 장로라 할 것이라 한다. 이런 의미로 보아서 내장의 자랑은 단풍보다 도리어 비자림이라 할 것이요, 또 그것이 사시사철 변하는 것 아님에서 일단의 가치를 더 알아주어야 할 것이다. 이 밀림의 중간에서 개울 바닥으로 내려가면 감나무 비슷한 늙은 나무 몇 십 그루가 아직 앙상한 가지로 서 있으니, 여기서만 볼 수 있는 모과의 노목들이라 한다.

심 춘 순 례

민족 설화의 무대
변산으로

11. 삼신산을 끼고

여기서 산길로 꺾이는 목에 낡은 처마를 내어 놓은 것은 원적암(圓寂菴)이다. 월지국(月支國)으로부터 나온 상아로 섬세하게 조각한 열반상을 봉안한 곳이라 하여 오래전부터 널리 알려진 절인데, 이 세상에 드문 보물이 시방은 어느 일인이 훔쳐 가져가 현해(玄海) 저쪽에 건너가 있다 한다.

17~18년 전 이 근방에 의병의 기세가 아주 성했을 때에 '폭도 토벌'이라고 돌아다니던 분네들이, 상설(像設)·편액(扁額)·서화(書畵)·골동(骨董) 같은 손쉽게 가져갈 수 있는 것을 닥치는 대로 '싯게이(실례)'한 가운데, 시방까지도 일반 불교 신도가 소중히 아껴 그만두지 못하는 것은 구암사에 있던 정광여래(錠光如來)의 것이라는 한 개의 커다란 치아와 이곳의 열반상이다.

불치(佛齒)는 행방을 모르되 열반상은 장물을 숨긴 사람까지 안다 한즉, 당국자는 자기네들의 종족적 명예를 위해서라도 속히 물건을 찾아와 온전히 납부할 길을 꾀함이 가할 것이다. 별안간 가팔라지는 등성이를 1리, 2리 헐떡여 올라간다.

고개가 앞으로 기울어져 금새 엎드러질 듯한 바위를 지나면, 쓰레봉 서쪽 끝이 말의 귀처럼 쫑긋한 아래가 된다. 여기서 다시 올라가노라면, 거의 마루턱에 움쑥하게 두려 팬 큰 바위가 오른팔을 내밀어 앞을 가리고, 스스로 한 국세(局勢)를 차린 속에 바위 밑에 7~8칸 소옥(小屋)을 얽어 가진 것이 불출암(佛出庵)이라고 통칭하는 도솔암(兜率菴)이다.

정당(正堂)에 봉안한 10대 제자상은 크지 아니하여도 표현이 극히 교묘하고도 자유로와, 거의 같은 듯하면서도 실상 모두 다른 중에 그 수법이 자못 비범함을 볼 수 있다. 현판의 기문(記文)을 근거하건대, 옛날 어느 때 이 암자의 주승(住僧)이 신몽(神夢)으로 말미암아 암자 뒤 바위가 우묵하게 들어간 곳에서 전단토(栴檀土)를 얻어서 만든 것이 본사세존(本師世尊)과 10대 나한의 성상(聖像)이요, 고개와 암자를 '불출(佛出)'로 이름함이 또한 이 인연이라 하였다.

시방까지 암벽 곳곳에 남아 있는 봉우리의 굴 같은 것이 곧 그 흙이 나온 구멍이라 한다. 그러나 시방 주벽으로 계신 석가상은 10제자에 비하여 수법이 극히 졸렬함을 본즉, 대개 한때의 한 솜씨는 아님이 물론이다.

암자를 굴 안에 두기 때문에 밥 짓는 연기가 속을 걸리는 폐단이 있으므로 집을 헐어 내어 밖으로 내켜 짓고, 10대 제자상은 암벽에 감실을 파서 일종의 석굴 법당을 지을 계획을 백 선사(白禪師)가 세웠으니, 오늘이 그 공사를 시작하는 날이었다. 암자의 앞으로 멀리 내다보이는 육십치(六十峙) 이하 여러 산맥들은 운문(雲門)에서 보는 것보다 훨씬 아름다운 곡선의 변화를 나타내었다.

벼랑을 끼고 조금 돌면 벌써 정읍 시가가 턱 아래 있다. 탱크 같은 바위 옆으로 깎아지른 듯한 천길 낭떠러지를 오른쪽으로 보면서, 가파른 품이 올라오던 것에 비하여 갑절이나 되는 언덕을 내려간다. 응달쪽이라 길이 가끔 빙판 그대로 있고, 석벽 일면에는 굵고 민틋한 고드름이 줄줄이 쌍쌍이 층층이 겹겹이 천인지 만인지 수없이 달려 있어, 웬만한 수정렴(水晶簾)이란 말을 가지고는 그 참모습을 드러내기 어렵다. 길녘 너부죽한 바위에는 엷은 얼음이 사방으로 덮여, 꼭 맞는 유리 상자에 일부러 넣어 놓은 것 같음이 또한 구경거리이다.

모악산이 환하게 건너다 보인다. 바로 그 곁에서는 네요 내요 태껸을 하던 상두산(象頭山)이 여기서 보니 크고 작은 것이 현격하게 달라, 어른 앞에 아이가 선 것과 같다. '화광동진(和光同塵)[1]으로 지낼 동안에 그만저만 비슷비슷하던 사람도 시대를 격하여 본 뒤에 그 서로의 거리가 멂을 비로소 앎이 대개 이런 따위로구나'라고 생각하였다. 모악에서 보지 못한 바다를 여기서야 환하게 바라보았다.

'솔틔'라는 동네부터 평지가 시작되어 한참 만에 정읍과 내장산 사이의 큰길로 들어섰다. 수십 리 되는 거리를 어른 아이가 함께 길 닦는 사람들로 늘어선 것은 기근 구제를 위하여 42,000원 경비로 내장 탐승로를 일등 도로로 개수하는 까닭이었다.

각 사람마다 하루 50전 품삯으로 꽤 먼 곳에서도 온 이가 많은 모양이었다. 일들은 하면서도 "무언 일이 없어서 단풍 구경 길에 이 돈을 들여라오." 하는 말이 여기저기서 들린다. 이 길은 이왕 자동차가 넉넉히 다니던 터이니, 다른 좁고 가파른 산길에 우선 힘을 썼더라면 하는 생각을 나도 하였다.

부전(夫田)이니 금호(琴湖)니 하는 동네를 지나서 더욱 크고 아름다움을 다투는 정각(旌閣)과 산소를 여기저기 보고 정읍 읍내에 당도하였다. 들어서면서 좌우에 즐비한 큼지막한 가옥도 대단하거니와, 정돈하여 가지런한 도로, 번화한 시가, 전등 전화 등 진보한 설비가 이미 상당한 체제를 갖추어, 태전(太田)·김천(金泉)과 더불

---

1 화광(和光)은 빛을 늦추는 일이고, 동진(同塵)은 속세의 티끌에 같이 한다는 뜻으로, 자기의 지혜를 자랑함 없이 오히려 그 지혜를 부드럽게 하여 속세의 티끌에 동화함을 말한다.

어 어깨를 겨룰 만큼 된 것을 보고 깜짝 놀라지 않을 수 없었다. 십 년쯤 전 밤에 정거장에 내려서 읍내라고 하여도 깜깜하기가 칠통 같은 길을 더듬어 불결한 냄새가 물컹물컹 나는 작은 집에 투숙하던 일을 생각하고, '괄목상대(刮目相對)란 이런 일이다.'라고 생각하였다.

점심 후에 자동차로 줄포(茁浦)를 향하였다. 만원인 데다가 우리 일행 두 사람 외에는 대개 하나 혹 둘의 아이들을 데려와 정원 초과가 거의 갑절이다. 옹색하니 마니 말할 수조차 없고, 남는 짐과 남는 아이 같은 것은 우리 무릎 위로 위탁 보관까지 하는 형편이다.

내 옆에 앉으신 아낙네 한 분은 '왕신 마누라'를 생각하게 하는 뚱찌시매, 조그맣게 가운데 끼인 나는 가위 그의 육천의(肉薦衣) 한 귀퉁이에 말려 있는 격이었다. "좀 갑갑하군." 하였더니, 자동차가 달려 나갈수록 아침 일찍부터 바람의 세력이 더욱 사나와져서 춥기 그지없다. 드러난 얼굴이 찬바람에 찡그려지는 족족 "고마우신 이 육천의시여."하는 소리를 목구멍으로 옮기지 않을 수 없었다. 걸으나 타나 목표는 여전히 두승산이다.

두승(斗升)은 도순(都順)이라던 것이 속되지 않게 변화한 이름이다. 변산(邊山)을 봉래(蓬萊)라 하는 통에 뽑혀 영주(瀛洲) 자리를 얻게 된 것이다. 이럭저럭 하여 예로부터 꽤 이름 있는 산이요, 더욱 이 근처에 있는 종교적 수반지(首班地)[2]의 하나로 주민의 숭앙을 모아 가지던 곳이다.

이른바 '삼신산(三神山)'이라 함도 요약하면 3대 대표적 신산(神山)이라 함이 그 옛 뜻일 것이다. 이 산의 북쪽 가지를 천대(天臺)로 일컫고, 아홉 봉우리 가운데 가장 높은 봉우리에 국사(國土)의 이름이 있음은 다 그 남은 흔적임이 분명하다.

---

2 말사 가운데 으뜸 가는 절을 말한다.

신작로는 이 산의 남서 양면을 끼고 입석리(立石里)라는 무슨 내력이 있을 듯한 동네를 지나서 고부읍(高阜邑)으로 들어간다. 고부로부터는 육천의 그 마님까지 포함한 다른 승객이 다 내리고, 우리 둘이 독차(獨車) 잡은 셈이 되었다.

가릴 것 똑똑치 아니한 자동차가 바람 사망을 밀려오는 바닷물 같이 받아들이니, 단단히 붙들지 아니하면 가끔 날려갈 듯한 경계도 많다. 눌제천(訥堤川)을 건너면서 백산(白山)이 이 물의 하류임을 생각하고, 전 녹두(全綠豆)에게 한편의 시를 바쳤다.

지레 피운꽃이 얼는짐을 섧다하랴
열매곧 맺을진대 밟힌다 탓있으랴
하물며 저하나가자 봄이왓작 옴에랴

물이 가까울수록 벌판이 더욱 넓어지고, 바람이 그대로 활개를 치며 팔짱을 낀다 옷깃을 여민다 하여도 몸이 점점 곱송그려짐을[3] 억제치 못하겠다.

세 시가 지나서야 줄포에 다다랐다. 꽤 번창한 포구란 말은 일찍부터 듣던 바이거니와, 지나인(支那人)의 점포가 한두 집 걸러마다 있고 또 있음에는 새삼스럽게 그 세력에 놀라지 않을 수 없었다. 지역 안에서 유수한 소금 생산지인 이곳에 산동염(山東鹽)을 들여다 놓고, '호염'이라고 국문으로 써놓은 것이 가게마다 있어서 놀라는 중에 더 놀라지 않을 수 없었다.

줄포는 항구라고는 하여도 조수의 밀물과 썰물의 격차가 심하고 또 내륙으로서의 배수구가 되지 못하므로, 그 위치의 좋음에 비해서는 물화(物貨)의 집산이 그리 성대하다고 할 수 없다. 만일 대동

---

3 '곱송그리다'는 '몸을 잔뜩 옴츠리다'는 뜻이다.

강 같은 것 하나를 끼고 저 넓은 항만이 물을 가득히 괴어 가지고 있다 하면, 그 진남포(鎭南浦)와 똑같은 지세가 어떤 대발전을 이루어 냈을는지 몰랐을 뻔하였다.

소금 굽는 것을 보기 위하여 길을 내놓고 일부러 갯바닥으로 내려섰다. 포변(浦邊)에서 물이 들어왔다가 잘 빠질 지세를 가려서 흙을 긁어 모아 대접 엎어 놓은 것을 만들고, 속에는 솔가리[4] 같은 것을 넣어서 마치 잿물 시루처럼 만들었다. 밀물 짠물이 들어와 위에 괸 것이 개흙에 걸려서 아래로 내려가면 밑에는 받을 통이 있어 받쳐 나온 물이 거기 가서 담기고, 그 옆구리에는 샘 구멍을 만들어 쓰는 대로 퍼내게 한 것이 '섯등'이라 하는 것이다. '섯등'이란 것은 요약하건대 바닷물을 한 번 걸러 내려고 하는 잿물시루의 시루 같은 것이다.[5]

이러한 '섯등'이 다섯씩 열씩 늘어 있는 곳을 '염(鹽)벗' '염밭' '염벌'이라 하여, 그 산업적 지위가 육상의 전답보다 더 귀중하다. '염벗'에는 또 몽고인의 장옥(帳屋)처럼 둥그렇게 지은 초막이 여기저기 있으니, 그 안에 커다랗게 부뚜막을 하고 두어 간 통이나 됨직한 함석 목판인 소금가마를 그 위에 붙였다. 아까 그 물을 길어다가 붓고 한나절 남짓 밑에서 불을 지피면, 수분은 증발되고, 염질(鹽質)만 결정(結晶)되어 비로소 소금이라는 귀중한 산물이 생기는 것이다.

이 집을 '염막(鹽幕)'이라 하니, 연기와 증기를 뽑기 위하여 지붕을 환하게 터 놓았으므로, 자염(煮鹽)은 실상 반이나 노천(露天) 작업이다. 우중충한 속, 철매가 주렁주렁 달린 밑에서 아궁이에 불을

---

4 말라 떨어진 소나무 낙엽을 일컫는 말이다.
5 섯등은 구덩이를 판 후에 솔나무와 갈대 따위를 넣어서 만든 일종의 여과 장치로 한자어로는 염정(鹽井)이라고 한다. 섯등 위에 바닷물을 부으면 개흙 속의 염분이 걸러져 아주 짠 함수를 얻을 수 있다.

지펴 놓고 담뱃대를 피워 물고 무릎을 마주잡고 앉아 있는 것은 과연 원시적인 광경이었다. 숯가마 같은 염막, 검덕귀신 같은 '염한(鹽漢)'의 곁에, 백설 같은 소금이 둔덕같이 쌓여 있는 것이 썩 재미있는 대조를 이루었다.

12. 변산의 사대사

　'버드내'로 하여 들에 친 진영 같이 흩어져 있는 염막을 보면서 갯가로 나가노라니, '실음거리고개'라는 소나무 등성이 하나를 넘어서 예전의 검모포진(黔毛浦鎭), 지금의 진서리(鎭西里)에 이른다. 앞으로 물가에 내다보이는 곰소(熊淵)와 함께 고려 말 왜구가 침략했던 곳이다. 길가에 과수원이 많아 평화적인 모습 속에서 또 그네의 세력을 생각하게 한다.

　길바닥에 반짝거리는 것이 모두 고청자(古靑瓷)의 파편임은 어찌함인가? 집어 보면 매우 훌륭한 유질(釉質)이 많으니, 혹시 이름 있는 옛날 가마가 이 근처에 있던 것 아닌가?

　진서리부터는 옛길이다. 마을이 끝나고 외딴집 하나 남은 뒤로 솔밭을 헤치고 등성이를 타고 넘는 것은 환희재이다. '歡喜(환희)'를 한편으로는 '換衣(환의)'로도 쓴다. 재 너머 '매바위'에 암자를 지어 놓고 살던 조선 중엽의 대덕인 벽송 대사(碧松大師)가 청계(淸戒)를 얼마나 엄수하던지, 그 모부인(母夫人)이 바꾸어 입을 옷을 지어 가지고 오면 이 재까지만 가지고 오게 하고, 자애로운 어머니 늙으신 분이지만 고개 안에는 한 발자국도 들어오는 것을 허락하지 아니하였다는 사실에 부회(附會)하지만, 벽송의 일은 스스로 벽송의 일이어니와, 환희의 글자는 근고(近古) 문적에도 보이는 바인즉, 환의(換衣)로써 표기하는 것은 물론 억지이다.

돌아다보면 밀물 들기 시작하는 줄포항의 바다 같은 물, 내려다보면 둥그런 매바위 아래로 기다란 암벽이 뻗치고 작지 않은 시내가 그 아래에서 자지러진 풍악을 잡히니, 환희현(歡喜峴)도 변산의 관문 입구임을 욕되게 아니하는 경치라 하겠다.

무지러진 듯한 비탈 아래로 내를 건너니, 뭐라고 부르는지 알 수 없는 들꽃 몇 송이가 빨갛게 피어 있어 벌과 나비의 고임을 받는다.

길옆에 작은꽃이 이름없는 풀이언만
흰나비 아니가서 범나비가 달겨드네
나비도 아니올제면 벌이찾아 오더라

입암리(立岩里)란 동네를 지나니 길가의 '당산(堂山)'이 눈에 뜨인다. 돌로 모은 제단에 백 년의 수령을 하나만 거듭하지 아니한 듯한 귀목이 뿌리를 몇 자나 드러내었다. 앞에는 상석이 놓이고, 뒤에는 돌무더기 위에 한 길이나 됨직한 편평한 돌을 쌍으로 세우고, 단 아래 길녘으로 고목을 생긴 그대로 두고 얼굴만 새긴 장승을 쌍으로 세웠다.

조각이 자못 볼 만하고, 눈썹이 연꽃과 같아 더욱 주의를 끌며, 신목(神木)에는 4~5 바람[1] 되는 허리를 종이 오려 꽂은 금줄로 둘러 있다. 신목(神木)·신석(神石)·기휘(忌諱)·표지·제단·축대 등 원시 종교에 있는 제단의 모든 조건을 구비한 모범적인 설비이다. 요만큼 격식을 갖춘 것은 보기 쉽지 않다.

더욱 여러 곳에서 보는 '선돌'이란 것이, 이론상으로 조선의 고

---

1 바람은 길이 단위로, 한 바람은 실이나 새끼 따위의 한 발 정도의 길이이다.

대 종교에 있는 제단 내지 신체(神體)일 것을 오래 전부터 생각하고, 작년 금강산에서 백탑동(百塔洞)의 탑이란 것을 그 대표적 유물이라고 상정까지 하고도 아직 그 실증을 하지 못하여 갑갑하던 차에, 여기서 제단 한 가운데에 놓인 실물을 만남은 진실로 빈 골짜기에 발자국 소리가 울리는 감이 있다. 오래 뭉클하던 것이 시원해지니, 은혜를 갚고 사례하는 뜻으로 공경스럽게 절을 한 번 하였다.

그곳에 살고 있는 사람더러 "이 돌을 무엇이라 하느냐?" 하니, "조탑(造塔)이라 한다." 하나, 아마 반드시 절 앞이니까 하는 말일 것이요, 마을 이름 입암(立岩)으로써 생각하건대 혹시 선바위라 하였는지도 모른다. 물건이 또 바위라 할 것도 아닌즉, 대개는 다른 데와 같이 선돌이라 하여 입석(立石)으로 쓸 것을 하도 같은 이름이 많으니까 암(岩)이라 하여 다르게 나타낸 것일 듯하다. 그런데 어디서든지 선돌의 '선'이 반드시 기립의 뜻이 아니라, 신성을 의미하는 '신' 같은 말이 본래의 뜻과 달리 전해져 그릇되게 굳어진 것임이 사실일 것이다.

여기서부터 전나무 자욱한 축동으로 들어서서 그것이 다하는 곳에 만세루(萬歲樓)라는 높은 다락이 앞에 나서니, 이미 내소사(來蘇寺)에 다다른 것이었다. 한편에는 봉래루(蓬萊樓)라는 현판을 달았으니, 『여지승람』에도 적힌 정지상(鄭知常)의,

옛 길은 적막하여 솔뿌리 엉겼는데,
하늘이 가까워 북두칠성 만질 수 있네.
뜬구름 흐르는 물 따라 손이 절에 이르고,
붉은 단풍 푸른 이끼 속에 중은 문을 달았구나.
가을 바람 다소 차갑게 지는 해에 불고,
산 달 점점 맑아오니 잔나비 맑게 운다.
기이하다, 수북한 눈썹의 한 늙은 중이여,

이층 누각으로 내부에는 여러 개의 현판들이 있다. 처음에는 만세루였다가 봉래루로 바꾸었으며 1987년 해체 복원하였다.

　오랜 세월 인간 세상 꿈꾸지 않았구나

라는 시도 그 위에 걸려 있다. 정면의 '대웅보전(大雄寶殿)'과 그 좌측의 '설선당(說禪堂)'은 모두 이원교(李圓嶠)의 글씨를 새긴 것이다. '說(설)'자의 삐침이 삐치다가 못하여 머리 위로 구부러지기까지 한 것은, 바람 없이도 서늘하게 하는 운필이라고 하겠다.

　내소사는 선계(仙溪)·청림(靑林)·실상(實相)과 함께 '변산 4대사(四大寺)' 가운데 첫째이다. 취봉(鷲峰)을 짊어지고 응암(鷹巖)을 당기어서 형승도 좋거니와, 백제 이래의 오랜 역사를 지니고 있어서 여러 가지 재미있는 전설에 둘러싸여 있는 유명한 사찰이다.

　절에 전해 내려오기로는 "당나라 연호로 정관(貞觀) 사이에 혜구두타(惠丘頭陀)란 이가 처음 창건하니, 본디는 소래사(蘇來寺)이던 것을 소정방(蘇定方)이 와서 중창 시주가 된 까닭에 내소(來蘇)라 개칭하게 되었다."한다.

　변산이 백제 이래 불교의 신령스러운 장소가 된 것은 달리 증적이 있는 바인즉, 소래(蘇來) 같은 것이 그 초기 하나의 고찰임은 허락할지라도, 소정방 운운은 또한 하나의 근거 없는 부회설에 불과하다.

더욱 『여지승람』 이래로 100여 년 전 문적(文籍)까지 다 소래(蘇來)라 하였을 뿐임을 보면, 전설의 기원이 그리 오래되지 않았음을 알 것이다. 생각건대 반드시 '蘇(소)' 자로 인하여 동파(東坡)의 '내소도(來蘇渡)' 고사를 밑그림으로 삼아 어느 실없는 사람의 입에 탁설(托說)되면서 비롯되었을 것이다.

생각하건대 '소래(蘇來)'는 설사 소씨(蘇氏)가 와서 산 까닭이라 할지라도, 내소보다 소래라 하는 편이 문리가 순하겠거늘, 괴까다롭게 내소라 한 것은 이 고형(古形)을 한번 다시 숨기려 한 이중의 속셈에서 나왔을 것이다.

대체 '소래(蘇來)'는 설악(雪岳)의 설(雪)과 두솔(兜率)의 솔(率)과 같은 고어 '술'의 대자(對字)로 신역(神域)임을 표시한 명칭이니, 『여지승람』에 "크고 작은 두 소래사가 있어서 이름하였다."이라 함은 이 영장(靈場)이 둘이라는 의미일 것이다.

그 둘레에 있던 부령(扶寧)·보안(保安) 두 고을을 합하여 만든 것이 부안현(扶安縣)이다. 양자가 다 '붉'로부터 나온 것임은 여러 가지로 짐작할 바이어니와, 부안의 고명인 백제의 '개화(皆火)', 신라의 계발(戒發; 혹 훈으로 혹 음으로 해부루와 같음)로써 지명의 원래 유래를 더욱 밝게 알 것이요, 변(邊)자는 다른 것이 아니라 곧 보안(保安)의 촉음(促音)으로 생긴 것임이 의심 없다.

변산(邊山)을 한편 봉래(蓬萊)로 일컬음도 '붉'의 고명이 있기 때문에 생겼을 것이다. 그러면 고(古) '붉'도의 가장 신령스러운 장소인 금강산이 한편 풍악(楓岳)의 이름을 가진 동시에 또 한편으로 상악(霜岳)이란 일컬음도 있음과 같이, 이 산에도 '붉'에 대한 '변(邊)'이 있는 동시에 '술'에 대한 '소래(蘇來)'가 있었을 것이 의심 없다.

소래가 소정방과 아무 관계 없는 고어요, 특히 '붉'도적 근거가 있는 말임은 대개 오인이 아님을 믿을 만하거니와, 소래의 뒷산기슭인 취봉(鷲峰)은 훈독하면 곧 '솔개' '솔애'임은 여기에 대한 무엇보다 유력한 증거가 될 것이다. 이 취(鷲) 자가 범전(梵典)의 영취(靈鷲)로 생각해 낸 것까지는 사실이겠지만, 하필 이 글자를 쓴 것은 '솔애'의 역자(譯字)가 되기 때문일 것이다.

소래사란 것은 요약하건대, '솔애'봉 아래의 절이란 의미일 따름이니, 백양산의 백양사, 내장산의 내장사와 같은 것일 것이다. 이렇게 연구하여 밝히다 보면, 변산과 소래사의 명칭 연유가 명백해지는 동시에, 이러쿵저러쿵하는 소리가 얼마나 온당치 않은 줄을 깨달을 것이다(상세하게는 專論이 있을 것).

대웅전은 250년쯤 전에 청민(淸旻)이란 이가 삼창(三創)한 것으로, 과연 탄탄하고 반듯하여 거주하는 승려가 절을 자랑하는 것이 억지가 아니며, 여러 가지 전설조차 생겨서 신비의 망사(網紗)를 뒤집어 썼다.

단청을 맡은 이가 당내(堂內)에서 일을 할 때에 간절히 부탁하기를, "문을 밀봉하고 결코 엿보지를 말아야지, 만일 어기면 일에 결함이 생기리라."하는 것을, 일이 거의 끝나려 할 때쯤 "이제는 탓 없겠지."하고 구멍을 좀 뚫고 데미다 본즉, 새 한 마리가 날아다니면서 채색을 바르다가 이 구멍 내는 것을 보더니만 그리로 훌쩍 날아가 버렸는데, 그 때문에 동쪽 돌이 하나는 바닥칠만하고 덧그림이 없느니라 하는 따위이다.

본존은 석가불이신데, 협시는 관음·세지 같다. 아마도 많던 당우(堂宇)가 훼실되고 상설(像設)을 한집에 함께 모시게 될 때에 뒤섞인 듯하다. 불탁(佛桌) 좌우의 대원경(大圓鏡)을 실은 목사자(木獅子)는 조각한 수법이 고아하여 볼 만하다. 동벽 불상 앞의 학대(鶴臺) 귀대(龜臺)에 놓여 있는 놋쇠 제품 촉대(燭臺) 한 쌍은 꽤 연대가 오

내소사 대웅보전과 삼층 석탑(전북 부안)
대웅보전은 아미타여래를 중심으로 우측에 대세지보살, 좌측에 관세음보살을 모신 불전으로 조선 인조 11년(1633) 청민 대사가 절을 고칠 때 지은 것이라 전한다. 삼층 석탑은 통일 신라의 일반적인 석탑 양식을 따른 고려 시대 석탑으로 추정된다.

래 되었음직한 왜기(倭器)이었다.

전(殿)의 앞뜰에는 고의(古意)가 드러나는 오층탑이 있고, 좌익랑(左翼廊)에는 임난에 소실된 청림사(靑林寺)의 구물(舊物)이 흙 속에 매몰되었다가, 수백 년 만에 김 아무개가 그 터에 집을 짓다가 우연히 발굴해 낸 고종(古鍾)이 걸려 있다. 다음과 같은 명(銘)이 있다.

부안 변산에 청림사가 있으니
삼한의 옛절은 없어지고 지금 다시 세워졌다.
건물은 크고 화려하며 선승들이 많이 모이니,
백공들에게 명하여 종을 만들도록 하였다.
윤회의 고통에서 벗어나 어지럽고 막힌 것을 깨우치게 하리니
무릇 귀가 있는 이들은 (듣고서) 본심을 열고 깨달으라

임오년 6월 일 사주 선사 담묵이 짓다. 정우 임오년(1222년, 고종 9) 6월 초7일에 변산의 청림사에서 금종을 주조하여 이루니 무게가 700근이다. 동량은 아무개 아무개

주승의 화락하고 조용함은 마당의 맑고 깨끗함과 함께 과객에게 "잘 왔군."하는 생각을 준다. 대웅전 왼쪽으로 '향적선헌(香積禪軒)'이라는 추사가 쓴 현판을 단 선방에 하룻밤 머무는 인연을 맺었다. 밤에는 보기에서부터 깊은 맛이 있는 한만허(韓曼虛) 화상에게 불교를 걱정하는 여러 가지 이야기를 들었다.

허 화상은 10여 세에 이 절에서 출가한 이후 근 60년 머물면서, 거의 변산의 주인이 된 이일 뿐더러, 더욱 사찰의 운이 중도에 쇠락하여 오랫동안 '땡땡이중'의 소굴로, 공사(公事)라 하면 소 잡아먹는 일, 누구 두드려 주는 일이나 하던 곳이라, 정당한 스님이나 절과의 사이에는 교통조차 없어진 외지가 되어 버렸다.

스님이 도둑의 말을 타고 도둑을 쫓아가는 식의 비상한 고심으로 이 따위 당류(黨類)를 차례로 몰아서 쫓아내고 법계의 청정을 회복하여 마침내 내소(蘇來)로 하여금 금일의 지위를 차지하여 얻도록 한 것은, 실로 근래 만나기 드문 뛰어난 업적이라 할 것이다. 시방 주지인 도준파(都浚波) 화상은 그의 제자로, 깨끗하게 절을 가축하여[2] 가는 점에서 스승의 뜻을 잘 계승한다 하겠다.

6일. 오후에 김봉수(金鳳秀) 군의 향도로 변산의 복장(腹臟)을 뒤지러 나섰다.

원암리(元岩里)에서 산등을 타기 시작하여 오르고 넘고, 넘고 오르기를 여러 번, 동으로 흐르는 산골짜기의 시냇물을 끼고 골짜기 안으로 다시 한참을 나아가서 내소(來蘇)로부터 무릇 16리나 와서는 언덕이 지면서 여러 골의 합한 물이 7~8장 되는 흰 비단을 똑바로 드리우고, 좌우에는 절리(節理)의 네모나고 곧은 암석이 커다란 협곡을 이루고, 아래는 깊고 크고 아름다운 폭포가 쏟아지는 합 같은 그릇을 이루었다.

---

2 물품이나 몸가짐 따위를 알뜰히 매만져서 잘 간직하거나 거둔다는 의미이다.

수량이 그다지 많은 것 아니나, 좁다랗게 패어 들어간 목으로 떨어지므로 폭포의 몸체가 꽤 살쪄 보이며, 흙산으로 여기까지 오다가 안으로 바위 골짜기가 지고 높다란 석벽이 다시 그밖에 우뚝 솟아 있기 때문에 실질 이상의 아름다운 경관을 이루었다.

이것이 변산팔경(邊山八景)의 하나인 '실상용추(實相龍湫)'란 것이다. 만일 폭포의 머리 쪽이 좀 더 재미있게 생기고, 단풍이나 꽃나무 같은 것이 좌우에 울을 지었더라면, 정취가 다시 얼마를 더하였을 터인데, 베이고 남은 왜송(矮松) 밖에 다른 장엄(莊嚴)이 없음은 마치 큰 옷 벗긴 색시의 느낌이었다.

폭포가 쏟아지는 합(盒) 같은 그릇의 물이 흘러서 길고 짧은 두 개의 와폭(臥瀑)이 되고, 그 뿜어대는 눈 부서지는 구슬을 받아서 번듯한 하나의 못을 이룬 것은 이른바 분옥담(噴玉潭)이다. 그것이 또 한번 폭포가 져서 충충한 하나의 못을 이룬 것은 본디 무엇이라고 이름한 것인지, 만폭동(萬瀑洞)의 예로써 하면 흑룡담(黑龍潭)이라고 부르고 싶은 것이었다. 못 위로 바위에 동그란 구멍이 뚫린 것은 물론 옥녀가 머리를 감는 동이라고 할 것이다.

더부룩하게 나 있는 풀더미를 헤치고 폭포 옆의 절벽 위로 난 험한 길을 다 내려가서 반쯤 핀 두견화 너머로 고개를 돌리자, 삼단(三段) 폭포가 한꺼번에 눈에 들어옴은 또한 쉽지 아니한 경치였다. 다시 한번 소가 되었다가 이어서 평류(平流)가 되는 것을 따라 서쪽으로 얼마를 들어가면, 이때까지 온 것이 취봉(鷲峰) 하나 끼고 돈 것임을 알 만하여서, 물이 널따란 바위 위로 흐르게 되고, 높고 험한 돌과 휩싸여 빙빙 돌아가는 물이 별도로 밝고 넓은 형국을 열었으니, 물에 씻겨서 닳아 버린 돌에 새긴 글자가 혹시 이 대(臺)를 일컫는 이름인 듯하나 글자 한 자도 분별하여 알 수 없게 되었다.

크고 넓고 반듯한 것이 "원시 종교의 제단감인데."하고 살펴본즉, 과연 그 위에 돌로 탑같이 모은 것이 있다. 김 군에게 들은즉 태조 대왕의 기도처라고 전한다 한다. 산 중턱에 두었던 제단일 것이다.

오른쪽으로 봇도랑을 나서면, 맞은편 똑바로 보이는 산봉우리의 꼭대기에 둥글우뚝한 큰 바위가 있다. 물어본즉 인장(印章) 같으므로 '장(章)바위'라 한다 하나, 장(章)이 필경 '둥글'의 '둥'일 것은 그 위치와 생긴 모양으로 보아 면치 못할 오래전의 약속이었을 것이니, 아마도 이 산중에 있는 우진암(禹陳巖) 낙조대(落照臺) 등과 함께 중요한 신앙 대상이던 것일 듯하다.

또 그 안에는 자동석(自動石)이란 것이 있다 한다. 곧 실상사(實相寺)가 되니 영락한 지 오래 되어서 사대 사찰 가운데 첫째이던 풍모는 겨우 그 대적광전(大寂光殿)의 상설(像設)에 남아 있음을 볼 뿐이다. 꽤 크게 만든 관음상인데 잘록한 허릿매와 널따란 옷자락과 너그럽고도 아우러진 얼굴의 생김새가 고려 초기의 것임이 의심없다.

절에서 전해 내려오는 전설에는 서역으로부터 돌배를 타고 원암(元巖)의 앞개에 와서 닿았는데, 처음 수상한 배가 들어오니 거주민이 다투어 붙잡으려 하나 속인으로부터는 물러나더니, 혜구두타(惠丘頭陀)가 나가니 저절로 달려 들어 비로소 그 위에 앉으신 이 관음상을 모셔 내리고, 그곳을 석포(石浦)라고 일컫게 되었다 한다.

수십 년 전까지도 당우가 여러 채 더 있었고, 불상도 오래 된 것이 많았었는데, 집은 다 뜯고 부처는 많이 깨지고 불이 타서 이렇게 조잔(凋殘)하여졌다 한다. 그 중에도 한 불상은 보화가 많이 들어 있다 하여 일찍 도적으로부터 훼손당한 적이 있었다. 아무것도 별다른 것이 없으므로 도적은 실망하고 돌아갔으나, 그 복장(腹藏)에서 효령 대군의 발원문과 함께 고사경(古寫經) 및 고인경(古印經) 알지 못할 몇백 권이 나왔다. 더러는 도난을 당하고 아직 그 대부분을 높이가 한 길쯤 되는 한 쌍의 장롱에 석 줄씩 잔뜩 모아 보관하고 있다.

대개는 해인본(海印本)의 여러 종류의 경론(經論)이요, 그 밖에도 고려판 화엄경소(華嚴經疏) 같은 희귀한 책도 몇 가지 끼어 있다. 이 밖에는 법화경 판본이 불탁(佛桌) 한 모퉁이에 쌓여 있을 뿐이요, 다른 아무 상설(像設)이 없음은 아닌 게 아니라 과연 고요하고 쓸쓸한 생각이 들었다.

13. 낙조의 월명암

그로부터 돌아서서 기도처라던 뒷등을 타고 상봉(上峰)으로 향하였다. 가파르고 길어서 단숨에 오르기 어려우므로, 조금 평평하고 넓은 곳을 가려서 자연스럽게 잠깐 다리를 쉬는 것이 보통 있는 일이니, 이것이 첫 송정(松亭), 둘째 송정하는 곳이다.

둘째 송정에 앉아서 보니, 실상 골목 저쪽으로 변산의 큰 판국이 칠분(七分)이나 한 눈에 바라보여 과연 경승(景勝)이 빼어나게 아름다웠다. 그 위치와 안계가 금강산으로 말하면 망군대(望軍臺)에 해당할 곳이었다. 나직나직한 산이 둥긋둥긋하게 뭉치고 깔려서, 앞의 놈은 조촘조촘, 뒤의 놈은 갸웃갸웃하는 것이 아마도 변산 특유의 구경일 것이다.

금강산을 옥으로 깎은 선녀 입상(立像) 무더기라 할진대, 변산은 흙으로 만든 나한 좌상(坐像)의 모임이라 할 것이다. 쳐다보고 절하고 싶은 것이 금강산이라 한다면, 끌어다가 어루만지고 싶은 것이 변산이다. 무더기로 난 대나무 같이 뭉쳐진 경치가 금강산임에 대하여 좁쌀알같이 흩어지려는 경치가 변산이다.

산악의 무리를 이루는 경치가 드문 전라도에 어쩌다가 이러한 곱고 아리따운 변산 하나가 생겨서 옛날부터 명성이 자못 높아진 것이겠지만, "변산! 변산!" 하는 소리에는 몹시 에누리가 붙었다고 생각하였다.

'구불구불 돌고' '거듭거듭 겹쳐 있고' '높고 크고' '깊숙하고 그윽하여', 여러 가지 요소에 결여함이 없다 할 만한 그대로, 무엇인지 좀 부족한 점이 있는 듯 함은 내가 가졌던 기대가 지나치게 큰 까닭인지도 모르겠다.

더욱 한편에는 변산 경관의 일대 요소이던 '울울진재(鬱鬱珍材)'와 '탐탐보찰(耽耽寶刹)'이 시방 와서는 고문자(古文字)에나 떨어져 있게 되었다. 한편으로는 전라도인의 할 수 없는 버릇으로 무릇 멧부리, 등성이의 가히 묘소를 삼을 만한 곳에는 높거니 험하거니 가리지 않고 모조리 무덤들을 만들어 미관 미감을 인정사정없이 가로막아 버리니, 이러구러 흥치가 크게 적어짐도 사실이다.

셋째 송정을 지나면 등마루가 되어 안계가 더욱 넓어지고, 거기서 조금 더 올라가면 '매봉'이라는 부리가 된다. 두 귀 쫑긋한 신선봉(神仙峰)은 팔을 벌리면 만질 것 같고, 검어우뚝한 의상봉(義湘峰; 변산의 최고점, 509m)은 부르면 대답할 듯한 곳이다.

의상봉에 마천대(摩天臺)가 있고, 대의 근처에 원효방(元曉房)[1]·불사의방장(不思議方丈)[2] 등이 있어 변산에 있는 불교 최대의 성스러운 유적이지만, 시방 사람들은 진표(眞表)·원효(元曉) 같은 용맹심·정진성(精進誠)이 있기는 고사하고, 지척에 오랫동안 살고 있는 승려에게 물어 보아도 소재처를 분명하게 가리키는 이조차 없다. 금

1 『신증동국여지승람』 전라도 부안현 불우조에 의하면, 원효방은 신라 때 중 원효가 거처하던 곳인데, 방장은 지금도 남아 있다고 하였다.
2 『신증동국여지승람』 전라도 부안현 불우조에 의하면, '불사의 방장'은 신라 때 중 진표(眞表)가 살던 곳인데, 1백 척 높이의 나무 사다리가 있으며, 사다리를 타고 내려오면 곧 방장에 이를 수 있고, 그 아래는 모두 무시무시한 골짜기이며, 쇠줄로 그 집을 잡아 당겨서 바위에 못질하였는데, 세상에서는 바다의 용이 만든 것이라 한다고 하였다.

구(金溝)의 금산사란 것도 요약하건대, 이 불사의방장(不思議方丈)이 늘어난 것임에 불과한 것이다.

쌍선봉(雙仙峰)을 옆으로 보고, 민틋민틋하게 빼어나서 조금도 눕거나 굽은 흠이 없는 소나무 틈으로 서쪽 길을 좇아 나아가면, 얼마 아니하여 당도하는 동쪽으로 향한 하나의 암자가 부설 거사(浮雪居士)로 유명한 월명암(月明菴)[3]이다.

선방을 신축한다 하여 소나무를 많이 베어 놓았는데, 다른 곳의 그것에 비하면 길이가 대개 2~3배는 된다. 이백운(李白雲) 시의 이른바 "옛날부터 변산을 천부라 일컬으니, 장재를 가려 동량을 갖추기 좋아서라네."[4]라 함과, 『여지승람』에 적힌 "궁실과 주선의 자재는 고려조부터 모두 여기에서 취하였다."라 함이 다 이러한 좋은 재질을 가짐에서 말미암았겠지만, 변산 중에서도 가장 좋은 재목을 생산하기로 이름난 명월암 근처에도 오직 베기만 하고 기르지 않은 지 오래되고, 약간 있는 것이 털 귀한 노인의 머리카락 같음이 몹시 애달프다.

'낙산(洛山)'의 일출과 '월명(月明)'의 낙조는 반도 동서 해안에 있어 하나씩 대조되는 절경으로 치는 곳이요, 이른바 변산팔경 중에서도 가장 기이하고 웅장하다고 일컬음이 허락되는 곳이다. 공기의 관계로 변화가 무궁하여, 만일 그 만판 조화 부리는 날을 만나기만 하면 인간의 구경으로는 다시 없는 미묘 웅대를 맛보는 곳이라 한다.

그러나, 이러한 날이 그리 많지 못하므로 좋은 낙조를 구경하려면 일부러 하늘이 허락하기까지 며칠이든지 묵어야 한다는데, 내

---

3 통일 신라 신문왕 때 고승 부설(浮雪)이 전라도 부안의 변산에 창건한 사찰이다.

4 이백운은 백운 거사 이규보를 가리킨다. 「변산천부(邊山天府)」라는 한시의 한 구절이다.

욕심은 서울서 떠날 때부터 첫 장중(場中)에 알성 급제(謁聖及第)는 딸기 따듯 하려 하여 아침부터 날이 좀 시원치 아니하여도 설마 저녁 때까지야 상품(上品) 쾌청(快晴)이 아니 되랴 하였다. 그러나 때는 이미 하루의 끝머리가 되었건만 수증기의 포화가 조금도 늦춰지지 아니하여, 암만해도 하늘의 은총이 박하신 모양이다.

만인계(萬人契)[5] 출통장(出桶場)에 가는 마음으로 암자 뒤의 낙조대에 올랐다. 우선 둘러보니 뒤에는 고부의 효심산을 비롯하여 부족함 없는 변산이 십이분(十二分)[6]까지 죄다 보이고, 앞에는 북의 계화도로부터 고군산의 무더기 섬과 위도의 덩어리 섬과 형제의 쌍둥이 섬이 석가산(石假山)처럼 내려다 보이는 밖으로 바다 — 구름과 입 맞추는 바다가 낙조 없이라도 이미 흉금을 한번 깨끗하게 씻어 낸다.

꺼지려는 촛불이 밝아지는 셈으로, 별안간 환한 기운이 어렴풋한 서쪽 하늘로부터 번개같이 퍼진다. 아무리 완악(頑惡)한 구름도 최후의 악쓰는 광휘를 가리지 못한 것이다. 아침에 돋는 해가 솟아오르는 동천은 수선수선하여 큰 난리가 쳐들어오는 것 같지만, 저녁 해가 내려가는 서쪽 구름은 뭉수레·부스스하여 선지(宣紙)에 수묵(水墨)이 스며나가는 것 같다. 물붓이 한번 지나간 듯한 구름 밖으로 잠자는 광선이 부스스 기동을 하면서 하늘과 바다를 한데 어울러서, 응달에서 익은 모과 빛을 물들여 낸다. 누르다면 엷고 붉다 하면 짙다.

빡빡한 캔버스에 진채(眞彩) 바른 서양화가 아침 해의 기분이라 하면, 부드러운 화선지에 담채(淡彩)를 슬쩍 얹은 것이 저녁 빛의 정미(情味)라 하겠다. 분분초초(分分秒秒)로 키네마 필름처럼 변화해

---

5 천 명 이상의 계원을 모아서 각각 돈을 걸게 하고, 계알을 흔들어 뽑아서 등수에 따라 돈을 태우던 계를 말한다.
6 충분한 정도를 훨씬 넘는 정도를 뜻한다.

가는 광선은 무엇이라는 것보다도 만법(萬法) 무상의 대 연설 그것
이다. 울고 싶은 정, 소리 지르고 싶은 정, 덥썩 뛰어가서 껴안고 싶
은 정이 그대로 북받쳐 나온다.

보송보송한 날의 낙조는 내가 어떠한 줄을 모르지만, 약간 구름
과 아지랑이를 낀 낙조 그대로에 나는 말할 수 없는 느꺼움을 자아
내었다. 무엇이라 할까? 무엇이라 할까? 그렇다! 의성태궁(疑城胎
宮)을 격(隔)하여 건너다 보는 극락 세계가 저러한 것이겠다. 더 통
속적으로 말하면, 뿌연 안경 속으로 요지(瑤池)[7]에서 펼쳐지는 잔치
를 구경하는 셈이라고도 하겠다.

발과 장막을 치고 보는 미인이 더욱 맛있는 것이라 하면, 오늘
낙조는 바로 거기에 해당하는 것이다. 쨍쨍한 낙조는 알지도 못하
지만, 뭉싯한 낙조! 그것도 나는 좋다, 나는 좋다. 이렇게라도 월명
(月明)의 낙조를 놓치지 아니함이 다행이라 하기보다, 이만한 낙조
를 내게 보여 주시는 은총을 해님 하느님께 고마워하였다.

기름 바른 데 미끄러지듯 술술술 내려간다. 느리게 굴러 가는 탱
크의 보법(步法)이다. 누렁 · 주황 · 빨강, 어디가 경계랄 수 없는 채
로 삼색 삼층의 구름이 부드럽고도 무서운 대원경(大圓鏡)을 행여
다칠세라 에워싸고 내려간다.

누렁은 느는 듯 줄고, 빨강은 주는 듯 느는 동안, 기장(奇壯)이 비
장(悲壯)으로, 비장(悲壯)이 처장(凄壯)으로, 우리의 눈앞에 말할 수
없는 적막이 뭉게뭉게 솟아나온다. 눈썹만큼 남았던 호(弧)가 언뜻
마저 보이지 아니하자, 축축한 나무 때는 연기 같은 것이 일자로
가로 건너지른다. 사라쌍수(婆羅雙樹)[8]에 세존이 입멸하시고, 세계가

---

7 구슬의 연못으로 신선이 산다는 곳. 또는 중국 곤륜산에 있다는 못으로 주나
　라 목왕이 서왕모를 만났다고 하는 곳이다.

8 쿠시나가라(kuśinagara)에 있던 두 그루의 사라수. 이 나무 사이에서 붓다가
　입멸함. 또 쌍수는 붓다의 사방에 각각 두 그루의 사라수가 있었다고 하여, 여

이제는 무불장암(無佛長闇)⁹에 올게 되었다. 찬바람이 이마를 쓱 스친다. 눈물이 핑그르르 돈다.

어허! 밝고 환하게 빛나던 붉게 물든 저녁 하늘이 손바닥 뒤집히듯 황혼하고 교대하는 대목의 슬프고 쓸쓸한 맛을 누구더러 무엇이라고 말할거나! 돌아서는 줄 모르게 발길이 도는 곳에, 어느새 보름달이 높다랗게 떴다. 눈물도 걷히고 풀렸던 맥이 고대 불뚝거릴 듯하였다.

맑았던 물하늘에 불을 왼통 놓으셔도
발길만 돌리시면 자취마저 없을 것을
저렇듯 버둥거리심 나는 몰라 합네다

어둡고 추우실일 아는체 말양이면
내어이 손떼기에 착 살을 부리리만
왼하루 쪼이던 정을 나못잊어 하노라

저해가 진다하여 눈물지고 돌아서니
어느덧 돋은 달이 벌써 나를 기다리네
보낸가 맞었는가를 뉘야 안다 하리오

한식살이의 조기 잡는 배가 많을 것 같으면, 이곳 해상의 또 하나의 장관으로 치는 고기잡이 등불까지 보려 하였더니, 이렇게 바람 불고 또 추우므로 배가 한 척도 나오지 아니하였다. 내려오는 길에야 보니 낙조대 뒤에 나무 사른 등걸이 많이 있기에 물은즉,

덥 그루의 사라수를 뜻하기도 한다.
9 부처님이 안 계신 긴 어두움을 뜻한다.

지난 해 가물에 기우(祈雨)한 곳이라 하며 가물면 여기 와서 화톳불을 놓아서 천제(天祭)를 지내는 법례(法例)라 한다.

쌍선봉(雙仙峰)에는 법왕(法王)·귀왕(鬼王) 등의 옛 이름이 있고, 이 '법(法)'은 금강산의 법기(法起), 지리산의 법우(法雨)에서 보는 것 같이 '붉'의 하나의 변화된 형태일 것인즉, 쌍선(雙仙)이 변산에 있는 고신도(古神道)의 최고 대상임은 대개 의심 없는 일이다.

그러면 그것을 가장 잘 바라보는 낙조대를 최고 제단으로 씀이 또한 당연함을 알 것이며, 더욱 기우제 같은 것은 용신과도 관계가 있는 만큼, 바다를 아울러 바라보는 이곳이 가장 적당한 치성터가 될 수밖에 없었을 것이다.

어슬렁 어슬렁 내려 오느라니까, 저녁 아지랑이에 싸인 멀고 가까운 무리지은 산이 마치 엷은 안개에 머리만 보이는 해상 군도(群島)와 같다. 어두워 가는 저녁보다 밝아 오는 아침이 갑절 미관(美觀)을 바칠 것인즉, 월명암이 낙조와 함께 아침노을의 승지로 이름 있는 이유를 알겠다.

암자에 돌아와 저녁을 마치고는 「부설거사전(浮雪居士傳)」의 고사본(古寫本)을 떠들어 보았다. 거기 나오는 부설(浮雪)·묘화(妙花)·등운(登雲)·월명(月明) 등 명목에 드러난 고유 신앙 시대에 새로 전래된 불교의 갈등적 일면을 생각하던 중, 드는 줄 모른 잠이 어느덧 새벽 쇠북에 놀라게 되었다.

14. 한 척의 작은 배로 고부만 횡단

7일. 이른 아침 떠나 쌍선봉(雙仙峰)을 중심으로 하여 아침노을에 싸인 변산을 이모저모 뜯어보았다. 백여 리 큰 산의 수십 리 긴 골에 물도 있고 돌도 있고, 들도 보이고 바다도 보여서, 유수한 경관임은 아니랄 수 없지만, 변산 경관의 절반은 아무래도 삼림미(森林美)·울창미(鬱蒼美)였다.

그러나 시방 와서는 "소를 가릴 만큼 큰 것, 진눈깨비를 막을 만한 가지"는 약에 쓰려고 해도 없으매, 마치 눈썹으로 중추(中樞) 삼던 미인, 나룻으로 요소 삼던 미남자의 얼굴에서 털을 쏙 뽑아 놓은 것 같다. 꼬리 없는 공작도 곱다면 곱지만, 그 미적 생명의 칠분(七分)은 꼬리와 함께 없어졌다 할 수밖에 없다.

전설상으로 볼지라도 변산은 항상 그 깊고 빽빽한 수림으로써 설화 구성의 배경을 삼았으니, 도적의 소굴이라면 이곳을 가져다 씀이, 신선이라면 지리산 기생이라면 평양하는 셈과 같음도, 깊은 골과 많은 나무가 있기 때문이다.

유명한 허생(許生) 설화에 나오는 '변산군도(邊山群盜)'란 것도 그 일례이다. 변산이 호랑이와 표범의 소굴로 여러 가지 재미있는 이야기를 가짐도 같은 이유에서 기인하는 것이다. 그러나 시방과 같

개암사 뒤편의 울금바위(전북 부안)
개암사 북동쪽의 산봉우리 위에 육중하게 높이 솟아 있는 바위로, 그 위용은 호남 평야 어느 곳에서나 얼른 눈에 들어온다. 변산의 상징이기도 한다.

이 적나라한 것은 아닐지라도, 어린 나무 성긴 나무에 지나지 못하는 상태로는, 도적과 호랑이·표범은 고사를 지내도 부쩝하실 수가 없이 되었다.

변산은 불사인(佛寺人)의 무심 때문인지 절 많은 다른 데와 같지 아니하다. 산의 대부분이 관의 소유가 되고 오로지 그 일만을 관리하는 관청과 벼슬아치가 있는 모양인데, 그네의 노력이 하루 바삐 실적을 드러내어, 바탕뿐인 변산이 문채까지 겸하게 되기를 간절히 빌고 또 빌었다.

한편, 변산은 다른 명산과 같이 민족 설화의 일대 원천이 된다. 골짜기 멧부리마다 제각끔 설화의 비단 치마들을 두르고 있다. 이를테면 동쪽 산정에 우뚝 솟아 있어 마치 온 산의 감시자인 듯한 '울금바위'는 변산에 있는 전설의 초점이다. "바위가 둥글고 높고 크며, 멀리서 바라보면 눈이 내린 것 같으며, 바위 아래에 3개의 굴이 있는데… 위가 평탄하여 올라가 바라볼 만한"이 바위가 전설 작자에게 그럴 듯한 무대가 될 것은 거의 숙명이라고도 할 것이다.

저 김해 김씨들이 아름답게 설명하는 흥무 대왕(興武大王)의 '묘연왕' 토평담(討平談) 같은 것은 아마도 반드시 오랜 내력이 있는 민족적으로 유명한 설화일 것이요, 바위 아래에 수십 간 되는 석굴과 주위 10리 쯤 되는 고성(古城)이 있음은 더욱 설화의 변화를 자유활발스럽게 하였을 것이다.

여행 일정 관계로 개암동(開岩洞) 일원을 건너다보고 마는 것은 채석강(采石江)을 코 아래 두고 그저 지나가는 것과 함께 유감스런 일 가운데 하나였다. 월명(月明)서 '곰소'까지가 20리, 진서리(鎭西里)에서 염막(鹽幕) 틈으로 개땅을 밟고 두어 마당 나가면 '웅연(熊淵)'이라고 쓰는 하나의 교체도(交替島)를 갯가에서 만난다. 줄포항과 같이 조수가 밀려오고 빠지는 것이 심한 곳에는, 조수가 들어오면 섬이 되었다가 물러나면 육지와 이어지는 평평한 구릉이 있으니, 이것을 시방 교체도라고 불러 본 것이다.

진서리 앞에 교체도가 둘이 있어, 왼쪽을 '범섬'(虎島) 오른쪽을 '곰소'(熊淵)라고 일컬으니, 하필 곰과 호랑이 양자로써 관련하고, 또 웅연(熊淵: 곰소)이 선박 발착의 실용처가 됨은 단군 설화하고 무슨 교섭이 있음직한 명칭이다.

『고려사』의 공민왕 7년, 우왕 2년, 동 7년조에 보이는 것처럼, 왜구가 이 근처를 침입한 것은 반드시 '곰소'로써 도착 지점을 삼던 것인데, 시방 우선 회사(郵船會社)의 정기선도 또한 여기까지를 소항점(溯航點)으로 정한 것이 인연이라면 인연이다.

50여 척이 떼 지어 와서 때려 부수려 드는 것을 나세(羅世)·변안렬(邊安烈) 등이 행안산(幸安山)에다 몰아 넣고 찐붕어를 만든 것이 그 2년의 일이다. '히오도시' '히노마루' 같은 것은 썩어 없을지라도, 칼토막·닻조각 같은 것은 시방도 땅속·물속에 파묻힌 것이 있을 터이다.

갯가에 앉아서 '대섬'쪽으로 나아가는 여울 우는 소리를 들으면 생각나는 일이 없을 수 없다.

목놓아 우는 여울 배옆인 예의설움
'곰삐라' 무령함을 이제와 하소연한들
'대섬'이 모다'살'이매 넉돌줄이 있으랴

'곰삐라'는 그네들의 숭사(崇祀)가 끔찍한 용신대왕(龍神大王)이요, '대섬'은 웅연(熊淵) 앞으로 줄포항 한가운데 있는 작은 섬이니 전죽(箭竹)의 산지이던 곳이요, 어촌 8~9 마을이 노른 기운 늘어나는 버들에 가려 있음을 보기로, 이것으로써 임진왜란 때 그네들이 가장 두려워하던 유엽전(柳葉箭)을 상기한 것이다.

한보름 '대살' 물이 한참 밀려서 바로 바다와 같아진 줄포항 위에 편주(扁舟)를 띄웠다. 참물을 타고 편리한 곳으로 건널 작정이다. 물때를 맞추어 그물을 던지는 배가 열씩 아홉씩 일자 진(陣)을 치고 띄엄띄엄 늘어선 것이 하나의 장관이었다.

빗방울이 뚝뚝 듣고 있어서 돌아다보매, 반등산(半登山)에는 구름이 잔뜩 끼었다. 일기가 어떻겠는지 뱃사람에게 물으니 바람의 맥을 짚어 보고서 염려 말라 한다. 가득히 든 물에 잔잔한 결이 가물거리고, 바삐 나는 대로 더욱 한가하여 보이는 백구(白鷗)가 쌍쌍이 오르락 내리락 한다. 삐걱하면 출렁하고 우쩍우쩍 나가는 배가 순식간 중류(中流) 한 가운데에 떴다.

산에는 산자미(山滋味), 물에는 물자미(滋味), 간데 족족 자아 오르는 내 흥은 암만하여도 몸 괴로운 조건이다. 내가 하고 싶은 노래를 뱃사람에게 대신 시키고 뱃전만을 척척 때리었다. "오직 우리의 짧은 생을 슬퍼하며, 장강의 무궁함을 흠모하고"[1]를 생각하였다.

서(西)편짝 바다끝을 해지는데라 마옵세다
둥그런 지구시라 또그밭서 오르나니
이래도 마찬가지면 뜨는데라 합세다

육로의 곱을 잡는 수로로 십 리 되는 상포(象浦)에 닿았다. 상포
니 상암(象岩)이니 하는 이름으로 거기 있는 바위의 옛 모습을 짐작
하겠으나, 사나운 물이 밀고 써는 동안에 삐죽하던 코 끝이 씹혀서
다 없어지고, 그 덕에 조잡하게 만든 해금강(海金剛)이라고 할 톱날
바위가 갯가에 그득할 뿐이다.

---

1 소식(蘇軾)의 「적벽부」에 등장하는 구절이다.

15. 도솔산, 천왕봉, 용문굴

배에서 내려 언덕으로 기어오르면 상암의 등마루에서 "충강공 김제민 낙파정 유허비(忠剛公金齊閔樂波亭遺墟碑)"를 읽게 되는데, 강산이 그대로 해산(海山)인 이 경승(景勝)을 가졌던 그가 또한 좀처럼 복력(福力)이 아니던 것을 생각하였다.

밀기를 마치기가 무섭게 써기를 바빠하는 물이 조금조금 물러가는 것을 보건대, 까닭없이 수선한 것이 인생뿐 아니로다. 뱃사공을 영검하게 만드느라고 비는 이만저만하였다. 갯가를 끼고 배로 올라온 거리를 뭍으로 내려가면서 휘는 줄 모르게 남으로 얼마쯤 기우뚱이 가다가, 소요산(逍遙山) 서쪽 기슭 밑에서 북향하여 나오는 물을 만나는 것이 '장소강'이다.

물이 아직 쾌히 빠지지 아니하였으므로 길은 산을 타야만 해서, 괴롭기는 하나 질펀한 물을 내려다봄이 또한 재미있다. 강이라 하여도 썰물 후에는 발 벗고 건너는 내이다. 유명한 검단 선사(黔丹禪師)가 선운사(禪雲寺)를 위하여 향목(香木)을 파묻어서 침향(沈香)을 저장하는 창고가 되게 하였다는 곳이다. 선운(禪雲)·소요(逍遙) 두 산 틈으로 거의 십 리나 올라가는데, 염막은 꽤 깊은 속에까지 만들어져 있다.

선운사 동백나무 숲(전북 고창)
아름다운 사찰 경관을 이루고 있으며, 사찰림으로서의 문화적 가치와 오래된 동백나무숲으로서의 보존 가치가 높아 천연기념물로 지정·보호하고 있다.

연기동(烟起洞) 앞에서 '노듸'를 건너면 선운산 남쪽 기슭이 되어, 선운사 큰 덩어리가 빤히 들여다보인다. 동쪽으로 마을 입구 하나만 내어놓고 삼면이 모두 산인 속에, 평평하고 넓직한 '사앗들'이 너부죽하게 열려서 좋은 도량지를 이루었다.

한참 성할 때에는 이 넓은 바닥이 온통 불우(佛宇) 승방에 덮여서 역내 최대의 법계(法界)가 되었다 하는데, 깊다랗게 데미다 보이는 큰 절, 몸채 몇 군데 외에는 다 없어진 지도 이미 오래라고 한다. 사람이 따비로 쑤시어 가는 저 닥밭들이 당시에는 다 방울과 풍경, 종과 북소리가 울리던 곳이라 한다.

사자처럼 생긴 소나무 등성이 너머로 전당(殿堂) 추녀가 보일락 말락하는 것을 바라보고 들어간다. 소나무 틈틈이 거무더부룩하게 덩어리 덩어리진 것은 동백(冬柏)이라 한다. 오른쪽에는 산, 왼쪽에는 시내, 내장산 목장이를 넓혀 놓은 것 같다.

흐르는 내와 산의 밑둥이가 바짝 껴안으려드는 곳에 대찰의 풍모를 의연히 가진 선운사가 궁둥이를 붙이고 있다. 나와 맞이하는 승려 가운데 백학명(白鶴鳴)[1] 선사가 있음은, 그네의 법조(法祖)인 설

선운사 만세루(전북 고창)
뒷쪽의 대웅전과 마주보며 개방되어 있어 설법을 위한 강당 역할을 하였다

파당(雪坡堂)의 비(碑)를 고치는 일로 영호사(映湖師)와 함께 이곳에 모여 서로 의논하기 위하여 만나기를 약속하였기 때문이다.

다리를 건너면 바로 만세루(萬歲樓)를 만난다. 당당한 9칸 정문이 옛날의 성대했던 시기를 이야기하는 유일한 유물이요, 한편으로는 청도 운문사(雲門寺)의 그것과 함께 이제는 역내에 둘밖에 없는 귀중한 건축이다.

여기 칸(間)이라 한 것은 보통 민호(民戶)의 한 칸을 이름이 아니라, 전랑(殿廊)의 기둥과 기둥 사이를 말하는 것이니, 이 만세루를 칸수로 치면 아마 70~80칸이나 될 것이다. 시방은 줄어서 5칸이 되었지만, 정례(正例)로 말하면 9칸 정문(庭門)임을 보았을 때, 법당이 저절로 7칸이었을 것이요, 다른 모든 것을 여기에 알맞게 세웠을 것이니 그 으리으리하였음을 짐작할 것이다.

---

1 백학명(白鶴鳴; 1867~1929)은 조선 후기와 일제 강점기의 고승. 내소사·월명암 주지를 거쳐 내장사 주지를 지냈으며, 불도 수련과 교리 전도에 힘쓰고 반선반농(半禪半農)을 권했다. 속성은 백씨, 법명은 계시(啓示), 자호는 백농(白農), 학명(鶴鳴)은 법호이다.

선운(禪雲)이 오래된 사찰 이름난 사찰임은 언제든지 변함이 없지만, 그것이 커다란 사찰임은 이미 지나간 꿈이다. 만일 오늘이라도 선운을 대찰이라고 하려 하면, 그 크다는 근거를 달리 말할 수밖에 없을 것이다. 그런데 집으로는 작아진 선운이 이제 사람으로 커진 것을 우리는 말하고 싶다.

환응(幻應)이라는 율석(律釋)을 가졌음은 선운이 작은 대로 대찰일 하나의 큰 이유가 될 것이다. 왜 그러냐 하면 순진한 의미에 있어서의 불교인, '옛 중'의 똑바른 전형을 가진 유일한 사람, 정당하게 헤아려 뽑은 위에 세운 금강신(金剛信)의 소유자 — 이 모든 것보다도 80년 일생을 삼학(三學)² 사위의(四威儀) 중으로 똑바로 수행한 이로, 환사(幻師; 환응사를 일컬음)는 실로 시방 우리 불교계의 커다란 모범이 될만한 분이다.

그가 올바른 지혜로 진리를 증득하여 깨달음이 어떠한지, 그의 혜변(慧辯)이 얼마만 한지는 다 나의 아는 바가 아니지만, 중다운 중이라 하여 그보다 나은 이가 얼마나 있으며, 또 그렇지 않다 할 이가 누가 있을까. 그는 진실로 얼마 지나지 아니하여 다 스러질 '옛날 중'이라는 귀여운 새벽별의 하나이다. 선운사를 찾아온 나의 무엇보다도 큰 기대는 바로 말하면 다시 보기 어려운 고석자(古釋子)를 뵈와 두려 함이었다.

발의 흙을 떨며 말며, 환사(幻師)를 그의 정수처(靜修處)에서 찾았다. 핥아도 좋을 만큼 육방(六方)을 맑고 깨끗하게 한 팔상전(八相殿) 노전(爐殿) 일실(一室)에, 정면에는 고불상(古佛像) 한 분을 봉안하고, 좌우에는 갖추어 묶은 것이 깨끗하고 가지런한 경론소석(經論疏釋)을 가지런히 쌓고, 검은 승려복을 입은 나이 든 스님 한 분이 염주를

---

2 불교를 배워 진리를 깨닫기 위해서 반드시 닦아야 하는 세 가지 내용으로, 계학, 정학, 혜학이다.

만지며 단장(端莊)하게 늙은 몸이지만 새벽과 저녁의 예참(禮懺)을 일찍 폐한 일이 없고, 더욱 아침에는 깍듯하게 50배 이상을 하되 가쁜 줄을 모른다 함에는, 새삼스럽게 수양의 무서움을 생각하였다.

먼저 불법이 전에는 비교할 만한 것이 없던 액운에 제회(際會)한 것으로부터 시작하여, 우리 조선의 새 운명 전개에 대한 두텁고 깊은 걱정하는 뜻을 널리 알리는 정성스러운 담설(談說)이 측측히 남의 폐부를 건드린다.

"모든 것이 불력(佛力)이요 인과(因果)니까 망령되이 추측하고 망령되이 결단은 못 합니다. 그러나 하루바삐 조선인의 지난 세상에서 닦은 착한 행실들이 개발되기를 기다리는 정은 잠시도 부리지 못합니다."

하고, 또

"영웅호걸이 나야 일이 되는 것이 아닙니다. 만사가 업보니까 갸륵한 몇 사람의 능력으로 될 것이 아니라, 필경은 새로운 과보(果報)를 장만할 만한 조선인 전체의 업력이 쌓여야 할 것입니다."

함은, 마치 피히테의 『독일 국민에게 고함』을 읽는 느낌이 있다.

불교는 불교로, 조선인은 조선인으로, 무엇보다 힘쓸 일이 업력 축적임을 모르고 깍쟁이 같은 말들만 함이, 과연 무엇보다 앞서는 요즈음의 일대 우환일 것이다. 정수(定水)가 저리 맑으면 혜월(慧月)이 절로 밝을 것이요, 계뢰(戒雷)가 저리 무서우면 자운(慈雲)이 또한 신기로울 것이다.

경문(經文) 그대로와 율례(律例) 그대로, 한 점 한 획의 변통을 허락하지 아니하는 그의 신앙 및 생활이 완고하고 교니(膠泥)[3]한 것이라면 혹시 그렇기도 하겠지만, 대반석(大磐石) 같은 안심입명(安心立命)은 흔히 여기로부터 좇아 나오는 것이니, 이는 도리어 그의 장점

---

3 회나 시멘트에 모래를 섞고 물로 갠 것. 모르타르(mortar)라고 한다.

이요 득점(得點)이라 할 것이다.

　금강은 산이라도 많고큰채 보배로다
　부서진 모래알도 제각금 보배로다
　동나고 하나인것에야 작고큼이 있으랴

　그가 40년 전에 돈 한 냥을 주고 만들었다는 강상(講牀)은 시방도 새것 같다. 밑은 소반발 같고 상면(牀面)의 양쪽 끝에는 도듬테를 붙이고 있어, 시방 일본인이 쓰는 경궤(經机)·향안(香案)의 출처를 알겠다. 밤이 깊도록 여러 가지 도움이 되는 말씀을 많이 듣자왔다.
　8일. 아침에 전당(殿堂)을 순례하였다. 대웅전은 1614년(광해군 갑인)에 창건한 것으로, 1839년(헌종 기해)의 장대비에 두 칸이 낡아 허물어진 나머지라는데, 대웅전의 주불이 비로자나심은 이 절이 한참 화엄종 소속이었던 역사와 아울러 여러 번 재난을 치르는 동안에 전당과 불체(佛體)가 뒤섞였음을 이야기하는 것이다.
　비로불 및 그 양 협시는 전우(殿宇) 상응의 큰 몸이요, 영발(英發)의 기가 미우(眉宇)에 그득하나 머리와 몸의 균제(均齊)에 흠이 있기도 하고, 또 다른 점으로 뵙기에도 썩 오래된 조성(造成) 같지 않다.
　동벽(東壁)에는 광정암(廣井菴)의 본존이던 하나의 석상을 옮겨 모시고(昨年分) 일본인 와타나베(渡邊) 아무개의 고증이라 하여 "백제 시대 제작, 약사유리광여래(藥師瑠璃光如來)"라고 설명하는 패를 걸었으나, 살펴보건대 두건·영락 기타로 보아 부처가 아니라 보살의 상임이 분명하며, 대개는 미륵인 듯 생각되었다. 그 옆에 있는 또 좀 작은 것 하나는 지장(地藏)처럼 보였다.
　한편, 천정에 시렁을 매고 천불(千佛)의 남아 있는 것 백수십 체(體)를 봉안하였음은, 본디 별전(別殿)인 것을 합설한 것일 듯하며, 탁하(桌下)에 드리운 두께가 판자 같은 망포단장(蟒袍緞帳)은 청조(淸

朝) 전래의 궁중물이 하사되어 내려온 것인 듯하다.

전(殿) 앞의 오층탑은 매우 아름답고 훌륭하게 제작되었다. 영산전(靈山殿)에는 크고 잘된 석가상을 중심으로 하여 십육나한상을 베풀었는데, 정관(定觀)하는 이, 유심(遊心)하는 이, 이 빠진 이, 팔 벌린 이, 제각각 성격이 잘 드러난 명작이다.

그 가운데 더욱 왼편 손가락을 펴고 삼계(三界)를 큰 소리로 비웃어 버리는 한 분은 무엇을 웃는 것이든지, 나는 그의 웃는 모습이 우스워서 보고 또 보고는 뻐기고 또 뻐기었다. 남쪽으로 와서 많이 본 것 가운데 가장 나은 작품으로 생각되는 것이나, 서툰 솜씨로 한 개칠(改漆)이 원래의 뜻을 몰각함이 크다.

후벽(後壁)으로는 청허(淸虛) · 부휴(浮休) · 묵담(默湛) · 금봉(金峰) · 설파(雪坡) 등의 영정이 모셔져 있다. 사명당(泗溟堂)이 일본에서 얻어다가 번각(飜刻)한 것을 또 복각(覆刻)한 상도하설본(上圖下說本) 『석씨원류(釋氏源流)』와 『능엄경(楞嚴經)』 기타 약간의 책판도 여기 시렁에 보관되었다. 법당 뒤 팔상전에는 삼존(三尊)이 다 부처님이시오, 그 닷집의 용천(龍天)과 천녀(天女)가 곧 살아 달려드는 듯함이 주의를 끈다. 법당 노전(爐殿)에 걸린 종은 1818년(순조 무인년)에 개주(改鑄)한 650근의 큰 것이었다.

대저 선운사는 고전(古傳)을 근거하건대, 신라 검단 선사가 개산(開山)한 곳으로, 진흥왕의 보시와 법운사(法雲師)의 감화에 점점 규모가 커져서, 고려 시대에는 호남에서 가장 큰 사찰로 송광(松廣) · 선암(仙巖) 등도 오히려 여기를 까맣게 올려다 볼 수밖에 없었다.

조선 왕조에 들어와서도 덕원군(德源君)의 원당(願堂)으로 비교적 융성한 사황(寺況)을 오래 보유하여, 200년 전만 하여도 장육(丈六) 이층전(二層殿) · 한산전(寒山殿) 내지 시방 정문 같은 크고 또 치렛건의 당우를 연속해서 자꾸 새로 건립하는 상황이었다. 100여 년 이짝으로 조잔(凋殘)하기 시작하여 최후 20여 년간은 '독(獨)'살림

절'로 있는 둥 마는 둥 한 지경에까지 빠졌다가, 최근 10여 년 이래로 조금씩 소생하여 남아 있는 세간만큼은 겉모습을 다스리게 되었다. 이는 실로 환응 율사(幻應律師)의 노력에 힘입음이 큰 듯하다.

한참 전성기 때에는 100개의 방에 89개의 암자가 있어 기왓골이 산중을 거의 덮다시피 하였으며, 각방(各坊)에서 5일 순번으로 담당하는 객인 접대가 1년 반 만에 한번씩 돌아왔다고 한다. 천여 명 승중(僧衆)이 북적거리던 당시의 범절이 얼마나 질번질번하였을까는 짐작하기 어렵지 않다. 뜰 앞에 놓인 커다란 석조(石槽)가 그때쯤은 변변한 개수통 노릇도 못하였을 것이다. 마침 경담당(鏡潭堂)[4]의 기일을 만나 풍성한 음복을 하게 됨도 기이한 인연이었다.

오후에는 박봉하(朴峰霞) 군 기타의 향도로 산중 순례를 나섰다. 시방 놓은 선운교(禪雲橋)도 과히 작다고는 하지 못하지만, 아마 어디에 있는 것보다도 못하지 아니한 홍예 석교(虹霓石橋)가 구름을 업수이 여긴 적도 있었을 것이다.

심상치 아니한 '선돌'을 길옆에서 보고 무장(茂長)길을 외어서 서쪽으로 들어가면, 참나무 숲이 하늘을 가린 밑에서 동백나무가 등성이에 덮인 내원암(內院庵)을 데미다 보게 된다. 시내를 한 번 건너서 조금 언덕길이 되는 첫 목에 늙은 모과나무 한 그루가 서 있다. 밑둥이 모양의 고궤(古詭)한 것이 철수도인(鐵鏩道人)의 매화도와 같고, 운치만으로는 내장산의 그것보다 몇 십 배가 될는지 모르겠다.

천왕봉(天王峰)을 바라보고 나가는 곳쯤으로부터 돌이 여기저기 보이고, 혹은 멧부리와 혹은 산허리에 화의(畵意)로 기괴하게 생긴 놈도 차차 많아지며, 물소리가 또한 들음직하다. 산을 떡이라 하면 돌은 그 웃기요 물은 그 꿀이니, 이 둘이 없이 산 같은 산, 경치다운

4 경담당(鏡潭堂) 서관(瑞寬; 1824~1904)은 조선 고종 때의 승려로 장성 백양사에서 출가하였으며, 계율을 엄중히 지킨 스님으로 알려져 있다.

선운사 진흥굴(전북 고창)
선운사에서 도솔암으로 가는 길에 좌변굴
(일명 진흥굴)이 있다. 신라 진흥왕이 이곳
에서 수도하였고 그의 호가 좌변이었기 때
문에 이런 이름이 붙었다고 한다.

경치가 어디 있을 것이냐, 평범하던 선운이 비로소 운아(韻雅)한 맛
을 띠어 온다. '동도솔(東兜率)'이 있었다고 하는 탕건 같은 석봉과
그 너머로 보이는 보당(寶幢) 같은 '선돌'이 다 화필(畵筆)에 거둠직
한 것이다.

천길 만길이나 되는 듯 까마득하게 높은 돌 산봉우리가 양변에
우뚝 일어서서 번듯한 천문(天門)을 이룬 것을 본다. 그 오른쪽 기
둥에 해당하는 놈은 멀리서 보기에 흡사 스핑크스 같은데, 이것을
모르는 옛 사람들은 그 머리 모습만으로 봉두암(鳳頭巖)이란 이름
을 붙였고, 높기 때문에 천길바위라는 속칭이 생겼다.

이 봉두암 앞으로 길 오른쪽에 한 간 통, 열 간 길이 되는 한 석
굴이 있어 좌변굴(左邊窟)이라고 일컫는다. 세속에 진흥 대왕이 왕
위를 피하고 선운(禪雲)으로 왔을 즈음에 처음 묵었던 고적(故跡)이
라 하며, 좌변은 왕의 별호라 한다.

앞에는 석축까지 있음을 보면, 필경 옛 동굴 암자의 터로 선운
산[5] 24굴 가운데 중요한 한 곳임은 물론이다. 들어가 보매 천정은

---

5 『신증동국여지승람』의 무장현 산천조에 의하면, "선운산은 선(禪)을 선(仙)
으로도 쓰며, 현에서 북쪽으로 20리 떨어져 위치한다."고 하였다. 또한 『고려
사』 악지에, "선운산곡(禪雲山曲)이 있는데 백제 때에 장사 사람이 싸움에 나

단단하여도 방변(旁邊)과 바닥은 석질(石質)이 특히 취약하여 격지가 연속해서 자꾸 일어난즉, 굴 그대로 암자가 되었을 것 같지는 않다. 필경 태초 시대 산악 주민의 굴 집[窟宅]을 불교도가 이용하였으리라 한다. 낮은 데 있는 것, 높은 데 있는 것, 이런 것 저런 것 하여 한 도국 안에 수십 동굴을 가진 선운산은, 선사 인류학상 중요한 연구지가 될 것이다.

이 근처쯤부터는 경치가 순전히 암석 중심으로 구성되어 자못 궤기(詭奇)한 뜻을 머금었다. 같은 암석 중심의 경치라도 금강산 같은 것은 기이하고 가파름을 나타내었다 할 것임에 대하여, 여기 같은 것은 신기하고 궤이함을 머금었다 할 것이다. 봉두암 앞으로 달마 같이 생긴 바위에 소나무 한 그루가 상투같이 얹힌 것도 '중의 상투'라니, 구경이라면 구경이다.

여기 와서 보니 아까 천문(天門)의 한 변이라 하던 것이 봉두암과 기타를 어울러서 거의 네모 번듯한 석봉(石峯)이 되어서, 마치 「화장찰해도(華藏刹海圖)」에 나오는 수미산 모양으로 땅으로부터 그리 높지 않은 허공에 솟아올라, 선운(禪雲) 경관의 중심이자 정점인 도솔(兜率) 그것이었다.

이것을 바라고 올라가다가, 건너편 산허리로 대나무 숲에 에워싸여 있는 것은 하도솔암(下兜率庵)이다. 이리로부터 용문암(龍門菴)에 있던 것을 이건한 나한전(羅漢殿)을 지나서 돌층계 수백 급을 무릎이 아프도록 올라가서 수백 년 노송이 아치를 이룬 밑으로 들어가면, 쇄연(灑然)한[6] 건물 정상에 자리를 잡아 앉은 것이 상도솔암(上兜率菴)이다.

편액하기를, "도솔천 내원궁(兜率天內院宮)"이라 하였으니, 수미

_____

갔다가 기한이 지나도 돌아오지 않자, 그의 아내가 그리워서 이 산에 올라가 바라보며 부른 노래"라고 하였다.

6 '쇄연하다'는 기분이나 몸이 상쾌하고 깨끗하다는 뜻이다.

선운사 도솔암 내원궁(전북 고창)
선암사 도솔암 위쪽에 있는데, 상도솔암이라고도 부른다.

정상에 있는 천궁(天宮)을 미륵의 고당궁(古幢宮)에 비김은 당연히 생각날 일이라 하겠다. 주불은 지장이요, 얼마 전까지는 관음이었다 한다. 여인들이 십배 백배를 하는 옆에서 법복 입은 한 스님이 목탁을 두드리며 연속해서 자꾸 '화엄성중(華嚴聖衆)'을 부르고 있으니, 그러면 미륵하고의 관계는 다만 편액에서 뿐임을 알겠다.

궁(宮)의 뒤로 더위잡고[7] 오르면, 50~60명 앉을 만한 하나의 반석(盤石)이 나오는데, 고기(古記)에 '만월대(滿月臺)'라 한 것이다. 궁과 이 대를 합하여 사방 험하게 끊어진 하나의 석대(石臺)를 이룬 것이 '도솔(兜率)'이란 것이요, 이것이 이 산의 정화(精華)라 하여 선운을 첫째 도솔산이라고 하게까지 되었다.

선운의 '禪(선)'을 한편으로는 '仙(선)'으로도 씀으로써, 그것이 옛 이름에서 음을 취한 것임을 알 것이요, 또 그것이 '술'의 비음화(鼻音化)한 형태임은 다른 예에 비추어 알기 어려운 것 아니다. 따라서 이 도솔이 불교로 말미암아서 비로소 종교적 영장이 된 것 아

---

7 '더위잡다'는 '높은 곳에 오르려고 무엇을 끌어 잡다는 뜻이다.

니라, 실상 '붉'도로부터 오랜 내력이 있음을 대개 짐작할 것이다. '붉'과 미륵이 예로부터 많이 섞이고 섞여 하나로 된 사실을 아는 이는, 선운의 다른 이름이 '도솔'임에서 큰 암시와 뚜렷한 증거를 얻을 것이다.

시방 도솔내원(兜率內院)이라 하는 것이 본디부터 '붉'도에 있는 신전 또는 제단 그대로의 받들어 이은 것도 거의 의심 없을 일이요, 대(臺)의 이름을 만월(滿月)이라 함도 개성의 그것과 한가지로 무슨 종교적 원인의 유래를 가진 명칭일 것이다(『풍악기유』 참조).

역내에 있는 범궁불우(梵宮佛宇)가 어느 것이든 고'붉'도의 영장(靈場)을 대신 점유한 것이지만, 그중에서도 미륵도량의 명(名) 또는 실(實)을 가진 것은, 그것을 가장 즉각적으로 분변하여 알 수 있을 만큼 명백한 것이다(상세한 설명은 별도의 전문적인 논의로 미루어 둠).

사방 끝으로는 노송이 가지를 겨루어 아홉 마리의 용이 서로 만나는 것처럼 얽히고 설켰으며, 그 밑 비탈에는 산죽(山竹)이 땅을 덮어 빽빽한 그늘을 만들었다. 북으로는 천왕봉(天王峰)·국사봉(國師峰), 서로는 용문(龍門) 너머로 끝없이 바라다 보이는 바다, 남으로 동으로는 사자봉 내지 인경(引慶)·월출(月出) 등 여러 봉우리, 멀리는 변산(邊山)·소요(逍遙)·화시(火矢) 등 여러 산의 안개가 자욱하게 낀 수면 풍경이 모두 내 것이 되어, 어찌할 겨를도 없이 급하게 몸이 이미 금은대(金銀臺) 위에 있음과 같다.

부드럽게 뛰어나고 아름다운 조망이 어떠한 것이냐 하면, 이 뒷일은 도솔에서 내다보는 풍경이 그것이라고 하고 싶다. 금남(錦南) 산악의 대표적 경관은 아마도 이곳일 것이다. 한문가(漢文家)가

위로는 높은 밤하늘에 닿아 있고 아래로는 끝없는 땅에 임하였으며, 해와 별이 고리처럼 빙빙 돌고 바람과 구름을 가로로 띠었다.[8]

선운사 동불암지 마애여래좌상(전북 고창)

고려 초기의 거대한 마애불로 가슴의 복장(감실)에서 동학 농민 전쟁 때의 비밀 기록이 발견
되었다고 한다. 머리 주위를 깊이 파고 머리 부분에서 아래로 내려가면서 점차 두껍게 새기
고 있다.

라고 이곳을 적은 것이 과장이기야 하지만, 마음속에 품고 있는 생
각이 깨끗하게 씻기는 분수를 표현적으로 쓰자면 그만하지 않은
것도 아니다. 아닌 게 아니라 과연 다각다면(多角多面)의 다양다관
(多樣多觀)이 날을 바꾸어도 싫증날 것 같지 아니하다.

　내려와서 도솔을 끼고 돌아가니 100장(丈) 석벽에 하나의 커다란
마애 미륵상을 새겼는데, 모양은 금강산의 '묘길상(妙吉祥: 문수보살)'
과 거의 비슷하고, 그림을 그린 힘은 그보다 매우 활기를 띠고 있
다. '묘길상'의 미륵은 손이 닿을 만하여 여러 번 덧새기는 통에 진
형(眞形)이 매우 상하고, 이것은 원체 높아서 가공이 용이치 아니하
기 때문에 예스럽고 수수한 모습을 그대로 지녀, 두 마애불이 각각
교묘하고 졸렬하게 된 이유인 듯하다.

8　원문은 "上接層宵, 下臨無地, 廻環日星, 橫帶風雨"이다.

그러나 갑오·을미년 사이 세상이 한참 소란할 때에, 살길을 찾기에는 어떠한 모험이라도 하는 이들이 미륵의 복장(腹臟)에 세상에 드문 비결이 들어 있다는 고설(古說)에 토대하여 사다리를 매고 그것을 들추어 낸 일이 있었다. 다만 발원문과 경권(經卷)뿐이므로 크게 실망하였다. 그 결과 배꼽에 구멍이 있어 뵙기가 심히 미안하더니, 몇 해 전에 어느 선사가 특별한 뜻으로써 복장을 다시 넣어 회로 메운 하얀 자리가 시방도 새롭다.

미륵상 앞으로 전에는 바위가 층층이 쌓인 언덕에 달아 지은 암자가 있어 부처 앞에 향불을 피우고 도를 닦더니, 효종조에 대풍(大風)으로 떨어지게 되었다 한다. 시방까지도 상(像)의 위에 돌을 파고 박았던 나뭇개비 하나와 뭇돌이 그대로 남아 있다. 미륵의 좌우로 일자 감실(龕室) 몇 줄을 파고 작은 불상을 나란히 안치하였는데, 혹은 바람에 떨어지기도 하고 혹은 훔쳐가기도 하여 남은 것이 몇 되지 않으며 그나마 파손된 것이 많은 모양이다.

석애(石崖) 전면에 붉은 이끼가 은은히 앉아서, 일종의 고취(古趣)를 더한다. 밑에는 굴이 있어 한 사람이 겨우 몸을 붙일 만한 구멍이 10칸쯤 되며, 앞에는 5층의 부서진 탑이 있어 행객에게 황량한 생각을 준다. 이때 가만히 서서 눈을 감고 한참 묵념한 것이 무엇인가는 오직 미륵님과 나만이 아는 일일 것이다.

바위가 얇게 격지져서 마치 금강산의 장경암(藏經巖) 같이 생긴 앞으로 천문(天門)을 들어가노라면, 커다란 돌이 겹겹 층층이 동구를 막아 걸음 옮기는 대로 기이하고 이상함이 늘어간다. 안에 들어가서는 돌은 돌대로 재미있고 들은 들대로 열렸으나, 물이라고는 오른편 암석 사이에서 해갈할 만큼 나오는 것 하나밖에는 다시 없음이 큰 유감이다.

금강산에 호수 하나만 있을 것 같으면 세계의 절경이리라 하는 셈으로, 여기에도 만일 깊은 연못 커다란 폭포 같은 것을 한둘 가졌을진대, 딴 배포의 금강산 하나가 조선에 또 벌어질 뻔하였다 할 것이다.

한 목장이를 돌아 오르면, 문득 고딕 건축의 회랑에 비유하게 된 하나의 돌 병풍, 하나의 무지개 구멍 같은 것이 셋이나 난 넓은 암호(巖戶)가 앞에 놓인다. 이것이 역중(域中) 유수의 보기 드문 경치인 동시에 선운산의 설화적 중추인 용문(龍門)이란 것이다. 기다란 바위가 밑이 두려 패어서 앞뒤가 통하고, 중간에 자연 그대로의 버팀돌이 두세 군데 서 있으며, 그 왼쪽이 앞으로 뻗다가 다시 고부라져 들어 아늑한 집터 하나를 이룬 것이다. 길이는 수십 칸이 넘을 것이다.

푹 싸인 그 안에 바위 밑으로 지었던 암자가 옛날에는 기출(起出), 뒤에는 용문(龍門)이라고 부르던 이름난 암자인데, 수호상 불편한 일이 많아서 5~6년 전에 뜯어다가 하도솔 옆에 지었다 한다. 여러 가지 의미로 꼭 있어야지, 없어서는 안 될 이 암자를 새로 이룩하지는 못할망정 있던 것을 뜯어 버린다는 말이 웬 말이냐고, 하루바삐 도로 세우기를 간절히 권하여 두었다.

옛날 전설에 의운 대사(義雲大師)가 이 절을 처음 세울 때에, 돌배[石艇] 하나가 산외(山外) 죽포(竹浦)에 떠 흘러와 신선의 음악과 하늘의 노래가 그 속에서 질탕히 났다. 속인이 보려한즉 배가 슬그머니 물러난다는 말을 듣고, 의운 대사가 제자를 데리고 갔더니 배가 절로 달려들었다.

올라가 보니 옥축(玉軸)으로 된 대장경과 석가모니불과 가섭아난(迦葉阿難) 16나한이 배 안에 나란히 함께 앉아 있고, 금인(金人) 한 분이 오른손으로는 옥노(玉櫓)를 저으며 비단 돛을 달고 왼손에는 상아로 만든 주판과 금빛 글자의 보배로운 인장을 잡았거늘, 일체를 육지로 내려오기는 하였으나 어디에 편안히 안치해야 좋을지를 몰랐다.

밤에 의운의 꿈에서 금인이 이르기를, "나는 우전국왕(于闐國王)으로 상(像)을 모실 곳을 얻고자 하여 해동 여러 산천을 두루 찾았더니, 바라보매 도솔산에 크게 참회하는 기이한 기운이 공중을 가로지른 것이 있기로 여기 온 것이다. 청컨대 살 만한 땅을 가려서 집을 짓고 평안하게 진정하여 달라."하였다.

대사의 이 말에 드디어 진흥왕이 베풀어 지은 것이 참당사(懺堂寺)요, 그 절의 불상은 그때에 나온 것이며, 다시 하나의 암자를 도솔천 곁의 용담(龍潭) 위에 이룩하고 나한상을 모시는데, 감재사자(監齋使者)⁹를 시켜서 살고 있던 용을 몰아내서 흥성(興城)의 방등산으로 데려다 두게 하였다. 부탁하기를 돌아올 적에 무슨 일이 있든지 뒤를 돌아다보지 말라고 하였더니, 사자(使者)가 이 산 밖까지 돌아와서 "인제 설마"하고 얼른 돌아다보는 서슬에 곧 돌이 되어 그 자리에 붙어 서게 되었다.

그때 용이 쫓겨날 적에 뚫고 간 구멍이 곧 이 용문(龍門)이요, 사자가 변해서 된 것이 시방 방등산 마주 보는 봉우리 위에 서 있는 선돌이다. 이 때문에 나한상을 설치한 가운데에 사자 하나가 본디부터 없고 설사 만들어 놓아도 반드시 아래로 떨어진다 한다.

아닌 게 아니라 과연 아까 하도솔에서 보니까 충분히 갖추어 있되, 사자는 하나 빠져 비어 있었다. 대체로 큰 절 개창하는 법사가 원래부터 살던 용을 쫓아서 몰아냈다는 설화는 조선에 있는 개산설화(開山說話)의 흔한 모티프이니, 그 대표적인 것은 통도사·유점사의 그것과 함께 선운산의 이야기라 할 것이다.

그런데, 이 설화는 어찌 보면 인도의 계통을 받은 설화일 따름 같기도 하지만, 가만히 생각하여 보면 그 근거에는 일대 사실적 방면이 잠재한 것을 알 수 있으며, 또 무슨 현실적 필요에 응하기 위

---

9 감재보살과 같은 말로, 선종에서 대중의 음식물을 맡아보는 신을 말한다.

하여 고의로 작성한 것들임을 알 수 있다.

무엇이냐 하면, 용은 고유 종교의 표상(表象), 법사는 새로 들어오는 신앙의 선봉으로, 용을 몰아내고 절을 세운다는 것은 다른 것이 아니라 곧 고유 신앙의 기반을 엎지르거나 어우르거나 하여 그 자리에 새 교법의 전당을 세웠다 하는 의미를 기탁하여 둠이 그것이다. 곧 신구 양 사상의 우열을 얼른 관념케 하자는, 승리자 편의 뜻이나 의도적인 생각이 있는 노력에서 나온 것이다.

이러한 종류의 설화에 반사된 또 한 가지 사실적 분자는, 유점사에서는 구룡연(九龍淵), 선운사에서는 방등산처럼 쫓겨나 귀착한 지점을 가리킨 것이다. 이는 더 말할 나위 없이 여기 있던 고종교(古宗教)의 신위(神位)가 있던 자리에서 쫓겨난 결과로, 어디 가서 새 자리를 잡았다는 사실이 투영된 것들이다. 이렇게 보면 이 따위 이야기가 매우 의미심장한 것임을 알 것 아니냐.

용문 위에는 용이 나갈 적에 꿈틀거리던 무릎자국이란 것이 많아서 선의 재미있는 변화를 보여주고 있으며, 뒤로는 석애(石崖)가 서해에서 오는 바람을 막는 병풍이 되어서, 아닌 게 아니라 과연 용의주도하게 생긴 종교적 소용지라 할 만하다.

병풍 뒤로 한 등성이를 올라서면 칠산 바다를 중심으로 한 서해가 속이 시원하게 앞으로 터지고, 해마(海馬) 같은 위도가 꽁지를 꼬부려 가지고 있다. 마침 둥싯거리는 붉은 태양, 수물거리는 금빛 파도, 도솔천의 장엄에는 없어서 안될 것이 낙조에 번득거리는 칠보(七寶)의 바다 빛을 실현하였다.

'월명(月明)'에서보다 더 재미있는 낙조를 여기에서 덤으로 구경하였다. 해를 삼키는 바다를 짊어진 선운(禪雲)은 물 없다고 흠잡지 못할 것을 알았다. 없어! 없어! 한(恨)을 하다가 보는 마당에 바다가 나오는 재미란, 아는 이하고나 이야기할 것이다.

높고도 기이한 것 도솔산 님의댁을
천봉(千峰)이 괴석(怪石)된 중 삼문(三門)을 용(龍)이냈네
문앞에 방죽이있어 서해(西海)라고 하더라

　돌아오면서 병풍바위 위에서 홀쭉한 목장이에 기이한 바위 겹쳐
진 돌이 갖은 자태를 실컷 부린 것을 보는 것도, 실상 흔하다 할 구
경이 아니었다. 몹시 약하고 옹졸한 흙산에 물도 아무 것도 없이 풍
화 작용 하나만으로 생긴 것이라, 기특한 생각이 더할 수밖에 없다.
　솔밭으로 하여 참당사를 내려가는 길에 산기슭이 옷깃을 여민
틈으로 줄포항이 명경같이 보이고, 변산이 그 밖을 싸서 완연히 만
산중에 한잔 크기의 호수를 보는 것 같을 적에는, 스위스의 호산(湖
山)이 다 무엇이냐 하였다. 가다가 한번씩 부리시는 조화옹(造化翁)
의 재주에는 찬탄하다 못하여 기가 막힐 적이 있다.
　'홍골재'로 하여 얼마를 내려가서야 동백의 그늘에 뻘겋게 벽(壁)
을 바른 참당사(懺堂寺)를 만났다. 퍽 오래되었고 컸던 절이지만, 시
방은 집 지키는 스님이 한둘 있을 따름인 선운사에 속해 있는 암자

선운사 참당암(전북 고창)
정유재란 때 모든 건물이 불에 탄 것을 여러 차례 중수한 선운
사에 속해 있는 암자이다.

였다. 법당은 대웅전인데 주불은 아미타요, 꽤 크게 잘 만든 불상들에는 정주(頂珠)[10]가 다 없어지고 원경(圓鏡)은 바탕만 남은 것이 모두 얼마나 오랫동안 폐기된 것이나 다르지 않게 대접하였던 것인가 이야기해 준다.

세지보살 곁에 흡사 선운사 법당에서 보던 문제의 석상과 같은 철제의 매우 오래된 상을 보고 이것 그것이 다 보살이요, 미륵임을 판정하였다. 약사전에는 석탑 위에 석상을 모셨는데, 본디는 약사불이었겠지만 시방은 미륵임이 매우 분명하다. 와다나베 아무개가 아까 그 석상을 약사로 오인하기는 아마도 반드시 여기 이 석상에 대비하되, 이름에 홀려서 실상을 돌아보지 못한 결과인 듯하다. 오백나한·시왕 등 경주 불석(佛石)으로 만든 수효가 많은 상설(像設)을 가졌음은 다 그 흥성할 때의 유물인 듯하다.

앞에는 천왕·국사 두 봉우리가 좌우에 벌여 서고, 곁에는 장군수(將軍水)란 신천(神泉)이 펑펑 솟아나오니, 국사·천왕·장군이 다 '둥글'내지 '딕금'의 상투적인 역자(譯字)임을 아는 이는 천왕봉의 저쪽이 도솔천궁임을 합하여, 이 산 이곳의 '붉'도적 지위를 짐작할 것이다. 옛날에는 봉의 좌우에 천상굴(天上窟)·고왕굴(高王窟)이 있고, 봉의 가장 높은 곳에 개심사(開心寺)가 있었으며, 시방도 천제단(天祭壇)이 여기 있는 등의 이름과 실상은 물론 다 우연한 것 아니다.

참당(懺堂)으로부터 큰 절로 향해 오느라면, 길가에 서 있는 대여섯 자되는 오뚝한 돌에 검줄을 맨 것이 있기로 물은즉,

"무식한 촌민이 이것을 신(神)이라 하여 해마다 정월 보름이면 택일하여 제사를 드리고 또 화난이 있으면 역시 여기다가 제사를 드리어 금할 수가 없으므로, 이렇게 똥거름 내 나는 밭 가운데 있

---

10 부처의 이마 가운데에 박은 구슬을 말한다.

는 돌에 할 것이 아니라 정 치제(致祭)를 하려거든 우리 절 신선당(神仙堂)에 와서 하라 하여 수 년째 그리하건만, 아직도 구습이 남아서 저리하는 것이오."

한다. "재미있는 말을 들었군!"하여 다시 캐어물은즉, 고래로 이 근처 민호(民戶)에서 이것은 '밖당산'이라 하고, 또 건너편 등성이에 '안당산'이란 것이 있어 정시(定時) 임시(臨時)로 공경하여 지내는 제사가 끊이지 아니하고, 청우여역(晴雨廣疫)[11] 등 대기양(大祈禳)은 반드시 천왕봉 위의 제단에서 설행한다는 등 귀중한 이야기를 들었다.

아까 선운사에서 나오다가 길녘에서 본 것도 이 따위요, '선돌'이니 무엇이니 하는 것들이 또한 각기 일방의 이 유속(類屬)임을 물론이다. 이제 이 사실을 전일 내소사 앞의 조탑(造塔)이란 것과 합하여 보건대, 우리 원시 종교 중에는 입석(立石)을 신체(神體) 또는 제단으로 쓴 증거가 되는 자취가 밝고 선명할 뿐 아니라, 그것이 일종 타락한 형태로서 시방까지 민간 신앙의 사실로 존속됨까지 알 수 있다.

'당산돌'이란 것은 다른 것이 아니라, 곧 '셈' 민족의 고신앙에 있는 '마세바' 내지 '숭구(崇邱)'에 해당하는 것으로, 한편으로 비교 종교학상의 하나의 재미있는 사실이 되는 것이다. 나는 이 돌을 가장 보편적인 방면으로 뜻을 취하여 '선돌'이라 하고, 이것으로써 드러내 밝히는 신앙 상태를 '선돌 숭배'라고 아직 한동안 부르려 한다. 그런데 '선돌 숭배'가 보통으로 말하는 자연 숭배 내지 암석 숭배에 관한 단순한 하나의 현상에 그치는 것 아님을 설명함은 재미있을 것이지만, 다른 기회로 미루어 둔다.

보리밭 · 대밭 · 차밭 틈으로 천왕봉의 병풍석을 바라보고 올라

---

11 기청제, 기우제, 여제 등을 일컫는다.

가다가, 수리봉 밑으로 동향하여 앉은 큰 암자가 내원(內院)이다. 이 산의 중심을 차지하여 여러 가지로 중요한 의의를 띠고 있던 이름 있는 초제(招提)이었건만, 사람도 없고 집도 한껏 황량하여 법화경 화택유(火宅喩)[12]를 활동사진에 박고자 하는 이가 있다 하면, 이 집을 무대로 제공하고 싶다. 폐한 지가 4년이라나. 특별히 무성한 동백나무는 우거지고 쟁여졌는데, 보는 이야 있건 없건 주먹 같이 탐스러운 꽃이 떨기떨기 피었건만, 탐스러운 채 고운 채로 쓸쓸하게 보이기만 한다.

선운사 앞의 다섯 봉우리가 여기서 특별히 똑똑하게 보이고, 높도 낮도 아니한 것이 만지면 따뜻할 듯하다. 지는 해 저녁놀에 황폐한 사찰, 버려진 탁자, 필경 나오지는 아니하면서 눈물이 고대 날 듯날듯한 광경이다. 돌아오니 '달도지봉' 위에 달이 바로 둥근 바퀴를 반쯤이나 나타내었다.

밤에 절에 전해 내려오는 고문서를 보았다. 문짝만한 『선운사사적(禪雲寺事蹟)』이하 여러 가지 문서와 장부가 다른 데서는 보기 어려운 오래된 물건들이다. 현존한 『선운사사적』에는 '성화(成化) 19'란 연조(年條)를 박았지만, 가만히 보건대 고려 전래의 문자를 덕원군(德源君)의 원당(願堂) 될 때에 약간 개찬한 것임이 분명하다.

그 내용은 우리 중세에 있어서 풍수 사상의 국가 생활상 영향과 지명 설화의 불교적 생성 등 문제에 자못 유익한 자료를 공급한다. 또 『선운사사적』을 근거하건대, 시방은 이 절의 개산조가 된 '검단(黔丹)'이란 이도 본디는 '검단(撿旦)'이라고 쓰는 한 명의 선인(仙人)

---

12 법화칠유(法華七喩)의 하나. 법화경 비유품의 비유. 한 부호가 집에 불이 났는데도 노는 데 정신이 팔려 그 집에서 빠져 나오지 않는 아이들에게 양거(羊車)·녹거(鹿車)·우거(牛車)로 유인하는 내용이다. 여기서 부호는 부처를 상징하고, 불타는 집은 탐욕과 미혹이 들끓는 세계를, 아이들은 중생을, 세 수레는 삼승(三乘)을, 보배로 장식된 수레는 일승(一乘)을 상징한다.

임을 알겠으니, 선운(禪雲)이 선운(仙雲)의 전화(轉化)임과 같이 이곳 땅과 사람의 설화적 본래의 의미와 그 응화(應化)[13]의 자취를 짐작케 하는, 아주 좋은 증명할 만한 근거라 할 것이다. 또 덕원군이 손수 써서 하사했다는 『조종수륙혼기(祖宗水陸魂記)』에 목조부터 성종까지의 사이에 단종이 빠진 것도 자못 흥미 있는 일이었다.

---

13 부처나 보살이 중생을 구제하기 위하여 여러 가지 모습으로 이 세상에 나타나는 것을 말한다.

시인 · 호걸을
부르는 무등산

16. 호암을 지나 진서화표를 지나

9일. 제풀에 우는 봄 꿩의 울음소리를 여기저기에서 들으면서 무장(茂長) 길로 잠깐 가다가, '한내' 못 미쳐서 동으로 산간 소로를 나아갔다. 올라갈수록 가팔라지는 소나무 등성이 꼭대기에 아들과 어머니가 서로 의지하여 서 있는 열 길쯤 되는 커다란 바위가 예로부터 '선돌'이라고 부르는 것이다. 다른 것이 아니라 곧 아까 용문암 나한 설화(羅漢說話) 중에 나오는 사자(使者)가 변하여 되었다는 그것이다.

성긋하게 소나무 난 선돌이 한 가운데 우뚝 솟고, 근처에는 한참 동안 돌이 없다가 얼마쯤 떨어져서 기암괴석이 좌우에서 두 손을 마주 모아 잡고 인사함이 또한 한가지의 경치였다. 필경 과실이나 떡 좀 받아 잡수실 듯한 돌이었다.

이 산을 다 넘는 곳에서 첫 번 만나는 마을이 '방골'이요, 그 오른편 길 건너로 있는 것이 '구암리(九岩里)'라 하는 동네이다. 동구 초입, 논두렁에 각기 한 길 쯤 되는 돌을 하나씩 세우고 검줄을 한두 테씩 둘러놓았다. 무엇이냐고 마을 사람을 붙들고 물으매

"당산돌이라오. 마슬에서 수구(水口)막이에 위하여 놓고, 정월이면 제(祭)를 지내는 것이라오."

한다. 수구막이 운운은 풍수병으로 말미암아 나온 말이려니와, 요만큼씩 한 선돌을 선운산 내에서 이미 넷, 여기서 또 둘, 그것도 '마슬'마다 그리하는 줄을 알게 되어 퍽 기쁘다.

바로 신작로 건너에 무덤 같은 작은 언덕 앞으로 끝이 뾰족하고 둥글게 우뚝 솟은 것이 유명한 호암(壺巖)이다. 언덕의 왼쪽으로 마치 유태(猶太)의 건축을 보는 것 같은 네모나고 곧은 것은 전좌(奠坐) 바위, 그 아래로 동그랗게 땅바닥에 놓인 것을 소반 바위라 하는 이름들이, 생긴 모습에 상응하여 등장했다. 새파란 소나무가 소반 위에 소복하였다.

호암은 앞으로 큰 들이 열리고, 알맞은 산과 물이 두르고 흐르고 하여, 이른바 십승지(十勝地)의 하나에 든다. 십승지란 것이 대개 난리를 평정하면서 생활의 안위를 보장한다는 조건하에서 생긴 것이려니와, 땅이 기름지고 샘물이 맛좋은 길 왼쪽에 있는 이곳도 어디보다도 먼저 살기 좋은 곳임을 직감케 한다.

부정교(釜鼎橋)를 건너 큰 보를 끼고 가노라면, '비석산' '천죽(天竹) 나무갓' 틈에 맑게 갠 하늘의 빛과 구름의 그림자가 한가지로 배회하는 제법 큰 방죽을 만난다. 이르기를 삼호(三湖)라 하며, 그 앞에 얽은 작은 정자로 말미암아 삼호정(三湖亭)이라 이름하였다.

호수가 셋이 있는 것이 아니라, 옛날에 어느 조(趙)씨네 삼형제가 각기 호(湖) 자를 달아서 호(號)를 짓되, 첫째는 호(湖)의 공(功)을 취하여 '인호(仁湖)', 둘째는 그 양(量)을 취하여 '덕호(德湖)', 막내는 그 질(質)을 취하여 '석호(石湖)'라 한 이가 있음에서 생긴 것이라 한다. 농사짓는 사람에게는 흙을 축여 주고, 시인과 문사에게는 달을 담아 주기도 하거니와, 이제 나는 다리 앓는 여행객의 괴로움 씻어 주는 공을 특별히 적어 주고 싶다.

길 왼쪽의 독골 뒷산을 올려다 보면, 산의 어깨를 타고 성터가 남아 있음을 본다. 옛날 고창에 고을을 설치할 때에 남편은 이 산

위에다가 성을 쌓으려 하고, 아내는 시방 성 있는 곳에 쌓는 것이 옳다 하여 서로 버티다가, 그러면 누가 먼저 준공하는가 내기를 하자 하여 아내는 하루만에 얼른 손을 떼었는데, 남편은 여기서 그동안에 터도 다 닦지 못했다고 하는 재미있는 전설이 붙어 있는 곳이다.

반등산(半登山) 이하로 일자로 나지막하게 내려간 노령산맥을 향하여 동으로 동으로 나아간다. 마루가 길고 내려가기 지리한 '못백이재'를 넘어서면, 바로 가까운 곳이 고창 읍내가 된다. 향교 앞으로 보이는 이층 양옥이 소읍(小邑)에는 하나 밖에 없는 고창고보(高敞高普)이었다. 시방 200명 생도를 수용하였다 한다. 구 읍성은 시가 곁으로 산성 같이 따로 있는데, 옛날부터도 성내에는 관서만 있고 민호는 모두 성 밖에 있었다고 한다. 그 성곽의 옛 뜻을 지녀 온 것이 귀하다.

읍내를 들어서려 하는데, 노목 수십 그루에 싸인 돌담 안에 높다란 돌기둥이 서 있음을 보고, 오래 떠났던 자애로운 어머니에게 달려드는 것처럼 무의식적으로 그리로 뛰어갔다. 하부(下部)는 모지고 위로 차차 빻아 올라간 너덧 길 되는 반자연(半自然) 돌기둥이다.

위에는 탑의 처마처럼 가공한 꼭지 있는 돌 덮개를 얹었는데, 의례히 검줄을 둘렀고 앞에 황토까지 폈으며, 그 두 짝 귀에 풍경을 달아서, 뎅그렁거리는 소리가 나는 족족 사람의 마음을 맑고 또렷하게 한다. 구암리 이후에도 여기까지 오는 동안에 과연 '마슬'마다 '선돌'을 보아서 더욱 거기에 대한 소신을 굳혔지만, 이렇게 거룩하고 훌륭한 그것을 만날 줄은 뜻하지 못하였다.

한 시읍(市邑) — 마한 옛적으로 말하면 한 국도(國都)가 되는 이런 곳에는 이만큼 장엄한 선돌이 대개 당연 필연한 신앙적 표현으로 있었을 것이다. 이때까지 이론상으로 이리저리 헤아려 짐작하던 선돌 문제는 여기 이르러 더욱 확인도 되고, 거의 지관(止觀)도

되는 생각이 있다.

석신(石身)에는 "진서화표(鎭西華表), 가경 8년 계해 삼월 일(嘉慶八年癸亥三月日)"의 새김글이 있고, 그 곁에는 '고창읍내수구입석비(高敞邑內水口立石碑)'란 것이 있으나, 도무지 고의(古義)를 희미하게 잃어버린 뒤의 망령된 추측이요, 억지 설명임은 두 말 할 것 없다.

일부러 기다리고 있다가 지게꾼 한 분을 붙들어 가지고 앞의 예에 의하여 "이것이 무엇이란 것이오?"라고 물었다. "그것은 짐대라 하여 당산에 의례히 세우는 것이라오. 정월이면 날을 받아서 큰 제사를 드리는 거라오."한다. 좀 학문과 지식이 있을 듯한 사람을 붙들어 "짐대라니 무슨 말이오?" 한즉, "아마 진(鎭)대오리다. 진토(鎭土)하는 대라 하는 말이오리다."한다. 물론 따를 수 없는 말이다.

40리나 왔으니까 점심도 먹어야 하겠지만, 네거리에서 자동차 떠날 시간에 미치지 못할까 염려되므로, 허리띠만 졸라매고 그대로 떠났다. 곧고 빠른 것을 취하여 옛 길로 '동광정(東光亭)' 아래를 지나니, 한 쌍의 장승이 좌우에 벌려 서 있고 또 한 쌍의 선돌이 길을 사이에 두고 비스듬히 바라보고 서 있다. 신목(神木)과 검줄과 황토와 제석(祭石)은 여전하다.

고창 하거리 할아버지당 (전북 고창)
돌기둥으로 갓을 쓰고 있는 모습을 하고 있어 '삿갓비', '갓당산'등으로 불리기도 한다. 매년 설날 자정에 당산제를 지냈다. 조선 순조 3년(1803) 서쪽의 기를 누르기 위해 세워졌다.

고갯길로 올라서서 '팽나무정이' 주막 곁의 선돌은, 늙은 복사나무 밑에 세우고 하얗게 회를 바른 것이 처음 보는 예이었다. 이 고개는 '양고살이재'라 하여 호남에서 유수한 큰 재니, 고창·장성의 군 경계이자, 전라 남·북의 도 경계가 되는 곳이다.

마루에서 고개를 돌이켜보니, 올라온 길이 한 필의 누인 비단 여러 단(端)을 길게 깔아 놓은 것 같고, 안개와 아지랑이 자욱한 밖에 모호한 바다의 경치가 바라보인다. 신작로 통에 드러난 팽나무 두 그루의 뿌리가 마치 석쇠문으로 얽은 등상(藤床)을 공중에 달아 놓은 것 같음을 기이하게 보면서 다리를 한참 쉬었다.

옛길이 하도 가파르기에 신작로로 가는데, 왔다갔다 하는 우회선이 어찌 깊이 만입하였던지, 5리 이상이나 돌아 십여 리 긴 고개를 허위 넘어섰다. 신평(新坪) 앞 긴 솔밭만 지나면 네거리, 고기고기서 뺑뺑 돌다가 일주일 만에 떠나던 곳으로 돌아왔다. 밥 먹을 새 없이 60리를 달려온 보람이 있어 자동차 시간을 한 가닥의 머리털 사이로 대어 들었다.

그대로 뛰어올라 차 위에서 내려다보니 경성드뭇한 것이 선돌이다. 뾰족한 것, 뭉툭한 것, 둥긋한 것, 편평한 것, 나무를 지고 있는 것, 장승을 끼고 있는 것, 논틀에 외따로 서 있는 것, 동내[洞中]에 쌍으로 있는 것, 제제히[1] 검줄 장엄과 황토 공양들을 받는다.

그 중에도 '약수(藥水)' 지나서 세 장승에 옹호되어 있는 것은 등 그렇게 생긴 한 바위요, 또 그 다음 두 장승을 데린 것 하나는 도리어 '누운 돌'이라고 함이 가할 듯한 평퍼짐하고 너부죽한 돌에 널따랗게 띠를 띄우고 역시 황토를 바친 것이 주의를 끌었다.

혹시 가다가 신목(神木)만 서고 선돌 없는 데도 있으나, 나무는 없어도 돌만 서 있는 곳이 그보다 더 많다. '관정이고개'를 넘어서

---

1 '많고 성하게. 또는 삼가고 조심하여 엄숙하게'란 뜻이다.

면앙정(전남 담양)
조선 중기 정자로 송순이 만년에 후학들을 가르치며 한가롭게 여생을 지냈던 곳이다.

면 담양읍, 아직 그동안 전라선의 종점으로 북도의 정읍에나 비길 만큼 발전이 특히 현저한 곳이다. 가던 날이 장날이지만, 기차 시간이 바빠서 바로 역으로 급히 달려갔다.

6시발 차로 마항(馬項)에서는 면앙정(俛仰亭)을, 장산(長山)에서는 송강정(松江亭)을 쳐다보고 차를 내렸다. 창평(昌平)을 거쳐서 가기 위해서이다. 해는 이미 저물었는데 길은 15리나 된다 하고, 짐 지울 사람 하나 얻기에도 퍽 힘이 든다. 아픈 다리를 끌면서 머리가 허옇게 센 무등산(無等山)을 바라보고 업벅집벅 들어가는데, 짐 진 아이가 어수룩한 어조로 "건너다 보아서 무덤산에 눈이 없어야 조기가 비친다."는 등 이런저런 이야기를 하는 것이 크게 고단함을 잊게 한다.

동운리(東雲里)에서 광주 대로(大路)에 합하여 남으로 평창 폐읍(廢邑)을 향한다. 어둠침침한 월출산(月出山) 밖이 울연하기 시작하여, 이상야릇 뭉글덥숙한 빛이 조금조금 광도(光度)를 더한다. 중세기의 성탄도(聖誕圖) 배경을 보는 듯도 하고, 팔상록(八相錄)[2]에서 보던 부

2 석가모니 생애를 8가지로 나누어 기록한 것이다.

처님이 도솔천에서 내려오시는 광경이 눈앞에 있는 듯도 하다.

콘도라 같이 된 희묽이에 조그만 빛이 트집을 내더니, 두렷한 금정반(金淨盤)이 둥싯둥싯 건방지게 떠오른다. 컴컴한 하늘에 환한 구멍 하나 난 것이 마치 저승 같은 이 사바에서 안락국(安樂國)[3]으로 들어가는 한 줄기 길처럼 생각된다. 배고픈 생각, 다리 아픈 생각이 다 어디로 사라졌다.

월출산 저 너머에 무슨 일이 생기신가
서늘한 불이붓고 고요히 야단일세
이윽고 구름헤지자 달이솟아 오더라

저렇게 밝은 달이 그렇게 캄캄한 속으로부터 나옴이 말고 있다가 새삼스럽게 신기하다. 어둠이기에 능히 밝음을 배기도 하고 낳기도 하는 것인가 하는 생각이 났다.

앙탈코 앙탈타가 못이겨서 내어던진
우리님 불구슬이 높다라니 뜨셨구나
나온자 나온바에야 씨나어둠 두리오

9시 지나서야 겨우 폐읍(癈邑)에 다다라서, 어떻게 먹는 줄 모르게 한 그릇 밥을 후무리고, 어떻게 자는지 모르게 하룻밤을 지내었다.

10일. 오전에는 머리도 깎고 부르튼 발도 좀 다스리고, 오후에는 배꽃이 구슬을 희롱하는 녹천정(綠泉亭) 뒤에서 미암(眉菴) 유희춘

---

3 아미타불이 살고 있다는 정토. 이 세상에서 서쪽으로 십만 억의 불토를 지나서 있으며, 모든 것이 완전히 갖추어 불과(佛果)를 얻은 사람이 죽어서 이곳에 다시 태어난다 한다.

(柳希春)이 태어난 곳을 넘어다보고, 복사꽃이 삐길 듯 다물고 있는 오목대(烏沐臺)에서는, 이름이 넘치는 용주팔경(龍洲八景)이란 것을 둘러보았다.

건너편으로 기와집 고랑이 아직도 번지르르하게 보이는 것은 의병대장으로 위엄이 한 지방을 덮었던 고광순(高光珣)의 세거지라 한다. "대나무 뿌리는 용의 허리처럼 굽었고, 파초의 잎은 봉황의 꼬리처럼 길다."[4]를 그대로 나타낸 박씨의 죽포(竹圃)를 거쳐서 늦게야 숙소로 돌아왔다.

4 추구(推句)에 나오는 5언 절구 중 일부이다.

17. 대석장 찾아서 담양으로

밤에는 동아일보 담양지국을 맡고 있는 정 군이 와서 남도 민생의 실정에 관한 여러 가지 유익한 이야기를 늦도록 들려 주었다. 진도·완도 등 섬 문화가 가속적으로 나아간다 함은 퍽 재미있게 들렸다. 그보다 더 고마운 일은 담양에 커다란 철제 '짐대' 있음을 일러 준 일이다. 『대동지지』를 들추어 보니 아닌 게 아니라 과연

돌 돛대, 동쪽 1리에 있음, 돛대의 높이는 100여 척, 크기는 한 아름. 쇠밧줄을 둘렀다. 그 위에 갓을 씌웠는데 지금은 나무 돛대로 바꾸어 세웠다. 또 석탑이 있는데 높이는 50여 척이다. 옛 절터이다.

란 글이 있다. 모르고 그대로 지나오기는 하였지만 알고도 모른 체할 수 없어서, 새벽 4시에 박이규(朴珥圭) 군을 일으켜 가지고 장산역 5시발 차로 함께 담양으로 뒷걸음을 하였다.

지새는 달빛을 띠고 10리쯤을 곧게 달렸더니, 시간이 좀 남기로 송강서원(松江書院) 터를 거쳐 '쑥다리'를 건너서 죽녹천(竹綠川)을 눌러선 송강정(松江亭)에 올랐다. 「관동별곡」이라도 짓는 송강이라 나이 들어 벼슬에서 물러나 한가하게 지내려고 잡은 터에서 그의

송강정(전남 담양)
정철의 후손들이 1770년(영조 46)에 세웠다.

가난치 아니한 운의(韻意)¹를 생각해 보았다.

창평(昌平)을 하나의 맷돌이라 하면, 배꼽 간이 된 이 흐르는 물에 임해 있는 작은 언덕은, 필경 조화(造化)가 오래 전부터 만들어 놓고 어느 놈이 알아보나 보자 하던 것을, "예, 내가 임자 되지요!" 하고 정자라도 하나 얽은 송강도 꾀부장이라 하겠다.

집은 후손이 중건하였지만, '송강정(松江亭), 팔십일세 정미서(八十一歲丁未書)'의 편제(扁題)는 오히려 옛 자취를 전하고, 「송강정사에 묵으면서」란 제목의

삼십년을 남의 이름을 빌려서 썼으니
주인도 아니고 또한 손님도 아니네
띠로 겨우 지붕이나 덮고는
또다시 북쪽으로 가는 신세네

―――――――

1 운치와 의의를 아울러 이르는 말. 또는 높고 아름다운 품격을 갖추었다는 뜻이다.

주인과 객이 함께 도착할 때엔
저물녘 모래위의 갈매기가 놀래이더니
(지금은) 모래위의 갈매기가 주객을 전송하고자
도리어 물가 모래톱으로 내려오는구나

빈뜰에 달은 밝은데
주인은 어디를 갔을까
낙엽은 사립문을 가리고
바람과 솔이 밤 깊도록 이야기하네

와 「송강을 바라보며」란 제목의,

타고 가던 말 멈춰놓고 솔뿌리에 앉았으니
맑은 송강은 바로 눈 아래에 있네
살아갈 은자의 계책 이미 정했으니
연말 안에는 내 떠나가리

라 한 판상시(板上詩) 들을 보아, 이 작은 정자는 이 늙은이가 늙어서의 일을 미리 꾀함에 수월치 않은 자산이었음을 알 것이다. 또한 정상(亭上)에 별도로 우계(牛溪)의

상송강복차(上松江服次)
저 아름다운 송강의 물
가을 되니 바닥까지 맑으리라
탕반에 공급하여 날마다 목욕하니
마음속 씻어 깨끗하겠지

담양읍 오층 석탑(전남 담양)
근래 명칭이 담양 남산리 오층 석탑으로 바뀌었다. 고려 시대 석탑의 특색을 보여주고 있다.
각 옥개석 귀퉁이에는 풍경을 단 흔적으로 보이는 구멍이 있다.

라는 집자 현판(集字縣板)이 있다.

담양에 다다르니 추월산(秋月山) 너머의 아침해가 그리 높이 뜨지 못하였다. 다짜고짜로 홍문 거리로 하여 효자리를 거쳐서 논두렁으로 한참 가니, 과연 높다란 기대 위에 선 오층 석탑이 역시 검줄에 매여 있다. 정륜(頂輪)[2]은 없을망정 극히 균형이 잡혀 잘 어울리는 아름다움을 발휘한 완전히 갖추어진 작품이었다. 탑으로 보아 꽤 큰 절이 있었음을 짐작하겠다.

거기서 동북으로 약 30칸 되는 위치의 대로변에 높다랗게 꼿꼿이 서 있는 것이 '짐대'로는 아주 뛰어난 물건인 담양의 그것임에 분명하다. 좌우 날개 기둥에 끼어서 약 열 길은 되는 것이 아래 육분(六分)은 팔각으로 된 돌이요, 위 사분(四分)은 둥근 통의 쇠이다. 둥그런 마디를 토막토막 지어서 돌에 넷, 철에 일곱 마디가 있으며, 정상에는 전모(氈帽)[3] 뼈대같이 둥그런 테 둘로 벙거지를 씌웠으되,

---

2 석탑의 상륜부를 일컫는 말이다.
3 조선 시대에 여자들이 나들이할 때 쓰던 모자의 하나. 대나무로 삿갓 모양의 테두리를 만들고 여기에 종이를 발라 기름에 절여 만든다.

그 위에 홍살문 이마에 붙이는 것 같은 나팔꽃 꼭지를 달았으며, 남방 일단에는 역시 풍경(風磬)을 달아 "나를 쳐다보아라."하는 듯이 뎅그렁정정하며, 두 번째와 네 번째의 양 마디에는 각각 두 개의 구멍이 있고, 또 네 번째 마디에는 쇠막이가 박혀 있다.

곁에 하나의 석비가 있어,

돌짐대를 세운 해는 살필 수 없으나, 대체로 고을이 설치될 때부터 시작되었다. 몇 년 갑인에 이르러 대풍으로 부러져 나무로 대신 세웠으나 작년 봄에 또 퇴락하였다. 이제 처음과 같이 중건하니 기해년 3월이다.

숭정 기원 후 네 번째 기해년 3월에
지부(知府) 홍기보(洪耆寶)가 기록한다.

라고 새겼으니, 대개 현재의 형체는 80여 년 전의 것임을 알겠다. 음기(陰記)에도 무엇을 적었으나 글자가 닳고 부서진 데다가 햇빛이 마땅치 못하여 판독하기 어렵다.

곁에 마침 주막이 있기로, 근처에 어정거리는 양반 한 분을 청하여 들어가서 술대접을 하면서 '짐대'에 관한 민간에 전해오는 이야기를 들었다.

"짐대란 딴 것이 아니라오. 배의 돛대라오, 옛날 고렛적부터 있는 것인데 여러 번 바람에 부러지매, 한 80년 전에는 다시는 폐단이 없도록 하기 위하여 '동정자 방(方)펄덕이'를 시켜 쇠로 만들어 꽂게 하였다지라오. 시방도 펄덕이의 손자가 남원 있어라오.

속설에는 남원에 쇠 짐대가 있었는데 담뱃대 문 이름을 알 수 없는 장사가 그것을 뽑다가 여기 꽂았다는 말도 있어라오. 아닌 게 아니라 과연 시방 남원에는 좌우 쪽 버티었던 기둥만 남아 있어라오.

읍내서나 동내서 정례(定例)로 치제(致祭)하는 일은 없지라오마는, 아들 없는 여인들이 정월 초승이면 음식을 차려 가지고 밤중을 타고 와서 정성을 드리기에 밤마다 등불이 반짝반짝하지라오. 시방 저기 회를 발라 틈난 것을 메운 것도 한 20년 전에 읍내 국 진사(鞠進士)가 여기 빌어서 아들을 낳고 고마워서 돈을 들여 한 것이라오.

담양이 본래 가난한 고을이더니, 행주형(行舟形)임을 알고 이 짐대를 세운 뒤에 불일 듯 일어나서, 이렇게 부유한 고을이 되었지라오. 여기를 전부터 짐댓거리라 하여 벌판 가운데 홀로 우뚝 섰던 것이요, 시방 이 주막은 신작로 생긴 뒤에 지은 것이라오. 시방은 남산리(南山里)라 하지라오.

시방도 저 건너 남산(南山)에는 남은 절도 있지라오마는, 전에는 이 근처에만도 절이 아홉이나 되어 구절리란 지명이 있지라오. 그 때문에 석미륵(石彌勒)과 석탑(石塔)이 여기저기 있지라오. 저 금성산성(金城山城)을 올라가는 길에도 큰 탑과 큰 미륵상이 남아 있는데, 유명한 전우치(田禹治)가 이서(異書)를 이 탑중(塔中)에서 꺼내서 공부하여 성도(成道)한 것이라오."

이 '짐대'가 탑에 가까이 있고 또 머리에 정

담양 객사리 석당간(전남 담양)
가늘고 긴 8각 돌기둥 3개를 연결하고 연결 부위에 철띠를 둘렀다. 옆에 세워져 있는 석비에는 조선 헌종 5년(1839)에 중건한 것이었다고 적고 있다. 최남선은 이 유적을 솟대(짐대)로 보았다.

륜(頂輪) 같은 것이 있는 것을 보면, 혹시 찰간(刹竿)[4] 따위가 아닐까 하는 의심도 생긴다. 나중에 불찰(佛利)에 섭취된 적이 있고 없기는 여하간에, 가까이 고창의 그것으로 짐작하려니와, 그 본체가 하나의 '짐대'인 것은 여기에 대한 시방 민간 신앙의 남아 있는 풍습만으로도 얼른 생각하여 헤아려지는 바이다.

그것이 시방 와서 특히 자식 점지하는 신물(神物)로 기도의 대상이 된 것은, 대개 그 우뚝 선 모양이 거의 비슷하게 생식(生殖)의 숨겨진 기관을 상징함 같음에서 나왔을 것이다. 겨우 남은 이 한 가지 풍습이 기이하게 옛날 유치한 신앙을 그대로 전할 뿐 아니라, 여러 곳의 선돌이 대개 아들을 기원하는 신체(神體) 노릇을 하는 사실과 대비하여, 이 짐대의 옛 의미를 큰 소리로 밝게 증명하는 것이라 하겠다.

모양은 어떻게 변하든지, 돌이 나무가 되든지 쇠가 되든지, 무서운 점착력과 지구성을 가진 것은 민속이다. 총총히 객점에서 조반을 마치고 10시발 차로 장산으로 돌아왔다.

---

4 큰 절 앞에 세우는 깃대와 비슷한 물건. 나무나 쇠로 만들며, 덕이 높은 승려가 있음을 사람들에게 널리 알리기 위하여 세웠다.

18. 김덕령 장군의 고향

광주 대로를 가로 질러서 성월리 · 교촌 등 풍성하고 넉넉한 마을을 지나면, '가실' 뒷산 못 미쳐서 용담대(龍潭臺) 남은 터를 보게된다. 『여지승람』 같은 것을 보면,[1] 꽤 작지 아니한 모습이므로 일부러 애써 찾아보았으나, 소는 물러나고 대(臺)는 거칠고 논밭이 턱밑까지 들어가서 돈짝만큼 남은 웅덩이에서 옛 모습을 억지로 짐작할 수 있을 따름이었다.

길가에 '선돌'을 의지하여 가게를 짓고 앉아 있는 이가 있기로, 들어가서 이야기를 붙였다. 저희 물건을 사서 저희 어린애에게 준 것이 고마워서 이야기가 쇠침과 같다.

"이 당산이 어떻게 영검한지라오. 건넛말 사람이 집을 짓느라고 건드렸다가 1년 동안 발을 앓아서 여기 치성을 드린 뒤에야 나았지라오. 예, 이 동네 수구막이로 여기하고 저기 두 군데 세운 것인데, 이 검줄은 해마다 정월 보름에 당산제를 지낼 때에 매는 거라오."

---

1 『신증동국여지승람』 전라도 창평현 누정조에 용담대에 대해 다음과 같이 설명하고 있다. "현의 남쪽 1리에 있다. 산록에 기암이 있는데 높이가 백 자나 된다. 남쪽으로는 서석(瑞石)이 바라보이고, 아래로는 맑은 못이 있다. 이름을 용담대라 하는데 그 옆에 승사(僧舍)가 있었다."

하며, 또,

"저기 저 길녘에 가게를 내고 앉았어야 팔리지를 아니하여 어찌할까 하였더니, 누가 권하기를, 이 당산돌에 가게를 붙여 짓고 열흘 보름 초사흘로 밥을 올리면 좋으리라 하기로 벌써부터 그리하지라오."

한다.

'반기실' 주막에서 창평으로부터 바로 오신 석전을 만나, 함께 물 건너 석저산(石底山) 뒤 개선동(開仙洞)으로 석등 구경을 들어갔다. 산 모퉁이에 이르니, 자연스러운 선돌에 억지로 사람 형상을 새겨 '미력님'이라고 가게를 지어 덮은 것을 보았다.

개선사지 석등(전남 담양)
화창의 공간에 있는 명문을 통해 통일 신라 진성 여왕 5년(891)에 만들었음을 알 수 있다. 명문이 있는 신라 시대 유일한 석등이다.

논틀 밭틀로 한참 들어가 논 한가운데서 석등을 찾았다. 여덟 잎 연화대 위에 세운 팔각의 큰 석등은, 하부는 이미 많이 매몰되었다. 등신(燈身)을 재어 보니 두 발이 좀 넘으며, 지붕도 얌전히 만들고 추녀 끝이 구름 문양으로 휘어지거나 굽어 반짝 쳐든 것이, 얼른 보아도 신라의 형식임을 알겠다.

면마다 구멍을 뚫고, 이 화대(火袋)[2]의 가장자리마다 글자를 새겼는데, 처음 3행에는 두 줄 혹은 한 줄로 헌답(獻畓)한 사연을 적고, 그 다음에 아래와 같은 글이 있다.

---

2 석등롱(石燈籠)의 불을 켜는 곳을 말한다.

경문 대왕님과 문의 황후님, 대랑[3]님이 원등(願燈)으로 심지를 세워, 당 함통 9년(868) 무자 한 봄날 저녁에 달빛을 잇다. 전 국자감경 사간 김중용이 기름값으로 내놓은 벼 3백 석을 올려보내니, 승영판이 석등을 건립하다. 용기 3년(891) 신해 10월 승 입운(景文大王主 文懿皇后主 大娘主, 願燈立炷, 唐咸通九年戊子仲春夕, 繼月光. 前國子監卿 沙干金中庸, 送上油粮 租三百碩, 僧靈判建立石燈. 龍紀三年辛亥 十月 日 僧入雲)

위의 글을 7행에 벌려 새기고 나머지 6행은 빈 채로 두었다. 글자체는 구양순 그대로의 당시 유행하던 해서체임이 물론이다.[4]

신라 시대 유물인 석등도 한둘 아니지만, 이렇게 새김글이 있고 연대가 명확한 것은 드물 것이다(891). 추녀 끝은 겨우 하나가 원형을 보유하고, 다른 것은 나무꾼의 장난에 말끔히 떨어져 나갔다. 『대동지지』에 "높이 한 장 남짓, 크기 두 아람, 층계 10급, 신라 때 세움"이라 하여 이미 모아서 실어 놓았음을 보고 놀랐다.

큰길로 도로 나와, "집집마다 밋밋하게 자란 가늘고 긴 대인 수죽으로 저녁 바람이 맑은" 그대로의 '지실' 동네로 들어섰다. 백일홍 나무에 에워싸인 식영정(息影亭)을 지나서, 아직까지도 송강 자손만으로 한 마을을 자작(自作)하여 사는 '지실' 정촌(鄭村)을 뚫고 나가서, 명봉산 남쪽 기슭의 골이 가장 그윽하고 시내가 가장 재미있게 된 곳에 위치한 양산보(梁山甫)의 소쇄원(瀟灑園)을 찾았다.

창평에서의 산수지(山水地)는 '지실', '지실'에서의 호천석(好泉石)은 소쇄원이다. 산간으로부터 내려오는 물이 바위 낭떠러지를 만나서 와폭(臥瀑) 비스름하게 되고, 그 아래는 좁은 내로 계곡이 생

---

3 경문왕의 둘째 왕비이자 문의 황후의 여동생으로 추정된다.
4 이 개선사지 석등은 현재 담양군 남면 학선리에 위치하며, 보물 제111호로 지정되어 있다. 그런데 이 석등의 화사석에 새겨져 있는 조성 내력에 대해서 육당 선생은 거꾸로 읽은 듯하다. 원문을 바로 잡아 실었다.

원래 김성원이 1560년(명종 15)에 임억령을 위하여 지은 것으로, 서북쪽에는 칸반의 방이 꾸며져 있다. 이후 정철이 낙향하여 이곳에서 『성산별곡』을 지었다고 한다.

겼는데, 상하 좌우로 갖은 화초를 심어 푸른 소나무 무르고 싱싱한 대나무 사이에 붉은 향기 자줏빛 꽃이 갈마들어 눈을 살찌게 만들었다. 언덕 위의 동쪽으로 향한 작은 정자 앞에는 살구나무 꽃 산수유 꽃이 한참이었다. 영산홍 백일홍이 만발할 때에는 이 골짜기가 불타지 않으면 다행일까 생각하였다.

돌 위에는 '소쇄원(瀟灑園)'을 새기고, 담장 앞에도 하서(河西) 김인후 글씨의 '소쇄거사양공지려(瀟灑居士梁公之廬)'가 씌어 있다. 정원의 연못과 돌, 맑은 바람과 밝은 달, 꽃·대나무·새·물고기, 처사(處士)에 해당한 것은 거의 다 갖추었으되, 오직 하나 거문고를 보지 못하겠으니 줄 없는 거문고에 누가 지음(知音)을 하였을까 하는 생각이 들었다.

소쇄원(전남 담양)
1530년(중종 25) 조광조의 제자 소쇄 양산보(1503~1557)가 건립하였다. 물이 흘러내리는 계
곡을 사이에 두고 각 건물을 지어 자연과 인공이 조화를 이루는 대표적 정원이다.

꽃이곧 필양이면 어느날이 봄아니랴
이 천석(泉石) 이 풍월(風月)에 늙을누가 없으리니
지금에 주인없음은 등선(登仙)한가 하노라

시내를 끼고 내려와서 충효리로 건너서자, 노송이 가지를 겨룬
틈으로 작은 정자가 내다보이는데, 바로 취가정(醉歌亭)이니,

취할 때 부르는 노래여 이 곡조 듣는 사람 없네
나는 화월에 취함도 바라지 않네
나는 공훈을 세움도 바라지 않네
공훈을 세우는 것도 뜬 구름이요
화월에 취함도 뜬 구름이네
취할 때 부르는 노래여 이 곡조 아는 이 없네
내 맘은 장검으로 명군께 보답만 하고지고

이라는 김덕령(金德齡) 장군의 「취시가(醉詩歌)」를 의지하여 짓고 이름 지은 것이다.

석저산 아래의 '성안'은 김 장군이 태어나 성장한 곳이니, 천지를 활보한 그의 다리도 실상 이 등성이, 이 둔덕에서 힘을 올린 것이다. 취가정은 그가 어려서는 나뭇짐을 벗어 놓고, 자라서는 칼등을 어루만지면서 장소(長嘯) 단가(短歌)로 호연지기를 함양하던 곳이니, 그의 영걸스러운 풍채를 회상하기에 가장 적당한 곳이다.

듣는 이 없음을 슬퍼하던 그 노래야 무엇이든지, 이제 내 콧구멍에 드나드는 호흡이 실상 당년 그의 폐부에 점점 배어들어갔던 호기(灝氣; 천지의 正大하고 강직한 기운)임을 생각하면, 피와 피가 서로 통하고 마음과 마음이 서로 이어져, 그의 정신 기백이 어찌할 겨를도 없이 급하게 내 몸에 옮겨 실리는 듯함을 깨닫는다. 그가 걱정하던 바, 미워하던 바, 바라고 하고자 하던 바가 그대로 나의 걱정·미움·희기(希期)가 되어서, 팔뚝이 불근거림을 억제치 못하겠다.

그러나 가만히 방안에서 혼자 애를 태우다 못하여 팔뚝을 부르걷고 나섰던 뒤끝을 한번 돌이켜 생각하매, 망연무연(惘然憮然)[5]하여 어안만 벙벙하여진다. 말랴 하나 마지 못하고 일어난 그가 성패야 안중에 없었지. 한번 죽는 것이야 본디 기약하였지만, 패하면 패한 대로라도 죽으면 죽는 대로나마, 무슨 한 파동을 이 세상에 주지 못할 양이면, 그 죽음 그 실패가 과연 영원한 손실이 아닐까.

김덕령을 어떻게 죽였나. 김덕령의 죽음을 어떻게 무의미하게 만들었나. 그리하고 김덕령으로 표상(表象)되는 것처럼 모처럼 생긴 큰 보배 큰 그릇을 조선의 사회와 그 역사가 얼마나 많이 가치 없고 의의 없게 몰아서 내쫓고, 못 견디게 굴어서 해롭게 하고, 업신여겨 짓밟아 버리고, 쇠잔하여 다 없어지게 하였는가.

---

5 실의에 빠지고 크게 낙심하여 허탈해 하거나 멍한 모양을 나타낸다.

사람이 때를 못 만난다든지 세상이 위인을 핍박한다든지 하는 사실은 어떠한 나라의 역사에도 다 있는 바이지만, 남에게는 이것이 예외임에 대하여, 우리 조선에서는 도리어 이것이 일반적인 현상임을 통곡치 않을 수 없다.

어쩌다가 생긴 백로(白鷺)를 들이덤벼 문대어 죽인 결과는 세상을 들어서 까마귀의 싸움판을 이룸이었다. 썩은 고깃점이나 가지고 찢고 발기고 하다가 넘어지는 줄 모르게 나무가 거꾸러지고 깃이 흐트러져도 원통한 줄조차 모르는 무리만이 떨어져 있게 되었다.

타는 마음 끓는 피처럼 몸을 버리고 나섰다가 아무것도 못하고 쇠두멍만 쓴 이가 김덕령 하나라 하면 오히려 참겠지만, 무수한 김덕령을 모조리 쇠두멍 씌우던 끝에 조선 전체가 그대로 큰 쇠두멍, 찰 쇠두멍을 쓰고만 일이 곰곰 살살이 애틋하고 섧고 가슴 미어지는 일 아니냐. "어허! 김덕령을 어찌하랴. 아니 조선을 어찌하랴. 어허! 명군(明君)아, 명군아, 장검(長劍)을 살려라, 사람을 살려라."하는 소리를 지르고 또 지르지 아니치 못하였다.

「취시가」는 전설을 근거하건대, 권석주(權石洲)가 꿈에 『김충장시집(金忠壯詩集)』 한 권을 얻었는데, 맨 머리에 쓴 것이 이 한 편이라 하며 따로 장군의,

당 위의 술잔 머금는 곳
산 앞에 비가 지나갈 때
제목의 이름은 내가 뜻한 것이 있어
다음에 서로 생각하면 다행일 듯

ー이상은 산놀이를 하면서 지음

현가(絃歌)는 곧 영웅의 일이 아니니
칼춤은 모름지기 옥장(玉帳)에서 추어야지

다른 날 싸움을 끝내고 돌아간 뒤에는

강호에서 고기나 낚으리니, 다시 무엇을 원하랴

- 이상은 군중에서 지음

을 현판으로 한 것이 미간(楣間)에 걸려 있다.

한 모퉁이를 지나서 소나무 소복한 땅이 손바닥만큼 열리고 그 아래 넓적한 바위 한 장이 시내로 내민 것은, 김충장의 낚시터라 한다. 거기서 평지로 내려서면 한 그루의 반송(盤松)과 네 그루의 늙은 버드나무 뒤에, 대나무 숲에 싸여 있는 조그만 오래된 사당은 "조선국 증좌찬성 충장공 김덕령(朝鮮國贈左贊成忠壯公金德齡), 증정경 부인 홍양이씨 충효지리(贈貞敬夫人興陽李氏忠孝之里)"의 비가 윤음(綸音)을 담아 있는 정각(旌閣)이었다. 조그만 도랑이 마침 정각의 앞에 와서는 급한 여울처럼 울고 흐름이 우연치 아니한 듯도 하다.

덕령아 네말굽이 어디어디 박혔드뇨

속잎나는 잔디밭이 푸른빛에 싸였세라

곳곳이 묶어센대숲 화살뷘 듯 하여라

늙은솔 어느가지 님의손이 닿았드뇨

참아도 애닯든일 바람되어 읊조린들

펴다가 못펴신뜻을 누가안다 하리오

푸른대 님의사당 청명에도 눈이있네

때로다 꽃이마저 철없이 붉었든들

뿌려도 남는눈물을 이루어이 하리오

충효리(忠孝里)는 윤음에 있는 것처럼 정조께서 김 장군의 고향

171

심춘순례

충효동 김덕령 정려비각(광주)
김덕령(1567~1596)과 그의 부인
홍양 이씨 등 일가족의 충효와 절
개를 기리기 위해 세운 비석과 비
각이다.

에 명하여 내려준 이름으로, 시방까지
도 그 자손 여러 사람이 한 곳에 모여
사는 곳이다. 그 종손의 집을 찾으니
주인은 출타하고 있지 아니하며, 뜰
앞에 늙은 홍매(紅梅)가 반가운 낯으로
대신 손님 대접을 한다. 마을 가운데
있는 당산나무는 서너 아름이나 되는
고목으로 해로 쳐도 수백 년을 지냈을
듯한데, 석양이 한참 비추어 무량한
감개를 자아낸다.

서림(西林)이란 동네로 하여 무등산
으로 발을 들여 놓으니, 마을 한 가운
데를 뚫고 흐르는 개울에 저녁밥 쌀
씻는 이, 나머지 빨래를 바삐 하는 이
등으로 우글우글하는 '가시네' '각시'
들이 시의 정취와 마찬가지로 전설의
맛을 준다.

깎아지른 두 석봉을 바라보고 길이
오른쪽으로 꺾이면서 천석(泉石)의 풍
취가 차차 늘다가, 와송정(臥松亭)쯤 가서는 맑고 밝은 기운이 제법
사람을 엄습한다. '샘바위'에 가서는 날이 꼬박 저무는데, 오늘 숙
소로 정한 원효암(元曉庵)까지는 아직 10리 산길이 남았다. 자고 갈
지 바로 갈지 한참 이야기를 하다가 대개 향방을 아는 길이라 하여
어둠을 무릅쓰고 행진하였다.

어둠이 짙어지는 대로 길은 점점 흐리터분하다가 마침내 있는
듯 마는 듯 하여 버린다. 등성이를 타는가 하여 올라가보니, 아니기
로 또 내려오고, 비탈로 돌아도 아니라 개울 바닥으로 내려서 보는

충효 마을의 상징 숲이자 비보 숲으로 조성되었으며, 김덕령 나무라고도 불린다.

동안에, 어언간 지척을 분변하지 못하도록 앞이 보이지 않는다. 각기 길을 찾는다 하여 나뉜 것이 차차 소리마저 들리지 않게 떨어지자, 빈 산 깜깜한 밤에 어찌해야 옳을지를 모르겠다.

발을 내놓으면 물풍덩이, 얼굴을 긁혀 매는 것은 가시덩굴, 올라가 보면 바위 낭떠러지, 내려서 보면 자개돌 너덜이, 갈팡질팡 업벅집벅하는 동안에 옷이 갈갈이 나고 신이 쪽쪽 찢어져, 이야기로 듣던 도깨비에 홀린 놈이 되었다. 다행히 "우으"하는 군호를 듣고는 목청이 떨어지도록 대꾸를 하여도, 이쪽 소리는 저기까지 가지 아니하는 듯하여 서로 향방을 잡을 수 없었다.

서너 시간이나 이리저리 헤매다가, 주머니에 성냥 있는 생각을 하고 새풀을 베어서 홰를 만들어 켜 가면서 겨우 길 같은 것을 찾은 때의 기꺼움은, 로빈슨의 물 줄 찾은 때의 마음이 이랬을까 하였다. 먼저 길을 찾아서 절로 들어간 석전이 수색대를 데리고 나왔

173
— 심춘순례

을 적에는, 이편에서도 바른 길로 들어선 뒤였다. 서로 이끌고 원효암으로 들어가니 때는 이미 열시가 지났는데, 무엇보다도 "깔깔깔"하고 웃음이 북받쳐 나온다. 그제서야 산 너머로 살그머니 올라오는 달이 얄밉고 말고, 손이 자라면 뺨이라도 때리고 싶었다.

19. 성석림 순례

12일. 일찍이 대웅전에 첨례한다. '큰방' 모양 같아서는 조잔(凋殘)하기 짝이 없는데, 법당과 다른 범절은 아직도 당당한 한 사찰의 격을 갖추었다. 본존인 석가상도 거룩하시고, 사자(獅子)에 지운 대법고 같은 것도 다른 데서는 못 보던 것이다.

영자전(影子殿)에는 정면에 달마로부터 원효·청허(淸虛) 내지 서월(瑞月)까지의 큰 그림 족자를 걸고, 별도로 영조 50년 갑오(1774)에 창평 서봉사본(瑞峰寺本)을 이모(移摹)한 원효 화정(畫幀)을 모셨다. 나한전·명부전·선방·칠성각 등 있을 만한 것이 다 있고 상설(像設) 같은 것도 다 볼 만함은, 그래도 원효가 절을 창건한 이래 오랫동안 명찰이던 찌꺼기가 남았다 하겠다. 50년 전쯤까지도 유명한 강당의 하나요, 암자라기보다도 원효사(元曉寺)로 널리 알려진 곳이다.

어젯밤에 속은지라, 무등산길에는 귀신이라는 노인 하나를 향도로 얻어 가지고 산봉우리를 바라보고 출발하였다. 빤히 보이는 것이 지척 같은데 20리가 훨씬 넘으리라 한다. 70년을 나고 자라고 늙은 이라, 이 산중의 일에 꽤 자세한 모양이다.

"여기도 절터, 저기도 절터."하고 가리키는 곳에는, 아닌 게 아니라 과연 축대 남은 데도 있고 방앗간 터 남은 데도 있어, 그 수가 얼마인지를 모르겠다. 원효하고 붙어 다니는 의상대(義湘臺)·윤필봉(尹弼峰)은 여기라고 빠질 리 없어, 상봉과 원효암 등성이의 사이에 우뚝 솟은 봉이 그것이라 한다.

그 뒤편 기슭 한 가지가 칼등 같이 내려온 것을 '주검(鑄劍)등'이라 함은, 그 끝의 바위 아래 김 충장이 칼을 주조하던 곳이 있었기 때문이라고 한다. 그때쯤은 이 골 안에 오래된 나무가 꽉 차도록 가득 들어서서, '덕령'이가 이 속에서 별짓을 다 하여도 아는 이가 없었다 한다.

무등산의 설화적 주인은 물론 김 장군이라, 이런저런 민간에 퍼져 전하는 말이 퍽 많다. 이 영감께서 말끝마다 "덕령이, 덕령이"하여 어린 손주 이름이나 부르듯 함이 우습기도 하고 탐탐하기도 하다. '덕령'의 생명이 이만큼 허물없이, 나무하는 아이 농사짓는 늙은이의 입방아에 살아 내려옴이 못내 반가웠다.

상봉 저쪽에 산불이 나서 뭉게뭉게 연기 오르는 것이 마치 식어 가는 분화산과 같다. 광주 쪽으로부터 나무꾼들이 열씩 스물씩 떼를 지어 방고(方鼓)들을 울리며 "저 건너"를 부르고 들어오는 것이 셀 수가 없다. 하루에도 천 명 이상씩이 빈 지게를 지고 들어와서는 허리가 척척 휘게 지고 나간다 한다. 무등산이 홑산은 홑산일 법 하여도 땔감에는 거의 무진장이니라 한다.

가다가 '마당바위'란 데를 오르니, 창평·담양의 송강일세, 추월산일세, 내지 백양까지도 조르르 눈 아래에 엎드려 있어, 조망이 아닌 게 아니라 과연 칭찬하여 말할 만하다. 봄 사이 꽃이나 홀쩍 피면 '화전터'로 사람이 비지 아니한다 함이 과장된 말이 아닐 듯하다.

오래지 않은 이전까지도 '가래방죽'이란 물이 있어 산 위의 보기 드문 기이한 광경이 되었더란 '뱀등'의 바위 덜기를 구경하면서,

'전라남도 모범림(全羅南道模範林)'이란 표목(標木) 세운 곳을 다다르면, 이것이 유명한 '함품잇재' 마루턱이었다.

여기서 왼쪽으로 등성이를 타고 올라가니, 좋게 말하면 수정 병풍을 둘러쳤다 하겠고, 박절하게 말하면 해금강 한 귀퉁이를 떠 왔다고 하고 싶은 것이 '서석(瑞石)'이란 것이다. 무등산을 한편 서석산(瑞石山)이라 함은, 이 대표적 서석 외에도 크고 작은 무수한 서석이 여기저기 벌여 있기 때문이다. 서석이란 것은, 요컨대 수직으로 끊어진 모양으로 쪼개진 돌이 떼를 지어 모여 있는 것을 이름한 것이다.

다시 서쪽 기슭의 '너덜경' 곧 '서드리'를 한참 건너가다가, 산봉우리의 꼭대기에 무더기 돌이 수상스럽게 우뚝우뚝한 것을 봄은, 물을 것 없이 기궤한 '입석(立石)'이 이미 그 실마리를 드러낸 것이다. 산자형(山字形)으로 좌우에 갈라진 틈이 있고, 중간에 하나의 기둥이 우뚝 솟은 것 하나만이 "입석의 완전한 표상은 나"라고 하듯이 눈에 들어온다.

가까이 가서 앞으로 돌아가 보니, 기이하다 마다, 과연 "별종이군!"하는 소리가 저절로 입에서 나온다. 2층으로 높다랗게 석축한 단을 올라가면, 5·6모, 혹 7·8모진, 천연으로 깎고 다듬은 굵은 돌기둥이 반원형으로 쭉 둘러서서, 사람의 어안을 벙벙하게 만드는 것이 무등산의 대표적 경관인 입석대(立石臺)란 것이다.

높은 것은 10여 길, 대개는 7~8길 되는 것이 혹은 온몸, 혹은 3~4단으로 감쪽같이 연접하여 **빳빳하게** 일어서 있다. 가만히 보면 터져 있는 앞과 좌우에도 입석의 일부이던 것으로 언제부터인지 한쪽으로 비뚤어지거나 기울어져 있는 것이 또한 무수하다. 아마 당초에는 거의 둥그런 담 모양으로 둘러섰던 것임을 짐작할 것이요, 또 그때의 장관은 시방보다 몇 곱이었을 것을 살필 일이다.

필경 천지 배포 적부터 마련된 것이리니, 풍우 천만년에 곤(困)하긴들 여간이 아니었을 터인즉, 드러누운 놈이 많음을 물론 허물할 수 없을 것이요, 세로 누운 대신에 가로 섰거니 하고 보면 누운 그대로 도리어 다른 맛이 있음을 깨닫는다. 사람들이 다 해변에 있는 총석(叢石)의 기이함을 늘 칭찬하여 말할 줄은 알지만, 산 위의 이 총석이 아직까지도 몇몇 아는 사람들만 사사로이 갸륵하게 여기고 있음은, 물건에도 때를 만남과 때를 만나지 못함의 감이 없지 않다.

돌로 이만큼 기이한 것은 물론 금강산에서도 없는 것이어니와, 그밖에도 이 대(臺) 위에 서서 전남 일대의 매우 곱고 아리따운 천 개의 산과 만 개의 봉우리를 '쫙' 내다보는 원경(遠景)은, 진실로 무엇과도 얼른 바꿀 수 없는 일대 살아 있는 그림이다. 이때까지 일컬어 온 운문(雲門)의 그것, 불출(佛出)의 그것은 여기 대면 다 어린 애들이라 할 것이다. 날씨가 맑고 화창한 때에는 바다도 물론 내다보인다 한다.

이 비할 데 없이 기이한 물건의 생김새와 아주 장하고 뛰어난 안계(眼界)는 아무리 생각하여도 심상한 물건이 아니다. 조화의 장난으로만 보기에는 너무도 배포가 숭엄 장대함을 느낀다. 이론(理論)을 쑥 뽑고 이것이 하느님의 이궁(離宮) 자리이다 하는 직관이 생긴다.

어느제 지으셨다 어이다시 뜯으신고
거룩한 기둥받침 새것처럼 남았어라
터(일)마정 하느님나라 고개절로 숙어라

동편에 '입석(立石)'이라고 새긴 글자가 있다. 입석은 물론 선돌의 번역일 것이요, 선돌이 우리 원시 신앙에 있어서 가장 중요한 하나의 표상이던 것은 앞에서 허다한 예증을 보여 온 바이다. 변변치 아니한 돌을 일부러 만들어 세워가면서 존숭 경배하는 민속이

하늘이 자연스럽게 만들어 이렇게 영특하게 생긴 선돌을 물론 모른 체하였을 리 없을 것이다.

더구나 한 지방의 표지가 될 무등산 같은 거대한 산의 정상에 이렇게 거룩하게 된 선돌이 무더기 무더기 솟아 있으니, 산 때문에 돌이 귀하기도 하였으려니와, 돌 때문에 산이 더욱 귀하게 되었을 것이다.

무등산이 성지(聖地), 입석이 신물(神物)인 것은 이론으로 피할 수 없는 약속임을 알기도 할 바이거니와, 사실로 볼지라도 예부터 이곳이 중요한 제천단이 된 것은 시방까지 튼튼하게 남아 있는 축단(築壇)도 증명하는 바이다.

또 한발(旱魃)이나 여역(癘疫) 같은 것이 혹심하여 각처 산천에 기원하되 효과가 없을 때에는 최종 하늘의 뜻을 우러러 찾으므로, 도백(道伯)이 이곳에 제단을 설치하고 그래도 응답이 없는 경우에는 책임을 스스로 지고 사임까지 하는 고례(古例)를 보면, 이 제단이 얼마나 특별히 빼어나고 가장 높은 곳임을 알 것이다.

그런데 입석대가 이렇게 높은 지위를 가지기는 실상 하루 아침 하룻 저녁의 관례가 아니라, 오래오랫 적의 제도를 깍듯하게 받들어 이은 것임은, 다른 여러 실례에서 봄과 같을 것이다. 과연 무등산은 키의 큼으로나, 자리의 높음으로나, 명실이 똑같이 본디부터 그 이상 더할 수 없는[無等] 것이다.

그런데 다시 이 '무등(無等)'이란 두 글자의 원형을 생각하건대, 시방 속칭에 '무덤산'이라 하는 것으로 보아서는 이 산이 홑산으로 둥글넓적하게 융기한 것을 형상한 이름인 듯도 하다. 그러나 이러한 산이 근처에서도 여기뿐 아니요, 또 부정(不淨)을 몹시 꺼리는 예로부터의 관습이 그 끔찍하게 생각하는 신역(神域)에 이러한 더럽고 흉악한 이름을 썼을 것 같지 아니한즉, 그보다도 더 근본되는 어의(語義)에서 나왔다고 봄이 옳을 듯하다.

무등산은 예로부터 종교와 연고 있는 땅으로 내려오는 곳이요, 후일 불교의 초제(招提)가 있는 바, 끊임없이 서로 이어져 있는 것도 대개는 고신도(古神道)의 사사(社祠)를 그대로 이어받았음을 여러 가지로 미루어 생각할 수 있다. 이는 이 산이 근방에 짝이 없이 높고 큰 산이자, 겸하여 서석(瑞石)·입석(立石)·광석(廣石) 등 신체(神體) 될 천연물이 사방에 벌려 있음으로부터 생긴 자연스런 이치라 할 것이다.

그러면 다른 많은 실례에서 보는 것처럼, 종교 상응의 무슨 명호(名號)가 이 산에도 없지 못하였으리니, '붉'이나 '솖'이나 혹 이 비슷한 종류의 말로 불렀을 것이 필연한 일이다.

첫째 상봉(上峰)을 천왕봉(天王峰)이라 일컬으니, '천왕'은 '붉' 또 'ᄃᆞ고리'의 실례로 사용하는 번역한 말이다. 또 '무등(無等)'은 부처(佛)를 가치적 방면으로 일컫는 말이니, 불(佛)과 아울러 '정견(正見)' '정각(正覺)' 등 불우(佛宇)의 대용어(代用語)가 '붉'을 번역하는 데 쓰임은 허다한 예증이 있는 바이다. 이 두 가지만 가지고 보아도 무등의 옛 이름에 '붉' 또 그 변형인 '불'이 있었음은 거의 의심 없을 일이라 하겠다.

그러나 하필 '무등'이란 번역어를 택함은 또한 이유가 있었을 것이다. 신산(神山)의 통속적 칭호로 '무당'산이란 이름이 널리 행하고, 이것을 소리에도 가깝고 뜻에도 부합하게 번역하여 맞춘 것이 대개 이 '무등'이요, 시방 소위 '무덤'도 또한 '무당'이 언어 질병적으로 본래의 말이 변하여 그릇되게 굳어진 것에 불과한 것일 것이다.

또 시방 와서는 이것은 서석, 이것은 입석하여 구별을 하지만, 생각건대 원래 처음에는 이런 종류의 돌무더기를 모두 '선돌' 혹은 '신돌'이라 하던 것을, 후에 혹은 뜻를 취하여 '입(立)'으로 번역하고, 혹은 음을 주(主)로 하여 '서(瑞)'로 대신하였을 따름이요, 실상 각각 다른 것이 아니다.

또 '서(瑞)'자로써 짐작하여 보면, '선돌'의 '선'도 그 직립한 형체를 그리려 한 것보다, 도리어 '신성'을 표시하려는 '순'이란 말이 원의(原義)를 상실한 뒤에 얕은 견해로 속되게 변하여 '입(立)'으로 번역하기에 이른 것일지니, '서(瑞)'자 같은 것은 실상 '순'이란 옛 뜻의 소리와 뜻을 아울러 드러낸 번역 글자이었을 것이다. 이렇게 살펴보면, 무등산이니 서석이니 천왕봉이니 하는 것이 모두 그대로 고대 종교의 남은 찌꺼기를 그만큼씩 남겨 가진 것이다.

부근 일대의 종교적 중심은 무등산! 무등산에서의 종교적 중심은 입석대! 그런데 천궁(天宮)으로 신전(神殿)으로 다른 어느 곳 보다도 나으면 나았지 못하지 아니한 형승(形勝)을 가진 것은 과연 이 입석대라 할 것이다. 더욱 대의 한가운데 앞으로 불쑥 나와서 세 동강 진 하나의 높은 기둥이 특별한 땅에 우뚝 선 것은 입석대 중에서도 종교적 중심일 수밖에 없이 생겼다. 조선 안에 선돌도 퍽 많겠지만, 하늘이 만든 신전에 자연스러운 신체(神體)로 이만큼 장엄한 것은 다시 있을 것 같지 아니하다.

금강산의 다보탑·수미탑 같은 것이 갸륵하지 아니한 것 아니요, 총석 같은 것도 신기하게 생기지 아니한 것 아니지만, 이렇게 상응하고 절묘하게 격이 갖추어진 것은 둘부터 있기가 어려울 것이다. 어사에 아무, 관찰사에 아무 하고, 무엄하게 더러운 이름들을 많이 새긴 것을 괘씸히 생각하며 하늘을 쳐다보고 한숨을 지으려니, 비 머금은 구름장이 오락가락하는 통에 돌들이 흔들흔들하여 보여서 머리가 어뜩하여진다.

얼어서 왔삽다가 다스하야 가나이다
뜻아니한 곳에와서 젖꼭지를 물었나이다
어머니 한어머니심을 인제알고 갑니다.

181
—
심춘순례

향도 노인의 말이 "이 입석을 누가 세우기도 하고 누이기도 한 줄 아시오? 덕령이가 그리했다고 하는 것입니다."한다. 무등산의 것은 한 줄기의 풀, 한 주먹의 돌이라도 모두 김 충장에게 붙들어 매지 아니하면 아니될 줄 아는 것에서, 전설 심리의 중요한 동기를 들여다 봄도 재미있다.

내려오는 길에 깨진 기와 조각이 많이 밟힘을 보아, 여기도 전에는 사당이든 절이든 간에 무슨 건물이 있었던 것을 짐작하였다. 영감님이 가리키는 절터란 것과 고기(古記)에 적힌 것을 합하여 보면, 가위 다섯 보에 하나의 원(院), 열 보에 하나의 절이라 하겠는데, 당탑(堂塔)은 벌써 찬 재가 되었을망정 전설적 생명만은 시방도 예 같은 것이 한둘 아니다.

입석대에서 남으로 조금 가다가, 뿌루퉁한 바위 밑에서 '서홉사' 터를 온다. 이르기를, 그 바위에 구멍이 있어 하루에 세 홉씩 쌀이 저절로 나오므로 그것으로써 불공에 쓰는 곡식을 삼아 절 하나가 넉넉히 유지되더니, 임진왜란에 어느 사승(師僧)이 상좌 하나를 데리고 피난을 하는데, 날마다 쌀을 받아 내기가 귀찮아서 한 번에 많이 끄집어낸 뒤로 쌀이 다시 나오지 아니하게 되었다고 한다. 오래 두고 쓸 화수분이 금제(禁制)를 지키지 못하기 때문에 없어졌다 하는 것은, 우의(寓意)[1] 전설상에 한 큰 모티프이거니와, 이렇게 특수한 무대를 끼고 나오면 또 좀 다른 맛이 없지도 아니하다.

유명한 '지공너덜'을 들어섰다. '너덜' '너덜경'은 암석 무너진 것이 산비탈에 덮인 것을 이르는 이곳 방언이니, 곧 금강산에서 '서드리'라 하는 것이다. 서석이니 입석이니 하는 것처럼, 무등산의 무등산 되는 이유는 깎아 만든 듯한 돌벽 돌기둥을 산 위에 많이 가졌기 때문이다.

---

1 다른 사물에 빗대어 비유적인 뜻을 나타내거나 풍자함. 또는 그런 의미이다.

이 '너덜'은 곧 홀로 있던 암석을 벽도 만들고 기둥도 만들어낸 까귀밥, 대패밥이다. 보기에 지저분도 하고 다니기에 꽤 까다롭기도 하지만, 이것이 아니었다면 무등산이 그 좋은 놀이개를 찾을 수 없었을 것을 생각하면, 5리나 되는 이 '너덜'도 그런대로 참고 지낼 수 밖에 없다.

이 '너덜'에도 전설 작가의 눈이 그저 지나가지 아니하여 재미있는 이야기가 꽤 있다. 옛날부터 내려오는 무슨 이야기이겠지만, 불교인들은 전설의 주인공을 아무 인연도 없는 동쪽으로 온 인도 승려 지공(指空)에게로 가져다 맡겨, 장단(長湍) 화장사(華藏寺)에 와 있다가 석실(石室)을 모으고 좌선을 한 뒤에, '지공너덜'이라는 이름이 생겼다고 한다.

또 그의 신력으로 이 억만(億萬) 무수한 돌에 어느 것을 밟든지 덜컥거리는 일이 없다 하며, '고임돌'처럼 생긴 '너덜' 속의 한 석실을 '나옹토굴(懶翁土窟)'이라 하여 나옹이 지공에게 도를 받던 곳이라 하는 등, 지공 중심의 전설 때문에 저 '덕령이'로도 무등산 석봉을 주먹으로 때려 부수는 기회를 얻지 못하였다.

'지공'이란 무슨 오랜 출처가 따로 있을 말이겠지만, 지공이니 나옹이니 하는 통에 거연히 불교적 하나의 신령스러운 유적을 이루어, 최근까지도 비바람조차 변변히 가리지 못하는 그 토굴에 고행 청수(淸修)하는 중이 끊이지 아니하였다 한다.

'너덜'의 거의 한가운데에 네모 번듯하게 언저리를 내고, 향나무 외에 고목 두서너 그루 서 있는 곳이 무엇인지 까닭이 있음직하건만, 물어야 아는 이도 없고 그리 대단하여 보이지도 아니하기에 그대로 지나가 버리고, 나옹토굴 가까이 새로 이룩된 지장암을 거쳐서, '문(門)바위'를 쳐다보고 광석대(廣石臺)로 향하였다.

순로(順路)로 말하면, 입석대로부터 서석을 보고 '말랑이'를 타서 상봉으로 가야 하나, 점심 먹을 형편과 또 증심사(證心寺)로 움츠리

증심사 전경 (광주)
무등산 서쪽 기슭에 있는 절로, 철감 선사 도윤(798~868)이 신라 헌안왕 4년(860)에 지었다고 한다. 한국 전쟁으로 대부분의 건물이 불타 버려 1970년 대웅전을 시작으로 각종 부속 건물들을 차례로 복원하여 오늘에 이르고 있다.

고 물러날 일의 형세를 보아, 허리를 끼고 꼭뒤로 돌기로 한 것이다. 아닌 게 아니라 과연 장찬 '너덜경'이 성가스러운 한편으로, 길 닦고 빈곳을 메우는 데에 자개돌 까는 것은 사람보다 원체 조화가 먼저 낸 법임을 감복하였다.

사람의 근심걱정 그지없이 많다해도
이 돌 한 개로써 한가지를 산다하면
'너덜'은 귀아니나서 씨도아니 없으리

'너덜'아 너로하야 생긴바 놀이개를
부서진 그것하고 견주어서 볼양이면
뉘많고 뉘적을지를 얼른몰라 하노라

'너덜경' 높은뫼에 닦으신길 무슨길고
환하게 뚫린길로 남도예고 나옐 것을
혼자만 가려는길이 무슨길고 하노라

'문바위'는 김 충장이 말을 타고 활을 쏘는 연습하던 곳이라는데,

"덕령이가 그 위에서 말을 타고 경계하기를, 내 뜻을 이루자면 말부터 특출하여야 할 터이라, 내 이제 여기서 활을 쏘아 그 살이 '청국마살리'에 이르기 전에 네가 그리 당도하면 모르겠거니와, 그렇지 아니하면 너를 그냥 두지 않겠노라 한즉, 말이 고개를 끄덕거렸다오.

'청국마살리'는 여기서 20~30리 되는 화순 땅이오. 덕령이가 시위를 잔뜩 당겨서 한 대를 탁 놓으매, 나는 살이라니 좀 싸게 갔을 것이오. 시윗소리 떨어지자마자, 말도 네 굽을 모아 가지고 뛰는데 바람을 붙잡고 번개를 쫓아가는 것은 느리광이 수작이란 듯이, 눈 깜짝할 동안에 마살리로 달려가 딱 서더라오.

그러나 화살이 보이지 아니하매 벌써 온 것이 없어진 줄 알고 약조는 어길 수 없다 하여 칼 뽑아서 말을 베려 할 참에 핑하는 소리가 나면서 화살이 그제서야 오더라오."

하는 전설로 이름 있는 곳이다.

보조 국사(普照國師)가 수도하던 석실이 있다는 위로 하여 한 모퉁이를 지나가면, 몹시 투박하고 큰 모진 돌기둥이 서너 개 우뚝 일어서고, 그 아래 30~40명은 앉음직한 넓적한 바위가 가로 놓였으니, 선 놈은 삼존석(三尊石) 혹 규봉(圭峰)이라 하는 것이요, 놓인 것은 곧 광석(廣石)이라 하는 것으로, 광석대(廣石臺)란 이름의 임자이다.

그 뒤로 입석대의 입석보다 살이 찐 대신 맵시는 좀 못한 돌기둥이, 길고 짧고 들쭉날쭉하여 가지런하지 아니한 채 착잡하게 죽 둘러서고, 앞에는 옛날 제단이던 터가 그저 쌓인 채 있다. 또 그 앞에 예로부터 이름 있는 규봉암(圭峰菴)이 초가집 기둥 몇 개일망정 시방도 전처럼 거룩한 터를 지키고 있다. 광석대는 얼른 보니, "이빠

진 입석대로군."하고 싶은 체격이다.

'지공녀덜'을 사이에 두고 이짝 저짝에 벌려 있는 입석의 대궐이, 하나는 입석대 하나는 광석대일 따름이니, 그 요소와 의장(意匠)이 대개 하나의 본보기가 되는 모형에서 나온 것이나, 똑같은 것을 둘도 만드시는 일이 없는 조화옹은 비슷한 이 두 곳에도 서로 섞을 수 없는 경관을 각별히 선천적으로 타고 나도록 하였다.

산이 기이하고 가파르며, 뛰어나게 훌륭함을 힘쓴 것이 입석대, 규모가 거대하고 성대하며 법도에 맞고 젊잖음을 힘쓴 것이 광석대. 기름이라도 발라서 함치르르 하도록 만든 것이 입석대, 우묵주묵한 것이 거드름을 피우며 거만하고 구수한 가운데 절로 아리따움을 감추어 가지게 한 것이 광석대.

6모 8모를 날이 서게 깎아서 그림쇠 · 자 · 수준기 · 먹줄을 꼭꼭 맞추어 지은 것이 전자, 대부동 좋은 기둥을 겉목만 쳐서 어긋한 듯하고도 빈틈없이 맞춘 것이 후자. 짠 것이 보이게 짜인 것이 전자, 헤어진 듯 어울린 것이 후자이다.

멀리 멀리 내다보기를 위주로 한 것이 전자이니, 그러므로 "뭇 산들의 작은 모습을 한번 내려다 보리라."[2]의 참된 뜻은 마땅히 입석대에서 알 것이다. 낮추 낮추 내려보기를 위주로 한 것이 후자이니, 그러므로 "만국의 도성은 개미집과 같다."[3]는 실제의 광경은 모름지기 광석대에서 찾을 것이다. 광석대로부터 내려다보는 동복 고을 일부 지역의 촌락들은 과연 개미집이라 하기에도 너무 지나치게 사치스러울 듯하다.

진안(鎭安) 사는 어느 독지가의 노력에서 나온 것이라는 크고 작

---

2 두보의 「망악(望嶽)」이라는 시의 마지막 연에 "반드시 산 정상에 올라, 뭇 산들이 작은 모습을 한번 내려다 보리라."라는 구절이 있다.

3 원문은 "萬國都城如蟻垤"이다. 휴정의 「등향로봉(登香爐峯)」이라는 7언절구 시의 첫 구절이다.

은 무수한 조탑(造塔)이 빈 땅을 남기지 아니하리라는 것처럼 옹기
종기 늘어섰다. 혼자 여러 달을 두고 양식 싸 가지고 와서 저 노릇
을 하였다 하니, 가난한 사람이 밝힌 등불 하나의 경계로 말하면,[4]
물론 아소카 왕의 팔만사천탑보다도 더 큰 공덕이라 하겠다.

이따금 여러 사람의 힘이 아니면 움직이기 어려운 것을 높이 올
려 놓았음에는, 그 정성스런 힘보다도 완력이 보통 사람보다 뛰어
남에 놀라지 아니치 못하겠다. 그러나 그분의 공덕도 공덕이지만,
자연의 미를 위하여는 많이 철거하는 편이 더 큰 공덕이 되지 아니
할까 하는 생각도 났다.

규봉암은 『여지승람』에도 절로 적히다시피 오래전부터 상당한
격을 가진 곳이다. 그것은 의상이 창건했다고 할 만큼 기원이 오래
되었음과, 또 도선이 이곳 은신대(隱身臺)에 앉아 송광 산세를 살펴
보고 송광사를 개창하였다는 예로부터 전해 내려오는 이야기와,
보조(普照) · 나옹(懶翁) 등 대덕이 다 이곳에서 도의 중요한 요점을
닦은 사실에서 말미암는다.

묘연한 하나의 작은 집이지만, 만만치 아니한 역사의 임자요, 이
름조차 규봉(圭峰)이라 하여 화엄을 오로지 주장하는 국토에 화엄
최대의 종장(宗匠)을 표방함에서, 최초 명명자가 그 속에 품은 맹랑
한 생각을 볼 것이다.

권극화(權克和)의 기문을 근거하건대, 규봉 곁의 총석이 과연 참
으로 '서석(瑞石)' 같기도 하다. 이른바 서석이란 것은 시대에 따라
서 정한 것이 하나가 아닌 듯하다. 이는 대개 앞의 글에서 간략하
게 밝힌 것처럼, 서석은 본디 무등산 입석류의 총괄적인 이름이던

---

4 빈자일등(貧者一燈)의 고사를 뜻한다. 왕이 부처에게 바친 백 개의 등은 밤
사이에 다 꺼졌으나 가난한 노파 난타가 정성으로 바친 하나의 등은 꺼지지
않았다는 데서 유래하여, 물질의 많고 적음보다 정성이 중요함을 비유적으로
이른다.

것을 억지로 한 곳에 오로지 명명하려 함에서 생긴 떼이다.

광석대는 다행히 유력한 주인을 대대로 만났기 때문에 그 싸이거나 가려져 있던 것이 세상에 드러남이 입석대보다 크게 지남이 있어, 넓지 아니한 도국에 '삼존석(三尊石)일세! 십이대(十二臺)일세!' 하도록 부르는 이름이 자못 번거로움을 보게 되었다.

이 빠진 데를 바라고 제단 옆으로 하여 오른쪽 벽을 끼고 요리조리 돌아 올라가면, 겨우 사람 하나가 누워서 나갈 만한 구멍이 뚫리고, 그리로 나가서 동복·화순 한 지역을 통으로 내려다보게 된 곳을 풍혈대(風穴臺)라 한다. 벌판 바람이 어찌 몹시 불어오는지 눈을 바로 뜨기 어려울 만하여 '풍혈(風穴)'이라는 일컬음이 과연 헛되지 아니함을 깨달았다.

그러나 풍혈은 흔히 풍월이라고도 하고, 또 다른 데서도 이렇게 십이대를 벌이는 때에는 풍월이 으레 끼이는 하나의 대임을 보면, 바르게는 풍월대(風月臺)라 함이 가할 것이요 또 풍월이 풍월도(風月道)·풍월주(風月主)의 그것임은 두말 없을 일이다.

입석대고, 광석대고, 시방까지도 높게 쌓은 제단이 그대로 남아 있음에서 볼 수 있는 것처럼, 이들은 다 옛 '붉'도에 있어서의 각기 유력한 하나의 영치(靈時; 제단 따위의 터)임이 분명한즉, 그 일컫는 이름 가운데 '불'의 일컬음이 어떻게든지 남아 있을 것이다.

주벽 되신 관세음상이 작으시나 거룩하여, 바로 '나무'하고 부르는 소리를 목마른 것처럼 기다리시는 듯한 존귀한 얼굴을 올려다보면서, 의외로 풍부하게 갖춘 공양을 얻어먹고 암자의 뒷등성이를 타서 상봉으로 향하였다.

20. 무등산 위의 무등등관(無等等觀)

올라가고 올라가도, 길 넘는 지난해 억새가 이리저리 저절로 찌그러진 풀밭! 샅샅이 훑어가는 나무꾼도 여기는 오히려 발을 들이밀지 못한 모양이다. 조잡하게 만든 장인의 거친 솜씨인 입석 광석은 여기저기 떼기떼기 벌여 있으며, 그 응달에는 아직도 봄 온 줄 모르는 눈이 지난 겨울 꿈을 그대로 꾸고 있다.

마주 보이는 저기가 '상봉이지!'하고 올라가 보면, 그 위에 또 봉이 있기를 몇 번 만에, 비로소 앞 뒤 방향으로 활짝 다 내려다보이는 돌 봉우리 꼭대기에 오르니, 이로부터 조금씩 높아가는 석봉 셋이 느런히 놓이고, 다시는 높기를 겨루는 놈이 이 산에서는 고사하고 100리 사방의 안에는 하나도 있지 아니한 것을 보매, 이제는 의심 없이 무등산 정상에 올라선 줄을 알겠다.

세속에 이 세 봉을 밑으로부터 시작하여 차례로 '인왕(人王)' '지왕(地王)' '천왕(天王)'으로 부르나, 옛날에는 그 예가 없던 바이다. 생각건대, 반드시 상봉을 천왕으로 부르는데, 그것이 세 무더기임으로 인하여 천왕이 무슨 뜻인지도 모르고서, 어느 분이 『사략(史略)』 첫장에서 얻은 지식을 한번 응용하여 보신 것이 전해지고 다시 전해진 모양이다. 그러나 무등산의 천왕도 다른 모든 산의 그

189

심춘순례

것과 마찬가지로, 무릇 높은 산 주봉마다 관례처럼 붙어다니는 '붉' 또는 '두고리'의 번역어일 것은, 앞의 글에 간략하게 언급함과 같다.

전체로는 비교적 그리 신통한 줄을 모르겠어도, 상봉에 가서는 비교적 꽤 재미를 내노라 한 것이 무등산이다. 얼른 말하면 무등산의 상봉은 되다가 그만둔 서석이요 언제든지 되고 말 입석이지만, 되다가 말고 또 아직 다 되지 아니한 곳에 무등산 상봉의 특수한 맛이 있다. 부스러지기 쉬운 돌이 일자로 벽리(劈理)가 지고 그것이 가로 격지를 일으키매, 종횡 대각(對角)으로 조각이 연이어 떨어져서, 담백하고 꾸밈이 없는 괴상하고 기이한 것을 때때로 만들어가는 것이 무등산의 석두(石頭)이다.

무등산을 우주의 겁운(劫運)에 비하면, 성운기(星雲期)에 있는 것이 이 상봉, 성신기(星辰期)에 있는 것이 입석·서석, 성운으로부터 성신이 되고 성신으로부터 냉멸(冷滅)로 돌아가는 동안에 그 쓰고 남은 찌꺼기로 떨어져 나온 우주의 티끌이 쌓인 것이, 저 '너덜경'이란 것이다. 금도 많이 가고, 오금도 많이 지고, 귀도 많이 나고, 뿔도 많이 돋힌 것이, 마치 잔붓질 좋아하는 화가의 비위를 맞추려 생긴 것 같다.

그런데 이러한 경향은 뒤쪽인 광주·창평에는 없고 앞쪽인 화순·동복에만 있어, 무등산의 경관이 저절로 한쪽으로 몰리게 되었다. 틈틈이 눈이 쌓여 있는 터이기 때문에, 다른 데서는 꽃이 다 핀 산철쭉도 여기서는 눈도 틀 생각도 아니한다. 가뜩이나 늦게 오는 봄 이른 추위에 기죽을 펴 보지 못한 것들이, 쉴 새 없는 굳센 바람에 오그라든 가지를 더욱 곱송그리고 있다.

사람이 만든 것 이상으로 공교로이 된 층계로 하여 절정에 올라가니, 푯말에 크게 쓰기를, 3,980척. 토끼만 있는 곳에서는 범 노릇도 할 만한 높이이다. 만질 듯 하늘에 손은 닿지 아니할망정, 제

왈[1] 높다 크다 하는 모든 것들이 이것저것 할 것 없이 모두가 눈 아래 깔리고 발 아래 엎드렸다. 자랑할 것 있는 놈은 자랑할 그것을 가진 채, 큰 체하는 놈은 큰 체하는 제 몸을 어울러서, 나볏이 납작하게 내 앞에 여럿이 죽 늘어서서 함께 절들을 하는 것을 보면, 쾌미가 아니날 수 없다.

다 깔렸구나! 디디고 올라섰구나! 함에서 느끼는 정복하는 맛은, 산정에 올라서는 족족 새록새록 술이 한창 취하는 제호탕(醍醐湯)[2]이다. 본능이어니, 습성이어니, 그런 문제는 다 어디로 갔든지 먹으면 취하고 얼근하면 좋은 그 맛만이, 주객(酒客)의 갈구애착(渴求愛着) 신이정락(神怡情樂)하는 바이다.

높은 산 큰 산이 무엇으로 빚은 술인지는 모르지만, 어느 잔에서도 나지 아니하는 맛이 거기서만 퐁퐁 솟아나옴에는, 감빨고 연빨고 잔 입술까지도 잘근잘근 씹고 싶음을 억제할 수 없다. 어떻기에 그러냐 하는 이가 있다 하면, "입담이 넉넉지 못하니 이리로 와서 여기서 보이는 사방으로 널리 통하는 저 안계(眼界)를 마지막까지 다다라 보소서."하기나 하겠다.

모악산정(母岳山頂)에서 전라도 문앞을 보고서, 무등산전(無等山顚)에서는 그 내외 청사를 한번 보는 것이다. 어디가 어떠하니, 무슨 산 무슨 들이 어떻게 보이느니 따위는 이루 말하지 말자. 다만 한가지 실띠 같은 영산강이 솜씨 있는 상침처럼 해끗해끗 굼틀어진 몸을 길게 끌어감이나 적고 말자.

오르고 또오르며 높다하지 아니키는
다닿는 거기가곧 하늘일줄 여겼더니

---

1 자기랍시고 장담(壯談)하는 것을 말한다.
2 한의학에서 오매육(烏梅肉)·사인(沙仁)·백단향(伯檀香)·초과(草果)를 가루로 만들어 꿀에 재어 끓였다가 냉수에 타서 마시는 청량제이다.

구름은 발아래언마는 해가위에 있더라

펴다만 손바닥이 김만경(金萬頃) 한뜰이오
빨아널은 허리띠가 영산강(榮山江) 흐름인데
저앞에 두텁이집을 송광(松廣)이라 하더라

눈에언 진달래가 왼산을 덮었도다
봄이분명 뿌리에서 불과같이 타건마는
속에서 벌써핀꽃을 알리없어 하노라

주봉 서쪽으로 커다랗게 널브러진 반석은 수백 인이나 앉음직하
니, 가야금에 장고나 어울러서 잘 지은 '두금님' 찬송가나 한바탕
목청껏 불렀으면 하였다. 그 곁으로 마치 극장의 관람석같이 된 반
듯하지 않은 커다란 바위 하나가 기다랗게 층계를 이룬 것도 기이
한데, 아닌 게 아니라 과연 성운이 자리 사이의 막(幕)이 되고, 해와
달이 탁상의 등과 같은 이곳이야말로, 우주의 커다란 연극을 보기
에 가장 그럴듯한 장소가 될 것도 같다.

그 아래로 반월형의 무더기 돌담이 둘린 가운데 땅달이 나무
4~5그루가 서 있는 것은 분명한 제사터이니, 상봉 턱밑에 두었던
옛 것인데, 그 옆에는 서양 사람의 피서 산장이 두어 집 용마루를
이었다.

상봉의 오른쪽 끝에 암석이 가운데로 갈라져 칸반(間半)통 쯤이
나 틈이 난 것을, 이쪽으로부터 저쪽으로 뛰는 버릇이 언제부터인
지 생기니, 이것이 '뜀바위'라 하는 것이다. 몇 해 전에 어느 일인
한 분이 안내자가 평지 같이 왔다 갔다 함을 보고, "나도 같소 말이
오." 하고 뛰다가 떨어져서 죽기까지 하였다 한다.

전체로나 부분으로나, 해금강을 산 위에 떼다 놓은 것이 무등산

의 상봉이니, 금강산 비로봉의 특산이라는 '금태(金苔)'는 여기서도 아름다운 무늬를 바위의 표면에 수놓았다. 응달쪽에 수북히 난 '바윗손'은 그림에서 보는 지초(芝草)보다 더 좋은 운치를 더하는 것이 있다.

산 뒤에는 어저께 원효암에서 보던 산불의 자취인 듯하여, 새로 심은 솔밭이 수만 평 까맣게 탔다. 산 앞쪽에서는 면민(面民) 수백 명이 각기 망태기에 소나무 묘목을 넣어 메고서 콧노래들을 부르면서 배바삐 그것을 심으며 올라온다. 모래 위에 집 짓는 것 같은 유위전변(有爲轉變)[3]하는 세간의 모습이 가장 소연한 장면 하나를 눈앞에 영화로 상영하여 놓은 듯.

대로로 좇아 서쪽으로 내려오면서 한참만큼씩 상봉을 돌아다보매, 금강산을 쪽구슬 같은 소년의 치아라 하면, 늙은이의 빠지고 이지러진 이빨이 무등산이라 하고 싶었다.

---

3 불교 용어로 세상의 모든 사물은 인연에 의하여 이루어지고 항상 변천하여 잠시도 가만히 있지 아니한다는 뜻으로, 세상사의 덧없음을 이르는 말이다.

21. 40리 서석국의 재횡단

서석 위로 입석 뒤로, 선녀가 머리감던 그릇과 바위 위의 묵은 이끼가 자연스럽게 구름 문양을 이룬 것을 구경하면서, '함품잇재' 밑으로 하여 '장굴재'로 들어선다. 안팎 겹 재가 이쪽저쪽 합하여 40리나 되는 큰 고개이다. 흘러가는 구름을 사이로 하여 사방 들판의 봄물을 내려다보는 것이 마치 거울 조각을 여기저기 헤뜨려 놓은 것 같기도 하고, 깊은 산 골짜기 사이에 녹다 남은 눈이 여기저기 박힌 것 같기도 하다.

지지(地誌)에 폭포라고 적힌 것을 보고 아랫재 못 미쳐서 왼쪽으로 통칭 '물통'이란 것을 구경 갔다. 일산(日傘) 같은 소나무 한 그루를 목표로 하여 비탈을 다 내려가니, 4~5길이나 됨직한 암석이 우묵하게 들여 패인 속에 팔뚝만한 물줄기가 인공으로 낸 홈타기로 떨어지는 것이었다.

아낙네의 물맞이 터로는 오히려 지나치다고 할지 모르나, 이것을 가지고 폭포라 함은, 마치 두 칸 빈지[1]에 금계랍(金鷄臘)[2] 회충산

---

1 널빈지와 같은 말로 한 짝씩 끼웠다 떼었다 할 수 있게 만든 문을 일컫는다.
2 해열제로 쓰이는 키니네(quinine)를 통속적으로 이르는 말이다.

(蛔蟲散)[3]이나 몇 병 가져다 놓으면 "무슨 당 대약방"이라는 큰 간판을 붙이는 격이라 하겠다. 서쪽으로 향하는 판이라 낙조가 들이비쳐서, 한 뼘만한 시위일망정 일곱 빛깔의 영롱한 무지개가 한복판에 다리를 버틴 것이 앙증맞게 어여쁘다.

여름 한철에는 광주·화순 같은 가까운 데는 고사하고, 능주·나주 저쪽으로 멀리는 수백 리 밖에서까지 용왕님 덕에 오래 전부터 앓고 있는 병을 다스려 보려 하는 젊은 부녀 늙은 할미가 하루에도 몇 백 명씩 들이밀어, 한참 동안 여자가 임금을 하는 희락원(喜樂園)을 이룬다는데, 언제든지 짓궂은 사나이들이 다섯씩 열씩 떼를 지어 와서 어깨들을 비비며 분대를 놓는 폐풍이 있다 한다.

내 진실로 광주 인사에게 고하노니, "웅덩이 물은 꿩으로 하여금 쪼아 먹게 하며, 바닷물은 고래로 하여금 빨아 말리게 하라. 이 빼빼 마른 물통일랑 저 가녀린 아낙네에게 온통 맡기고, 그대들은 가서 웅대한 폭포에 사나이만 가지는 굵은 티끌을 씻으려 할지어다. 내 다 같은 남자의 체면을 위하여 광주 남자에게 행여행여 발을 그림자라도 이 물통에 가까이 말기를 간절히 간절히 권유하노라."하고 싶었다.

마루턱에서 쪽물 풀어 놓은 듯한 광주 수도의 수원(水源)을 내려다보면서 다리를 한참 쉬다가, 저녁 연기에 싸인 광주 시가가 거의 거의 보이지 않게 됨을 보고, '방고'에 얼려 내려오는 나무꾼들과 함께 남은 길을 재촉하여 컴컴할 머리에 겨우 증심사(證心寺)에 당도하였다.

동행하자는 약조를 밟아 이틀이나 먼저 와서 기다린 김죽헌(金竹軒)은 "눈이 빠지게 기다린다는 말이 빈말 아닌 줄을 알았다."하면서 늦게 온 것을 책망한다. 약속을 어긴 우리가 할 말은 아니지

---

3 배 속의 회충을 없애는 데 쓰는 가루약이다.

만, 김 청호(金淸昊) 노스님 같은 학식과 덕행이 높은 이에게 조용히 직접 가르침을 받을 기회가 그 때문에 있었던 것을 생각하면, 전혀 손실뿐이 아니었을 것이다.

이 증심(證心)은 본디는 징심(澄心)이라 하여 예로부터 저명한 절이요, 시방은 선암사의 유력한 하나의 말사(末寺)로 청호 노사(淸昊老師)의 상좌인 춘광(春光) 박 군(朴君)이 주지되는 터이다. 다른 대찰이 다 황폐하여 쓸쓸해진 금일에는 무등산 전체에서 최대 도량이 된 곳이다. 사찰 역내의 맑고 깨끗함은 주승의 온화하고 기품이 있는 모습과 함께, 잠시 지나는 손에게도 매우 따스한 맛을 보게 함이 기쁘다.

13일. 아침도 먹기 전에 늙은 소나무, 밋밋하게 자란 가늘고 긴 대, 첩첩이 쌓인 산, 맑은 시내에 싸여 있는 오래고도 새로운 여러 당우를 순례하였다. 징심문(澄心門)으로 취백루(翠栢樓)로 하여 대웅전을 마주보면, 회승(會僧)·설선(說禪)의 양당이 좌우에 벌여 있고, 오백나한전이 또 그 뒤에 있어 제법 규모와 법도에 맞는 배치이다.

대웅전에서는 붉은 종이에 금으로 그린 후불탱화(後佛幀畵)가 볼 만하다. 그 앞뒤 뜰에 새 것, 옛날 것, 퍽 많은 탑이 함께 서 있다. 오백전(五百殿) 앞에 있는 탑은 하층에 있는 원의 중심에 네 개의 꽃잎을 십자(十字)로 새긴 문양이 주의를 끌었다. 이미 완성되었거나 반만 이루어진 비석이 수북하게 문 안에 있는 것은, 대개 돌에 이름이나 한번 얹어 보려 하는 공덕주(功德主)들의 것이었다.

박이규(朴珥圭) 군은 여기서 떨어지고, 새로 김 죽헌(金竹軒)을 더하여 다시 세 사람이 동행하여 떠나는데, '지공너덜' 한복판에 향나무 선 곳이 천제(天祭) 터라는 말을 청호 스님에게 들은지라, 죽헌에게 서석 소개를 겸하여 무등산 재횡단을 결행하다.

새인봉(璽印峰)은 겨우 막 떠오른 아침 해의 붉은 사모(紗帽)를 쓰고 천제봉(天帝峰)을 향하여 이른바 뭇 신하들이 받들어 조회하는

증심사 대웅전(광주)
무등산 서쪽 기슭에 있는 절로 근래에 만들어졌다.

데 앞장을 나섰다. 천제봉은 무등산에 있어서 최후의 신앙적 대상
이 된 곳이니, 다니기에 거북한 서석·입석 등 산의 맨 꼭대기로부
터 차차 끄집어 내린 하늘에 절하는 최후 지점이다. 그 밑의 '천제
(天祭)등'에는 시방까지 제천의 단유(壇壝)⁴가 남아 있다.

민족적 신앙의 잠재의식이 가끔 어떻게 치열한 세력으로 폭발하
는지의 좋은 예증은, 작년 가뭄 때문에 일어난 소동에 광주 일대의
부녀들이 결사적 노력으로 천제봉 일대의 일체의 무덤을 헐어 폐
지하여 버림에서 본다고 하겠다. 이 천제봉은 옛날부터 현재까지
근처 민중의 신앙적 최고 대상인 만큼, 그를 신성시함이 다른 것과
썩 동뜨게 달라, 어떠한 사유를 막론하고 시신 같은 것으로써 더럽
힘을 서로 제도로 금지하여 오던 곳이다.

그러나 '군신봉조형(群臣奉朝形)'이라는 이 봉우리에는 큰 명당이
있다 하여, 구산광(求山狂)들의 침이 삼만 장(丈)씩이나 흘러오고,
더욱 정혈(正穴)을 얻으면 천자까지라도 난다는 통에 쉬쉬하면서

4 제사 지내는 터. 흙무더기로 단을 모으고 그 둘레를 낮은 흙담으로 둘러막아
만든다.

구멍이 어디인가 하고 현미경을 대다시피 찾는 자가 한둘이 아니었다.

그러노라니까 언제 어떻게 썼는지 모르게 투장하여 몰래 묻은 무덤이 어언간 꽤 많았으므로, 경건한 백성들은 당장 법률이 무서워서 차마 손을 대지는 못하면서도, 은근히 무슨 날벼락이 언제 내릴지 몰라서 걱정 걱정하던 상황이었다. 바로 이때에 전에 없는 작년의 한재가 일대 암시가 되어서, 근방 인민의 고유 신앙이 무서운 세력으로 촉발하게 하였다.

"이놈들이 천제등을 더럽히고 이 화가 없을 수가 있나."하는 생각이 번개같이 머릿속에 솟구치면서, 맨 먼저 반사적 행동을 억제치 못한 이가 부인네들이다. 천제봉이 오래전부터 사유(私有)가 되었는지의 여부도 그네의 상관하는 바가 아니요, 남의 무덤을 파내어 부수면 형법의 몇 조에 걸린다는 것도 이제는 그네를 구속할 아무 능력을 가지지 못하였다.

저 믿음을 더럽히는 사람을 징계하여 어서 바삐 신벌(神罰)을 면해야 하겠다는 강렬한 의식에 끌려 나온 부녀자들이 기약치 아니하고 금시에 수천 명 덩어리를 지었다. 신성 전쟁(神聖戰爭)의 무기로 그네의 손에 쥐어진 것은 괭이ㆍ호미, 그것도 없는 이는 부지깽이ㆍ작대기였다. '으아성' 소리를 군호로 하여 조수(潮水) 밀려오듯 몰려 올라간 곳이 천제봉이다.

호천(護天)ㆍ호신(護神)ㆍ호법(護法)의 순수하고 순수한 일념에 몹시 흥분하여 힘차게 일어선 그네에게는, 인간 세계 경찰의 힘 같은 것은 털끝만큼도 무겁지 못하였다. 경리(警吏)를 떼다민다, '사벨'[5]을 뿌리친다 하면서, 경성드뭇하던 무덤이 눈에 보이는 것은 순식간에 모조리 다 발출(發出)되었다.

---

5 sabell은 네덜란드어로, 군인이나 경관이 허리에 차는 서양식 칼을 말한다.

대쪽 갈라지는 소리로 부르는 이 여십자군(女十字軍)이 승리하여 기뻐 부르는 노래는, 얼마만큼이라도 무등천제(無等天帝)의 성스러운 뜻을 감응하여 이르게 하였으런만, 한차례 비가 쏟아질 듯이 가득하던 모습은 오히려 미루어졌다. "아직도 남은 것이 있는 것이로세!"하는 생각이, 불러 일으키는 사람 없어도 모든 사람의 뇌막(腦膜)에 영화처럼 비춰졌다.

각자의 호령 아래에 제2차의 장하고 큰 거사는 역시 부인의 손에 의해 실행되었다. 경찰의 특별 보호 하에 있는 아무개 후작 마마님의 선산도 이번에는 한번 가래질 당하는 액을 벗어날 길이 없었다. 골고루 찾아서 모조리 파버렸다. 용맹스러운 이 기세에는 경찰도 조막손이가 되고 법률도 소경이 될 수밖에 없었다.

이렇게 한 뒤에 신의 노여움이 과연 풀리고 은혜로운 가랑비가 과연 쏟아졌는지의 여부는 여기서 말할 것이 아니다. 광주의 이 일과 함께, 작년 삼남 각지에서 일어난 이 따위 많은 사실을 모아 보면, 혈관과 혈관으로 물려 내려오는 국토적 영통(靈統) — 혈통에 대한 상대어로 영통이라 할 것 — 이 자는 듯 삭은 듯 도무지 숨기가 없다가도, 한번 격발만 되며 베수비우스(Vesuvius)[6] 이상의 대폭발력이 있음을 알면 그만이다.

그것이 미신이라 하여도 그만이요, 유치한 관념이라 하여도 무방하다. 다만 그가 옳다 하는 바를 위하여 그르다 하는 것을 꺾어 굴복시키고[7] 몰아내어 없애기에, 한마음으로 다른 생각이 없고 어디를 가든 꺼리는 바가 없는, 이른바 정기(正氣)의 소유주임을 알면

---

6 이탈리아 나폴리 만에 면한 활화산. 이탈리아 남부 나폴리의 동쪽에 있는 이 중식 활화산. 79년에 폼페이를 매몰한 대분화 이후 8회의 폭발이 기록되어 있다.

7 원문은 "折伏"이다. 불교에서 나쁜 사람이나 외도(外道)·사도(邪道)를 꺾어 굴복시키는 것을 말한다.

그만이다.

지금까지도 이만큼 샘이 깊은 물이 멀리 흐르는 국토적 최고 지상의 열렬한 호지자(護持者)임을 보아, 영원한 이 다음에도 그러할 것을 알면 그만이다. 작년 그때에 신문지에서 이 따위 보도를 들을 때마다 손길을 잡고 든든하게 여겼었지만, 시방 여기 와서 그때의 실황을 보는 듯하게 들으매, 사실을 통하여 보이는 고(古)'붉'도 잠 재의식이 조각조각 파편처럼 나타남에, 새삼스럽게 가슴이 두근거림을 억제치 못하였다.

풍수가들의 설명으로 천제봉이 어떠한 의의와 가치를 가진 것은 내가 모르거니와, 역사적 사실로써 내가 잠시 부질없는 혀를 놀려본다. 여기 천제봉이란 것은 요약하건대, 산봉(山峰)의 천왕이 게을러진 사람을 따라 여기까지 옮겨와 살게 된 것이요, 저 새인(璽印)이란 것도 그 봉우리의 모습이 두 개의 인장과 비슷함에서 생긴 이름이 아니라, 실상은 음으로는 '선(仙)' '성(聖)', 훈으로는 '증(甑)' '취(鷲)', 음훈 병창(音訓並彰)으로는 '설(雪)' '상(霜)'으로 표시하는 '술' '순' 등이 그 원형인 것을, 그 형상을 따라서 천제에 조응하는 상(上)으로, 어느 어른이 '새인(璽印)'이란 글자로써 견주어 맞춘 것임에 불과한 것이다.

이 기회에 무등산의 개괄적 설명을 간략하게 검증하자. 대개 무등(無等)이란 명호(名號)에는 직간(直間) 양접(兩接), 노몰(露沒) 양골(兩骨)로[8] '붉' '술' '드금' 등의 고의(古義)가 빛을 받아 빛나고 있다. 본디는 상봉이나 또는 중심(證心) 뒤의 일봉(一峰)만이 천왕(천제)일 것 아니라, 실상 모든 산의 총명(總名)에 '드금'의 번역어인 천왕의 모양이 있었을 것이다.

무등산을 전반적으로 숭사(崇祀)함에는 상봉 바로 밑의 반월형

---

8 직접 - 간접, 노골 - 몰골 등 상대어를 표현한 것이다.

제단 또는 '너덜' 속의 방형 영치(靈峙)[9]가 그 제사 지내는 곳이었으나, 각기 국군(國郡)에서 제 경계의 한도 안에서 무등산을 제사함에는, 동복에서는 광석대(옛 이름으로는 서석대), 화순에서는 상봉 밑, 광주에서는 입석대(후에는 아래로 물러나 천제등), 창평에서는 서봉사(瑞峰寺) 있던 등성이 내지 김 충장의 전설 중에 들어가서 '주검등'이 되어 버린 '드검등' 등이 그 제장이었을 것이다. 무등산에서고 아무 신산에서고, 하나의 산 안에 백운 · 천왕 등 봉우리와 그 제단이 여러 군데씩 됨은, 대개 총괄적으로는 같지만, 구별하면 다른 갖가지 관계로 분화 또 섭수(攝收)가 행하는 결과이다.

그러므로 장대한 산악에서는 계곡에 따로 제단을 베풂을 보나니, 이는 하나의 산 하나의 시내가 그대로 서로 넘나들지 못하는 경계가 되던 옛날의 제도에서 유래한 자연의 이치로, 마치 오늘날에 동네마다 당산이 있음과 같은 의미로 돌아가는 것이다.

마수걸이에 수월치 아니한 험하고 높은 고개를 만나, 얼마만큼 어려운 기색이 있어 하는 죽헌을 가다듬어서, 여러 참에 웃마루턱에 올라섰다. 간밤의 추위가 어지간치 아니한 모양으로, 서석 한 면에 어떻게 대단히 '산고대'를 하였는지! 글자 그대로의 아름다운 나무, 구슬 같은 꽃이 겹겹이 빽빽한 일대 환상의 세계를 나타내었음에 다 같이 놀랍고 기이해하는 눈을 내두르면서, 거듭 입석대를 올랐다.

다시 보아도 하느님의 뜻이 있는 작품이지 결코 우연한 조화가 아닐 것이요, 그렇다 하면 무한한 영광이 온통 드러난 신의 전당이지, 다른 것은 도무지 될 수 없음을 믿을 수밖에 없었다.

바로 향나무를 목표로 하고, '지공너덜'을 향하여 일자(一字)로만 돌에서 돌로 뜀박질을 하였다. 수십 분이나 이 짓을 하여 겨우 나

---

9 제단 따위의 터를 말한다.

무 있는 곳을 와 보니, 거기에는 아무것도 없고, 그리로 다시 얼마를 내려와서 비로소 어제부터 보이던 번듯한 범위에 들어섰다.

옛 언저리가 모호히 보이는 중에 높이 석단을 쌓고, 그 위에 고인돌을 베풀고, 그 속에 한 자쯤 되는 하나의 입석을 모셨는데, 외최한 소나무 향나무 각 하나가 앞뒤에서 모시고 섰다. 앞에는 배석(拜石)이 있고, 그 밖으로는 한 길이나 됨직한 자연석 담을 위로 쌓았으며, 왼쪽 · 오른쪽 · 뒤쪽의 삼면에는 특별히 큰 덩어리 돌이 수없이 옹호(擁護)하고 있다. 석단 밑 같은 곳에 '쇠말' 따위의 무엇을 파묻었는지는 알 수 없으나, 신체(神體)의 선돌과 마찬가지로 뭉우리 돌마다 오똑한 돌을 곤두세운 것이 퍽 주의를 끈다.

이 신역(神域)을 중심으로 천인지 만인지 모르게 탑을 모아서, 모을 수 있는 잔돌을 다 모으고, 세울 수 있는 긴 돌을 다 일으켜 세운 것은, 대개 규봉암의 그것과 함께 진안(鎭安) 그분의 대공양이겠지만, 불사(佛事)로 조탑(造塔)한 것이 그대로 신전(神殿) 장암(莊嚴)의 고제(古制) — 선돌에 가만히 증거하는 것을 작자는 꿈도 꾸지 못하였을 일이다.

원융(圓融)의 뜻으로 말하면, 신(神)과 불(佛)이 진실로 사이 없는 것이요, 요사이 비교 종교학상으로 말하면, 탑과 선돌이 동일한 민족 심리에서 나온 것이니, 소나무의 곧음, 가시나무의 굽음, 배꽃의 흰색, 복숭아꽃의 붉은색을 가릴 것 없이, 다 각기 제 의리대로 그렇고 그렇게 보아 상관이 없기도 할 것이다.

이쯤에서부터는 큰 뭉우리가 더욱 많아서 건너뛰는 것으로는 셈이 자라지 아니하매, 기고 달리고 갖은 걸음을 다 하여, 걷는 기관이 다리라 할 것 같으면, 무릎 · 궁둥이 · 손 · 어깨가 그대로 다리 아닌 것이 없다. 육근(六根)[10]이 걸림 없이 원만하게 두루 통한다는

---

10 근(根)은 기관 · 기능을 뜻함. 육근은 대상을 감각하거나 의식하는 여섯 가

것이 대개 이러한 것일지니, 이 우상(李虞裳)[11]의 "거사가 몸과 눈이 통하니, 손으로 더듬어 좋은 시를 안다."란 법으로 말할 것 같으면, 이렇게 험하고 막힌 — 길 아닌 길을 다님에는 누구든지 통신각(通身脚)이 되지 아니하면 아니 된다.

서투른 것과 익숙한 것의 구별이 있을 뿐이지, 길이라 하는 것이 도로 '너덜경'으로 간신히 내려서서 규봉암에 다다랐다. 막 광석을 밟자마자 일진광풍이 모래 섞인 흙먼지를 몰고 초가지붕을 덮은 이엉을 벗겨 가는데, 몸은 얼른 집의 기둥을 껴붙들었으나, 대(臺) 가 온통 떠나가는 듯하여, "내 목이 붙어 있소?"하고 물었다는 얼 뜬 놈처럼, 진정된 뒤에도 대가 그대로 있는지 여부를 정신 차리지 못하겠다.

지난날 미국 남부 지방의 대풍을 생각하고, 그때쯤은 살았다는 사람들도, 한참씩은 죽은 마음을 가지지 아니치 못하였을 것을 짐작하였다.

눈까지 멀고들온 오래난밧 낫든놈이

어버이 턱밑에와 모르는체 지나갈제

이한숨 아니나오랴 바람크게 불어라

광석이 실상 일개 고인돌임을 보면서 동복을 향하여 내려섰다.

지 기관·기능으로, ① 안근(眼根)은 모양이나 빛깔을 보는 시각 기관인 눈, ② 이근(耳根)은 소리를 듣는 청각 기관인 귀, ③ 비근(鼻根)은 향기를 맡는 후각 기관인 코, ④ 설근(舌根)은 맛을 느끼는 미각 기관인 혀, ⑤ 신근(身根)은 추위나 아픔 등을 느끼는 촉각 기관인 몸, ⑥ 의근(意根)은 의식 기능, 인식 기능을 가리킨다.

11 이언진(李彦瑱; 1740~1766)은 조선 후기의 역관·시인으로, 본관은 강양, 자는 우상(虞裳), 호는 송목관(松穆館)·창기(滄起). 세거지는 서울이며, 대대로 역관을 지낸 집안에서 태어났다. 이용휴(李用休)에게 수학하였다.

여기서 쳐다보는 광석대는 성낸 돌과 놀란 바위가 제멋대로 뿌다귀를 내밀어서, 만물초의 일부를 떼다 놓은 것 같음이 또한 기이하다. 원체 규봉암 테 밖에서 동으로 나아간 한 가지의 기궤(奇詭)한 형상이 도리어 테 안의 그것보다 나을지언정 못하지 아니함을 보고, 광석대는 필경 아래로부터 우러러보아 올라올 것이요, 위에서부터 보아 내려갈 것이 아님을 깨달았다.

타래송곳을 곤두세운 듯한 가파른 길로 발을 미처 멈출 새 없이 걸었다느니보다 굴렀다 함이 옳게 한 동네로 내려섰다. 깊은 골짜기에 시내를 끼고 있는 아늑한 마을이다. 무슨 동명(洞名)임을 알려 하여 이 아이를 붙들고 물으면 "도은동!", 저 아이더러 물으면 "도언동!", 다시 대쳐 물으매 "두은동이라오!"하고 화를 버럭 낸다. 내 귀도 무디거니와, 이 아이야 네 발음도 그리 명석하지는 못한 것 같다.

양안(兩岸)에 도화 피어 '도원(桃源)'이라 하시는가
문에 오류(五柳) 드리웠다 '도은(陶隱)'이라 하시는가
구름이 동구(洞口)를 막으매 '두운(杜雲)'인가 하노라

아이야 이아이야 바른대로 일러다오
발감고 찾는내봄 멀고먼 제있나니
이곳이 도원이라도 머물나는 아녀라

'도은(道隱) 도은(道隱)'하니 무슨 도를 숨기신고
님께로 가는 직로(直路) 행여잡아 두셨거든
천금을 내 내오리라 바로일러 주소서

22. 조화의 절창인 적벽가

논틀 밭틀로 여전히 내려오다가 장복리(長福里)에 와서야 비로소 길다운 길로 들어서면서 쾌히 들이 되었다. 아침부터 이제껏 꿰뚫고 나와서, 간신히 무등산의 옷자락을 벗어난 것이다. 한둘씩 합류하는 개울을 끼고 동으로만 나아가는데, 물이 붙는 대로 길이 더욱 커지고 촌락도 그대로 굵어진다.

사방의 꼭대기가 뾰족뾰족하게 솟은 산봉우리가, 아닌 게 아니라 과연 수려 청아하고, 맑은 시내 긴 냇물이 알맞춰 그 사이에 금대(襟帶)[1]를 지어 가진 동복이, 이 근방에서 쉽지 아니한 산수향(山水鄕)임을 얼른 보고도 수긍하겠다. 지지를 펴 보고 무등산에서 나오는 물이 영신천(靈神川)[2]인 줄을 알고, 영신이란 일컬음이 또한 우연치 아니함을 새로 알았다.

나아갈수록 좌우 산기슭에 볼 만한 푸른 벽, 붉은 이끼가 드문드문 새 정신을 고발(鼓發)하는 것이 있다. 곧게 끊어진 것은 곧은 대

---

1 산천이 꼬불꼬불 둘러싸고 있어 요충지를 이루고 있는 상태를 비유적으로 이르는 말이다.
2 영신천은 동복현의 치소 서쪽 25리에 있으니 서석산에서 나와서 달천으로 들어간다(『신증동국여지승람』 권40, 전라도 동복현 산천조).

로, 비스듬히 쪼개진 것은 기울어진 대로, 얇다란 책장을 겹쳐 놓은 것 같음이 기이하다. 원체 돌도 붉은 것이 많은 데다가 공기와 광선의 관계로 푸른 이끼에 섞여 붉은 이끼가 점점이 박히고, 어떠한 데서는 붉은 이끼가 도리어 주군(主君) 노릇을 함이 이곳 암색(岩色)의 특질이었다. 이렇게 거뭇 불그레한 편평하지 아니한 바위의 위로 녹과(瀘過)³한 듯한 맑은 물이 얕으나 넓게 펼쳐 흐르는 것은, 심상한 대로 진귀하고 소중하게 여길 경치이다.

야사리(野沙里)는 사람들이 많고, 살림이 넉넉한 마을 모습도 보기에 매우 든든하다. 그러나 그보다도 더 우리의 눈에 부러워 보이는 것은, 그 공립 보통학교의 뒤에 쫙 펼쳐 있는 책장바위의 아름답고 훌륭한 풍경이었다. 아닌 게 아니라 과연 정신기 있게 싹 베어낸 바위 표면이, 거칠지도 않고 가늘지도 않은 절리(節理)의 겹쳐진 주름과, 지극히 깨끗하고 아름다운 색채의 조화를 가지고 있음은, 떠갈 수 있는 것도 아니지만 부질없는 욕심조차 치밀어 오르는 것이었다. 이것은 이런대로, 저것은 저런대로, 좌우 절벽에 무더기 무더기 빗겨 있는 석벽들을 둘러보면서, '방석(方席)보'에 다다랐다.

하얀 적삼에 까만 치마들을 두른 각시가 둘씩 셋씩 대종다래끼를 끼고 논두렁 개울가에서 새로 난 나물을 캐는 것이 봄맛을 한없이 입속에 괴게 한다. 야드르르하게 잔결지는 물 위로 길 잃은 노랑나비가 파닥파닥 날아가는 것이, 제비보다 더 볼 맛이 있다. 두 물이 모이는 어름에 휘우듬한 소나무 다리로 하여 버드나무 휘늘어진 가겟집을 찾아 들어가는 것이, 내가 생각하여도 완연한 그림 속의 사람이다.

방석보는 옛날에도 원(院)이던 곳이지만, 시방도 이 근처에서 유

---

3 탈지면이나 가제처럼 구멍이 비교적 큰 여과재를 써서 고체와 액체를 나누는 것을 이른다.

명한 시장의 하나이며, 장터에 특별히 마포 검사소를 베풀었음은 곡성포(谷城布)의 집산지인 까닭이다. 약간 요기를 하고 즉시 적벽(赤壁)으로 향하였다. 산과 물은 석벽을 아울러서 갈수록 아름다운 흥취를 더하는데, 불그레한 떡잎이 부스스 나오기 시작하는 모란 묘밭이 경성드뭇하게 깔려 있어, 부귀의 기운이 낯을 씻는 듯 씻는 듯하다.

팔공산(八公山) 초목이 아니련만, 눈에 보이는 것이 도무지 다 적벽이매, 어느 것이 진(眞)이요 가(假)인지, 진이라 하면 죄다 진이요, 가라 하면 죄다 가와 같아서 정신이 어리둥절하다. "옳지! 저것이 적벽이로구려."하고 가리키면, "가만히 있슈, 그까진 것은 다 아니오."한다. "저만 해도 황홀한데, 저것을 몇 십곱 몇 백곱 하는 어른 적벽이 있을 양이면, 기나 막히지 아니할까?"하면서 속으로만 "너도 적벽! 너도 적벽!"하고, 무수한 '내 적벽!'을 영송(迎送)하였다.

"장 오원(張吾園)[4]의 붓끝을 빌어 저기 저 한 귀퉁이만을 그려내었으면 얼마나 훌륭한 자리의 기묘한 경치가 될까."하는 것이 소재(所在)에 상망(相望)이다. 그 중에도 동남으로 보이는 하나의 산이, 거의 온 산기슭 몸통 전체가 석벽(石壁)인 것은, "만일 상응하는 물만 끼고 있으면 얼마나 아름다운 경개(景槩)일까?" 생각하였다.

'물염(勿染)'으로부터 내려오는 창랑수(滄浪水)가 영신천(靈神川; 외솟물)으로 모여 합류하는 목장이에는, 커다란 채필(彩筆)로 엇비슷하게 한번 쓱 지나간 듯한 큰 적벽이 보기 좋게 벌여 있다. 창랑수는 그리 큰 물이 아니나, 군데군데 방죽을 베풀었기 때문에 가다가

4 장오원은 장승업(張承業; 1843~1897)을 말한다. 조선 말기의 화가로 호방한 필묵법과 정교한 묘사력으로 생기 넘치는 작품들을 남긴 조선 왕조의 마지막 천재 화가로 안견, 김홍도와 함께 조선 시대 3대 화가로 불린다. 산수화, 인물화, 화조영모화, 기명절지화 등 모든 회화 분야에서 당대를 대표하는 양식을 확립했으며, 현대 화단에까지 그 맥이 이어지고 있다.

발을 씻고 갓끈을 씻었음은 고사하고, 티끌 두루마리한 더러운 몸을 통으로 씻기에 조금도 부족함이 없다.

커다란 '노두'로 물을 건너매, 엄청나게 크게 배포한 당산이 얼른 눈에 뜨인다. 돌담도 널리 두르고, 노수(老樹)도 퍽 여러 그루가 벌려 섰다. 서와 북 양파(兩派)가 합하여 달천(達川)이란 이름을 얻은 큰 물이, 이 당산 앞에서 남으로 휘면서 산룡수파(山龍水巴)가 재미있게 꼬리를 치매, 이른바 산태극(山太極) 수태극(水太極)만으로도 이미 잔지러진 한 경관을 이루었다.[5]

주막 앞으로 하여 '노루목'이라는 솔등으로 올라가는데, 땅바닥에 깔린 발간 돌이 백지장처럼 격지가 일어, 길에 헤어진 것이 모두 그 부스러기이다. 노루목이 내민 만큼 물이 따라서 후미를 짓고, 붉은 바위 비취색 소나무가 다투어 기교를 발보이는[6] 곳에, 푸른 유리를 간 듯한 아름다운 소가 띄엄띄엄 생겨 있다.

쥐새끼같이 된 괴암(怪岩) 하나가 백마강의 조룡대(釣龍臺)처럼 물속에서 발쭉 고개를 쳐든 것은, 무슨 소리를 고함지르려 함인지. 물은 벽을 따라서 긴 물줄기와 굽은 물굽이를 이루고, 벽은 물을 끌어서 무지개 빛 구름 문양을 잠근 속으로, 어린 듯 꿈꾸는 듯 한참을 올라가다가, 문득 온갖 보물이 장엄한 하나의 천성(天城)으로부터 상서로운 빛이 눈에 번득거림을 만나서 언뜻 정신을 차렸다. 취하였던 얼굴에 냉수가 뿜긴 것 같다.

보아라! 구룡(九龍)의 화현(化現) 같은 옹성(甕城) 아홉 봉우리가 천책(天柵)을 이룬 아래 어떻다고 할 길 없는 활 모양의 대채벽(大

---

5 달천은 무등산에서 나와서 현의 서남쪽 9리에 이르러 달천이 되고, 남쪽으로 흘러 보성군에 이르러 죽천(竹川)이 되었다(『신증동국여지승람』 권40, 전라도 동복현 산천조).

6 남에게 자랑하기 위하여 자기가 가진 재주를 일부러 드러내 보인다는 뜻이다.

彩壁)이 수정 세계(水晶世界) 같은 징강(澄江)을 임하여 온자(溫藉)[7] 옹용(雍容)[8]하게 오지랖을 벌이고 있다. 이것이 진(眞) '적벽'임은 물을 것 없이 알았지만, 그 붉은 부분만을 말하면 적벽이 전혀 아니랄 길도 없으되, 칠채(七彩) 아니 일체의 색채를 빠짐없이 골고루 갖춘 그것을 억지로 이름 하려 하면, 차라리 채벽(彩壁)이라고나 할 것임을 언뜻 생각하였다.

나오는 줄 모르게 나오는 '히히!' 소리는, 얼른 말하면 "조화가 또 한번 기막힌 재주를 여기다가 부렸구나."하는 표상적 감탄사이다. 보고는 '히히!' 또 보고는 '히히!' 하였다. 꼭 그대로 그리지 못할 아름다운 모양이 열 개, 백 개뿐 아니겠지만, 다른 무엇보다도 가장 강렬한 의미로 어떠한 화필, 어떠한 문장의 수식으로도 그 형신(形神)의 만의 하나도 방불케 할 수가 없을 것이다.

이 채벽에 붓을 대려 한들 저러한 선, 저러한 채색이 있어야지! 이녕(李寧)[9]을 불러와도, 형호(荊浩)[10]를 데려와도, 코로(Corot)[11]를 모셔 와도, 다 하나같이 머리를 싸매고 도망할 수밖에 없을 것이다. 영산회(靈山會)의 부처님처럼 "묘하군!"하는 모호하기 이를 데 없는 한 마디로나 그 실상을 비슷하게 들추어낼지! 마음 깊이 깨닫기는

---

7 교양이 있고 마음이 넓으며 온화하다는 뜻이다.
8 마음이나 태도 따위가 화락하고 조용하다는 뜻이다.
9 고려 중기의 화가. 인종과 의종의 총애를 받고 내각의 그림에 관한 일은 모두 주재했다. 인종 때 추밀사 이자덕(李資德)을 따라 송나라에 갔을 때 송나라 휘제의 부탁으로 「예성강도」를 그려 바치니 휘제의 찬탄과 아울러 후히 상을 받았다.
10 중국 당말 오대의 화가로 자는 호연(浩然), 하남 심수(心水) 출신이다. 학문이 있고 문장도 뛰어났으나 난세를 피해 관도에 오르지 않고, 태행산의 홍곡에 은퇴하여 홍곡자(洪谷子)라 호하였다. 운림산수(雲林山水)와 수석도(樹石圖)를 특기로 한다.
11 장 밥티스트 카미유 코로(Jean – Baptiste – Camille Corot, 1796~1875)는 프랑스의 화가. 파리에서 출생하고 사망했는데, 1825년부터 이탈리아를 비롯한 각지를 여행하며 풍경화를 많이 그렸다.

하여도 입으로 설명치 못할 경치를 만나기가 금강산 다음에는 여기라 하겠다.

적벽이라 하기에 벌건 석벽이 물가에 우뚝 솟은 하나의 경치로만 여기고, 억지로 상상한다 하여야 장단(長湍)의 그것, 고성(高城)의 그것에 서로 견주어 보거나, 그밖의 것으로는 「적벽부(赤壁賦)」란 글에서만 갸륵한 황주(黃州)의 그것을 견주어 대조하였더니, 아니야! 아니야! 적벽이란 이름 때문에 그것들하고 연상당하는 그만큼이 모두 이곳 채벽의 손실 또 불행이었다.

어느 망녕스러운 모화광(慕華狂)의 장난에 옹성산(甕城山)[12]이 적벽산 되고, 달천이 적벽강 되고, 이 천국(天國) 병장(屛障)의 표본이라 할 것이 꺼치꺼치한 적벽이란 이름을 무릅쓰게 되었는지 모르거니와, 처음 이 이름을 지어서 부른 이는 시내암(施耐菴)[13]과 동과(同科)로, 삼대(三代)쯤 벙어리의 과보(果報)는 면하지 못하였을 것이다. 적당한 이름을 얻기까지는 아직 앞다리로 차라리 '채벽(彩壁)'이라고나 부르기로 하자!

살펴보니 아까 저기서 보던 뒤섞인 산과 기이한 절벽이 다른 것이 아니라 곧 이것인데, 주문 이상의 어여쁜 물과 기대 이상의 아름다운 모래밭을 끼고 있음에, "그러면 그렇지!" 소리가 절로 난다.

대강 말할진대, 이 채벽은 원체 비범하게 된 옹성산의 한 서쪽 기슭이 달천에 무질려서 끊어진 언덕이 천 척(尺)이 되자, 그 기상 천외의 광채 찬란한 산골(山骨)을 가로질러 비범한 가운데 더욱 비범하고 미묘한 모습을 이룬 것이니, 높이 수백 척 넓이 수백 보 되는 하나의 둥근 언덕(圜丘)이 물에 비친 그림자와 아울러 둥그렇게

---

12 옹성산은 동복현의 치소 북쪽 15리에 있다. 산에 세 개의 바위가 있어 모양이 독과 같이 우뚝 서 있기 때문에 이렇게 이름 지었다(『신증동국여지승람』 권40, 전라도 동복현 산천조).

13 『수호전』을 편찬했다고 전해지는 인물이다.

보이는 것이다.

또한 이 근처 암석의 공통되는 성질로 얇은 격지가 차곡차곡 쌓여서 마치 별품(別品) 특제(特製)의 각장지(角張紙)를 억천만 장(丈) 겹쳐 놓고 잘 드는 칼로 용하게 도련을 친 것 같은데, 돌의 색은 붉음이 위주로되 흰 것 잿빛 검은 것이 섞이고, 그 위에 붉은 이끼 푸른 이끼가 임금이 되어 기수 작용(氣水作用)으로 말미암은 갖가지 색의 이끼가 변화자재(變化自在)한 문장을 그려서, 매우 많은 이끼가 조화롭게 연주하는 일대(一大) 무성악(無聲樂)을 배포하여 놓은 것이다.

물론 그 암석이 쪼개져서 갈라지는 모습·제주선(製走線)이란다든지, 이끼 얼룩의 주태(主態)·밀도(密度)란다든지가 균제(均齊)와 해화(諧和)를 잃지 아니하는 중에, 종횡 무한한 변화를 발휘하여 생긴 그대로에서 솟아나오는 미관(美觀)·묘감(妙感)만 하여도 이미 필설로 시비곡직을 가려 그 가부를 헤아릴 수가 없다.

암벽 일면(一面)에도 형편이 허락하는 대로 갖가지의 풀과 나무가 성대하고 어지럽게 자라나 있을 뿐 아니라, 전체의 등마루에는 늙은 나무 오래된 가지가 밋밋하게 자란 가늘고 긴 대, 아름다운 초목이 얽히고 설킨 대로 유치 그윽한 경치가 서리서리한 사이에, 송골매인지 학인지는 모르나 심상한 것도 이상하여 보이는 신선 세계의 새가 깃들어 눈 날리는 듯한 날개와 구슬 구르는 듯한 소리가 끊일 새 없이 보이고 들리고 하며, 이마 위에는 빼어난 멧부리가 번개(幡盖)를 둘러 꽂고, 발 앞에는 맑은 물과 깨끗한 모래가 거울이 되어서는 아리따운 얼굴을 비추고, 문지방이 되어서는 티 묻은 발을 들이지 아니하여, 원근 육방(六方)의 환경이 어느 것 하나 범연(泛然)한 것이 없으니, 석벽 하나 태흔(苔痕) 하나를 가지고 말할 것 아니라, 채벽이 기절(奇絶) 가절(佳絶)한 것은 유리 항아리에 금붕어를 넣은 셈으로, 주객(主客) 피육(皮肉)이 쩍 들어맞게 생겼음에 있다.

경치 좋은 땅에 이름난 동산을 꾸미고, 단청을 한 누각에 주렴을 걸고, 칠보 단장한 절세미인이 꽃을 비기고 달을 바라보며, 잔지러지는 옥퉁소 한 박자를 희롱하는 것이 채벽의 인상이다. 미인만 해도 정신과 넋이 아릿아릿하겠는데, 뼈가 속까지 흐물흐물하여질 조건이 하나도 빠진 것이 없다.

괴석(怪石) 맷돌 한 덩어리 밑으로 뜨물 찌꺼기 같은 물이 흘러가는 저 황주의 적벽 — 그나마 "배는 천리에 달하고, 깃발은 하늘을 덮었고"이니 "강가에서 술을 거르고, 창을 옆에 두고 시를 지었죠."[14]니 하는 사실하고는 풍마우(風馬牛)[15]의 관계이다.

이름만 우연히 일치된 거짓 글자 적벽(赤壁)도, 소동파라는 붓끝 빠는 아이 하나를 만나서 '야래팔만사천게(夜來八萬四千偈)'[16]를 구현하여 전개(全開)하는 연설단이 되었건만, 거기다 대면 기와와 자갈에 야광주 같은 우리 채벽은 얼마나 사람을 만났는가? 얼마나 지우(知遇)[17]를 받았는가?

그 흐리터분한 이름이 근경(近境)에나 들리면 들렸지, 아직까지 전국적으로 뛰어난 경치 노릇도 못함을 생각하면, 채벽을 위하여 딱하다 하는 것보다, 백배나 천배나 그 임자 되신 양반을 딱하다

14 소식의 「적벽부」에 나오는 구절이다.
15 바람난 말이나 소란 뜻이다. "風馬牛不相及"이 원문이다. 발정기의 짐승은 몇십 리 밖에까지 서로 찾아다니게 되는데, 암내 난 말이나 소가 서로 오고 갈 수 없다는 것이 이 말의 뜻이다. 사람은 물론이고 암내 난 마소까지도 서로 오고 가는 일이 없다는 뜻에서, 떨어져 있다, 전연 상관이 없다는 뜻으로 쓰인다.
16 이는 소동파의 「오도성(悟道頌)」의 한 구절이다. 전문은 다음과 같다. "溪聲便是廣長舌 山色豈非淸淨身 夜來八萬四千偈 他日如何擧似人(개울 물소리는 곧 장광설이요, 산빛이 어찌 청정한 몸이 아니겠는가, 어젯밤 다가온 무량한 이 소식을, 뒷날 사람들에게 어떻게 가르쳐주리)".
17 남이 자신의 인격이나 재능을 알고 잘 대우하는 것을 말한다.

딱하다 또 딱하다고 아니치 못하겠다.

알고 모르는 것이 채벽 제 가치에야 무슨 상관이 있으랴만, 옷 속의 보배로운 구슬을 인식하지 못하고, 싸이거나 가려져 있던 것을 열어 드러내지 못함은, 결코 옷 임자의 현명한 증거가 될 것 아니다. 소동파란 샌님이 고려에는 서책을 수출시키지 말자 한 것이 꼭 무슨 이유인지는 모르거니와, 저 채벽에서처럼 가지고 알아보지 못할 것을 구태여 객쩍은 일 할 것이 없다는 생각이 아니었다면 다행 다행이다.

이것 — 이 채벽을 가지고 구태여 되지 않은 적벽의 뒷 먼지를 밟을 양으로, "임술년 가을 칠월 열엿새 날"이라 하여 "적벽의 아래에 배를 띄우니"[18]하는 통에 수년 전에 여기서만 하여도 남의 집 귀한 자식 하나만 깨었다 함은 참 어림없는 희생이 아니냐? 불쌍하면서 우스운 일이다.

참말이지 참말이지 속인들의 적벽이라는 이 채벽이야말로, 좀 더 소문이 높아야 할 것! 아주 훨쩍 들추어도 관계치 않을 절경임을 두 번 세 번 말하고 싶다. 위는 붉은 빛이 승하고, 중간은 여러 가지 빛이 나고, 아래는 푸른 빛이 승하여, 순창의 오색지(五色紙)를 길길이 장인 듯한 저 더미가, 혹시나 천고의 신비를 장부에 적은 조화(造化)의 귀중한 편지는 아니신지.

가진물 길맞추어 그득쌓은 하늘종이
조화의 깊은뜻이 거기분명 적혔건만
들추어 밝히실이가 그뉘실까 하노라

---

18 소동파의 「전적벽부」에 나오는 첫 문장이다. "임술년 가을 칠월 열엿새 날, 나 소식은 객과 함께 적벽의 아래에 배를 띄우니."

비단에 꽂엱임울 말로얼핏 들엱더니
지는해에 쏘인님은 그위에또 불구슬을
가깝자 멀리서옵세 불붙을까 하노라

어쩌다 생긴애기 곱도록 다스리사
고은뫼로 울을하고 맑은시내 거울댐은
홑겹만 어여쁠가를 저흐신가 하노라

저님의 고우심이 얼울빛만 아니로다
살살히 깊히든맛 알아볼이 없으시매
물에뜬 제그림자를 혼자느껴 보서라

푸른솔 검은바위 흰모래 누른새가
엷고짙은 제빛대로 유난히 뚜렷한데
뛰처나 우리님만은 딴배포가 돼서라

주름살 잡힐수록 헌데가 나을수록
그대로 아름다움 새암솟는 님의나체
성적은 뉘시키신고 제지는일 없더라

　　조각과 격지는 자꾸 떨어지지만, 새로 생긴 그 자국이 그대로 볼
치 있게 되는 것을 끝 수에 읊은 것이다.
　　강변 백사장에 백일홍 몇 나무와 반송 한 그루가 서고, 조금 물
러 나와서 조그만 정자 하나가 있어, '망미정(望美亭)'이라 편액을
걸고, 미간(楣間)에는

잇닿은 봉우리들 푸른 하늘 치솟고

그 아래 쪽빛 물결 한 줄기 감아도네

깎아지른 험한 바위 귀신 모습 영락없고

맺혀 서린 산안개 구름 연기 흡사하이

소나무 전나무들 못속에 다 비치었고

해와 달은 그야말로 돌 위에 매달린 듯

높은 비탈 저 위에 둥지 튼 학 있다 하니

깊은 밤 잠자리에 깃옷 신선 꿈을 꾸리[19]

이라 한 농암(農巖) 김창협의 원운(原韻)과 여기 보화(步和)한 허다한 걸작 졸작이 즐비하게 걸려 있다. 또 따로

창랑 주인에게 주다

송강

갓끈 씻고 발 씻는 이 누구더냐

수탁(水濁)·수청(水淸)이 바로 그대로세.

주인이 추축하여 형용키 어려운 곳에

둥그레(한 바퀴) 밝은 달이 가시문을 가리었나니.

창랑

창랑(滄浪)은 청탁 맑음을 스스로 취하고

독락(獨樂)은 성군에 의지함을 비방함이 없네

꽃이 지고 피는 것을 사람들이 묻지 못하니

산 앞의 풍우(風雨)가 문을 침범했을가 두려워함이네

19 농암(農巖) 김창협(金昌協; 1651~1708)의 「적벽」이다. 1677년 겨울, 작자가 영암에서 부친을 뵙고 귀향하는 길에 적벽에 들러 지은 것이다.

이라 한 현판이 있음은, 아마도 반드시 창랑정(滄浪亭)[20]이 뜯기어 여기 합설(合設)된 유물일 것이다. 『대동지지』에는 창랑정과 함께 환학정(喚鶴亭)이란 것이 적벽 서쪽 언덕에 있음을 적고, 망미(望美)의 이름은 보이지 아니한즉, 대개 환학(喚鶴)을 대신하고 창랑(滄浪)을 어우른 것이 시방 망미정(望美亭)인 모양이다.

하늘 저 한끝[21]의 그 미인은 뉘시든지 아랑곳할 것도 없거니와, 마구잡이로 해석하여서 채벽을 똑 알맞춰 바라다보는 이 정자에 '망미(望美)' 두 글자가 극히 타당하다는 생각이 난다. 볼수록 신기하여, 아무리 조화기로 어떻게 목청을 쓰면 저러한 절조(絶調)가 나오는가 하였다.

원근을 따르고 사측(斜側)을 따르고, 또 광선의 변이(變移)를 따라서, 연방 서로 사이좋은 얼굴색이 그 아름다움을 갈마들여 발보인다. 마치 강조의 채색으로써 드러낸 고조(高調)의 음정을 빠른 속도의 필름으로 촬영하여 전속력으로 영사(映寫)하는 것 같은, 변화 활동의 대난무(大亂舞)이다.

가만히 보매, 중턱에 '적벽동천(赤壁洞天)'이라고 새긴 것이 있으니, 어느 잔나비 같은 어른의 짓인지 보기만 하여도 다리가 자릿거리며, 못 가운데에 갈매기 같이 된 돌이 하나 솟아 있음은 무슨 실없는 장난인지, 조화란 이도 가다가 꽤 객기를 내는 이임을 알겠다.

푸드덕 소리와 함께 물오리가 댓 마리 날아와서 둥실둥실 헤엄치는 것을 보고, 일어나는 줄 모르게 얼른 일어나 다시 물가로 나

20 『대동지지』 동복현 누정조에는 창랑정이 북쪽으로 10리에 있다고 하였다. 창랑정은 정암수(丁巖壽)에 의해 지어졌다. 정암수(1534~미상)는 조선 중기의 문장가로, 자는 응룡(應龍)이고, 호는 창랑(滄浪)이다. 본관은 나주이며, 전라도 동복현에서 출생하였다. 고향에 창랑정을 짓고 정철 등 여러 문인과 교유하였다. 창랑정 앞 바위에 '청정재(淸淨齋)'라고 새겼는데 이는 송시열이 정자의 이름을 청정재로 바꿔주었기 때문이다.

21 원문은 "天一方"으로, 소식의 「적벽부」에 나오는 표현이다.

아가서 이리 보고 저리 보았다. 찬양하는 말씀이라도 한 마디 드리려 하나 적절한 구절을 찾지 못하여, 곧 간지러운 증, 가려운 증이 나다가, 문득 "알뜰아!" 소리가 목으로부터 튀어나왔다. 소리가 나기 무섭게 채벽의 메아리가 또한 "알뜰아!" 한다. 부르는 대로 메알거림에서 재미가 나서, 듣고 싶어도 옮겨 주는 이 없던 말을 모조리 옮겨서 우리 알뜰이의 화응(和應)하는 그것을 들었다. 가만히 하는 소리도 늘어서 울려 줌이 확성기 이상이다.

> 손잡고 거닐어볼까 가슴대고 잠을 잘까
> 동백꽃 그늘에서 귓속말을 받고줄까
> 꿀같이 단입술부터 다혀봄이 어떠료

하매 저도 그렇다 하기로, 물가에 엎드려서 옥액(玉液)[22] 같은 물을 한 입 얼른 빨았다.

소 씨의 적벽(赤壁)은 맨 글치레뿐이라니까 말할 것도 없거니와, 전후 양부(兩賦)에 나오는 모든 요소를 시험하여 우리 채벽에서 찾아보건대, 구구절절이 글이 모자라지 경치는 오히려 남음을 깨닫는다. 억지로 부족한 것 하나를 찾는다 하면, "조각배가 가는 곳을 따라, 막막한 물결을 넘어"란 한 구절이 좀 '백발 삼천 장(白髮三千丈)'식으로나 맞음을 볼 따름이요, 그 대신 "표표히 세상에서 떨어져, 날개가 돋아 신선으로 올라가는 듯"이란 것이 여기서는 높이 오를 것, 멀리 생각할 것, 세상을 떠날 것, 날개가 돋을 것 없이 정자 위에 가만히 앉아 저 육신(肉身)이 신선이 되는 경계를 얻는 듯함과, "하늘 끝 미인을 기다리네"까지 할 것 없이 다음에 올 세상이 눈앞에 있는 그가 곧 아무 것하고 바꿀 수 없는 절대의 가인(佳人)

---

22 옥에서 나는 즙. 마시면 오래 산다고 하여 도가에서는 선약으로 친다.

임을 가지면, '한 척의 조각배' '드넓은 바다'가 도리어 군짓[23]이라고까지 하고 싶다.

작은 것은 큰 것을 겸할 수 없어도, 큰 것은 저절로 작은 것을 겸하는 법칙에 비추어, 석벽 미의 곳집인 우리 채벽에는 본디부터 저 적벽 구성의 모든 요소가 갖추어 있음일 따름이다. 홀가분하게 들쳐 업고 궁둥이를 뚜덕거리면서 어화둥둥을 부르지 못하는 것을 한스러워하고 있는데, 재촉하는 명령이 성화 같아서 춘향이 떨어지는 이도령 이상의 섭섭함으로 차마 못 뗄 발을 옮겼다. 그 비탈에 밭 가는 머슴과, 이 물가에 나물 씻는 각시들이, 다 전생에 큰 복을 닦고 온 사람들 같다. 건너편 산들도 행여 채벽의 기세가 눌려질 것을 염려하듯이, 쳐들던 고개들을 소곳소곳하는 것이 퍽 귀엽다.

연해 내려가면서 별본(別本) 채벽(彩壁) — 적벽(赤壁) 창벽(蒼壁)이 다른 정미(情味)로써 섭섭히 손을 위로함이 그지없이 탐탐하다. 돌아다보는 채벽은 바로 보는 그것보다 더한 딴 재미가 있다. 금으로 만든 연꽃도 같고, 초록빛 모란도 같고, 갑옷을 갖춰 입은 장군이 단에 오른 것도 같은 옹성(甕城)의 여러 봉우리들이, 이쪽에 와서 어떻게 더 아름다운 미목(眉目)으로 아양을 부리는 교태를 다하였는지 다만 꿀딱 집어삼키고 싶을 뿐이다.

석옹(石甕)에, 석주(石柱)에, 만경대(萬景臺)에, 몽선암(夢仙菴)에, 경승이 한둘뿐 아니어서 옹성산이 여러 가지로 사람을 끌지만, 양 귀비하고 갓 떨어진 당명황(唐明皇)이 하찮은 물어미를 찾을 리 없을 것 같아서, 채벽에 대한 정조를 위하여 이 근처에서는 다른 명승지 찾기를 다 젖히기로 하다.

포구 같이 된 보산리(寶山里) 앞에서 읍내 가는 노두를 건넜다. 노

---

23 아니하여도 좋은 쓸데없는 짓을 말한다.

아의 방주를 연상케 하는 대바위의 네모진 궤짝 모양의 적벽(赤壁)도 눈을 끌지 아니하며, 조루치(鳥樓峙)이고 옹암(甕巖)이고 모후산(母后山)을 멀리에서 바라보는 경치이고, 채벽이 그득한 눈에는 도무지 보고 즐길 여유가 있지 아니하다. 다만 길 왼쪽에 멀리 보이는 고탑(古塔) 오층이 얼마만큼 궁금증을 자아내건만, 날이 이미 컴컴하기로 한 걸음이라도 빨리하여, 이제 고을은 폐지되어 버린 동복(同福) 읍내를 들어갔다.

무등산 이쪽으로는 한참 선돌을 보지 못하겠더니, 여기서 다시 개울을 사이에 두고 선돌과 신목(神木)이 양쪽 방향에서 바라다보는 당산을 보았다. 좀 깨끗한 것을 골랐다는 주막도 어찌 더럽고 협소한지 무릎 들여놓기가 아까운데, 그 건너에는 고래등 같은 기와집이 하나의 담 안에 8~9 용마루나 보기 좋게 엇갈려 있다.

심 춘 순 례

조선 불교의
완성지, 조계산

23. 모악산 안의 유마사

14일. 주막 주인이 "키는 작지요만 노래를 잘 하니 소견 겸하여 이 애를 데리고 가시오."하는 꼬마동이 어른을 안내인 삼아 떠났다. "이리저리 갈 터인데 길을 잘 알겠느냐?"하니, "염려 말라." 한다.

『여지승람』을 보면, "고을의 아전이던 오대승(吳大陞)이 관청 길의 남쪽에 석등 48개를 조각하여 세우고, 매일 밤 등에 불을 붙이고 하늘에 절하여, 그 내외 자손이 줄 닿아 정승에 올랐는데, 후에 관문(官門) 밖에 대(臺)를 쌓고 보존하였다."[1] 하였기로, 면사무소가 된 구 관가(官家)를 찾아서 안팎을 더듬어 찾았으나, 하나도 볼 수 없었다.

하늘에 절한다는 것과 등에 불을 밝힌다는 것과 또 그 수가 48개라는 점 등은 고신앙의 재미있는 사실을 드러낸 것이다. 저 태봉 및 고려 일대의 팔관회와 그 연등이 반드시 불교적 원인과 유래를

---

1 김상보(金尙保)의 기(記)에, "옛날 현리 오대승(吳大陞)이 관도(官道) 남쪽에 석등 48개를 만들어 밤마다 불을 켜놓고 하늘에 절하더니 그 내외의 자손들이 모두 출세하고 계속하여 재상에 올랐다. 내가 그 말을 듣고 드디어 가서 보니 그 석등이 아직도 남아 있다. 그러나 세월이 오래 되어 풀 속에 묻혀 있기에 곧 사람을 시켜 이것을 수리하고 대를 쌓아 오씨 선세(先世)의 사적을 표했다." 하였다(『신증동국여지승람』 권40, 전라도 동복현 고적조 석등).

가진 것이 아님을 증명할 실마리가 되는 동시에, 시방 일본 신사(神社) 앞에 수없이 석등을 벌이는 내력을 어렴풋이 생각하여 헤아리도록 하는 중요한 재료지만, 어디로 가서 어떻게 되었는지 그 끝을 아는 이도 없었다.

오씨는 동복에서 토착한 뿌리가 오래된 대성(大姓)으로, 옛부터 부와 권력을 독점하여 시방까지도 동복 기왓골을 덮은 집이란 것은 통틀어 모두 오씨네의 집이다. 우리가 묵었던 집의 건너 집 같은 곳은 만석군 이름을 듣는 처지이며, 또 바로 옛 동헌을 누르는 높은 위치에 동헌 할아비처럼 큰 집을 짓고 솟을대문을 높이 단 것도 그네 중의 한 집이었다.

그러나 그네들 중에 자기 일문(一門)의 창성이 대승이라는 경건한 조상에게 감격하신 하늘의 도움임을 생각하여, 이에 은혜를 갚고 사례할 성의를 갖는 이가 몇이나 되는지! 이 석등조차 잘 보존하지 못하였거나, 또 혹 고의로 남의 눈에 뜨이지 아니하게 하였는지도 모르겠음을 생각하여, 그 선조가 남긴 뜻을 끊지 않고 이어감이니, 갸륵하지 못함을 짐작할 듯하다. 관가로서 옛 공해(公廨)인 듯한 우체국 · 경찰서 등의 뜰에는 매화나무 · 은행나무 · 앵두나무 등이 꽤 부지런히 봄철의 단장을 차려서 무르녹은 향기가 사람을 엄습한다.

알봉수 향도꾼은 노래는 어떻게 하는지 모르지만, 한낮에도 길에는 서툴러서, 여러 번 속은 뒤에는 우리가 향도가 되어 그를 끌어가기로 하였다. 역말을 지나 중천(中川)에서 산길로 들어서서, 밀양에서 왼쪽 길을 좇아 '가막재'에서는 무등산을 돌아다보고, 도마재에서는 조계산을 내려다보았다. '저 건너 갈미봉'이라도 부르라고 하나, 혼자 떨어져서는 곧잘 빼되, 가까이에서는 입도 벙긋하기를 어려워하는 졸보시다. 물건도 시원치 못하고 덤도 없는 것을 비싸게 산 셈이다.

627년(무왕 28)에 중국에서 건너온 유마운과 그의 딸 보안이 창건하였다고 전한다. 고려 시
대에도 승려들의 수행 도량으로 이용되었다. 조선 시대 들어 여러 차례 중수하였으나, 6·25
전쟁 때 모두 소실되었다. 최근 재건하여 오늘에 이르고 있다

　이렁저렁 산길 20리를 걸어 유마리(維摩里)에서 북으로 꺾어서
모후산(母后山)의 명찰인 유마사(維摩寺)에 당도하였다. 동구의 개울
에 커다란 자연석 한 장으로 놓은 다리가 자못 세속을 떠난 담담한
맛과 그림 같은 정취를 내었다.

　여러 개 선돌을 지나서 일각 대문으로 들어가니, 그리 작지 아니
한 대웅전이 오히려 예전 절의 품격을 이야기한다. 찾아도 사람이
없어 빈 절인가 의심나는데, 뜰 앞뒤의 여러 그루 늙은 매화나무가
대리 주인처럼 나를 정성껏 대접하여, 퍼부은 꽃과 끼얹는 냄새로
가까이 가기가 무섭게 때 묻은 몸과 티끌 젖은 창자를 깨끗이 씻어
준다. 늙은 버드나무 밋밋하게 자란 가늘고 긴 대의 사이를 재미있
게 점철한 크고 작은 괴석이 또한 볼만한 큰 공양이다.

　간신히 밭에서 사미(沙彌) 하나를 찾아서 주지가 어디 갔는지를 물으나, 대답이 심히 모호하므로 간죽하수(看竹何須)[2]라 하여 점심을 강제로 청하여 먹고 산문(山門)을 나섰다.

유마사는 로맨틱한 연기담을 가짐으로써, 변산의 월명암(月明菴)과 하나의 좋은 짝을 짓는 곳이다. 전하여 이르되, 당나라 정관(貞觀) 중에 유마운(維摩雲)이라고 하는 한 고관(高官)이 그의 친구 아무개의 죽음을 가서 조문할 때, 불법을 정밀히 연구한 그의 작은 딸 보안(普安)이 뒤를 좇아갔다. 빈소 옆에 가니 문득 하나의 큰 뱀이 널 안으로부터 나와서 궤연에 서리거늘 운이 크게 놀랐다.

보안이 고하기를 "이는 아무개의 탐욕에 대한 보답이니, 대인(大人)은 오히려 이보다 심한 것이 있어 걱정입니다."하고, 인하여 그 부친을 발심(發心)케 하여 소림굴 달마 대사에게 가서 청법(聽法)케 한 후, 해동(海東)이 인연이 있는 국토라 하여 운의 부녀와 달마 세 사람이 드디어 동으로 와 달마는 낭주(朗州)의 시방 달마산(達磨山)에 머물러 살고, 부녀는 다시 전진하여 나복산(蘿蔔山), 곧 시방 모후산에 와서 장막을 짓고 수도할 때 죽기(竹器)를 만들어 자생(資生)을 하였다.

이때, 이 산에는 응일(應一)이라는 승려가 하나의 절을 맡아서 주지로 있었는데, 보안이 물건을 팔러 가면 사기도 잘하고 값도 후하게 주어 그녀의 환심을 사기에 급급하다가, 한번은 실상대로 흉중을 토로함으로써 연민을 구하였다. 보안이 "내 몸은 천하거니와 그대의 수행을 위하여 좇기 어렵다."하여 굳이 사양하다가, 마침내

2 『세설(世說)』간오(簡傲)에 "혜강(嵇康)이 여안(呂安)과 더불어 좋게 지내는 사이여서 서로 생각이 날 때면 천리 길을 멀다 하지 않고 방문하였다. 뒤에 여안이 찾아오자, 혜강은 때마침 집안에 없고 그의 형 희(喜)가 문을 열고 나가 맞았는데, 여안은 들어오지 아니하고 문 위에 봉(鳳)자를 써놓고 가니, 희는 깨닫지 못하고 오히려 기쁘게 여겼다. 일부러 봉자를 쓴 것은 봉이 범조(凡鳥)인 때문이다."라 하였다. 당나라 사람 시에 "入門不敢題鳳字 看竹何須問主人"라는 구절이 보인다.

억지로 그 청을 듣기로 하였다. "법당이 조용하겠다." 하여 끌고 들어가서 "맨 바닥은 더러우니 저 관음 탱화를 벗겨 내리라." 하매, 응일이 아무리 치욕(痴慾)에 눈이 어두울망정 너무도 송구하여 얼마쯤 주저하다가 어쩔 수 없이 끄집어 내렸다.

보안이 또 "정면으로 펴라." 하매, 응일이 아무리 무엇한들 불상 위에서 더러운 짓을 어찌 하겠느냐 하더니, 이때 보안의 신변에서 자금색(紫金色) 빛이 환하게 빛나면서, "화관음(畫觀音)은 더럽히지 못할 줄 알되, 생신관음(生身觀音)은 무서워할 줄 모르느냐."하는 소리가 나고 인하여 간곳이 없으며, 다만 공중으로부터 "마음도 그렇듯이 경계도 그러하여, 진실도 없고 허망함도 없다.[3]라 하는 게음(偈音)이 들렸다. 응일이 이에 꿈에서 깬 듯하게, 남자도 없고 여자도 없고, 스님도 없고 속세도 없는 이치를 깨치고, 보안의 부친 운과 함께 이곳에 60여 방(坊) 대가람을 창건하여 드디어 호남의 제일승지(第一勝地)를 이루었다 운운하는 것이다.

월명이나 보안의 이야기가 대개는 『전등록(傳燈錄)』에도 나오는 방거사(龐居士)의 딸 월상(月上) 같은 이를 밑그림으로 하여 생긴 것일지니, 본디부터 종작 있는 것 아니요, 만일 이 가운데 사실의 투영이 있다 하면, "유마사가 고찰로 전성기 때에는 60여 방을 가졌더니라."하는 한 토막일 뿐일 것이다.

멀리서는 웅장하고 빼어나 보이기만 하던 모후산도, 가까이 와서 보매 또한 연약하고 아름다워 자못 사랑스러운 동천(洞天)이다. 고려 어느 왕이 난을 이 산에서 피하고 그 안온함이 간난아이가 어머니의 품에 있음과 같다 하여 나복(蘿葍)이란 옛 이름을 모후(母后)라고 개칭하였다는 전설은 물론 근거가 없는 하나의 부회(附會)이겠지만, 이 산이 무등산 이쪽의 가장 큰 것으로, 허다한 촌려(村閭)

---

3 중국 양주 방온 거사 선시의 일부이다.

와 도량(道場)을 싸서 보호하여 주기를 자모(慈母)와 같이 함은 사실이다.

다만 그 명호(名號)의 원인과 이유로 말하면, 동복(同福)이란 군명의 원형인 '두부지(豆夫只)'와 또 그 전화형(轉化形)인 '나복(蘿葍)'에 그 증거가 될 만한 자취가 약간 남아 있는 것처럼, 그 고명(古名)에는 또한 '붉'계의 일컫는 이름이 있던 것으로, 전자(轉滋)하여 드디어 '모후(母后)'의 글자를 씌우게 됨일 것이다.

신산(神山)이 곧 모산(母山)임은 성모 신앙(聖母信仰)으로서 생긴 자연스런 이치일 것이니, 그 현저한 유례는 세속에 지리산을 '어머니산'이라 하는 것과, 고래의 신산이 다른 곳에서도 많이 모악(母岳)의 칭을 띤데서 볼 것이다. 이 산에서 나오는 시내를 '검천(檢川)'이라 함에서도 그것이 일방의 신산이었음을 징험할 것이며, 오씨네가 석등을 베풀어 '배천(拜天)'에 부지런하였음도 향토적 무슨 원인과 이유를 가짐이 아닌지 모를 것이다.

산정 가까이 호미로 일구어 놓은 것은 근년에 다시 시작한 삼포(蔘圃)이니, 본디 금종(錦種)보다도 훨씬 낮게 치던 '복삼(福蔘)'이 횡포한 침어(侵漁)를 이기지 못하여 자연히 폐하여 끊어진지 오래더니, 수삼 년 전에 이르러 송도인(松都人)의 손에 다시 경영하게 된 것이라 한다. 성적도 꽤 할 만하다 한즉, 몇 해 아니하여 그 부활한 종자가 시장을 들레일⁴ 것이다.

이마를 다미어서 밭을 갈린 '어이'뫼의
사랑에 걸운 '심'이 하신보람 어서나사
병들고 간여린 '애기' 다시없어 지소서

---

4 '들레이다'는 '어떤 감격과 흥분으로 가슴이 들썩거리고 고동치다'는 뜻으로 '들레다'와 비슷한 말. 북한에서 사용되고 있다.

'심'은 삼(蔘)의 국어 원형이다. 유마사로부터 송광사로 가자면 모후산의 남쪽 허구리인 '말거리재'를 넘는데, 오르기를 5리, 내려 가기를 10리, 꽤 지리한 고갯길이다. 이 길 옆의 어느 술집에 '매춘 헌(賣春軒)'이란 횡축(橫軸)[5]을 붙인 것이 옥호매춘(玉壺買春)[6]을 생략 하고 또 오기한 것이러니 하고 보아도, 까닭 없는 웃음이 나고 또 남을 누를 수 없다. 당당(當當)이 부당(不當)이란 이런 것인가 하기 도 하였다.

'모실'[后谷], 무슨 '실' 하는 동네의 마을 입구에 하나 혹 둘씩 장 대를 세우고, 그 위에는 나무로 조각한 새 모습을 얹은 것은, '액막 이'로 세우는 솟대라 한다. 필연 소도(蘇塗) 즉 솟대의 유물일 것이 다. 한실[大谷]로 가야 바를 것을 그릇 '차독박이재'를 넘어 얼마를 돌고, 한참 만에야 적벽강의 하류인 낙수(洛水)로 나섰다.

산골로부터 나오는 시내에는 가시네 각시네들이 무릎 위까지 다 리를 걷고 들어서서, 대사리·밋글이 등을 줍기에 바빠한다. 재빠 른 이는 이미 종다래끼(작은 바구니)를 칠분(七分)이나 처뜨렸다. 낙 수는 역(驛)이던 전날의 성황은 없어도, 오히려 100여 호의 큰 마 을로 학교 공서(公署)도 있고 창고도 있었다. 봄날의 노곤함은 물도 용서하지 않는 듯하여, 잔잔한 물결에서는 하품이 금새 날 것 같다. 누른 것은 개나리, 붉은 것은 진달래, 이른 봄을 꾸미는 노리개는 아름다운 산수를 더욱 아름답게 하였다. 선탄(禪坦)[7]의 "정이 많은

---

5 가로로 걸도록 길게 꾸민 족자를 가리킨다.
6 당나라 말의 시인인 사공도의 대표적 시 작품인 24시품(詩品) 가운데 「전아 (典雅)」의 첫 구절이다. 「전아」의 전문은 다음과 같다. "옥 호리병에 봄을 사 들고, 내리는 비를 띠집에서 바라보네. 자리에는 좋은 선비들, 좌우로는 곧게 뻗은 대나무들. 흰 구름 더불어 갓 갠 하늘, 숲 속의 새 서로 쫓는다. 녹음 속 거문고 소리에 조는데, 저 위로 나는 듯 떨어지는 폭포도 있다. 꽃은 말 없이 지고, 사람은 담담하기 국화 같다. 한 해의 아름다운 이 풍경을 글로 쓴다면, 읽을 만하다고 말들 하리라."
7 고려 말기의 승려. 호는 환옹(幻翁). 시를 잘 지었으며, 거문고 연주에도 일가

나비는 꽃밭으로 숨고, 뜻이 있는 원앙은 물을 박차고 나네.”라 한
것은 시방도 예와 같다.

> 돌아서 못오나니 물아네가 바빠마라
> 네등에 실린봄빛 흘러아니 나려가랴
> 우리도 그짐작하여 느럭느럭 예옵네

　솔가리로 기다랗게 놓았던 다리는 허리가 부러져서 한참 접골
수술을 하는 중이요, 배는 겨드랑이에 종기가 나서 절개하기 위하
여 조금 전부터 육상(陸上)으로 올려다 놓고 여러 사람이 덤벼서 뚜
닥뚜닥한다. 옹이에도 마디이매 좀 차기는 하지만, 저 아래 옅은 데
를 가려서 도보로 물을 건너기를 시험하였다.

> 삼신산(三神山) 어느골에 황정(黃精)[8] 가장 살이진고
> 떼지은 적각선(赤脚仙)[9]이 약수(弱水)에 절벅이네
> 인간에 때묻은발을 안씻을길 없어라

견이 있었다. 특히 사대부들과의 교류가 많았으며, 이제현(李齊賢)과는 각별
한 사이였다. 저술로는 권수 미상의 『해동역선탁시집(海東釋禪坦詩集)』이 있
었다 하나 현존하지 않는다. 다만, 『동문선』 권94에 강석덕(姜碩德)이 찬한
시집의 서(序)가 수록되어 있으며, 시 5수가 전해지고 있다.

8 죽대의 뿌리를 한방에서 이르는 말로, 몸이 허약하고 기운이 없으며 여위는
　데 보약으로 쓴다.
9 적각선인(赤脚仙人)의 준말로 인도의 한 학파에 속하며, 대공(大空)을 몸으
　로 삼아 나체로 만유(漫遊)하는 사람이라 한다.

24. 조선 불교의 완성지인 송광사

쓰러지고 미끄러지며 애를 쓰고 건너가서, 발도 말리기 겸하여 지정거리는[1] 동안에, 다리의 일부 수리가 이루어져서 통행이 시작된다. 꼭 우리 올 때에는 막히고, 막 우리가 건너니까 터지는 것이, 마치 운명이 일행상(一行相)을 엿보이는 것 같다.

신평(新坪)을 지나 한 모퉁이를 도니, '외금(外禁) 장승'이 대령하였다가 절이 멀지 아니함을 말없이 일러바친다. 여간 아닌 양반인 듯, 몸은 거의 썩었어도 댓자 나룻만은 여전하시다. 빽빽해지는 소나무 숲과 철철거리는 시냇물과 둥글뭉수레한 멧부리가, 듬직하고 진득하게 짜 놓은 동부(洞府)! 조계산(曹溪山)의 첫 인상은 드부룩함이었다. 무어라고 말할 수 없어도 푸근한 생각이 나는 장자(長者)집 집안 마당에 들어온 것 같다.

송광사의 사생아라 할 '외송(外松)'이란 동네에 다다르니, 다리 근처까지 와서 반기는 이는 전부터 안면이 있는 김해은(金海隱) 화상이었다. 그에게 송광 구경을 서로 약속한 지도 이미 15~16년이다. 저녁의 햇빛에 더욱 고색(古色)이 드러나는 일주문으로 하여, 오

---

1 곧장 내달아 가지 아니하고 한곳에서 조금 머뭇거린다는 뜻이다.

송광사 보조국사 감로탑
(전남 순천)
송광사 관음전 뒤뜰 언덕에 있
는 불일 보조국사 지눌(1158~
1210)의 감로탑이다.

래 그리워하던 송광사를 이제야 덥뻑 껴안았다.

송광사가 지금 조선에서 가장 유명한 불우(佛宇)의 하나임은 물론이거니와, 어떠한 의미로 말하면 유명한 중에서도 가장 큰 절이라고 할 수도 있을 것이다. 불교 전체 가운데, 만일 조선 불교라고 할 하나의 영역이 별도로 성립된다면, 그것은 물론 교종의 원효와 선종의 지눌(知訥)을 양 지주로 하는 통일원성저무상일승(統一圓成底無上一乘)인 점일지니, 이른바 불교 통일 운동의 가장 선구는 세계를 통틀어서 우리 원효이다. 원효로 말미암아 화회원융(和會圓融)이 된 이 이론을 가장 깊고 간절하고 독실하게 실행화한 이가 곧 보조 국사 지눌이란 어른이다.

조선 불교의 두뇌는 원효, 그 수족은 지눌로, 하나만 없어도 병신 중에 큰 병신일 것을, 이 두 분이 갖추어져 있기 때문에 지·해·행·증(知解行證)의 네 기둥 번듯한 조선 불교의 큰 지혜의 횃불이 능히 불교 전체에 일찍이 있지 아니했던 신광명을 비추게 되었다. 그런데 이 송광사는 고불(古佛)의 화현(化現)이 아닐 수 없는 그 지눌이, 조선 불교를 실천과 수행의 방면으로 완성하여 오래 불을 밝히고 어둠이 없도록 하여, 불교 전체를 보호하고 지키려 하던 횃불과 촛불 받침이던 곳이다. 이곳을 완성 공장으로 삼아서 불교라 하는 한 그릇이 만들어졌다고 할 수 있는 것이다.

오하(五河)[2]에서 씨가 품기고, 가야(伽倻)[3]에서 꽃을 피우고, 중국에서 열매가 열려서, 계귀(鷄貴)[4]에서 그릇이 되는데, 이 갸륵한 물건에 마지막 손 떨어진 곳이 이 송광이니라 하면, 송광이 어찌 작은 고을이라 할까 보냐!

지눌이란 사람만 하여도 크게 드러나게 될 송광이, 아울러 조선 불교의 완성지라는 큰 일터가 되었으니, 송광이야! 송광이야! 결코 승보찰(僧寶刹)로만 말할 곳이 아니다. 진여연기(眞如緣起)가 인도 불교의 정수리 끝인데, 나란타(那爛陀)가 그 근본 도량이요, 화엄 십현(華嚴十玄)이 중국 불교의 제일 꼭대기인데, 종남(終南)이 그 활수원두(活水源頭)라 할 것 같으면, 우리 송광은 실로 교선융섭(敎禪融攝)으로 불교 전체의 사리일치적(事理一致的) 완성을 고하게 한 조선 불교 내지 불교 전체의 궁극적인 큰 바다라 할 것이다.

지눌과 송광을 아울러서 이렇듯 중대한 의의와 지위를 불교사상에 가지는 줄을 아는 이, 생각하는 이, 그리하여 감격하여 분발하는 이, 그리하여 빛을 밝히며 은혜에 보답하며 회향(廻向)[5]하는 이가 이제 송광사에서 누구며 몇일까를 생각하고, 입을 한 번 꽉 다물었다. 구구한 승보찰(僧寶刹)을 큰 택호로 알고, 희미한 '십육국사(十六國師)'를 다시 없는 노리개로 자랑하려 함은, 오히려 옷 속의 보주(寶

---

2 오하(五河)는 인도 서북부 인더스강 유역의 펀잡(Punjab)을 지칭한다.

3 지금의 인도에 위치하고 있는 지역이다.

4 계귀(鷄貴)는 고대 인도 사람들이 부르던 한국의 호칭이다. 그들은 고구려 또는 고려를 '쿠쿠테스바라(Kukutesvara; 矩矩吒翳說羅)'라고 불렀다는 기록이 『남해기귀내법전(南海寄歸內法傳)』에 있다. 그런데 산스크리트의 '쿠쿠테'는 닭을 의미하고 '에스바라'는 귀(貴)를 뜻한다. 그들은 고구려 사람들이 계신(鷄神)을 숭상하여 닭의 깃을 머리에 꽂는 것으로 생각하고, 고구려를 계귀국이라 불렀다고 한다.

5 자기가 닦은 선근 공덕을 다른 중생이나 자기 자신에게 돌림. 중생 회향, 보리 회향, 실제 회향의 세 가지 또는 왕상 회향과 환상 회향의 두 가지로 나뉜다.

珠)를 모른다고 할 것이다.

　송광이 어이하여 거룩하냐 묻거들랑
　불교라는 큰 그릇을 거룩하게 부어낼제
　거룩한 '도간이'노릇 그가하다 일러라

　해는 없지만 우선 크고 넓게 전체를 바라보기라도 하려고, 치락대(鴟落臺: 한편으로는 眞樂臺라고도 한다)라는 뒷등에 올랐다. 보조 국사가 도량 터를 듣기도 하고 보기도 하며, 알아보거나 살필 때에, 무등산에서 신령스런 솔개를 날렸더니, 이 대에 와서 떨어졌으므로 치락(鴟落)이란 이름이 생겼다는 전설을 지니고 있는 곳이다.

　요즘 사람은 황당한 소리라 하여, 구태여 '진락(眞樂)'이라는 대신 사용하는 글자까지 마련한 모양이나, 우리의 생각에는 이 전설이야말로 '송광'의 옛 의미를 짐작하는 데 매우 유력한 버팀 기둥이 되는 것일까 한다.

　말할 것 같으면, '송광'은 '솔갱이'(수리 · 솔개의 이곳 방언)의 대자(對字)요, '솔갱이' 곧 '수리'는 다른 데서 '취(鷲)'이니 '선(仙)'이니 '소래(蘇來)'니 '수리(修利)'니 하는 등 고어(古語)의 변형으로 또한 신산(神山)의 하나의 표시어이던 것일지며(앞의 蘇來寺條 참조), 지금 이 대는 그때의 제단이 되는 곳으로, 후에 송광사가 터를 여는 지점이 된 곳일 것이다. 토굴기(土窟期), 모암기(茅菴期)의 송광사 터로, 이 아기가 자라서 어른 된 것이 지금의 송광사일 따름이니, '수리'는 곧 송광의 아명(兒名)일 것이다.

　내려다 보면, 송광이라는 한 절의 작고 큰 용마루들이 어깨를 겨루며 꼬리를 물고 발 아래 간잔지런히 깔렸는데, 넓다 할 수 없는 도국에 무던히 많은 집채를 촘촘하게 펴부었다 하겠다. 지금도 크고 작은 50채나 되는 전당(殿堂) · 요사(寮舍)가 물론 수천으로 셀 간

송광사 전경(전남 순천)

대한불교조계종 제21교구 본사이다. 해인사, 통도사와 더불어 우리나라 삼보 사찰의 하나인 승보 사찰이다. 고려 명종 때 이미 80여 동의 건물을 가진 대사찰이었고, 6·25전쟁 전만 하여도 가람 배치가 비를 맞지 않고 경내를 다닐 수 있을 정도였다고 한다. 현재는 약 50여 동의 건물이 있다.

살을 가졌겠지만, 참 전성기 때에는 얼마나 더 조밀한 크고 왕성함을 발보였었던지, 이것만으로도 큰 절이라 할 수밖에 없다. 『고려사』 같은 데서 엄청나게 굉장한 절들이 나오는 족족 과연 그랬을까 하였더니, 500~600년 잔폐(殘廢)한 것에도 이런 대찰이 있음을 보고야, 애오라지 먼바다를 바라보는 느낌을 가졌다.

지지난 임인년 곧 80여 년 전에 불이 나서 서반부가 탔는데, 그때 소실된 것이 2,152칸이었다 하니, 반쯤 탄 것만 이천여 칸이라 하면 그 대개를 짐작할 것이요, 불도 한번 크거니와 이렇게 크게 난 구멍을 일찍이 몇 해가 못 되어 일신(一新)하게 메워 놓은 인력도 그보다 더 큰 것을 감탄치 아니치 못하겠다. 집채가 이렇게 많음은 다른 것이 아니라, 곧 당우(堂宇) 시설의 구비함을 이야기하는 것이니, 과연 사찰에 있음직한 것은 불전이고 승방이고 경장(經藏)이고 종루(鍾樓)고, 없는 것이 거의 없다 할 큰 배치(排置)이다.

백제의 고제(古制)가 일본에 전한 것을 보면, 완전한 사원에 구비

235

심춘순례

하는 당우로 무릇 칠종(七種)을 쳐서, 이른바 '칠당가람(七堂伽藍)'이라 함이 그것인데, 이 송광사 같은 것은 배치한 규모와 법도는 법식대로 하지 않았어도, 그 종류로 말하면 갖추고도 남음이 있다. 더욱 선(禪)과 강(講)으로 다 대도량이던 만큼, 어느 편으로든지 완전한 칠당(七堂)을 가졌음이 갸륵하다. 중간에 없어진 것이겠지만, 상응한 뜰 가운데에 탑이 없는 것이 흠이라 하면 흠일 것이다.

둘러볼수록 큰 절, 옛 절, 갸륵한 절이란 생각이 난다. 이조 오백년이 불교를 잔학(殘虐)하였다는 것도 거짓말이요, 절과 중이 말 못할 슬픈 지경에서 깊이 잠겨 지냈다는 것도 거짓말이요, 또 순천이란 곳이 관속의 인심이 사나워서 말 못할 침어(侵漁)를 당해 왔더란 말도 거짓말이라고 할 수밖에 없을 듯함은, 그 모든 것을 다 치르고, 그 허다한 천재(天災) 인재(人災)를 겪고도 이 절이 이렇게 남아 있지 아니하냔 말이야.

그러나 무서운 불도 여러 번 나고, 멀리는 왜란, 가까이는 의병(義兵)통, 무서운 난리도 퍽 겪고, 관장(官長)·이서(吏胥), 정시(定時)·임시(臨時)의 쇠털 같은 침릉(侵陵)도 과연 무척 당하였건만, 이 모든 것을 다 무릅쓰고 헤치고 밟아 넘고 뚫고 나와서, 오늘 이때까지도 이만한 꼴을 부지하여 나왔음이, 실상은 동의 같은 핍박이라도 먼지처럼 불어 쫓은 유명 무명의 역대 승중의 대고심·대노력·대탄발력이었음을 돌이켜 생각하건대, 밟힐수록 붙어 오르던 그네의 신심(信心) 원력(願力)에 말할 수 없는 감탄과 우러러봄을 자아낸다.

이것도 크고 저것도 갸륵하지만, 그 모든 것보다 더하면 더하지 조금이라도 못하지 아니한 가람을 보전하고 지킨 공덕의 크고 갸륵한 것도, 송광을 지나는 이라면 눈떠 보지 아니치 못할 점이다. 보조(普照)가 보조가 되는, 국사(國師)가 국사가 되는, 아름답게 번쩍이는 빛도, 반 이상이 이름이 없고 자취가 없으나, 실상 끊어짐도 없이 무수한 여러 보조 및 국사네들의 떠받들었음에 힘입었음을 알아주어야 할 것을 생각하면서 숙소로 들어왔다.

볼 만한 전적을 있는 대로 가져다 주는 것이 해은(海隱)·기산(綺山) 양사(兩師)가 나를 가장 잘 알아주는 표적이며, 더욱 두 분이 다 역사적 방면에 상당한 주의를 더하여 오는 것이, 크게 사람의 마음을 강하게 하는 바이었다.

앉으락 누우락 듣노라니까, 아닌 게 아니라 과연 꽤 치고 두드리고 때리고 울린다. 종·북·징·나각·요발·경쇠 6종 법악(法樂)에서, 나각 대신 목어(木魚)·운판(雲板)이 들어서, '둥' 하다가는 '쾅' 하고, '또닥' 하다가는 '뎅' 하여, 자는 동안이나 쉬는지 우리가 듣기에는 저녁 종이 그대로 새벽 북에 닿은 것도 같다. 그래도 예전보다는 퍽 덜고 줄여 부득이한 것만 거행하는 것이라 한다. 운양 거사(雲養居士)⁶의 "방장이 삼천 칸이요, 방울소리 쉼이 없을 때"⁷라 함이, 아닌 게 아니라 과연 적절한 구절임을 알겠다.

뎅하고 둥둥하며 똑하고는 뚜닥하야
팔만사천 방맹이가 각한가지 소리내니
안깨고 앙탈할꿈이 뉘있을고 하노라

중생을 건지시는 그물이 가지가지
입에는 대다라니 눈엘랑은 삼천불상
그래도 소리촉고를 귀에다시 치도다

---

6 운양(雲養)은 김윤식(金允植; 1835~1922)의 호이다. 본관은 청풍. 자는 순경(洵卿)이다. 유신환(兪莘煥)·박규수(朴珪壽)의 문인이다.
7 김윤식의 「송광사」라는 한시의 한 구절이다.『운양집(雲養集)』 권1, 시, 승평관집 송광사 조에 실려 있다.

부처님 우리전채 얼마애틋 애쓰심을
이소리 저소리에 귀도환히 알아뵈니
관음이 뉘라시더뇨 나도건가 하노라

  보조 국사의 「결사문(結社文)」을 읽고, 「수심결(修心訣)」을 읽고,
「간화결의론(看話決疑論)」「원돈성불론(圓頓成佛論)」을 읽었다. 여기
서 보는 이 책에는 딴 감흥이 샘솟는다. 그 말법중생(末法衆生)을 위
하여 손을 잡고 부르르 떠는 모양과 안주부득 애쓰는 꼴이 현연히[8]
눈앞에 떠 나온다.
  '습정균혜(習定均慧; 결사문의 한 구절)[9]를 표방하여, 한편으로는 도
도한 시류에 대역경절(大逆徑截)의 의기를 보이고, 한편으로는 지리
분피(支離紛披)한 불교 전체에 총람일광(總攬一匡)의 귀단(歸端)을 맺
던, 도도하게 활활 타오르는 그 정령이 바로 내 마음속을 데운다.
  우상화로 인도의 불교는 망하고, 희론화(戱論化)로 중국의 그것은
망하고, 더 속되게 권리화(權利化)로 계귀(鷄貴)의 불교는 망하는 참
에, 이 세 가지 마귀의 길을 한 손으로 막아서 끊고, 좁은 길로 곧게
스스로 깨닫고 남을 깨우치는 불타의 참된 정신을 들추고, 똑바르
고 명백히 스스로에게 이롭고 남에게 이롭게 하는 보살의 올바른
수행을 나타내어, 온갖 파도가 어지럽게 감기는 위에 교교한 하나
의 바퀴가 높고 외롭게 두루 비치도록 하던 당년의 대원광(大圓光)

8 바로 눈앞에 잡힐 듯이 나타나 있는 상태이다.
9 습정균혜(習定均慧)는 선정(禪定)을 닦으면서 아울러 지혜도 균등하게 한다
  는 선의 기본 사상을 뜻한다. 이 사상은 당나라 종밀(宗密)이 「선원제전집도
  서(禪源諸詮集都序)」에서, "대중에게 집착되는 것을 염려하여 대중을 버리
  고 산으로 들어가서 습정균혜하여 생각을 쉬기를 10년 동안 계속하였다."는
  구절에서 비롯되었다. 우리나라에서는 고려 중기의 고승인 지눌이 이에 크게
  공감하고, 이전의 선과 교가 별개요 정과 혜가 별개라는 주장을 깨뜨리기 위
  하여 습정균혜의 지도 이념을 정리하여 정혜쌍수(定慧雙修)의 이념 아래 함
  께 수행하는 정혜결사를 만들었다.

이, 금시 금시에 내 신변 주위를 둘러싸고 들어온다.

정법안장(正法眼藏)[10]이 선(禪)이든지 교(敎)든지, 수행과 그 결과인 제도(濟度)의 실(實)을 드러내는 것이 곧 그 일심법인(一心法印)이라 할 것이니, 제도는 불교의 생명으로, 이것이 있으면 그것도 있고, 이것이 없으면 그것도 따라 없을 것이다. 선(禪)인 전체 정(正)하다, 교(敎)인 전체 귀(貴)하다 할 이유는, 본디부터 조금도 없는 것이다.

선이라 하여 공화(空華)[11]의 세계를 모색하고, 교라 하여 가명(假名)의 전제(筌蹄)[12]를 단단히 지킬 따름이요, 이른바 여래(如來)의 진실된 뜻이란 것은 십만억토(十萬億土)의 저쪽에 풍비박산하여 버린 판에서, 사리(事理) 양방(兩方)으로 이쪽도 아니고 저쪽도 아니고 가운데도 아닌 묘체(妙諦)를 단제(單提)[13]하여, 위로 천년의 진무(陣撫)를 끊어 들추어 내고, 아래로 만겁의 바른 길을 열어 보여준 그는, 다만 고려 한 시대, 계귀(雞貴) 한 나라만의 존숙(尊宿)[14]일 것 아니요, 선일문(禪一門), 불일교(佛一敎)만의 대덕(大德)일 것 아니라, 또한 족히 삼세(三世) 시방(十方) 인천(人天) 대도사(大導師)이셨다고도 할 것이다.

대개 글자 그대로 '경절(逕截)'하고 '원돈(圓頓)'하여 본사(本師)[15]

---

10 모든 것을 꿰뚫어 보고, 모든 것을 간직하는, 스스로 체득한 깨달음을 뜻한다.
11 번뇌로 생기는 온갖 망상. 본래 실체가 없는 현상 세계를 그릇된 견해에 사로잡혀 실체가 있는 것처럼 착각하는 것을, 눈병을 앓고 있는 사람이 때로는 아무것도 없는 허공에 마치 꽃이 있는 것처럼 잘못 보는 일에 비유한 것이다.
12 고기를 잡는 통발과 토끼를 잡는 올가미라는 뜻으로, 목적을 달성하기 위한 방편을 이르는 말이다.
13 아무런 수단 방법을 가리지 않고 바로 본분의 참뜻을 들어 보이는 것을 말한다.
14 학문과 덕행이 뛰어나 남의 본보기가 될 만한 승려. 또는 절의 주지를 가리킨다.
15 근본이 되는 스승이라는 뜻으로, '석가모니'를 이르는 말. 자기가 믿는 종파의 조사나 자기가 법을 받은 스승을 의미하기도 한다.

를 친승(親承)하고 여래(如來)에 직입(直入)한 자가 동방에 와서 둘이 있었으니, 의리(義理)로 좇아간 원효, 수행(修行)으로 좇아간 보조가 그이이다. 학통(學統)의 승전(承傳) 없이 높이 우뚝 스스로 서서 바로 부처님의 입을 입으로 삼은 이는 원효, 부처님의 마음을 마음으로 삼은 이는 보조이다. 효공(曉公; 원효)으로 말미암아 제창된 교는 이미 북지(北地)의 먹다 남은 안주를 주운 것이 아니요, 조조(照祖; 보조)로 말미암아 거양된 선은 진실로 조계(曹溪)의 여류(餘流)를 기른 것이 아니라, 서축(西竺) 연꽃의 씨가 바로 훌쩍 날아와서 동진(東震)에 꽃이 피어 퍼진 것들이다.

유마(維摩)의 땅에 용수(龍樹)의 자취를 드리운 효공, 세지(勢至)의 몸에 달마의 상(相)을 보인 조사(照師)가, 앞서거니 뒤서거니 계귀(鷄貴)의 불교 동산에 자리를 잡고, 전자는 교라는 한 손을 벌리고 후자는 선이라는 한 손을 벌려서, 조선이라는 가슴 안에 뿌다구니 많아진 불교 전체에 포옹 수성(收成)하여, 팔만사천(八萬四千) 그대로 일불승(一佛乘)[16]의 실상을 드러낸 것은, 진실로 일찍이 없었던 일 가운데 일찍이 없었던 일로, 찬탄 또 찬탄할 일이다.

이러한 의미에서 우리는 조선 불교의 최대 특색인 선·교 양종이란 것이, 실상 근원을 원효에서 출발하여 실마리를 보조에서 이룬 것이라 하며, 이러한 관계로써 효조(曉照) 양 보살을 조선 불교 대여래의 양협시(兩夾侍)라 하는데, 이와 같이 조선 불교를 디디고 전 불교를 휘둥그렇게 아물리는 거역(巨役)이, 다른 이 아닌 보조 국사를 기다리고, 다른 곳 아닌 송광사를 기다림이 어찌 우연한 일이라 하랴.

이렇듯 복보(福報)를 받도록 특별히 뛰어난 좋은 인연을 닦은 터이면, 시간의 험이(險夷)와 공간[境]의 순역(順逆)이 없이 한결같은

---

16 중생이 성불할 수 있는 유일의 길. 일승(一乘)이라고도 한다.

융운(隆運)을 누림이 또한 진실로 마땅하다 할 것이다. 아닌 것 아니라 한국 말조(末造) 어느 한 대머리 도둑이 원종종무원(圓宗宗務院)인가 무엇인가 하는 불교의 일진회(一進會)를 만들어서, 조선 불교를 온통 남에게 팔아 먹으려 할 위기에도, 박한영(朴漢永)·진진응(陳震應) 여러 사(師)의 손에 높이 날린 호법(護法)의 대당(大幢)이 이곳을 가려 위풍을 드날려서, 이조 불교의 업신 여기지 못할 탄력을 보인 것도 또한 드러나지 않고 으슥한 가운데 시키는 것이 있었음을 살펴야 할 것이다.

과연, 보조 국사의 중창으로부터만 하여도 상하 칠백여 년 사이에 줄곧 위대한 법기(法器)[17]를 모아 기르고, 줄곧 없어서는 안 될 정도로 가장 긴요하고 중요한 법기(法機)를 운전(運轉)하여, 어떠한 의미로든지 대동(大東)[18] 한 지방의 이름 높은 가람 큰 사찰인 명실(名實)을 가지고 온 것은 거의 말로 나타낼 수도 없고, 마음으로 헤아릴 수도 없는 일에 가까운 일대 사실이다.

그러나 기왕의 아무러한 불교의 액운보다도 크고 어려운 요즈음의 대동요(大動搖)에도, 송광과 아울러 송광인이 과연 능히 중류(中流)의 지주(砥柱)[19]로 앞서간 사람 부럽지 아니한 지키고 높이는 두 가지 힘을 발휘하여, 시방까지 송광의 영광스러운 역사에 첨누(忝累)가 없이 할는지 어떨지, 많은 축원과 기대를 그의 앞에 붙이는 이가 진실로 우리뿐 아닐 것이다.

---

17 불도 수행을 해낼 만한 소질이 있는 사람을 가리킨다.
18 조선조 중엽부터 쓰여온 한국의 별칭으로 동국(東國)이란 말이 문화적 자존 의식으로 말미암아 대동, 즉 훌륭한 동국이란 뜻으로 쓰인 칭호이다.
19 중류 지주(中流砥柱)는 난세에 처하여 의연하게 절개를 지킴을 비유적으로 이르는 말이다. 중국 허난 성 싼먼샤 산현의 동쪽 황허 강 가운데 있는 지주라는 산이 황허 강의 격류 속에서 조금도 흔들리지 않는다는 데서 유래한다.

불에타지 않은것을 행여물에 녹을까해
근심함이 어리석음 나도모름 아니언만
이번만 어떠리하야 땀이손에 나옵네

꽃이야 고왔었지 그늘로도 짙었었지
아무만 못지않은 단풍조차 뵈었거냐
눈에도 시위신줄을 마저알려 주소서

짐이 무거우실새 네가 뽑힌 것이로다
어려운 여러고비 기운차게 제쳤거니
한숨만 더뽑으소서 마루넘어 가리다

어째 그렇게 드는지 여지없이 기울어가는 조선 시방의 불교도,
송광이 그 호념부촉(護念付囑)의 임자가 되어야지 하는 생각이 나
고, 또 남을 억제치 못하는 중에서 "뚜닥딱 둥뎅" 하고 잠자리에서
일어나라는 자웅금(雌雄金)이 울리고, 새벽 '깨달음'이 비롯된다.

15일. 아침 일찍이 주지 김율암(金栗菴) 스님이 와서 병 때문에
영접을 못했다는 인사를 한다. 얼른 보기에 좋은 인물이었다. 조
반을 끝내고 기산(綺山)[20] 스님의 인도로 당우의 자세한 관람을 나

---

20 기산(綺山)은 승려이며 불교 학자인 임석진(林錫辰; 1892~1968)의 호이다.
전라남도 순천 출생이다. 1920년 송광사에서 시행한 법계고시에 응시하여
대덕(大德) 법계를 받았다. 기산이라는 그의 법호는 이때 지어진 것인데, 법
맥상 제운(霽雲)의 6세손에 해당한다. 1923년에는 송광사 주지 대리를 맡기
도 했으며, 1927년 보조 국사 지눌의 감로탑을 개축하고 비석을 세우는 일
과 사고(史庫)를 정리하는 일에 앞장섰다. 1929년부터 송광사 전문 강원의
강사가 되어 후학 지도에 전념하였으며, 1932년에는 송광사 주지로 취임하
였다. 1962년 통합 종단의 초대 총무원장으로 추대되었으나, 총무원장직을
사임하고 동국대학교에서 강단에 서기도 하였다. 세속 나이 77세, 법랍 64년
으로 입적하였으며, 송광사 부도전에 그의 부도탑이 봉안되어 있다. 그가 송

섰다.

일부러 밖으로 나가서 요즈음 새로 놓은 제일석교(第一石橋)로부터 더듬어 들어갔다. 다리 위의 수각(水閣)을 ▢▢각(閣)이라 하니 볼 만한 돌 모양과 들을 만한 물소리가 생각 밖의 공양이었다. 구불구불 홍살문을 지나 '대승 선종 조계산 송광사(大乘禪宗曹溪山松廣寺)'라고 현액한 일주문을 다다르매, 궁연(穹然)한 거비(巨碑)의 열지어 선 비림(碑林)이 좌우로 보인다. 부휴 대사(浮休大師) 이하의 아홉 기의 비석이 서슬이 한창 푸른데, 강반(强半; 3/4)이 성당(惺堂)[21]의 글씨임은 주사승(主事僧)의 글씨 보는 안목이 있음을 알 것이다.

조계문(曹溪門) 안에는 다섯 길이나 됨직한 노가주나무의 한 마

광사의 역사를 정리한 업적은 크게 평가받고 있다.
21 김돈희(金敦熙; 1871~1937)의 호이다. 자는 공숙(公叔), 본관은 경주이며, 서예가이다. 한말에 법부 주사와 검사를 거쳐 중추원 촉탁을 지냈다. 1919년 서화협회 창립 때 13인의 발기인 중의 한 사람으로 참여하였으며, 1921년에는 제4대 회장으로 추대되었다. 그의 글씨는 전서 · 예서 · 해서 · 행서 · 초서의 오체를 모두 잘 썼으나, 특히 안진경(顔眞卿)과 황정견(黃庭堅)체의 해서에 뛰어났다.

른 줄기가 이끼의 두루마기가 되어 서 있다. 전하기를 보조 국사의 지팡이 꽂은 것이 가지가 무성하다가 뒤에 국사(師)와 함께 생을 버렸는데, 국사의 말씀이 "저 나무가 다시 봄을 만나거든, 내가 다시 세상에 나온 줄로 알라."하셨다는 것이다. 국사의 향수시(香樹詩)라고 전하는 "너와 나는 생사를 같이하니, 내가 떠나면 너도 그러하리라. 다음날 너의 잎이 푸르게 되면, 나도 또한 그런 줄 알리라."를 맛보기로 새김에서 생긴 전설이다.

집은 기울고 붙드는 이는 없는 오늘을 내놓고, 그가 언제나 재래(在來)하시려는지, 보조(普曹)도 아심이 있으면 피안의 땅 연대(蓮臺)에서 혼자 편안히 입 다물고 있을 때가 못 될 듯하다.

조계의 숨은샘이 그만다시 솟으소서
한고작 마른밑둥 하마불이 당길새라
찬재만 남은뒤오면 손못댈가 저허라

왼쪽으로 꺾여 우화각(羽化閣)이 실려 있는 제이석교 '능허(凌虛)'란 것을 건너면, 오른쪽 위에는 '침계(枕溪)'의 우뚝한 누각이 있고, 왼쪽 아래로는 '임경(臨境)'의 높은 당(堂)이 있으며, 그 앞으로 그 밑으로 흐르는 맑은 시내에는 사람 무서운 줄 모르는 고기가 떼떼이 꼬리를 치고 자맥질을 한다. 이르기를, 보조 국사의 신력(神力)으로 변화한 것이라 하여 유람하는 사람들이 물고기에게 베풀고 있다. 이 누, 이 당이, 다 당년에 관청의 위력을 짊어지고 구경 오는 이들이 붉은 빛을 가까이하고 초록빛을 잡아당겨 질탕히 놀아내던 옛날 환희장(歡喜場)이지만, 지금은 숯광 아니면 쓰레기통 서리(署理)를 보게 됨에서, 한번 옮기고 흘러 항상함이 없음을 생각하였다. 아직까지도 목은(牧隱) 이색의,

송광사 침계루(전남 순천)
송광사 입구 바위 위에 세워진 중층 누각이다.

구름 헤치고 한 번 침계루에 오르니

문득 인간 만사를 잊는 듯하네

한나절 올라갔다 바로 돌아가니

내일 아침 말에 오르면서 다시 고개 돌이키리

동부(洞府)가 깊고 깊어 세상 티끌 멀리 했는데

산 중은 일 없어 도를 이야기할 줄 아네

훗날 복지(福地)를 어느 곳에서 찾을꼬

흰 돌 맑은 시내 자주 꿈속에 들어오리

이라 한 침계루(枕溪樓) 운(韻)을 시작으로 하여, 역대 시인과 문사
들이 글을 쓴 현판이 누각당(樓閣堂)에 그득 붙어서, 운고(韻古) 찾아
유람하는 사람에게 일종의 그윽한 정취를 줌이 매우 마음에 들어
만족스러우나, 그보다도 더 많은 어리석고 비속하며 욕심많고 돈

자랑하는 무리들[癡俗頑富輩]의 종횡으로 무수한 이름에는 바둑돌 만큼 생겼던 감흥이 바윗돌만큼 떨어져 나가는 느낌이 났다. 丁자로 지은 임경당(臨鏡堂)은 한편으로 육감정(六鑑亭)·삼청선각(三淸仙閣)이라고도 하여 제각(題刻)이 특별히 많고, 삼연(三淵, 김창흡의 호) 이후에는 그의

계원(鷄園)²²에 기쁘게 참배하느라 게으름을 깨닫지 못했으니,
회랑과 포개진 전각이 모두 선의 자취라.
처마 아래에서 빗속에 묵으니 할미새 소리 들리고
수호탑과 구름속에 발우 안에 용을 가두던 선사들 모습 잠겨있다네.²³

임경(臨鏡)에 집이 있어²⁴ 북쪽에서 온 손²⁵이 묵었는데
보리는 본래 나무 아니니 남종(南宗)을 인가했다네.²⁶
모르겠노라 수석정 안의 노인이
내게 작은 봉우리 파는 걸 허락할지.

---

22 원래는 인도에 있었던 고대의 사찰 명칭인데, 의미가 확대되어 흔히 '사찰' 의 의미로 사용된다.
23 이 구절은 빗속에 잠자리에 들어 발우(鉢盂) 속에 용을 가둘 정도로 신통력 이 뛰어났던 옛 선사들을 생각한다는 의미이다. 북위 때 최홍(崔鴻)의 『십육 국춘추(十六國春秋)』 전진(前秦)·승섭(僧涉) 조에, "승려 섭공(涉公)은 서 역 사람이다.…주문을 외워 신룡(神龍)을 내려오게 할 수 있었다. 가뭄이 들 때마다 주문을 외우면 용이 내려와 발우 안으로 들어갔고, 하늘에서 큰 비가 내렸다."라는 기록이 있다.
24 거울처럼 맑은 물가에 지어진 집이어서 '임경유당(臨鏡有堂)'이라 표현했는 데, 송광사에 있는 '임경당(臨鏡堂)'을 일컫는다.
25 작자 삼연(三淵) 김창흡 자신을 가리킨다.
26 선종의 육조 혜능(慧能)이 읊어 스승으로부터 인정받은 게송, "菩提本無樹, 明鏡亦無臺, 佛性常淸淨, 何處有塵埃.(보리는 본래 나무 아니며, 맑은 거울 역시 대가 아니라네. 불성은 항상 깨끗한 것이니, 어디에 티끌과 먼지가 끼 겠는가?)"

봄바람에 지팡이와 나막신 신고 늙고 게으름을 강박하여
다시 명산에 들어와 옛 자취를 찾노라.
정신을 집중하여 병으로 참새를 잡음을 믿는다면,
법 전하려 발우 속에 용을 가두는 것도 가능하리.

별 드리운 보각은 삼청(三淸)의 경계요
비전의 땅에 불교의 상승(上乘)의 종이라
한나절 난간에 기대니 꽃비 가늘어지고
구름은 서쪽 봉우리에서 일어난다네.[27]

이라 한 것이 원운(原韻)이 되어서 그 보화(步和)가 수북한데, 난다
긴다 하시는 석전 죽헌 대사종(大詞宗)[28]들이 이런 데를 그대로 놓
치려 하실 리 없어, 연방 찌푸리시는 눈살에는 채홍(彩紅)들이 뻗치
었다.

게으른 이 내 몸이 남으로 유람 떠남이 괴이하구나
봄 냇가 앞에서 운수납자들의 자취 떠올린다네.
지팡이 짚고 기다림이 갓 깃든 학과 같으니
물고기도 발우에 사로잡힌 용들을 잊고 있구나.[29]

저녁 나절 좋은 시 빌려 달뜬 밤과 함께 하니
어찌 지금의 불법이 남종(南宗)을 어지럽힘을 걱정하랴

---

27 『삼연집습유(三淵集拾遺)』권10에 실려있는 「송광사약기소시연로(松廣寺略
記所見示演老)」이다.
28 사종(詞宗)은 시문의 대가를 일컫는다.
29 발 밑의 물고기들이 앞에 선 사람을 의식하지 않고 자유로이 노니는 모습이,
옛 선사의 발우에 사로잡힌 용들처럼 사로잡힐 수 있음을 잊고 있다는 뜻이다.

난간에 기대어 한가로이 꽃 떨어지는 소리를 들으니
자봉 취봉 분간하듯 스님네의 말 헤아리기 어려워라.

이상 석전(石顚)의 시

황새 틈에 끼여서 나 같은 뱁새도 가만히 있지 못함이 도리어 우스웠다.

내 게으름 팔아 몇 번 청산을 오갔는가
송강의 오늘, 부평초처럼 떠도는 소식 전하노라.
꿈길에 삼천 동의 절간에 불빛이 흔들리니
옛 전각의 종소리, 열 여섯 용의 울음이라네

침계루(枕溪樓)에서 묘한 게송 들을 기회 얻기 어려워라.
돌아와 지팡이 심어 참된 종지를 수호하였다네.
슬퍼라 지눌 스님 떠나간 후,
그 누가 알리. 외로운 달 솔개봉 비추는 것을.

이라고 어듬어듬하였다.

다시 상설(像設)이 몹시 큰 사천왕문과, 2층이 높다란 해탈문과, 궤짝처럼 네모가 반듯한 대장전(大藏殿)과, 왼쪽에는 북 오른쪽에는 종으로 용마루를 같이하게 한 종각(鐘閣)들이 처마가 마주 닿다시피 다붓다붓한 것을 차례로 지나면, '선종찰 제일대가람(禪宗刹第一大伽藍)'이란 현판을 건 '법왕문(法王門)' 삼대칸(三大間)이 나서고, 그 안으로 덩그런 대웅전이 비로소 들여다보인다. 문이 어찌 많은지 도리어 어디가 진짜 현판인지를 모르겠다. 종은 숙종 11년(1685)에 다시 주조한, 1600근의 거물(巨物)이었다.

법왕문에서 오른쪽으로 보이는 큰 당우들이 승당(僧堂)과 용화당

(龍華堂)이니, 영재(寧齋)[30]의 시에 "긴 밤 소나무 소리가 객의 잠을 흔들고, 용화당 밖의 달은 외롭게 걸려 있네. 고난한 생은 강남의 꿈을 더디 이루고, 허공(虛公)의 우법년(雨法年)에 미치지 못하네."[31] 란 것은 실로 그가 보성으로부터 유배에서 풀려나 돌아가는 길에 이 집에서 자다가 지은 글이다.

전부터 행차(行次) 치르던 곳인 용화당은 시방도 응접실로 쓰이며, 그 옆의 승당(僧堂)은 사무실로 쓰는데, 둘이 다 넓고 시원하고 매우 맑고 깨끗하여, 훨씬 대찰(大刹)의 면목을 치레한 것이었으나, 이 절에서도 가장 오래된 건물인 용화당을 수리하는 데 양칠(洋漆)[32]을 쓴 것은, 드는 비용 관계라 하여도 새로 편한 만큼 예스러운 운치의 맛을 잃음이 크다. 우선 사무실에서 문적(文籍)과 사보(寺寶)의 일부를 전람하였다.

고려 희종 3년(1207) 태자사 최선(崔詵)이 찬한 「조계산 수선사 중창기(曹溪山修禪社重創記)」, 동 고종 3년(1216) 평장사 최윤봉(崔胤奉)의 진각 국사(眞覺國師)에게 대선사(大禪師)를 준 윤음(綸音) 등 고문서 고초(古鈔)는 다만 사찰의 보물이라고 할 것 아니라, 실로 700년 이상된 관각 문자(舘閣文字)의 전칙(典則)을 보이는 일반적 귀중품이며, 더욱 중창기 하부에 '영판사(領判事)' 이하로 12관료의 서압(署押)을 둔 것 같음은, 당시인의 의장(意匠)을 봄에도 재미있는 것이었다.

이 밖에도 고려의 관기(官記)와, 이조로도 부휴(浮休) · 벽암(碧巖)

---

30 이건창(李建昌; 1852~1898)의 호이다. 조선 말기의 문신 · 학자 · 대문장가이다. 강화학파의 학문 태도를 실천하였으며, 김택영이 우리나라 역대의 문장가를 추숭할 때 여한 9대가(麗韓九大家)라 하여 아홉 사람을 선정하였는데, 그 최후의 사람으로 꼽힌 대문장가였다. 그의 『당의통략(黨議通略)』은 파당을 초월하고 문벌을 초월해 공정한 입장에서 당쟁의 원인과 전개 과정을 기술한 명저로 높이 평가되고 있다. 관직 생활 중에 세 차례의 유배 생활을 했는데, 보성 유배는 1892년의 상소 사건으로 인한 두 번째의 유배이다.
31 『명미당집(明美堂集)』 권5, 全州李建昌鳳朝著, 詩『南遷紀恩集』松廣寺
32 서양식의 칠. 곧 페인트칠을 말한다.

등에게 하사한 고명(誥命) 같은 것이 있었다. 절에 옛날부터 전해져 온 고창국(高昌國) 글자 불경은 자세히 조사하기 위하여 일본 교토 제국대학에 가 있으므로 볼 수가 없었다.

보조가 일생 동안 섬긴 부처라고 전하는 불주(佛廚)는, 엽서 길이 만한 망건통(網巾桶) 같은 상부 궁륭(穹窿) 하부 팔각(八角)의 감실(龕室)을 잡아 젖히면, 후반부는 불탑(佛榻)이 되고 전반부는 다시 둘로 쪼개져 문짝으로 좌우에 벌려 서면서, 그대로 성중(聖衆)의 배석(陪席)이 되게 생긴 것이다.

가만히 보건대, 정면에는 보소장(寶蘇帳)을 들이고 두 개의 둥근 거울을 매단 아래 장엄 수승(莊嚴殊勝)하시게 세존(世尊)이 전좌(奠坐)하시고, 좌우에 협시와 천동(天童)[33]이 옹립하고, 앞쪽으로 아래에 촉루(髑髏)·악기(樂器) 등을 높이 받들어 든 2인을 배치하였다.

왼쪽 문짝에는 오고지검(五鈷智劒)의 문수가 사자를 타고 연대(蓮臺) 위에 앉았는데, 하나의 천동이 어자(御者)가 되고, 하나의 행자가 모시고 뒤에서 따라가며, 오른쪽 문짝에는 보석으로 꾸민 관과 자루를 금강저 모양으로 만든 방울을 든 보현(普賢)이 여섯 개의 어금니를 가진 흰 코끼리를 탔는데, 어자(御者)가 코끼리 머리에 앉고, 발을 두 손으로 받든 천동과 따라다니며 시중을 드는 행자가 따랐으며, 좌우 두 사립문의 위쪽 방향에는 시호(侍護)하는 천인(天人) 각 삼체(三體)를 새겼다.

단향목 바닥에 수공(手工)을 더한 것이 조각의 정교와 배치의 미묘를 다하여, 방수(方守)의 속에 수승(殊勝)한 일법계(一法界)를 결속(結束)한 관(觀)이 있으며, 불보살 제존(諸尊)의 상호는 자비(慈悲) 위덕(威德)이 준추접곡(皴皺摺曲)마다 철철 넘치는데, 우뚝한 코와 풍

---

33 불법을 지키는 신의 하나. 천인(天人)이 동자의 모습으로 인간계에 나타난 신이라고 한다.

육(豊肉)과 수구(脩䐡)가 아무래도 동토(東土)의 제작은 아니었다.

주형(廚形)부터가 인도의 옥우(屋宇)로 생겼다. 근육과 자세로 보아서는 간다라 식의 영향도 보이나, 상호와 장엄으로 보아서, 우리 생각에는 차라리 남방 계통의 유물일 것 같았다. 조선제는 물론 아니요, 설사 지나라 하여도 서토(西土)의 것을 모방하여 만든 것일 텐데, 대개 남해(南海)의 것과 무슨 인연이 있음직하였다.

육조(六朝) 이후로 남해의 길이 터져서 사자(師子)[34] · 부남(扶南)[35] · 임읍(林邑)[36] 등 여러 나라의 불상과 불탑의 장래가 시대마다 공급이 끊어져 아주 없어지지 아니하고, 그중에는 무량수불 같은 대승 불상도 있었은즉, 시방 이 불감(佛龕)의 상설(像設)에 문수 · 보현 등이 있다 할지라도, 그 때문에 남방계하고 하한(河漢)[37]일 것 아닐까 하노니, 전문가의 식별과 관찰을 기다릴 일이다.

수년 전 16국사 중의 제7위인 자정(慈淨)의 부도가 미치광이의 손에 뒤집어졌을 적에, 거기서 나온 운학국화(雲鶴菊花)의 청자합(青磁盒)은, 합만으로도 고려 가마의 뛰어난 작품이요, 거기 담겼던 유골과 철정(鐵釘)과 기타 백옥 1과, 파리주(玻璃珠) 한 쌍, 마노(瑪瑙) 장식품 1개도 다 보통 물건은 아니었다. 장엄용(莊嚴用)인 듯한 세죽화족(細竹畵簇)은 언제 것인지 처음 보는 정교한 죽물(竹物)이었다.

---

34 사자는 싱할라의 번역으로, 현재의 스리랑카이다. 옛부터 땅이 비옥하고 산물이 풍부하여 보물섬으로 알려졌다. 옛날 남인도의 어느 나라 공주의 아들이 이 섬에서 아버지였던 사자를 죽이고 백성들의 원한을 풀어 주었다는 전설에 따라 '사자국'이라 불렸다. 그 공주의 아들이 바로 이 섬나라의 첫 지배자였다고 전한다. 또 다른 전설에 따르면, 이 섬을 차지하고 있던 나찰녀들을 정복하고 사람들이 살 수 있도록 해 준 싱할라의 이름을 따서 지은 것이라고도 한다. 사자국은 『송서(宋書)』에서부터 보이기 시작한다. 중국 정사를 보면, 부남국은 『진서(晉書)』「사이열전(四夷列傳)」에서부터 보인다.

35 고대 중국에서 지금의 캄보디아를 이르던 말이다.

36 중부 베트남에 있었던 나라를 가리킨다. 『진서』「사이열전」에 보인다.

37 중국의 황허 강을 말한다.

25. 의천 속장 잔본의 신발견

"고경(古經) 고인본(古印本)이 있거든 보이라."하여 놀란 것은, 영본(零本)[1] 단간(斷簡)[2]이라도 아주 뛰어난 법보(法寶)라 할 대각 국사가 교정하여 간행한 속장(續藏)이 뭉텅이로 나옴이다.

대각 국사가 금옥(金玉)의 귀한 몸으로 넓고 큰 바다 만리 이역에서 법을 구하여 무한한 자력(資力)과 견줄 바가 없이 큰 고심으로 고금의 교승(敎乘) 3,000여 권을 수집하여 오고, 다시 수십 년간 남쪽의 왜 북쪽의 요나라에서 일서(逸書) 유문(遺文)을 오로지 찾아 널리 구하여, 삼장(三藏)의 장소(章疏) 1,010부 4,740여 권을 얻어, 우선 『신편제종교장총록(新編諸宗敎藏總錄)』이란 것을 만들어 지승(智昇)의 『개원석교록(開元釋敎錄)』[3]을 이어서 저술하고, 다시 기회를 보아 대장(大藏)의 속편(續編)을 완성하려 하기까지 한 것은, 『신편제종교장총록』의 선종 7년(1090) 자서(自序)에 적은 것과 같다.

---

1 여러 권으로 한 벌이 된 책에 빠진 권이 있는 것을 말한다.

2 떨어지고 빠지고 하여서 완전하지 못한 글월을 의미한다.

3 당나라 개원 18년(730)에 승려 지승(智昇)이 엮은 불교 경전의 목록이다. 가장 잘 정비된 불교 경전의 목록으로, 전반에서는 한역 불전을 시대별·역자별로 정리하고 후반에서는 불전의 내용에 따라 종류별로 구분하였다.

불현듯한 호법 홍교(護法弘教)의
성심(誠心)은, 그 원(願)을 세운 지
1년도 못되어 자기가 주지로 있던
개성 남쪽의 흥왕사(興王寺)에 교
장도감(敎藏都監)을 앉히고 판각을
시작하게 하여 무릇 10여 년간에
걸쳐서 준공하니, 이것이 흔히 '의
천 속장'으로 칭하는 것이요, 이미
그 전에 북송판(北宋版)을 복각(覆
刻)한 고려 초장(初藏)과 합하여 수
미구족(首尾具足)한 일찍이 없었던
대대장(大大藏)을 이룬 것이다.

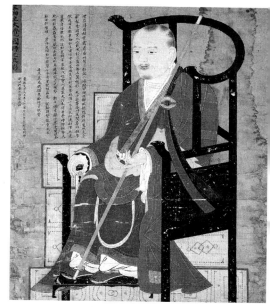

대각국사 의천 초상
의천(1032~1083)은 고려 문종의 넷째
아들로 천태종을 열어 불교를 통합하
고자 노력했던 인물이다.

그러나 속장에 넣은 장소(章疏)
는 그때에 있어서도 드물게 만나
는 얻기 쉽지 아니한 비본(秘本)
이 많았는데, 뒤에 간본(刊本)과 함
께 존본(存本)이 없어지게 되매, 지금 와서는 그 대부분이 이름만을
『신편제종교장총록』에 떨어뜨리고, 실적은 이미 조선·중국·일본
을 통하여 남은 것이 얼마 되지 아니하게 되었다.

또 그 간본만 하여도 남아 있는 것이 매우 희소하여, 최근까지
도 일본 학계에서는 그 도다이지(東大寺) 도서관의 소장인 "대안(大
安) 10년(1094)에 고려국 대흥 왕사에서 임금이 내린 명령을 받들어
서 새겨 만들었다."는 기(記)가 있는 「대방광불화엄경수소연의초(大
方廣佛花嚴經隨疏演義鈔)」 제4권 하와 동 수창(壽昌) 원년(1095)에 새긴
제8권 상과 구하라 문고(久原文庫) 소장인 같은 해에 새긴 「정원신
역화엄경소(貞元新譯華嚴經疏)」 제10권 등 몇 종을 봉황의 터럭, 기린
의 뿔처럼 떠들었었다(大屋德城, 寧樂刊經史 及 附圖 참조).

그래서 몇 해 전에 오다 씨(小田氏)가 송광사에서 속장(續藏), 수창(壽昌) 기묘년에 새긴 당나라 법보(法寶)가 찬한 『대반열반경소(大般涅槃經疏)』 제9·10권을 얻자, 한참 동안 학계에 문제를 일으켰으며, 두꺼운 유리판의 영인으로 대대로 전해가며 애완에 이바지하기까지 한 것이다(다이쇼 13년에 영인한 「大般涅槃經疏」 참조).

그러나 오다 씨·이케우치 씨(池內氏) 등의 변증문(辨證文)에, 조선에는 속장본(續藏本)이 거의 폐하여 없어졌고, 이번의 열반소(涅槃疏)는 실로 둘도 없는 유일한 진본이라 한 것은 실상 사실을 조사하여 밝히지 않은 이야기, 신중치 못하고 소홀한 주장이다. "심안(心眼)이 있는 이가 찾을 것 같으면, 어느 구석에서든지 꽤 많은 옛사람이 남긴 전적을 보리라."함은 나의 혼자 믿던 바이니, 이번 길에 간 곳마다 특별히 각처의 경장(經藏)을 마음을 써서 더듬어 찾은 목적은 이것도 실상 하나이었다.

물론 송광사 같은 데는 있는 것이 있으려니 하기도 하였었지만, 가져다 보이는 것을 보고는 가위 수두룩하다고 할 만함에 놀라지 아니치 못하였다. 대단치 않게 알고 몹시 굴린 듯, 거의 휴지 뭉치 같은 것이 실상 조각 조각이 끊어진 금(金)임에 가슴이 한번 뜨끔하였다. 물어보매 이것들은 이제까지 어떠한 것인 줄을 아는 이, 본이, 알려 하는 이가 도무지 없었고, 이리저리 굴러 다니던 것을 요새 와서 주워 모아 놓은 것들이라 한다. 하나씩 들추어 보자. 연대 순서로 보건대,

(1) 『대승아비달마잡집논소(大乘阿毘達磨雜集論疏)』13~14. 대선봉사(大奉先寺) 사문(沙門) 현범(玄範) 찬술. 대안(大安) 9년(1093) 계유년(癸酉歲) 고려국 대흥왕사(大興王寺)에서 임금의 하교를 받들어 새김. 서기 1093년, 총록(總錄)에 16권이라 함, 13권 42장, 14권 47장.

(2) 『묘법연화경찬술(妙法蓮花經纘術)』 1~2. 당(唐) 경사(京師) 기국사 (紀國寺) 사문 석(釋) 혜정(慧淨) 찬술. 수창(壽昌) 원년 을해년 고려국 대흥왕사에서 임금의 하교를 받들어 새김. 서기 1095년, 41장, 제1권 서미(書尾)에 "비서성 해서동정 신 남궁례 서(秘書省 楷書同正 臣 南宮禮書)", 제2권 42장 서미에 "사경원 서자 신 유후 수 서(寫經院書者 臣 柳侯樹書)", 총록(總錄)에 10권이라 하였는데, 2권 합하여 서품(序品)이 끝남.

(3) 『묘법연화경관세음보살보문품삼현원찬과문(妙法蓮花經觀世音菩 薩普門品三玄圓贊科文)』 1권. 각화도(覺花島) 해운사(海雲寺) 숭록대 부(崇祿大夫) 수사공(守司空) 보국대사(輔國大師) 사자사문(賜紫沙門) 사효(思孝) 과정(科定) 수창(壽昌) 5년 기묘년 고려국 대흥왕사에 서 국왕의 명을 받들어 새김. 서기 1099년, 10장.

등 세 가지는 분명히 의천 속장(義天續藏)의 일부를 지은 것이니, 판 식 글자꼴 기타가 모두 원간본(原刊本)임은 앞에 제시한 『연의초(演 義鈔)』『열반소(涅槃疏)』에 의거하여 의심 없는 바이다.

이 3종 중에 여러 가지 문제가 들었거니와, 첫째 이번 발견으로 인하여 의천 속장 잔본의 조판 기증(記證)이 대안 9년(1093)까지 올 라가 그 가장 오래된 판본이 새로 생겼음과, 또 내외전(內外典)을 통 하여 창해(滄海)의 유주(遺珠)[4] 같은 고서와 고각본(古刻本) 몇 종이 생기게 되었음을 기뻐할 것이다. 아마도 일본 난젠사(南禪寺)의 경 장(經藏)에 얼마 있는 고려 초조본 대장경 잔권 외에는 다시 만나기 어려운 기록이 있는 고각본일 것이다.

---

4 창해 유주는 넓고 큰 바닷속에 캐어지지 않은 채 남아 있는 진주라는 뜻으로, 세상에 미처 알려지지 않은 드물고 귀한 보배나, 덕과 지혜가 높은 어진 사람 을 이르는 말. 『당서』에 나오는 말이다.

또 (3)호 책의 찬자와 그 직호에는 당시의 승계(僧階)와 승의 속위 (俗位)에 관한 귀중한 재료도 있거니와, 그보다도 이 서기(署記) 때 문에 '삼현원찬(三玄圓賛)'이 우리나라의 찬술임을 앎이니, 16~17 년래로 조선 별장(別藏) 편성의 원(願)을 세우고, 혹은 해외, 혹은 역 내, 혹은 고목록, 혹은 흩어진 문자에서 그 편린 촌반을 찾을 때에, 『신편제종교장총록』『동역전등록(東域傳燈綠)』같은 데서 알 수 있 는 것은 다 뽑아서 목록을 만든다고 하였지만, 『신편제종교장총록』 법화경부(法華經部)의 흩으로 "삼현원찬 2권 원찬과(圓賛科) 1권 이 상 사효 술(已上思孝述)"만 가지고는 어느 나라 어느 시대의 사람인 지 몰라 빠뜨렸더니, 이렇게 고려의 직명을 보면 묻지 않고 이 나 라 찬술임을 알겠고, 따라서 『신편제종교장총록』의 그 다음 조에 '원찬연의초(圓賛演義鈔) 4권 지실 술(志實述)'이라 한 것까지 이후 이 땅의 책임을 미루어 단정하겠으며, 인하여 『신편제종교장총록』기 타에 보이는 매우 많은 자세하지 않은 명호와 그 찬술에 아직도 많 이 우리의 흩어져 없어진 성덕(聖德)이 끼였을 것을 생각할 수 있음 이 실로 한량없이 고마운 일이었다.

또 (2)호의 서사자(書寫者) 서기(署記)에서는 당시에 있는 사자(寫 字) 제도, 간경 절차 등을 짐작할 것이니, 그 많은 책서(冊書)를 하자 면 사경원(寫經院) 같은 전문 관서도 물론 있어야 하겠지만, 조선의 사자관(寫字官)에 해당하는 '해자동정(楷字同正)' 따위의 징발이 또한 필요하였을 것이 당연하다. 이렇게 이 고각본은 다만 불전적(佛典 的) 가치뿐 아니라, 문화사적 방면으로도 종종 흥미 있는 재료를 안 에 지니어 간직하고 있음을 주의할 것이다. 그런데 이 세 가지 외 에,

(4) 『수능엄의소주경(首楞嚴義疏注經)』 제4권의 1~2. 장수 사문 자선 집(長水沙門子璿集)(1의 21장, 2의 24장)은 기증(記證)을 밝힐 수는 없

으나, 『신편제종교장총록』 수능엄부(首楞嚴部)의 글로써 전체 20권(外에 科 2권 單科 1권) 중의 일부임을 알지니, 판식과 글자 모양을 합하여 대개 속장(續藏)의 일부로 추정함이 크게 어긋나지 않을 듯한 것이다.

(5) 『대반열반경의기원지초(大般涅槃經義記圓旨鈔)』 제13~4권. 상도 경행사 사문 서언 찬(上都經行寺沙門誓言撰)(제13권과 14권 각각 44쪽)은 서미(書尾)의 뚝 떨어진 "천순 5년 신사세 조선국 간경도감 봉교 중수(天順五年辛巳歲朝鮮國刊經都監奉敎重修)"란 기록을 가져서, 우리 경교(經敎) 역사상 중대한 새로운 사실을 일러준다.

이것은 『신편제종교장총록』 대열반경부(大涅槃經部)에 "원지초 14권 과 5권 서공 술(圓旨鈔十四卷科五卷誓空述)"에 해당하는 것으로, 속장(續藏)의 일부를 지었던 것이 물론이니, 시방 이것에 세조 간경도감에서 중수를 더하였다 하면, 크게는 우세 승통(佑世僧統)의 교장도감과 세조의 간경도감 사이에 거의 4세기를 격한 일종의 연락이 생기게 된다. 뿐만 아니라 작게는 의천 속장의 일부 혹 전부 내지 주요 부분이 줄잡아도 간경도감 당시까지 남아 있어 국가의 관리를 받기까지 하였음을 증명하게 되니, 여기 따라서 천명될 새로운 사실, 개정될 구 논설은 실로 여러 방면 여러 종류에 이를 것이다.

우선 말하면, 역시 송광사의 구장(舊藏)인 『대반열반경소(大般涅槃經疏)』의 보각(補刻)에 관한 문제 같은 것도 여기서 큰 암시와 방증을 얻을 것이니, 이것저것 하여 천순(天順) 중수본의 『원지초(圓旨鈔)』는 다만 '중수(重修)'라는 하나의 사실만으로도 자못 심중한 의미를 가진 것이다. 다음에 자세히 조사하고 세밀히 연구할 시기를 얻으려 한다. 또 이 몇 가지와 함께 보이는,

(6) 『아비담비파사론(阿毘曇毗婆娑論)』 제25권~7(浮陀跋摩 等 譯)은 고인본(古印本)이지만 해인장(海印藏)의 영본(零本)이었다.

　대저 세조조의 간경도감이란 것이 어떤 성격을 가졌던 것인지는 아직도 잘 알려지지 않았다. 다만 그 업적을 보면 도리어 역경도감(譯經都監)이라고 하는 것이 타당한데, 구태여 '간경(刊經)'이라 한 것이 생각하면 무의미한 것 아니다. 모르면 몰라도 홑으로 '역(譯)' 또 '역간(譯刊)'만을 목표로 삼은 것이 아니라, 역과 역간과 또 그 간각(刊刻)을 다 경영하던 것임은, 구각(舊刻) 보수(補修) 등의 구절을 아랑곳함으로써 짐작할 만하다.

　원래 이조의 간경도감이 다만 역간만을 업으로 삼은 것이라 하여도, 불전(佛典)의 국어화를 꾀한 점으로 그 넓고 큰 서원이 결코 고려의 대장도감에 못 미치지 않는다 하겠는데, 만일 한편으로 보각(補刻) 신수(新修) 등까지를 유의하고 또 힘썼을 것 같으면, 그는 실로 조선인의 '마음'의 힘을 또 한번 자랑할 만한, 일대 새로운 사실도 된다 할 것이다.

　또 천순(天順) 보수(補修)로써 속장판(續藏板) 잔존(殘存)의 실증을 삼는다 하면, 그 판본이 어느 곳에 저장되고 간경도감하고는 어떤 관계를 가졌었는지 심히 궁금한 일이 될 것이다. 가령 고려 재조본(再雕本) 대장판(大藏板)은 본디 강화 선원사에 간직하여 두었던 것을 태조 7년(1398)에 시방 해인사로 이안(移安)한 것이라 하면, 전부 혹 일부인 이 속장판(續藏板)은 어디 가서 어떻게 있고, 또 정장(正藏)에 대한 관계는 어떻게 되었었는지 여기 서로 얽히어 관련되는 사실이 많은 만큼, 상당히 자세한 연구를 요하는 문제 아닐 수가 없다.

　이 정장(正藏)을 해인사로 보낸 이상에는, 그 전후하여 속장(續藏)도 일부일망정 그리로 가지 아니하였을는지, 그리하여 많지 못한 수효가 이리 궁글고 저리 쥐어박히다가 부지중 흩어져 떨어진 것이 아닌지, 이렇게 생각할 수도 있다. 해인사에서 근래 사간(私刊)·사간(寺刊) 등으로 부르는 것 가운데는, 딱 밝혀 말하기는 어려워도 꽤 많은 의문스런 비밀이 있을까 한다.

또 어찌 생각하면, 송광(松廣)이 일방의 규모가 웅장한 절이요, 예전의 경개 좋기로 이름난 곳인즉, 실상 속장(續藏)은 3보(三寶) 1찰(一刹) 같은 무슨 인연으로 여기 장적(藏積)하였던 것이 여러 번 화재에 이럭저럭 소실된 것이 아닌지, 시방 절에 전해 내려오는 것에도 지난 때에는 누판(鏤板)과 장서(藏書)도 과연 허다하던 것을, 지난 임인년 화재에 경장(經藏)과 판각(板閣)이 일시 불에 타서 없어져 탕연(蕩然)히 존재하지 못하게 되었다 한즉, 그때 오유(烏有)[5]에 돌아간 것 가운데는 속장(續藏)의 남은 것이 들어 있지 아니하였었던지, 다른 데는 다 없고, 특히 송광에서만 속장의 잔본이 이것저것 나오는 것은, 통틀어 속장 각판(刻板)과 송광 사이에 무슨 관계가 있음을 생각하게 한다.

해운(海雲)·기산(綺山) 두 스님(兩師)의 이야기를 듣건대, 만일 특별히 마음을 써서 탐문하여 찾아보면, 이밖에도 얼마를 절 안에서 발견하리라 하며, 또 지금까지 남에게 보이지 아니하고 더욱 일본인에게 그리하기는, 골동품만 여겨서 달라고 조르는 통에 아무쪼록 숨겨 두었다 한다. 우선 이 『열반경소(涅槃經疏)』만 하여도 빌려만 간 지 4년에 지금까지 완벽히 갖추지 못하고 있다.

이렇게 속이고 달래고, 심하면 을러가면서, 말하자면 문명적 토색(討索), 신식 침어(侵漁)에 사보(寺寶) 고물(古物)을 번번이 남에게 빼앗긴다는 말은 이르는 곳마다 듣는 바요, 군 서기 주재소장 나부랭이라도 조그마하고 함치르르한 것이면 알게 모르게 어떻게든지

---

5 어찌 있겠느냐는 뜻으로, 있던 사물이 없게 되는 것을 이르는 말이다.

가져가며, 심하면 공무로 지나가는 상당한 관리, 세상에 이름이 알려진 학자도 서적 같은 것은 우물우물하는 이가 있다 함에는 놀라지 않을 수 없었다.

하여간 주승(住僧)은 안목이 열리는 동시에 정성이 생기고, 외인(外人)은 염치를 차리는 동시에 호법(護法)을 생각하지 아니하면, 절의 재산 목록에 들지 아니하고 그보다 더 귀중한 숱한 옛날의 보배를 졸연히 보존할 것 같지 아니한데, 절과 중을 돌아보면 누구를 믿을 수 있을지 한심스러울 뿐이었다.

송광사 같은 데는 이만한 이들이나 있어 다소라도 낫지만, 그네들이 또한 그런 방면을 오직 한 가지 일만을 위하여 하는 이가 아닌즉, 꼭 안심되는 것도 아니었다. 무슨 기회로든 시간을 내서 전 지역 여러 절을 문헌적으로 철저히 탐사하고 싶은 생각이 부쩍부쩍 일어남을 억누르지 못하였다.

지금 우연히 지나가면서 보게 된 이 몇 가지만 하여도, 자선(子璿)의 『능엄(楞嚴)』 의소(義疏) 외에는 왕년의 일본 속장(日本續藏)에도 들지 아니하고, 대개는 책과 사람이 다 오래 매몰되었던 것들이니, 글자 그대로 극히 드문 걸작품인 것이다. 더욱 잡집논소(雜集論疏) 같은 것은 유서(類書)가 드문 만큼 매우 귀중하게 볼 것이니, 『총록』에는 이밖에 신라 태현대덕(太賢大德)의 이 『고적기(古迹記)』 4권을 적었으나, 남아 있는 『고적기』도 적지 아니하되 이것은 전하지 않는 모양이요, 『동역전등목록(東域傳燈目錄)』에는 현범(玄範) 이하 합 11종을 적었으되, 일본 속장에는 규기(窺基)의 『술기(述記)』 10권을 거두었을 뿐이다. 그런즉 이번의 발견이 일반 법상 전적(法相典籍)상에 일대 기여인 동시에, 원돈(圓頓) 위주의 교강(敎綱)을 세운 이후로 거의 비로 쓸 듯이 볼 수 없게 된 법상종(法相宗)의 비적(秘籍)이, 특히 조선에서 튀어나와 기여하는 일도 되는 것이다.

뜻한 이상의 소득에 감격한 마음을 누르지 못하면서, 다시 대법당으로 향하였다. 현판은 '대웅전', 주불은 비로자나, 후불탱은 석가, 화재 많이 치른 절에서 흔히 보는 뒤섞임이다. 길 넘는 대촉대(大燭臺)에 팔뚝 같은 황촉(黃燭), 은사(銀絲) 난이 굼실굼실하는 역사 있는 검은 빛의 구리로 된 하나의 향로, 닷집, 위패 등 시설이 골고루 대찰의 풍채와 태도를 가졌다.

왼쪽 벽에 간을 막고 보물장(寶物藏)을 만들어 놓았는데, 데미다만 보아도 700년 세월이 그 속에서 꿈틀거린다. 고려 희종이 보조 국사에게 내린 만수 가사(縵繡袈裟), 시방 일본 장삼(長衫)의 원형을 보는 듯한 동시대의 고제(古制) 장삼, 수정, 사찰탑, 호박 마노 등 염주, 종려피 욕혜(棕櫚皮浴鞋), 커다란 옥등(玉燈), 요령(搖鈴), 법라(法螺), 금강저(金剛杵), 관비(盥匕) 등 무엇을 집어 보아도 고색(古色)이 서리서리한 것들 뿐이요, 천도재(薦度齋)에 숙업관조(宿業灌澡)로 쓰는 난경(卵鏡), '능견난사(能見難思)'라 하는 동발(銅鉢) 등이 다 지금은 여기만 있다 하여 절이 자랑하는 물건이다.

이 동발은 몇 십 매를 포개든지 가상이에 층등(層等)이 나지 아니하고, 어느 짝을 뽑아서 아무 데 맞추든지 꼭꼭 들어맞는다 하여, 예전부터 생각할 수도 없는 놀라운 일이라 하는 것이다. 숙종조에서는 일부러 올려다가 보시기까지 하고, '능견난사(能見難思)'[6]란 이름까지 내리셨다 하는 것인데, 김삼연(金三淵)의 기(記)에도 50층이라고 적혔건만, 시방 남은 것은 31개 뿐이었다.

고봉 대사(高峰大師)의 원불(願佛)이라 하는 철제 주자(鐵製廚子)와

---

6 송광사에서 음식을 담는데 사용하던 바리때(공양 그릇)이다. 송광사 제6대 원감 국사가 중국 원나라에 다녀오면서 가져왔다고 전해지며, 만든 기법이 특이하여 위로 포개도 맞고 아래로 맞춰도 그 크기가 딱 들어 맞는다고 한다. 조선 숙종이 그것과 똑같이 만들어 보도록 명했지만 도저히 똑같이 만들어 낼 수가 없었다고 한다. 그래서 "눈으로 볼 수는 있지만 만들기는 어렵다."란 뜻에서 능견난사(能見難思)라는 이름까지 생겨나게 되었다. 현재 송광사 박물관에 29점이 소장되어 있다.

정광여래(錠光如來)의 치아라는 한 치 남짓 되는 큰 이빨 한 쌍과, 또 출처를 알지 못하는 검은 이빨 크고 작은 것 각 한 개와, '천하일(天下一)'을 새긴 벚꽃 문양의 일본 거울과, 대내(大內)에서 내려보낸 여섯 폭의 일본 병풍 등 볼 것이 적지 아니하다.

그러나 우리 눈에 가장 거룩하게 보이는 것은 무엇보다도 여러 가지 서첨(書籤)이었다. 첨(籤)은 두 종류가 있어 하나는 아첨(牙籤)이니, 커다란 호패만한 상아 조각에 앞면에는 경(經)의 이름과 상자의 번호를 새기고, 뒷면에는 감실 안에 불법을 수호하는 여러 신상(神像)을 빈틈없이 새긴 아래, 진(晋)·당(唐)·주(周) 혹 정(貞) 등 종별을 표시한 것이 무릇 열 조각이요, 하나는 경수첨(鯨鬚籤; 고래수염찌)이니, 아첨같이 만든다 하였으나 온갖 것이 좀 거칠게 된 것 32조각이다.

아첨은 다만 조각만으로도 그 정교함을 칭찬할 만하니, 크고 작은 두 무리가 있는 가운데, 큰 것이 더욱 그러하며, 상아에는 삼본화엄(三本華嚴) 뿐이로되, 수염에는 삼장(三藏)이 다 있다. 이 첨(籤)은 예로부터 내려오면서 이곳 경장(經藏)에 습용하던 것인데, 이럭저럭 다 흩어져 잃어버리고, 요새 와서는 이것만이 간신히 남았다 한다. 아마도 반드시 보조의 손때도 묻고, 진각의 지문도 박히고, 역대 무수한 고승 대덕들의 정진 근수(勤修)하던 여훈(餘薰)이 스몄을 것이매, 어루만지고 또 어루만지며 차마 손에서 놓을 수가 없었다.

더욱 용궁(龍宮) 철탑(鐵塔)처럼 장엄한 대법장(大法藏)에 삼국전통(三國傳通)·양조십습(兩朝什襲)의 비단 굴대에 담황색 책[錦軸細帙], 비간보편(秘簡寶編)이 가로 세로 가지런하게 네 개의 시렁에 가득 차고, 시방 저 코끼리와 고래의 찌들이 죽방울처럼 축축 늘어졌던 광경을 한번 가슴속에 그려 보매, 책을 모으는 버릇이 없다고는 못할 내가 아무도 모를 듯한 일종의 선열(禪悅)에 한참 싸이지 않을 수 없었다.

고려장(高麗藏)만 하여도 진정으로 초조본이면 5,924권의 570상자, 6,557권의 639상자, 속장경이 4,000권이니까 약 400상자, 이 밖에 내외전(內外典)이 또 얼마, 그것이 상자마다 붉은 중국 명주실 다북솔에 수정 구슬로 매듭을 하여 한가하게 척척 늘어졌던 광경은, 과연 상상만 하여도 엎드려 절하고 우러러 찬양함이 저절로 덜미를 짚어 나온다.

가락지만 보고 꼈던 손의 어여쁨을 생각하고, 아울러 가락지 임자의 꽃 같고 달 같은 모습을 생각하는 셈이지만, 시방 이 아첨(牙籤)에 대한 나의 심리는, 정직하게 말하면 분명한 일종의 퓨어리즘(Purism)이다. 한 단계를 다시 올리고, 하나의 관문을 다시 꿰뚫어 보면, 퓨어리즘처럼 단적(端的)한 범신론(汎神論)이 없다고 할지니, 이끝 저끝일 따름인 것을 한쪽에서는 '유치하다' 하고 한쪽에서는 '고상하다' 하는 것이 실상 우스움을, 아첨(牙籤)을 퓨어시하는 중에서 다시 한 번 생각하였다.

진실로 이찌지가 하나라도 남았으면
팔만대장을 못보아서 탓하리까
하물며 님의 손때가 갓묻은 듯함에랴

26. 대상대하(臺上臺下)의 방장 삼천 칸

대웅전 뒤로 하여 돌계단 18개를 오르면, '해동제일선원(海東 第
一禪院)'을 붙인 문을 지나 이른바 '대 위[臺上]'의 역내로 들어간다.
높은 이곳이 아마도 반드시 초기의 사역(寺域)이요, '대 아래[臺下]'
라는 지금의 중심부는 대개 융운(隆運)이 향하는 대로 옆으로 늘려
나간 것일 듯하다.

올라서서 정면은 설법전(說法殿)이다. 본디는 선법당(善法堂)이라
하여 보조의 교적(敎的), 곧 균혜적(均慧的) 본진(本陣)이던 것으로,
최후에 대중을 모아서

산승의 명근(命根)이 다 여러 사람의 손 안에 있는지라, 한결같이 여
러 사람의 가로 끌고 거꾸로 이끎을 맡기노니, 근골(筋骨)이 있는 이는
나오너라.[1]

를 소리 지르고, "말씀이 체당(諦當)하고 뜻이 상세하여 언변이 걸
림이 없으시니"하다가 "상에 걸터 앉아 움직이지 않으사 주무시듯

---

1 「목우자법어송」에 실려 있는 3절이다.

가신" 것도 이곳이었다. 그래서 후에는 조사당(祖師堂)이라 하기도 하다가 다시 설법전(說法殿)으로 부르게 되었다. 시방은 '팔만경각(八萬經閣)'이란 현판을 걸고, 해인장(海印藏)의 광무 인본(光武印本)을 주로 하여 경권(經卷)을 시렁에 보관하고 있다.

전(殿)의 천개(天蓋) 장식에는 보통 물형(物形) 외에, 특히 목조(木雕) '수리'를 다른 데 봉황처럼 매달았으니, 지난번 치락대(鴟落臺)에서 이야기한 인연으로부터 나온 것이다. 예로부터 내려오면서 특히 이 전내(殿內)에 그 형적을 머물러 옴은, 물론 이곳이 이 국내(局內)에서의 근본부(根本部)인 때문일 것이며, 전(殿) 앞의 가요문(哥窯文)[2]으로 쌓은 석대는 예로부터 옛것을 보존하기에 주의하여 고려조의 옛 축대를 힘써 보존하는 것이라 한즉, 번듯번듯한 돌을 아무 멋없이 겹쳐 쌓는 석대는 실상 후세의 졸(拙)한 채 편하려는 주의 생긴 뒤의 일임을 알겠다.

대에서 내다보니, 곱게 빗은 머리처럼 반드르르한 모후산이 "구경 잘 하느냐?"는 인사를 할 듯 할 듯이 정답게 건너다 본다. 전의 오른쪽으로 조금 물러나 있는 응진전(應眞殿)에는 주불 석가와 제화(啼花)·미륵 양 협시 등의 빚은 수법(塑法)이 특별히 근육의 사실적 표현에 힘을 쓰고, 또 그렇게 큰 성공을 거두어서 턱없이 원만풍후만을 위주로 한 다른 불상에서는 과연 보기 어려운 사실감 깊은 느낌이 나온다. 보살의 야단스러운 영락(瓔珞)도 몹시 만들었건만 일부러 지은 티가 없어 보임이 솜씨이며, 양측의 나한상도 궁둥이가 곧 떨어질 듯, 입이 곧 벌어질 듯, 말하자면 이상의 사실화를 충분히 나타내었다.

당의 오른쪽 앞에서 설법전을 곁으로 대하고 있는 정쇄(精灑)한 한 채의 건물이 보조의 습정처(習定處)이던 삼일암(三日菴)이니, 그

---

2 이리저리 가늘게 터진 금처럼 보이는 도자기의 무늬를 말한다.

송광사 비사리 구수(전남 순천)

목조 용기로, 1724년 전라북도 남원시 송동면 세전골에 있던 싸리나무가 태풍으로 쓰러지자 이를 가져와 만들었다고 전해진다. 쌀 7가마에 해당하는 약 4,000명의 밥을 담을 수 있는 일종의 밥통이다.

인연으로 늘 내려오면서 선방(禪房)이 되는 곳이다. 방의 한 가운데에서 눈을 감고 한참 섰으매, 보조의 호흡이 시방도 내 콧구멍으로 출입함을 깨닫겠다.

'삼일'의 말뜻에 관하여 절에 내려오는 전설에, 보조 대 담당(湛堂)의 무슨 설화가 있으나 또한 하나의 설화일 따름이요, 실상은 '삼일'의 '삼'이 곧 '치락(鴟落)'의 '술', '송광(松廣)'의 '솔'로, 다른 것이 아니라 곧 '술'의 하나가 다르게 번역된 것임이 저 영동 삼일포(三日浦)의 삼일과 같은 것일지니, 대개 송광의 가장 오래된 형태의 '삼일'이던 형적이 모르는 중 여기 곱다랗게 물려 나옴일 것이다. '송광'에 대한 우리의 개인적인 의견이 여기서 명증(明證)을 얻는 셈이다.

언제 일인지 꽤 오랜 '간당(看堂)틀'을 여기서 보고, 그 뒤 창고의 안에 가서는 조선 제일이라고 일컫는 '비사리구수'를 보았다. '비사리'는 싸리, '구수'는 구유의 이곳 방언이다. 실상 싸리는 아니지만 귀목으로 만든 구유가 어마어마하게 크고 길어 '섬밥'을 담고도 남는다는데, 전에는 이런 것 한 쌍이 있어, 큰 재(齋)가 들든지 하면 몇 천 석 사람의 밥을 지어서 퍼다 놓고 휘휘 뒤집으면서 나누어 주던 밥소래 대용품이던 것이라 한다. 임인년 큰 불에 하나는 타고 이것만이 남았으나, 근년에는 쓸 기회가 없어 긴긴 해에 선하품이

나 하고 자빠져 있다 한다. 큰 나무도 있었거니와 큰 구유도 소용
되었다 하겠다.

그 동쪽으로 작은 언덕 하나를 올라가면, 고려 희종 6년(1210)에
세운 보조 탑(普照塔)이 700년 풍우에 아직도 연꽃 봉오리가 뾰족한
채로, 8능(稜)의 공처럼 둥근 몸체를 연대 위에 다시 옮겨 모신 지
가 아직 오래 되지 아니하였다 한다. 탑 앞에 달걀 모양의 돌 셋을
놓은 것도 풍수설에서 나온 것이라 한다.

삼일암 앞에는 하사당(下舍堂), 설법전(說法殿) 앞에는 청운당(靑雲
堂)이 있고, 전의 다시 왼쪽으로 보조가 편안히 열반에 드시기 전에
상주하던 곳이던 조사전(祖師殿)이 백운(白雲)·차안(遮眼) 양당(兩堂)
을 좌우에 거느리고 있다. 조사전은 시방 33조사의 영당이 되어 석
가 주벽의 아래에 '면벽 달마' '육조 혜능' 등의 옹정 3년(1725) 탱
화를 봉안하였다.

차안당의 왼쪽으로 치락대(鴟落臺) 밑에 국사전(國師殿)이 있어,
불화의 근대 명가라는 쾌윤(快玧)의 손으로 된 보조부터 고봉(高峰)
에 이르기까지의 16국사 영정을 모셨으니, 말하자면 송광 일가(一

267

심춘순례

나옹 화상(여주 신륵사 조사당)
고려 후기 고승이다. 중국의 지공에게 인가를 받고 무학에게 법을 전하여, 조선 시대 불교의 초석을 세웠다.

家)의 불천(不遷)하는 사우(祠宇)로, 실상 송광의 송광 되는 대지주(大支柱)인 것이다.

그네들이 툭하면 내세우는 16국사, 남들도 이의 없이 송광을 승보 사찰로 인정하는 장본인 16국사, 몇 분밖에는 역사적으로 희미한 채, 실제적 위력은 시방도 업수이 여기기 어려운 이른바 16국사란 이가, 다 각기 "송광과 불법은 내가 붙들고 가노라."하는 듯한 미우(眉宇)를 들고 앉았다.

나옹(懶翁)의 제자로 본사의 일대 중창주(重創主)인 고봉이란 이의 장발(長髮)의 궤이한 모습은, 전통의 질곡 밖에서 자유자재한 보살도를 체현하던 당년의 풍모를 거의 비슷하게 떠올리게 한다. 머리는 더펄더펄하여 가지고 늙은 어린애로 풀피리나 불고 돌아다닐 때에, 누가 이를 행자로 보고 또 새 송광의 상기둥일 줄로 생각하였을까마는, 보건 말건 알건 말건 송광의 부서진 사개를 다시 맞추고 맑은, 그의 더펄거리는 머리끝마다와 피리소리의 마디마디에 한갈한식처럼 철철 넘게 흘러나오던 것이다.

때가 되매 부쩍 일어나서 뚝딱하여 새 면목을 발보일 적에는 만인의 둥그런 눈이 『레미제라블』에 나오는 파리 혁명 전장의 주대계원(酒袋稧員)을 대하는 이상이었을 것이 물론이다. 그가 꿈에 나옹의 부탁를 받은 것이 한 두번에 그치지 아니하였다 함만으로, 어떻게 타오르는 법열(法熱)로써 선덕(先德)을 계속 이으려 들었던지를 짐작하는 것 아닌가?

어허! 머리 기르는 중이야, 요새 와서 이미 귀한 물건도 아니게 되었지만, 그 기르는 값으로 당년의 송광보다 10배 100배 더 황폐한 대조선의 불우(佛宇)를 한번 중창하여 보겠다는 열화를 품은 이는 그 누구신지? '직구' 바르고 거울 들여다보시기에 다른 여가가 없을 것만을 걱정하여 드리겠다.

집의 칸수 형편으로 인한 것이겠지만, 옛 벽에 영정 두 폭을 걸 만한 공간이 있어 고래로 뒤에 오는 두 분 조사를 위하여 준비하여 놓은 것이라는 전언(傳言)이 있다. 우선 한 분은 전속력으로 나오셔야 하겠건만, 어느 걱정 없는 동산에서 긴나라(緊那羅)[3]의 소리나 듣고 계신지 모르거니와, 기다리는 형편으로는 한시가 민망하다 하겠다.

> 치락대 저문날에 고백(古栢)이 그늘진데
> 천(千)마루 기왓골이 조으는 듯 고요해라
> 이따금 바람을맞아 풍경(風磬)혼자 울더라

전(殿)은 본디 자음당(慈蔭堂; 蔭은 忍이라고도 함)이라 하여 송광사에 있는 가장 오래된 건축의 하나이니, 천개(天盖)의 간격(間格)에 황금으로 글씨를 쓴 실담자(悉曇字)[4]들이 손가락으로 셀 수 있는 몇몇 안에 들 만큼 두드러진 하나의 고적(古蹟)이었다.

전의 옆에는 풍암당(楓巖堂) 이하의 삼칠상(三七像)을 모신 진영당(眞影堂)이 있고, 전의 앞에는 역대로 큰 조사께서 드셨던 데라 하여 '팔도도조전(八道都祖殿)'이라는 명칭의 해행당(解行堂)이 있어, 시방

---

3 산스크리트어 kiṃnara의 음사. 의인(疑人)·인비인(人非人)이라 번역. 8부중의 하나. 노래하고 춤추는 신으로 형상은 사람인지 아닌지 애매하다고 한다.
4 범자의 여러 서체 가운데 하나로 싯다마트리카((Siddhamāt○kā)의 한자 표기이다. 실담자는 북방계의 굽타(Gupta) 문자로부터 나온 서체이다.

송광사 영산전(전남 순천)
송광사 안에서 규모가 가장 작은 법당으로 건물 양식이 독특하며 내부에는 약사여래상과 후
불 탱화가 봉안되어 있다.

은 선방의 식당이 되었는데, 정벽(正壁)에 '서천국 백팔대 조사 지
공 대화상(西天國百八代祖師指空大和尙)' '공민왕사 보제존자 나옹 대
화상(恭愍王師普濟尊者懶翁大和尙)' '태조왕사 묘엄존자 무학 대화상
(太祖王師妙嚴尊者無學大和尙)'이라고 또박또박 기입한 영정을 건 것이
아닌 게 아니라 과연 푸르다 하겠으며, 또 태극 두 개의 중간에 왼
쪽에는 붉고 오른쪽에는 희게 하나의 구(球)를 그린 것이 내 주의
를 끈다.

　내려오는 줄 모르게 대를 이미 다 내려와서 53불의 화탱(畫幀) 및
석상을 모신 불조전(佛祖殿)을 보고 화엄전(華嚴殿)을 들어가매, 영
조 46년(1770)의 화장찰해도(華藏刹海圖)를 건 좌우에 화엄경을 시작
으로 하여 수심결(修心訣)·결사문(結社文)·간화결의론(看話決疑論)
·십계도(十界圖)·유적도(遺跡圖)·관음상(觀音像) 등 모두 30여 종
의 경판이 시렁에 보관되었고, 따로 청량 국사(淸凉國師)의 상과 함
께 영조 12년(1736)의 종을 걸어 놓았다.

화엄루(華嚴樓)로, 영산전(靈山殿)으로, 임제종무원(臨濟宗務院)의 사무소 되었던 향로전(香爐殿)으로, 현판은 약사전이라 하고 불상은 아미타를 모신 육방(六方)이 반듯한 집으로 하여 해탈문 안의 대장전(大藏殿)에 돌아들었다. 전에는 그 아첨(牙籤) 수첨(鬂籤)이 주럭주럭하던 법보장(法寶藏)이었겠지만, 시방은 극락전처럼 바뀌고, '대방광불화엄경(大方廣佛華嚴經)' '실상묘법연화경(實相妙法蓮華經)'이란 주련(楹聯) 한 쌍만이 상설(像設) 건너에 붙었을 뿐인데, 협시 관음의 감로병을 들고 배를 턱 내미신 상(像)이, 마치 넘쳐나오는 슬픈 번민을 어디다가 주체할까 하시는 모양이었다.

전의 곁은 보제당(普濟堂)이니, 지금은 강당이 되어 금명 강백(錦溟講伯)의 주석하(主席下)에 총명하고 준수한 수십이 부지런히 의리(義理)를 닦는다. 풍조에 이아쳐서 학교니 강습이니 하고 남의 집 보물 구경다니기에 다리들이 찢어지다가, 요사이 와서야 제정신들이 좀 나 가지고 '강석(講席)'을 다시 연다, '이력(履歷)'을 독과(督課) 한다 함이 실상 움츠리고 물러난 듯한 진보라 할 것이다.

기왕의 우회는 그만두고도, 어서어서 이러한 선불장(選佛場)[5]들이 새롭고 생기 있는 기운을 드러내어 거의 잊어 버리게 된 일대 인연이 새로운 소리로써 혼몽한 시대를 깨우치게 되어야 할 것이다. 그리 되기 위하여 중들의 집안 일, 발밑부터가 든든하고 함함하게[6] 되기를 여기서 한번 새로 축원하였다. 금명(錦溟)[7] 화상은 부드럽고 온화하고 맑고 순수하여, 도를 닦는 기상을 옮킬 만하며, 학식과 문필도 다 일컬을 만하다고 한다.

5 부처를 뽑는 장소라는 뜻. 수행승이 좌선하는 곳을 말한다.
6 털이 보드랍고 반지르르하다, 소담하고 탐스럽다는 뜻이다.
7 금명은 호, 법명은 보정(寶鼎: 1861~1930), 성은 김씨이다. 30세에 스승인 송광사 금련의 법맥을 잇고 화엄사에서 개강하였으며, 뒤에 송광사로 옮겨 후학들을 지도하다가 나이 70세, 법랍 53세로 입적하였다. 저서로 『금명집』 1권이 있다.

오른쪽으로 꺾여, 뜰 건너로 문수전·관음전을 거쳐 황실을 위해 축하하였던 성수전(聖壽殿)까지를 보매, 주요한 전당을 한 바퀴 돌아온 셈이다. 성수전의 임자 없는 용상(龍床)은 먼지의 낙원이 되었을 뿐이요, 품계와 관직 차서로 신료(臣僚)를 묘사한 그 벽화는 눈도 빼고 코도 떼어 거의 성하게 남은 사람이 없다.

어이한 까닭임을 물으매, 향촌 미신에 명부전 사자(使者)의 눈알 혹 코끝의 흙을 떼어서 먹으면 낙태가 된다 하여, 꾀꾀로 훔쳐가는 낡은 풍속이 있는데, 그것이 여기까지 전염하여 정1품은 '죄없는 사람을 잘못 잡은' 포교가 되고, 종2품은 매독 제3기를 앓게 된 것이라 한다.

그 대감네들이 남의 몹쓸 일도 많이 하였으니까 눈도 좀 다치고, 또 고이 간수하여야만 할 '나라'라는 그릇을 맡아 가지고 보기 좋게 산산조각을 내어 놓았으니까, 무안한 품이 남의 손에 코는 고사하고 제 손으로 얼굴을 온통 떼어 사타구니에 껴도 부족하지만, 살아서는 주린 범도 먹을 듯하지 아니한 그 더러운 것들의, 더구나 그림 그렸던 흙이 약(藥)에도 부정불의(不貞不義)한 사람의 약이 된다 함에는, 하늘의 숨은 징계가 경계를 불러옴이 너무도 심각하여, 과연 기절 요절을 아니할 수 없었다. 보고 또 보매, 마치 악충무(岳忠武) 사당 앞에 있는 진회상(秦檜像)을 대하는 듯한 생각이 있다.

들거라 그대네가 제제충량(濟濟忠良)이라해도
구오보위(九五寶位)가 빈자리만 남은이제
얼울에 흔대좀남을 아파할줄 있으랴

27. 보조로, 원감으로, 진각으로

밤에는 기산사(綺山寺)의 호의로 '염송설화(拈頌說話)'의 고각본(古刻本)과 기타 귀중한 역사적 서류를 얻어 보고, 자고 난 16일에는 암자를 도는데, 바쁜 가운데 해은(海隱) 스님이 동쪽 길의 수고로움을 잡아 줌이 극히 미안하였다.

송광의 산내 속암(屬菴)은 도무지 동북으로 한 골짜기 안에 보조암을 중심으로 하여 서로 용마루를 건너다보고 있다. 시내를 건너 맨 먼저 닥치는 것이 시방은 승방이 된 부도암(浮屠菴)이니, 일명 비전(碑殿)이라고 부르는 것처럼, 부도와 아울러 비의 무더기가 그 옆에 있다.

부휴당(浮休堂) 이하로 무릇 22부도를 줄 맞추어 안치하였으되, 가운데 열의 일곱은 부휴로부터 세차를 따라 일자로 내리 모셨으니, 저 대흥사에서 청허 이하의 비를 그렇게 한 것과 아울러서 송광의 계조탑(繼祖塔), 대흥의 계조비(繼祖碑)란 것이 또한 각기 하나의 명물이라 한다.

둥근 것 모난 것, 종 모양 달걀 모양, 뚱뚱이 홀쭉이, 질뜬이 거분이, 부도 표본의 진열장으로 보겠는데, 부휴의 검소와 벽암(碧岩)의 장려가 좋은 하나의 대조를 이루었다. 벽암은 그 국가에 대한 힘들인 수고로움을 생각하사, 인조께서 특명으로 용상(龍床)을 깔게까지 하셨다 한다.

계행을 지킨 것으로 유명하던 환해(幻海)란 이의 영주탑(靈珠塔)도 여기 있다. 그는 견디는 과부댁의 아들로 어린 나이에 출가하였다가, 성(性)에 대해 눈뜰 무렵에 가서는 너무도 이성에 대한 망상과 강박을 이기지 못하여 꾀꾀로 속가(俗家)로 돌아가면, 그 어머니는 "저래 가지고 어떻게 생사의 큰일을 끝을 막겠느냐?"고 힐책하여 보냈다. 그래도 마음을 다잡지 못하매, 한번은 그 어머니가 한 계집종과 잠자리를 같이 하도록 한 후, "평생을 애욕의 물에 담가도 늘 그 맛이 그 맛이니라."하고, 사실(事實)의 금비녀로 그 어리석은 꺼풀을 고통스럽게 벗겨내시니, 이 선교(善巧)[1]가 비로소 바로 맞아서, 그제서야 세간 자미가 생명과 도법(道法)으로 바꿀 무엇이 아님을 깊이 깨닫고, 그 길로 산으로 돌아가서는 다시 문밖 일보의 땅을 밟지 아니하고, 한 평생 근수정진(勤修精進)하여 드디어 한 시대의 대덕(大德)을 이루었다 하는 재미있는 삽화의 주인공이시다.

살겠다 무는 것이 죽음의 낙싯밥을
저마다 속건마는 뻔히보며 또덤벼를
감빨아 못놓을맛이 무엇인가 아옵세

조종저(趙宗著)가 찬한 송광사 사적비(松廣寺事蹟碑), 낭선군(朗善君)이 쓴 보조 국사 비명(普照國師碑銘) 외에, 임인년 재난 후의 공덕주인 용운당(龍雲堂)의 기적비(紀績碑) 등이 있고, 탑과 비의 틈틈에는 만발한 두견화가 제물에 큰 공양이 되어 있다. 골을 끼고 오른쪽 길만 따라서 청진암(淸眞菴)으로 하여 제3세 청진 국사 적조지탑

---

1 빼어난 교화 방법이란 뜻이다.

(淸眞國師寂照之塔)을 동백 측백의 숲속에서 첨례하고, 가파른 비탈진 길로 하여 남암(南菴) 터로 올라갔다.

보조암을 중심에 두고 사방으로 암자가 있으므로, 본명보다 방위로 부르는 이름이 도리어 일반화되었다. 남암은 도적이 자주 붙어서 거주 승려가 희소하여진 뒤에는, 견디다 못하여 훼폐(毁廢)하기에 이르렀다 하는데, 깊고 높아서 산갈퀴가 연해 옷깃을 여미어 줌을 내다보는 맛이 송광사에서는 가장 좋을 듯하다. 수림 틈으로 똑바로 보이는 건넛등의 자정암(慈淨菴)은, 마치 이리로 향하여 화취(畵趣)를 이바지하는 것도 같다.

도적 이야기가 나왔으니 말이지만, 전부터 송광은 풍수 관계로 도적이 떠나지 아니하는 곳이요, 보조만 하여도 실상 도적의 소굴이던 곳을 소탕하고 새 도량을 꾸몄다 하여, 여기에 관한 종종의 설화를 전한다. 그뿐 아니라 도적에 대한 염승(厭勝)[2]이라 하여, 근년까지도 도적의 겁략(劫掠)을 흉내내어 모방하는 예초(刈草)란 오래된 풍속을 행하니, 작인(作人)들이 도조(賭租)를 1년 이상 체납하면, 그 다음 해의 가을 추수를 기다려 절의 무리들이 10명 100명씩 작당하여, 어둡고 깊은 밤에 횃불을 들고 대거 습격하여 작물을 베어 가지고 떠들썩하게 돌아온다.

이 예초로 말하면, 아마도 반드시 유래가 아득하게 멀고 오래된 민속으로, 처음에는 불교에 간섭되는 무엇이 아니었을 것이다. 또 축도 설화(逐盜說話)로 말하여도, 본디는 보조의 중창이 아니라 창조(創祖)의 개산 설화(開山說話)로, 내외교(內外敎) 갈등 설화의 하나의 모티프일 따름일 것이다.

축도 설화 가운데 대신 지정하여 준 처소로 쫓겨간 도적떼가 물을 얻지 못하여 보조에게 와서 호소하매, 조사가 직접 가서 장두(杖

---

2 주술을 써서 사람을 누르는 일. 또는 그런 주술을 말한다.

頭)로 두어 번 쑤시니, 맑은 샘이 솟아올라 길이 감로(甘露)의 혜택
을 입게 되었다 하는 일단으로 말할지라도, 요하건대 전후 양 교문
(敎門)의 우열을 언어로 표현한 하나의 삽화일 것이다.

남암으로부터 오른쪽으로 내려오다가 중턱 쯤하여 또한 팔각으
로 된 하나의 탑을 만나니, 이것이 곧 제6세 원감 국사 보명지탑(圓
鑑國師寶明之塔)이었다. 몇 해 전에 일본 판각의 『원감록(圓鑑錄)』을
얻어서 절로 하여금 보인(補印)케 한 인연이 있으므로 더 한층 친절
한 생각이 나는데, 탑의 둘레에 무더기 무더기 핀 진달래꽃에

봄날 계수나무 동산에 꽃 피었는데,
그윽한 향기 소림의 바람에 움쩍 않더니,
오늘아침 익은 과일 감로에 젖고,
한없는 사람과 하늘 한가지 맛이구려[3]

를 다시 한 번 생각하였다.

동암(東菴)이라는 은적암(隱寂菴)의 길을 외어서, 암자 중 근본 도
량이라 할 보조암으로 내려왔다. 은적은 제13세 각엄 존자(覺儼尊
者) 청진 국사(淸眞國師)의 장루지(藏樓地)요, 보조는 이름과 같이 보
조 국사가 41세부터 53세 시적(示寂)[4]까지 정수(靜修)하던 곳으로,
풍암(楓庵)·묵암(默庵)·벽담(碧潭)·회계(會溪)·무용(無用)·영해
(影海) 등 대강사들이 차례로 머물면서 강하여, 오랜 동안 유명한
하나의 대강당이자 송광의 두뇌를 가음하던 곳이다.

은적암·보조암 두 곳 모두 의병 소탕이라고 돌아다니던 누구의
무지한 한 자루의 횃불에 600~700년 승람(勝藍)이 하루 아침에 오

---

3 고려 원감 국사의 시이다.
4 부처, 보살, 또는 고승의 죽음을 이른다.

유(烏有)로 돌아갔다.[5] "보조암이 탈 때에 기둥이 울고 기와가 튀고 산이 슬퍼하고 짐승이 발을 굴러, 한참 동안 처참한 모양으로 살을 에이는 듯하던 경치는 시방도 눈에 선하다."하는 은사(隱師)의 눈에는 비분의 눈물이 금시에 그렁그렁하다.

그다지 깊도 높도 아니하게 푹 싸인 좋은 도국(都局)[6]이, 바로 '병목안'이란 일컬음에 흡당(恰當)함을 보겠다. 넓고 높은 축대와 앞에 같이 박혀 있는 초석으로 비추어 보아 암자로서는 얼마나 컸는지 짐작하겠으며, 보리밭 된 청원루(淸遠樓) 터만 가지고도 너그럽게 배포하였던 당시의 규모를 볼 만하다.

불에 그을린 돌, 문드러진 흙이 오히려 참혹한 빛을 띤 틈틈에는, 마치 부여 반월성에서 보는 것 같은 불에 그을린 검은 쌀이 덩어리 덩어리 쌓여 있으며, 수레라도 굴릴 만한 큰 길이더란 은적 통로(隱寂通路)는, 이제는 있는 둥 마는 둥한 나무하러 가는 길이 남았을 뿐이다. "불탄 뒤에 난 나무들이 이미 길이 넘었구나."할 때에는, 여러 사람이 한참 비장한 침묵을 지키지 않을 수 없었다. 어쨌든 피고 보는 꽃은 여기서도 발간 아가리들을 찢어지도록 벌렸다.

네기둥 번듯한채 재된집을 보는족족
여간 눈물을 뿌리고서 여기오니
거스러 바서진흙에도 눈이반반 하여라.

벌건 꽃밭 속으로 설렁설렁 내려오면, 이편으로는 고봉지탑(高峰之塔), 저편으로는 융묘 대사 탑(融妙大師塔), 무릇 산소 자리 됨직한 구릉을 가려 가면서 탑을 세웠음은, 염치 없는 투장자(偸葬者)를 막

5 오유(烏有)는 어찌 있겠느냐는 뜻으로, 있던 사물이 없게 되는 것을 이르는 말이다. 여기서는 화재를 당해 전소되었다는 의미이다.
6 산에 둘러싸여서 이루어진 땅의 형국. 음양가에서 쓰는 말이다.

는 한 방편으로도 삼은 것이라 한다. 눈 가는 데, 발 닿는 데, 진달래들이야 한번 야단스럽게 피었다. 이제는 아주 봄이라 할 수밖에 없다.

내려와 감로암(甘露菴)에는 영취루(映翠樓) 앞으로 김훈(金曛)이 찬한 원감 국사 비(圓鑑國師碑)를 세웠는데, 귀부가 턱없이 크고 뚜껑 없이 정수리 가장자리를 둥글린 것이 특색이었다. 산죽(山竹) 덮인 작은 등성이를 넘어 푹 빠진 터에 있는 것은, 제2세 진각 국사(眞覺國師) 무의자(舞衣子)가 선록(禪錄)의 집대성인 『선문염송집(禪門拈頌集)』을 찬술하던 곳이니, 광원(廣遠)은 "널리 길을 헤매는 무리들을 구제하고, 멀리 바라밀에 이른다는 것을 이름"이라 한다.

우리나라 선가(禪家)에 '염송(拈頌)'이나 가지고 '벽암(碧巖)'이니 '무문관(無門關)'이니 '종용(從容)'이니 하는 군소(群小)의 선록송(禪錄頌) 고서류(古書類)를 모조리 쓸어버림은, 마치 의문(醫門)의 『동의보감(東醫寶鑑)』이 여러 가지 많은 방서(方書)를 한꺼번에 쫓아버림과 같은 것이니, 머지 아니한 장래에 이 갸륵한 책이 천하에 유포되어 사계에서 공벽(拱璧)의 대접받기를 의감(醫鑑)과 같이 될 줄을 우리는 반드시 기약한다.

한군데도 만삽거든 '천팔백' 흔데오녀
딱지를 보배라해 쫓아가며 모으시기에
한동안 밑지신낮잠 얼마실까 하노라

증오(證悟)·학식(學識)·정진(精進) 무엇으로든지 무의(舞衣)는 실로 보조 이후의 일인자라 할 것이니,

하늘과 땅 사이에 사람이 태어나면
골격골에 아홉구멍 누구나 똑같은데

누구는 가난하고 누구는 부자이고 누구는 귀하고 천하고

누구는 예쁘고 누구는 추하니 무슨 연유인고?

일찍 들으니 조물주는 본래 사사로움 없다 했거늘

이제 보니 그 말이 거짓임을 알겠도다.

호랑이는 발톱이 있으나 날개가 없고

소란 놈은 뿔은 있되 사나운 이빨이 없도다.

그런데 모기와 등에는 무슨 공이 있어

날개까지 있는데다 또 침까지 가졌는고?

학의 다리는 길지만 오리는 짧고

새는 발이 둘이지만 짐승의 발은 넷이라

물고기는 물에서는 날쌔지만 뭍에서는 형편없고

수달은 뭍에서도 능하고 물에서도 능하다.

용과 뱀과 거북과 학은 천년 동안 살건만

하루살이는 아침에 나서 저녁이면 죽는다네

모두가 한 세상을 살건만은

어찌하여 천만 가지가 다른고?

그런줄도 모르면서 그러한가

도대체 누가 시켜 그리했는가?

위로는 하늘에 물어 보고

아래로는 땅에도 따져 봤지만

천지는 침묵하고 말하지 않으니

누구와 더불어 이 이치를 논해 보리오

가슴속에 쌓여있는 외로운 이 울분

날로 달로 골수를 녹이누나

기나긴 밤 더디더디, 어느 때 새려는고.

자주 책장을 바라보며 번민 그치지 않네.[7]

하던 어렸을 때의 「고분(孤憤)」이 「전물암(轉物菴)」에서,

> 오봉산 앞에 있는 옛 바위굴
> 그 앞에 전물이라는 암자가 있네
> 나는 이 암자에서 살아가나니
> 그저 하하 웃을 뿐 말하기 어려워라
> 입술 이그러진 찻잔과 다리 부러진 솥으로
> 죽 끓이고 차 달이며 무료히 날을 보내면서
> 게을러 쓸지도 않고 또 베지도 않으매
> 뜰의 풀은 구름 같아 무릎까지 빠지네
> 늦게 일어나매 이른 아침의 인사를 모르고
> 일찍 자매 저녁 술시를 기다리지 않나니
> 낯도 씻지 않고 머리도 깍지 않고
> 경도 보지 않고 계율도 안가지며
> 향도 사르지 않고 좌선도 아니하며
> 조사나 부처님께 예배도 하지 않네
> 사람이 와서 괴이하게 여겨 무슨 종인지 아는가 물으면
> 일이삼사오륙칠이라 대답하나니
> 침묵하고 비밀지켜
> 집안 흉을 남에게 들춰내지 마라
> 마하반야바라밀

의 한가하고 관대한 경계(境界)로 변하기까지의 자타(自他) 수용(受用)을 치부한 것이, '염송(拈頌)'한 조목이라 하여도 과언이 아닐까

---

7 이는 최혜심(崔慧諶)의 고분가(孤憤歌; 외로운 울분의 노래)이다. 최혜심(1178 ~1234)은 고려 명종~고종 때의 문인으로 뒤에 스님이 된 진각 국사이다.

한다.

'염송'은 겉 모양으로 얼른 보는 것처럼 결코 고인(古人)의 술 찌꺼기[糟粕][8]를 그대로 한 그릇에 담아 놓은 것만이 아니요, 실은 '일자불설(一字不說)'[9]하면서 고금 독보의 대연설 대봉갈(大棒喝)을 한 것임은 아는 이나 알 것이다.

송광이란 큰 등잔에는 보조만한 굵은 마음의 심지(心炷)도 있어야 하려니와, 진각(眞覺)만한 좋은 기름도 물론 없지 못할 것이다. 더 절실히 말하면, 송광이라는 상서로운 터, 보조 같은 어진 아버지와, 진각 같은 집안을 잘 다스리는 아들이 인연 화합하여 생긴 것이, 불교의 대성(大成)인 '조계산 수선사(曹溪山修禪社)'라 할 것이다.

일람각(一覽閣)에 함풍 원년(1851)에 혜월 거사(慧月居士)가 금강산 마하연[10]에서 대운상인(大雲上人)에게 청하여 얻은 기(記)를 적은 『조계진각국사어록(曹溪眞覺國師語錄)』 양책(兩冊)이 있었으니, 아마 다시 구하기 어려운 보배로 여기는 서적이려니와, 매양 펼쳐 놓고 읽다가

국사 원적일(國師圓寂日) 상당(上堂)에 이르기를, 봄 깊은 절 뜨락은 깨끗해 먼지 없고, 한잎 한잎 진 꽃이 푸른 이끼 점 찍네, 그 누가 소림 소식 끊겼다고 하는가, 저녁바람 이따금 그윽한 향기 보내오네.[11]

를 보고는, '만풍암향(晚風暗香)'의 말만한 도장(圖章)을 찍으면서 사

---

8 조박(糟粕)은 술 찌꺼기라는 뜻으로 고인이 남긴 글을 가리키는데, 곧 고인의 진면목을 추구하지 않고 껍데기만 익힘을 일컫는 말이다.
9 부처의 경지는 말이나 문자로써 나타낼 수 없다는 말이다.
10 내금강에 있는 유점사의 말사. 신라 때의 의상 대사가 지었다는 절인데, 만폭동의 가장 깊은 곳에 있다.
11 「국사원적일」이란 이 시는 스승인 보조 국사 지눌 스님이 입적한 날 지은 시이다.

법(師法)[12]의 구주(久住)를 스스로 맡아 나서는 의기가 바로 건곤(乾坤)을 태워 깨뜨릴 듯 함에, 아닌 게 아니라 과연 깊고 예리한 감격을 가지지 아니치 못하였다. "옳구먼! 송광 훗날의 번영이 이러한 깊은 뿌리 굳은 터에서 왔구먼!"함을 고쳐 고쳐 생각하지 않을 수 없었다. 진작부터 보조가 "무의를 얻었으니까 죽어도 한이 없노라."한 것이 과연 우연한 것 아니었다.

또 강종 대왕(康宗大王)에게 올린 글에,

중사(中使) 최전(崔璹)이 이르러 엎드려 성지를 받았더니, 정성스럽고 간절하게 타이르시면서, 아울러 보병 두 개와 침향 한 통을 하사하셨습니다. 존귀함을 굽혀 비천한 이에게 나아가서 우리 결사(結社)에 함께 들어오시기를 원한다 하시니 진실로 황공하여 머리를 숙일 따름입니다.

제가 듣건대, 전에 우리 세존께서는 열반에 임하여 불법의 외호를 국왕과 대신에게 부탁하시고, 사람과 천신의 복을 짓는 밭(사원)을 승려들에게 위촉하셨다 합니다. 우러러 뵈옵건대 폐하께서는 왕위를 물려받아 선왕의 기업을 삼가 지키고 전대의 성취를 깊이 명심하고 조상의 기업을 이어 흥성시키시면서 부처님 말씀을 잊지 않고 불가를 빛내고 보호하셨습니다. 이제 또 임금의 총명함을 되돌려 산림에 숨은 이에게까지 비춰 흩어져 있는 사람들까지 빠트리지 않으시고 특별히 윤음을 내리셨습니다. 진실로 천하에 듣기 어려운 일이고, 고금에 없었던 일입니다.

엎드려 생각하건대, 빈도는 취할 만한 재주가 없고 일컬을 만한 덕이 없으면서, 억지로 산문을 맡아 헛되이 부처님의 그늘을 의지하였으

---

12 스승으로서 지켜야 할 도리. 또는 스승으로 삼아 그를 본떠서 배우는 것을 뜻한다.

니 인연에 따라 마시고 먹으며 성품에 맡겨 소요할 따름입니다. 어찌 한가한 이름이 궁중에까지 미쳐 성대한 은택이 분수에 넘치게 적시는지요. 얼굴이 벌개지고 놀라서 땀이 흐릅니다. 게다가 헛되이 지존을 욕되게 하여 작은 절에 몸을 굽혀 오시게까지 하겠습니까. 그러나 성스러운 마음으로 하고자 하시니 감히 명을 좇지 못할 뿐만 아니라, 결사의 글을 삼가 바쳐서 성상의 허락을 얻기까지 하였습니다. 은덕을 입어 놀라고 두려움을 감당하기 어렵습니다. 엎드려 바칩니다.

라 한 것을 보고는, 더 할 수 없이 가장 높은 한 사람까지 "고개를 숙이고, 나도 끼었으면 합니다."하게 한 조계산 수선사의 권위와 하나의 빈도(貧道)인 무의자(舞衣子)[13]의 덕화(德化)를 새삼스럽게 감탄하여 왔었다.

'이양지도(移養之道)'와 '풍진지제(風塵之際)'를 떠나려 하여, 남쪽 구석의 깊은 산을 찾아간 수선사가 승려와 속인이 운집하다 못하여 임금까지 모임의 수효에 더하지 아니치 못하게 됨이, 어찌 말하면 본지(本旨)가 아니라 하기도 하려니와, 기도 불교(祈禱佛敎), 늑매 불교(勒賣佛敎)의 시대에 이만큼 정법(正法)의 면목을 현양한 것만

---

13 무의자는 혜심(慧諶; 1178~1234)의 자호이다. 혜심은 고려 후기의 승려로 성은 최씨, 자는 영을(永乙). 전라도 나주 출신으로, 지눌의 뒤를 이어 수선사(修禪社)의 제2세 사주(社主)가 되어, 간화선(看話禪)을 강조하면서 수선사의 교세를 확장하였다. 1210년 지눌이 입적하자 수선사에서 개당(開堂)하였다. 1212년 강종이 수선사를 증축시키고 불법을 구하므로『심요(心要)』를 지어 올렸고, 당시 문하시중 최우는 그에게 두 아들을 출가시켰다. 고종은 왕위에 올라 혜심에게 선사에 이어, 대선사를 제수하였으며, 1220년(고종 7) 단속사 주지로 명하였다. 1234년 6월 26일 입적하였고, 나이 56세, 법랍 32세였다. 고종은 진각 국사(眞覺國師)라는 시호를 내리고, 부도의 이름을 '원소지탑(圓炤之塔)'이라 사액하였다. 부도는 광원암 북쪽에 세워졌고, 이규보가 찬한 진각 국사 비는 전라남도 강진군 월남산 월남사에 세워졌다. 현재 비문은 잔비(殘碑)만이 전해 오고 있으며,『동국이상국집』,『동문선』,『조선금석총람』등에 그 글이 수록되어 있다.

도, 참 끔찍한 일대 공적이라 할 것이다.

흥, "무더위에 허덕일 때 만나게 되면, 맑은 바람 일으킨들 방해 않으리."라 하여 스승에게서 제자에게로 이어져 전해 가던 당년의 그 부채가 지금은 어디로 갔는지! 풀을 말끔하게 뽑은 채 거칠고 더럽혀진 앞뜰을 보면, 가슴이 답답하여! 가슴이 답답하여!

앞의 적취루(積翠樓)를 보면서 한참 무인·기묘년 사이에 호남의 일곱 의로운 호랑이[湖南七義虎]의 하나로 치는 미황사(美皇寺) 응화 강사(應化講師)가 40~50인씩 모아 놓고 크게 법류(法流)를 트던 성황을 이야기하는 고기(古氣)가 뚝뚝 흐르는 한 노승(老僧)이 있다. 93세에 기력과 총명이 젊은이를 부러워하지 아니하는 이춘명(李春明)이란 노장(老丈)이 송광의 산 역사로 여기 계시다.

그 뒤로 돌아가면 대밭 속에는 원각 국사 원조지탑(圓覺國師圓照之塔), 차밭 속에는 자정 국사 묘광탑(慈淨國師妙光塔)이 있는데, 전자는 모에 새김 있음이 특색이요, 후자는 미치광이 승려가 밀어서 넘어뜨려 안의 부장품이 나왔다 하던 그것이다.

대나무 밭과 소나무 숲 두 틈의 자정암(慈淨菴)은, 솔 심어 지은 누(樓)를 대 심어 호위한 것이 아주 아담한 풍치 있게 되었다. 누(樓) 앞의 반송(盤松) 한 그루는 아마도 반드시 이곳이 대강당이던 시절에 학인(學人)들이 논탐(論探)을 하고 난 여가에 좋은 경행장(經行場)이었을 듯하다.

한참 뛰어다닌 끝이라 맹물도 꿀물이요, 막떡도 깨떡 같을 터이러니, 특별히 마음을 써서 꿀물에 깨떡의 공양이 나오매, 꿀꿀물 깨깨떡으로 게 눈 감추듯 맛있게 먹고 바로 절 안으로 돌아오니, 겨우 오후 1시의 종이었다. 밤에는 청정 대중의 도타운 청으로 보제당(普濟堂)에서 강연회를 여니, 모인 대중이 100여 명! 10년 20년 전과 비교해 보면 몇분지 일에 불과하지만, 아직도 따르는 자가 많은 편이라 하겠다.

석전 스님은 '소감(所感)'이라 하여 20년간 불교의 유신에 종사하던 실제 겪어온 일을 약술하면서, 금일의 급무는 불교인들이 본분상사(本分上事)를 잃지 말고, 어디까지든지 불교인으로 신시대 창조의 무대에서 영광스러운 임무에 복무하여야 할 이유를 누누이 설파하였다.

나는 '구경(究竟)의 일대사(一大事)'라 하여, 시대적인 조류의 동요는 불교도 빠지지 아니하여, 바야흐로 전에 없던 일대 시련을 받게 되었지만, 그렇다고 불교의 일대 위기라고 볼 것은 아닌 것이, 원래 불교란 것은 당초의 성립으로부터 일체 기성과 일체 전통을 헤치고 일어선 것이요, 또 특수한 법인(法印)[14]으로써 아주 홀로 연 교의(教義)를 세웠기 때문에 당초부터 평순하게 생장할 수가 없었고, 더욱 인도 같은 데서는 사변적 경쟁, 지나와 기타 동방 제국에서는 고유 사상하고의 반발 관계로 인하여, 어느 때 어느 곳에서든지 결코 풀솜에 싸여서 길러져 나온 것 아니라, 실상 무서운 진탕(震盪)[15]과 핍박과 자격(刺激)[16]과 충동 속에서, 항상 파사현정(破邪顯正)하는 대노력으로써 자가(自家)의 세상에 서 있는 지위를 지켜 내려온 것임과, 만나는 것이 험난하였을수록 거기에 대한 탄발력이 커서, 더욱더욱 전륜왕의 기개를 발휘하여 나온 것임을 역사서의 실례에 비추어 논증하였다.

또 이조 500년처럼 무서운 불행에도 아무 내적 손상을 받지 아니한 불교가 몇 십백 배나 경우가 이익을 따르게 된 오늘에, 도리어 한없이 위축 조락하리라 함은 이것이 하등의 괴이한 일이냐고

---

14 불도를 외도(外道)와 구별하는 표지. 불법이 참되고 부동 불변하다는 것을 나타내는 것으로, 소승 불교에서는 무상인·무아인·열반인의 삼법인(三法印)으로 하고 대승 불교에서는 실상인의 일법인으로 한다.

15 몹시 울려서 흔들리는 것을 말한다.

16 자극을 받아 크게 흔들리는 것을 말한다.

의심하고, 시방 불교계의 걱정은 결코 시세의 격변이라든지 사조의 급전(急轉)에 있는 것이 아니라, 실상 교인 자기네들의 신앙적 파산 ― 신심 동요, 불도의 수행을 애써 피함에 있음을 갈파하였다.

과학 이상의 과학, 철학 이상의 철학, 초예술적 예술, 초종교적 종교, 진실 절대(眞實絶對) 그것인 불교는 어떠한 시세 어떠한 풍조에도 밀려나갈 것 아님과, '뽑힌 바 사람'으로 불교인 됨이 인간으로 어떠한 지고무상(至高無上)을 파악한 것이기에, 작은 재주와 졸렬한 가르침, 명예를 구하는 불행으로써 손쉽게 이것들을 버리느냐고 개탄하였다.

심지어 요새 와서는 '중' 된 것, 또 되는 것이 기도업(祈禱業)의 개장(開張)이나 양육원(養育院)·우접소(寓接所) 내지 사회 출입의 역참이나 듦으로 생각하는 기막힌 경향이 있음을 지적하고, 또 혹 젊은 학인 사이에는 그릇 불법은 이미 생명을 잃은 것, 권위가 없어진 것이라 하여 맛도 보지 않고 뱉으면서, 아무 알맹이 없이 사회 개조니, 해방 운동이니 하면서, 알지도 못하는 새 문자 새 인명을 입에 올리고, 즐겨 교문(敎門)의 좀도둑이 되는 이도 있지만, 실상 혁명 운동 있은 뒤에 석가 이상의 혁명가가 어디 있으며, 개조(改造) 이상(理想) 생긴 뒤에 불교 이상의 대경륜(大經綸)이 어디 또 있을까.

사회 제도의 약간 수보(修補), 경제 조직의 약간 개정만 가지고 완전한 생활이 결코 성립될 것 아니니, 그러므로 불교 같은 데서는 필경 철저한 세계 ― 그래 삼세시방(三世十方)을 통틀어 ― 일대 개조안(改造案) ― 불보살의 원(願)이란 것 ― 이를테면 천수관음의 육원(六願), 보현의 십원(十願), 약사의 십이원(十二願), 미타의 사십팔원(四八願), 석가의 오백원(五百願) 같은 것이 벌써부터 건립되고, 또 실행 구현하게 되어 있어 사람은 생각할 수 없는 진정 완전한 개조안이 불지견(佛知見)[17]에 의하여 벌써 마련되었으니, 불국토 건설 이상의 개혁 운동과 부처님처럼 수행하는 대승 도인(大乘道人) 이상의 개혁가가 더 없음을 개괄하여 논하였다.

나아가 불법 불문은 어떠한 무엇으로든지 최후요 지상이요 절대요 궁극적인 것이니, 결코 밥 먹는 방편, 글 배우는 방편, 은둔 회피하는 방편, 명예를 구하고 재물을 탐하는 방편, 이런저런 아무 방편도 아니라, 세계 인간에 있는 지고무상(至高 無上)의 전목적(全目的)인 것으로 비교하여 마주할 무엇, 교환할 무엇이 다시 있지 아니한 것이니, 이렇게 불도가 '구경(究竟)의 일대사(一大事)'임을 믿는 것이 불신(佛信), 불도(佛道)를 '구경의 일대사'로 닦는 것이 불행(佛行), 불교로 '구경의 일대사'를 이루는 것이 불증(佛證)임을 연설하였다.

마지막으로 조선 불교 금일 불교가 따로 있어 위기에 임박한 것 아니라, 크게는 어느 시대든지 작게는 어느 사람의 마음에든지, 이 '구경의 일대사'라는 각성이 똑똑하고 똑똑하지 아니함 하나가, 그 시대 그 사람에게 불법이 부지되고 부지 못 되는 것일 따름임을 되풀이 논하였다.

아무쪼록 여러분으로부터 이 의미에서의 각개의 옛 거울을 거듭 갈아 시세에 끌리는 일 없이, 남의 소리에 얼을 빠뜨리는 일 없이, 부처님의 교시하신 대로 성난 사자와 같이 무서운 기세로 분투하는 씩씩하고 힘찬 걸음을 나타내시면, 자타(自他) 양방(兩方)의 '구경의 일대사'가 어언간 성취되어, 위로 본사(本師)와 아래로는 문조(門祖)에 대하여, 어진 자손들이 되는 동시에, 세계의 불교화란 구경의 일대사 인연도 거기를 출발점으로 하여 차츰 나아가고 차츰 이루어질 것을 간략히 설명하였다.

---

17 제법실상(諸法實相)의 이치를 깨닫고 비추어 보는 부처님의 지혜. 모든 부처님이 세상에 출현하는 까닭은 중생으로 하여금 이 부처님의 지견(知見)을 얻게 하기 위한 것이라고 한다.

독고(毒鼓)를 울리려나 채가길지 못하도다
제호탕(醍醐湯) 찾는이게 쑥고(膏)대접 했을망정
쓴대로 삼처두시오 잠깸될까 하노라

28. 장군봉 넘어 조계수 건너

17일. 아침 나절은 다리도 쉴 겸 하여 송광사에 있는 고금 제각(題刻)을 집록한 『조계문선(曹溪文選)』이란 것을 뒤적거렸다. 귀둥대둥한 것이 많지만, 고적(古蹟)을 계고(稽考)함에는 조종저(趙宗著)의 「사원사적비(祠院事蹟碑)」, 실제로 본 것을 기록하여 보관한 것에는 홍연천(洪淵泉)의 「유산록(遊山錄)」이 다소의 참고가 될 뿐이었다. 여러 가지로 더 볼 것도 있고, 이틀 뒤에는 보조 국사의 기제(忌祭)가 되신다 하건만, 앞길을 위하여 점심밥 뒤에는 곧 송광을 하직하였다.

절 뒤로 하여 삼청천(三淸川)의 긴 다리를 건너, 무용당(無用堂)이라는 이의 호광(豪光) 터로 유명하던 수석정(水石亭) 자리를 지났다. 수석정은 유객(遊客)의 공억(供億)에 괴로워서 경퇴(傾頹)[1]에 맡겨 없앴다 한다. 이름과 같이 물로든지 돌로든지 정자 하나는 있을 만한 곳이었다.

여기저기 산죽(山竹)단이 수북수북 쌓여 있는 것을 보면서 웅구재를 바라보고 헐떡헐떡 올라갔다. 산죽은 해변으로 가져다가 해

---

1 낡은 건물 따위가 기울어져 무너지는 것을 뜻한다.

초(海草)걸이로 쓴다고 한다. 이렇게 들어가며 보매, 송광도 아닌 게 아니라 과연 꽤 큰 산이다.

비틀배틀 올라가니, 몇 발짝 옮기지 아니하여 돌아다 보이는 광경이 연해 딴판이 된다. 연꽃 봉오리 같은 아미산(峨眉山)의 연꽃 열매 같은 천태암(天台菴)이 연사(蓮絲)[2]만큼 보인다. 거의 마루턱에 가서야 비로소 큰 절이 환하게 내려다 보인다. 5리나 넘게 꽤 힘든 길이었다.

치락대에서 보는 송광에 은근 깊숙, 어름 뭉싯한 재미를 얹어서 보이는 것이 웅구재에서 내려다 보는 경치이다. 빽빽한 것 어수선한 것 다 숨기고, 갸륵하게만 보여 주는 것이 여기서 보는 송광이다. 저 많은 집채의 기와 한 장, 서까래 하나가 도무지 여러 고덕(古德)들의 무서운 고심 노력이 엉긴 것인가 하니, 감격의 눈물이 또 한번 옷깃을 적신다.

못볼줄 여겼더니 옛가람이 여기있네
사람도 그제그이 없으리라 못하리니
떡에서 그릇보담도 옛맛보아 볼까나

산너머로는 배골 동네가 개밋둑과 같고, 벌교 가는 길이 백련(白練)을 넘은 듯하다. 좌로 꺾여 범의 참터로 유명한 마당재 밑으로 하여 연방 벼랑을 끼고, 골짜기 또 골짜기를 지나고 또 지났다. 온 산에 두루 퍼져 있는 것이 도무지 송림(松林)! 송광(松廣)이 헛글자가 아니라 하겠다.

늙은 나무들을 한참 텅텅 찍어내는데, 값이 한 주(株)마다 1원(圓) 남짓하다 함에는, 서울 시세로는 그저 내버림이나 다름없음에 놀

2 연의 줄기에 있는 섬유, 또는 그것으로 꼬아 만든 실을 의미한다.

송광사의 산내 암자로 송광사의 제9세 국사인 담당 국사가 창건하였으며, 그가 금나라 왕자였으므로 천자암이라 명명하였다고 하나 정확하지는 않다. 암자의 뒤쪽에는 천연기념물 제88호로 지정된 쌍향수가 있다

라지 않을 수 없었다. 얼마 가다가 돌 풍취가 생기기 시작하여, 한 고비 도는 족족 그것이 늘더니, 뒤에는 바위덤불을 지고 앞에 긴 골짜기를 뻗지른, 하나의 절이 나선다.

　육화문(六和門)을 들어서니, 천자암(天子菴)이란 편액이 바로 눈에 띈다. 절에 전해 내려오는 전설에, 금나라의 왕비가 어떤 병이 오래 낫지 않아 온갖 약이 무효하더니, 신탁(神託)으로써 보조 국사의 내화(來化)를 청하게 되매, 국사가 먼 곳으로부터 오셔서 약시(藥施)와 함께 법시(法施)를 주셨다. 일국(一國)이 아직 있어 본 적이 없음을 찬탄하는 중, 금나라 황제의 셋째 아들은 감사하는 마음으로 공경하여 높이 받듦이 특별히 깊어, 드디어 대사를 좇아 출가하고, 함께 동쪽으로 돌아와 산속 가장 높은 곳에 정수처(靜修處)를 지으니, 그 이가 담당(湛堂)이요, 그 집이 이 천자암(天子菴)이라 한다.

　보조의 유화(游化)와 금나라 태자의 출가는 도무지 역사에 증명하는 자료가 없는 바인즉, 이것도 한 근거가 없는 전설일 뿐일 것이다. 만일 억지로 그 출처를 찾는다 하면, 인물을 혼동하고 연대를 무시하는 전설이, 200여 년이나 멀리 떨어져 있는 보조를 보우(普愚)로 동일시하고, 원나라 승려를 금나라 태자로 와전하여, 보우가 원 순제(順帝)의 청으로 연경(燕京)에서 법당을 열고 설법한 것과, 원의 담당 법사(湛堂法師)가 천태(天台) 유서(遺書)를 구하기 위하여 고려에 왔던 것처럼, 사실을 뒤섞어 이야기하는 것이 그 실체라 할 것이다.

중명(重溟)을 건너서 구법하러 온 담당이 송광같이 대경장(大經藏)을 가진 명찰에 왔었더라 함도 되는 말이요, 더욱 천태종의 거벽(巨擘)이요, 종승(宗乘)이 모이는 바다로 대각 국사의 만년 장수처(藏修處)이던 대각암(大覺菴)이 조계산에 있은즉, 어차피 이 산 걸음을 아니치 못하였을 듯도 함으로써, 우리의 이 추측이 어그러져도 크게 틀리지 아니할 것을 믿는다.

또 이 전설의 성립에 동기를 지은 것은 천자암이란 이름일지나, 만일 금나라 태자의 아들이 와서 있었기 때문이면, 천자(天子)의 칭은 도리어 이치에 부당하니 천자의 출처는 실상 따로 있지 아니치 못할 것이다.

살펴보건대, 천자암의 뒷봉을 '장군봉'이라 일컫고, 아랫마을을 배골이라 이름하니, 시방 와서는 이 '장군'과 배를 풍수 한 유파의 견강부회하는 이야기로 설명하나, 물론 종 있는 말이 아니요, 실상은 송광 곧 '술'산의 하나의 주봉(主峰)으로 '두곰'의 칭을 띠고, 또 그 하나의 신역(神域)으로 '불골'의 이름이 있는 것일 따름임이, 허다한 유례로써 얼른 추정되는 바이다.

따라서 '장군'이 '두곰'의 음역(音譯)이요, '천자'는 곧 그 의역(意譯)에 불과한 것이 의심 없는 일이다. '두곰'을 '장군'으로도 비교하여 마주하고, '천자' 혹 '천왕(天王)' 또 '천제(天帝)' 등으로도 풀이하여 베낌은, 물론 고지명 기재상 흔히 있는 예인 것이다.

이로써 '천자암'의 어원이 실상 장군봉에서 발함을, 아니 끊어서 말할 것 같으면, 장군봉 — 의역하면 천자봉 아래에 있는 절이라 하여 '천자암'이라 한 것이, 마치 송광산 안에 있다 하여 송광사라 한 셈과 같다 함이다. 또 시방 문자로는 '천자(天子)'라고 쓰고, 말로 일컬음에는 대개 '텬지암'이라고 함에서, 본디 '천자'와 한가지 '천제(天帝)'의 부름이 있었음을 짐작할 듯 하기도 하다.

대개 조계산을 양분하여 송광이란 반부(半部)에서는 그 상봉이 장군이요, 겸하여 위치와 경물(景物)이 종교적 영장(靈場)됨직한 곳은 천자암 도국을 으뜸으로 칠 것이니, '천자'란 이름과 실상이 헛되지 아니한 유래를 이에서 더 명백히 징험할 것이다.

암자의 뒤에 향나무와 잣나무 두 그루가 지척에서 어깨를 걸고 있는데, 하나는 두 아름 세 뼘, 하나는 두 아름, 향나무로는 몹시 큰 나무가 오랜 풍상에 고괴(古怪)할 대로 고괴하여져서, 얼른 보아도 예사로운 물건은 아니다. 전하기를, 보조와 담당이 지팡이 꽂은 것이 자라났다 한다. 믿고 말고는 여하간에, 그 유난히 틀어지고 굽어지고 얼크러진 것이 700년 세월쯤은 넉넉히 잡아먹었을 듯하다.

몸은 곧을 대로 곧고, 가지는 곱을 대로 곱으며, 밑둥과 큰 가지는 늙을 대로 늙고, 가는 가지는 어릴 대로 어려서, 나이를 먹을수록 기력이 더욱 좋아진 기개와 함께, '어린아이의 마음을 잃지 않는' 성덕(性德)[3]을 발보이었다. 출무성하게 굵다란 허리통, 움쑥듬북하게 덩어리진 천년이 하루 같은 푸른 잎새, 세상의 창상(滄桑)[4]을 남의 일로 보고, '변하지 않고 항상 머무는' 진여(眞如) 그것처럼, 딴

---

3 중생이 선천적으로 갖추고 있는 덕. 천태종에서 일컫는 말로, 만유(萬有)는 다 제각기 본성에 선(善), 악(惡), 미(迷), 오(悟) 등 여러 가지 성능을 갖추고 있다는 뜻이다.
4 흔히 상전벽해(桑田碧海)로 쓰이는 말로, 푸른 바다가 뽕밭이 되듯이 시절의 변화가 무상함을 이른다. 여기서는 창상지변(滄桑之變)이라는 표현이 사용되었다.

송광사 천자암 쌍향수(전남 순천)
보조 국사와 담당 국사가 중국에서 수도를 끝내고 귀국할 때 짚고 온 지팡이를 나란히 꽂은 것이 이 나무가
되었다고 한다. 줄기가 실타래처럼 꼬여 있어 특이한데, 눈 높이 줄기 둘레가 각각 3.10m, 3.85m로서 쌍향
수라는 이름이 주어졌다.

천지 딴 생명을 가지고 있음이, 과연이지 '나무의 왕'이시다.

나무 앞에 널따란 제단을 베풀고, 부처님 공양보다도 더 소중하게 조석으로 상식(上食)을 잡숫는데, 조금만 게을리 하면 신벌(神罰)이 내린다 한다. 우선 수년 전에도 한 번 분수승(焚修僧)[5]이 바쁘게 움직이던 중 상식을 잊었더니, 나무 안으로부터 불이 나서 부쩍부쩍 불꽃이 올라가매, 놀라고 당황하여 어찌할 바를 몰라, 한편으로는 참회하는 의식을 행하고, 한편으로는 화재를 진압하여 간신히 불을 껐다고 한다.

아닌 게 아니라 과연 왼편의 한 나무는 텅빈 구멍이 다 눌어서 까맣고, 앞으로 뻗은 두어 가지도 까맣게 부집개가 되었다. 아슬아슬하게 대신하지 못할 귀중한 물건이 부지되었다. 암자에는 담당의 유상(遺像)을 모시니 김운양(金雲養)의,

천자암 뒤의 전단향나무
가지 무성하고 줄기 굽어 열 아름이나 된다네.
범과 호랑이 싸운 듯 껍질은 벗어지고
가지와 잎 아래로 굽어 그림자 짙다네.
완안 세자는 인연의 씨앗에 따라 머물러
황제의 직 사양하고 신발 벗고 동쪽으로 와
명산에 암자 엮어 간절히 도를 구했다네.
국사는 지팡이 두 개를 정원에 심었는데
고목이 다시 무성해지리라는 걸 어찌 알았으리.
천년의 세월 동안 옛 거처에 그늘 드리우네.
장로의 삶 두 향나무의 수령에 미치지 못하였으니
홀로 초상만 남아 정허(精虛)를 지키고 있네.

---

5 부처 앞에 향불을 피우고 불도를 닦는 중을 말한다.

라 함이 곧 이를 옳은 것이다.

뜰 앞의 만세루(萬歲樓)를 오르니, 영암의 월출산으로부터 200리 이쪽의 소백산계(小白山系) 여러 산이 세 겹 네 겹으로 엷고 짙음이 서로 섞여 앞을 둘렀다. 북쪽 편에 있는 모후(母后) 한 무리를 제외하고는 거의 일(一)자요, 봉우리들의 높고 낮음의 변화 적음이 또한 장관 중의 기관(奇觀)이라 하겠다.

천지를 통으로 잡아서 수묵(水墨)을 한 번 칠한 가운데 넣은 듯한 운애(雲靄)가, 온갖 격장(隔障) 온갖 층등(層等)을 한데 범벅하여 수제비 국 한 그릇을 끓여 버린 것이, 시방 여기서 보는 봄빛이 신령스러운 속의 산하를 멀리에서 바라다 본 경치이다.

일체의 물색(物色)을 수학적으로부터 철학적으로, 다시 예술적으로, 마침내 종교적으로 뭉그러뜨리는 봄빛이, 시방 한창 우리 안계(眼界)에 솜씨를 부린 모양이다. 환하게 내다보면서 또렷하게 들여다보이는 것 없는 이 무소득(無所得) 경계를 누구하고 이야기할까.

저기는 어디라해 알고가르치건마는
모르는 내눈에는 뿌연인애 뿐이로다
흐린채 더욱좋도다 밝아무삼 하리오

장군봉을 올라서니, 조계(曹溪)의 양쪽 옆구리가 한눈에 보이고, 백리 떨어진 백운산(白雲山)도 팔을 벌리면 껴안을 듯하다. '굴묵이재'로 와서 그리운 송광을 다시 한번 내려다보았다. '불일보조(佛日普照)'의 네 글자가 시방이나 장래나 헛말 아니기를 예와 같으소서 하고 마지막 작별을 하였다.

억만겁 한결같이 둥두렷한 우리 불일(佛日)
삼세시방을 뚫어지게 비치나니

'선송광'(선암·송광 양 머리글자의 音便的 약칭)이라고 부르는 조계산 이쪽 저쪽의 양 대찰을 연락하는 20리 긴 산줄기를 '굴묵이'라 일컬어, 이쪽을 '송광굴묵이', 저쪽을 '선암굴묵이'라 하며, 두 쪽 굴묵이의 중간에 잘록하게 주저앉은 골짜기로 분계(分界)를 하고, 합해서 조계산이라 하는 이 산을 나눌 적에는 이쪽을 '송광', 저쪽을 '조계'라고 부른다. 골로 내려서면서 땅의 경계 터가 되며, 터나무를 지키는 외딴 집이 하나 있으니, 이 집 앞으로 흐르는 작은 개울이 이름 좋은 조계수(曹溪水)란 것이다.

'보조 국사 비명'을 근거하건대, 본디는 송광산(松廣山) 대길상사(大吉祥寺)이던 것을, 고려 희종의 명으로 조계산(曹溪山) 수선사(修禪社)라고 고쳤다 한다. 얼른 보면 조계라는 명칭이 육조 혜능의 관계로 가모(假冒)[6]된 것인 듯하지만, 우리 소견에는 단순히 그런 것만도 아니다. 조계란 글자가 소천(韶川)의 조계를 차용한 것임은 물론이지만, 송광이 조계로 변하는데 대하여 육조 관계는 차라리 유력한 하나의 도움이 되는 인연일 것이요, 그 주원인은 송광 그것에 내재함으로 인식함이 가할 듯하다.

위 글에 간략히 밝힌 것처럼, 송광이 이미 '술'의 역자(譯字)요, 그 주봉(主峰)에 '둣금'의 칭호가 있었다 하면, '둣금'='둣ᄀ리'는 이에 이르러 전산(全山)의 총명(總名)으로 쓰이기도 하였을지니, 이 '조계(曹溪)'란 것이 또한 '둣ᄀ리'를 축약하여 번역한 하나의 글자로 볼 수 있다.

그러면 송광을 조계로 고쳤다 함은, 다만 그 대자(對字)에 따라 이르는 말이요, 실상은 송광과 조계가 본디부터 하나의 산에 대한

---

6 남의 이름을 제 이름인 것처럼 거짓으로 대는 것을 말한다.

두개의 이름일 따름이다. 따라서 이 '조계수(曹溪水)'란 것도 다른 데서는 흔히 장군수(將軍水)라는 이름으로 부르는 일종의 신천(神泉)이던 것일지니, 시방도 이 물의 발원처는 먹으면 장수가 난다는 속신(俗信)을 가지고 옴이 또한 의미가 없는 것이 아닐 것이다.

요새 와서는 '선송' 양사(兩寺)가 다 같이 불교계의 거물로 각별한 정의(情誼)를 가지고 불교를 위하여 함께 애쓰지만, 기왕으로 말하면, 역사로나 내용으로나 세력이 서로 균등하여 힘이 엇비슷한 두 영웅과 같은 대찰이다. 하나의 산에서 양쪽 기슭에 등을 지고 있는 까닭에, 서로 위 아래 하기를 즐겨하지 아니하여 더불어 사귀는 즈음에 모난 데가 없이 원만한 관계를 결한 일이 많으니, 이를테면 두 절의 나뉘는 경계 문제 같은 것으로 볼지라도 수백 년간 분규와 쟁송이 간도(間島) 문제의 볼을 지를 만하여, 인력 재력의 대부분을 이 승부를 겨루는 일에 경주한 혐의까지 있던 것이다.

왜 그런가 하니, 조계수가 금을 그은 부분은 하늘이 정해준 것이 분명하여 말이 있을 수 없으되, 그 수원의 머리 이상, '도티등'인가 무엇인가 하는 양 지역 연결점의 한 작은 언덕으로 말하면, 소속이 분명치 아니한 만큼 좋은 말썽거리가 되어, 네 것이니 내 것이니 하고 감정적 각축을 하기에 두 절이 수고롭게 들인 비용이 그 흙덩이보다 더 들었다고 하는 것이러니, 근래 와서야 양측으로 공평하게 나누어 다투는 논의가 비로소 그치게 되었다 한다.

건너편 '선암(仙巖)굴묵이'로 하얗게 장속(裝束)[7]한 아낙네들 십여 명이, 드문드문 희끗희끗 올라가는 것이, 멀리서 보니 커다란 백합 송이가 눈이 부시게 핀 것도 같아서 매우 산뜻한 쾌감을 준다.

혹 하얗고, 혹 붉게, 반쯤 벗어지고 반쯤 소나무 난 토양으로 강명(剛明)한 햇빛이 내리쬐는 곳, 흰옷 입은 사람이 느리지도 급하지

---

7 입고 매고 하여 몸차림을 든든히 갖추어 꾸밈. 또는 그런 차림새를 말한다.

도 않게 여기저기 점철한 것은, 아마도 조선에서만 볼 수 있는 싫지 아니한 그림 같은 경치일 것이다. 그 기원이 무엇인가 하는 것은 별 문제로 하고, 백의가 조선 자연과 서로 부응하는 색인 것은 분명한 일이다.

또 경제적 이해, 활동상 편의를 제외하고는, 풀 먹여 다듬은 흰옷이 조선 풍토의 서로 부응하는 바탕임도 앙탈할 수 없는 일이다. 모든 것이 자연의 산물, 길러 이루어진 물건이다. 시방 저네들이 굽실굽실 붉은 언덕을 더위잡는 그림 같은 자태를 보고, 다시 한번 예술적 견지로서 백의 찬송을 드리고 싶었다.

우리도 뒤를 밟아서 '선암굴묵이'를 접는데, 오르기에는 그런 줄 몰랐더니 내려가기의 어려움은, 어떠한 험로에게도 얼른 지위를 넘겨주지 않을 것을 깨닫겠다. 마루턱에서부터 보이는 '남암(南菴)'은 어서 오라고 연방 손 들어 부르건만, 돌각다리와 장찬 10리가 뛰고 또 뛰어도 끝이 없다.

뿌다귀, 홈타기, 모서리, 갖은 얄궂은 것을 다 가진 돌밭이, 가파르고 거북하고 게다가 지루하다. 이만하면 금강산에서도 험한 길 한 몫을 단단히 볼 만하다 하겠으나, 늙은 아낙네들이 나는 듯이 지나간 곳임을 생각하니, 어렵단 말도 입 밖에 내지 못하고 겅둥겅둥하였다. 수십 년 전, 나무가 꽉 들어차고 하늘이라고 돈짝만큼도 보이지 아니할 시절쯤에는, '굴묵이' 20리를 넘어가자면 공연히 무시무시하여, 땅바닥의 얄궂은 것은 오히려 엄두에도 오르지 못하였었다 한다.

'범의턱거리'를 지나서, '기름바위'란 것을 건널 무렵쯤부터, 천석(泉石)이 차차 볼만해진다. 개울 바닥에 깔린 넓적한 돌이 오랜 이끼를 뒤집어 써서, 물 많은 장마통에는 밟고 건너기가 퍽 미끄럽다고 해서 지은 이름이라 한다. 땅이 넓어져 갈수록 봄 뜻도 퍼져가는 듯, 빽빽하게 들어선 붉은빛 보랏빛이 여기저기서 눈을 후려간다. 벌이라 할 만한 진달래 꽃밭이 산을 비끼고 물을 눌러서 기편 꼴, 마음 놓은 양을 흠뻑 자랑한다. 산 너머 이쪽이 송광 쪽보다 어떻게 먼저 봄의 귀염 받음을 알 것이다.

이번 길에 송광 와서 봄꽃 같은 꽃을 보았다 하겠지만, 오히려 아니 나오는 목청을 억지로 끌어내는 것 같더니, 선암 경내에 와서야 발꿈치로 숨을 쉬고 아랫배에서 소리를 끄집어내는 듯한 봄과 꽃을 비로소 보겠다. 빛나는 흰 뱀 같은 와폭(臥瀑)을 무더기 붉은 꽃이 소담스럽게 옹위한 것은, 그대로 짙은 봄을 한 그릇 소복하게 담아 놓은 것이다. 꽃 아래 대나무 곁에 떼떼이 사람이 득실거림은 모두가 논치는 빛, 그도 또한 봄의 표적이다. 친 논, 치는 논 하여 비교적 논이 많은 곳이다.

선암 쪽의 첫 인상은 송광 쪽에 비하여 모든 것이 높고 넓어 훤히 터져 있고, 웅대하고 화려함이었다. 기분만을 따서 말하면 만폭동을 빠져서 외금강으로 나선 것 같기도 하다. 백련암(白蓮菴)의 빽빽한 대와 대각암(大覺菴)의 성긴 연기를 걸싸 안으면서, 으스름한 빛과 함께 선암사의 손이 되었다.

29. 교학의 연총(淵叢)인 선암사

조선의 불교계에서 선(禪)에 대한 송광사처럼, 교학(敎學)의 연총
(淵叢)[1]이 될 데가 어디냐 하면, 선암사가 그곳이라 함이 아마 정론
일 것이다. 줄잡아도 이조, 더욱 그 중엽 이후로 말하면, 강룡의호
(講龍義虎)의 근거지로 선암이 그 최고 권위를 간직하고 있었음은,
최근 불교사(佛敎史)상의 일대 광채가 아니랄 수 없을 것이다.

선교 양문의 대표적 초제(招提)[2]가 조계산 한 곳에 등을 대고 있
음도 심상치 아니한 하나의 훌륭하고 장엄한 광경이라고 할 것이
다. 선암은 환난도 많이 치르고 유물(遺物) 고기(古記)가 거의 보잘
것이 없으므로, "이렇소."하고 내세울 인물·사적은 딱하다고 할
만큼 결여되었다.

그러나 선암의 고요하고 쓸쓸한 분위기는 다만 간판감이 그렇다
함일 따름이지, 조선 불교의 주춧돌이나 대들보로 드러나지 아니
하게 큰 공헌, 큰 자양분과 이익을 바쳤기로, 누가 감히 선암 이상

---

1 연수(淵藪)와 같은 말로, 못에 물고기가 모여들고 숲에 새와 짐승이 모여드는
  것처럼, 여러 사물이나 사람이 모이는 곳을 비유적으로 이르는 말이다.
2 사방에서 모여드는 수행 승려들이 머무는 객사 또는 관부(官府)에서 사액(賜
  額)한 절을 말한다.

이라고 하랴! 거룩한 집을 보고, 드러난 조각 장식한 난간과 그림으로 장식한 마룻대만을 찬미하는 이가 있다 하면, 그는 과연 집이 무엇임을 아는 이라 못할 것이다.

조선 불교에 있는 선암의 지위는, 말하자면 난간과 기둥은 아니지만, 난간과 기둥으로 하여금 난간과 기둥의 아름다움을 발휘케 하는 기대(基臺)와 가구(架構)라 하면, 그 중요한 정도가 어떠한 것이냐? 설사 칭찬하여 높일 만한 다른 무엇이 없을지라도, 자타가 함께 인정하는 '강사(講師)의 못자리'라 하는 한마디 말만 가져도, 그 권위와 영예가 어느 누구보다도 내려가지 아니할 것이다. 아닌 게 아니라 과연 선암은 의학(義學)의 바다, 그 동해이었으니, 여기를 지나지 아니해서는 물을 말할 수 없고, 짠물 맛을 말할 수 없고, 더욱 온갖 내의 조종(朝宗)과 온갖 흐름의 최후의 귀착점을 어딘지 방향을 정할 수 없었던 것이다.

시방까지 "선암! 선암!"하는 것이, 결코 다만 도국(都局)이 좋다는, 당우가 크다는, 승중(僧衆)이 많다는 외적 조건에만 말미암은 것은 아니다. 실로 교학계의 기북(冀北)[3]으로 팔방의 학도가 다투어 방망이를 맞으러 오던 곳이니, 말하자면 선암에서 뿌리는 의학(義學)의 기름과 가랑비가 조선 전체의 총림을 빠짐없이 자라게 하고, 널리 윤택하게 하기를 수 백 년이 하루 같던 곳이다.

이렇게 보아서, 선암이 조선의 '청량(淸凉)'이고 '나란타(羅爛陀)'[4]임은, 마치 송광이 조선의 '소림(少林)'이고, '가니색가(迦膩色迦)'[5]임

<hr>

3 기주의 북쪽으로 말의 산지로 유명하다.
4 나란타사는 범어로 Nālanda이며, 중인도 마갈타국 왕사성의 북쪽에 있던 절로, 시무염사(施無厭寺)라 번역하기도 한다. 405년 이후에 지은 것으로, 7세기 초 현장이 인도에 유학할 무렵에는 인도 불교의 중심지였다. 이 절에서 많은 큰스님들이 배출되었다.
5 범어로 Kanika이다. 서역에서 활동한 월지(月支) 종족으로, 간타라 왕국을 세우고 불교를 옹호한 임금으로 유명하다.

과 흡사하다 할지니, 선암이 조선 교계(敎界)에 대하여 어떠한 자부심을 가질지라도 망령되이 넘친다고 못할 것이다.

> 선암이 누구신가 계귀천년(鷄貴千年) 여래장을
> 끝없는 지혜의샘 누가아니 여기팠나
> 여남아 어느아손(兒孫)이 혼자젠체 하리오

이번 길에 사람에 대한 기대가 있었다 하면, 못 본 이로는 환응대사(幻應大師)[6], 본 이로는 경운 노장(擎雲老丈)[7] 두 분이었으니, 해행쌍전(解行雙全)한 끝자리를 더럽히는 옥인(玉人)으로, 절하고 뵈올 마음이 나는 이는 이밖에 더 있지 아니하기 때문이다.

김경운(金擎雲) 노사(老師)는 일대의 의호(義虎)이던 함명당(函溟堂)의 고족(高足)으로, 선암의 강석(講席)을 주편(主鞭)한 지 시방 40년에, 선암은 장소로, 경운은 사람으로, 가위 현 조선의 도강당(都講堂)인 관(觀)이 있게 되니, 법류(法流)의 횡피(橫被)가 그만큼 넓고 먼 이는, 아닌 게 아니라 과연 옛적에도 드물 터이니까, 이제는 더구나 겨룰 이가 없을 것이다.

원체 연조(年條)가 오래고, 의해(義解)가 뛰어나매, 면승(面承)을 하

---

6 환흥(幻應)은 탄영(坦泳; 1847~1930)의 호로, 조선 말기의 율사(律師)이다. 성은 김씨이고 전라북도 고창 출신이다. 1912년 31본산이 지정되면서 대중의 간청으로 백양사 주지가 되어 승풍과 기강을 바로잡았고, 1917년 선운사로 돌아가서 율전을 강하였으며, 1928년 조선불교중앙종회에서 교정(敎正)으로 추대되었다.

7 경운(擎雲; 1852~1936)은 근대의 대표적인 사경승으로, 1880년 명성 황후의 발원으로 『금자법화경(金字法華經)』을 서사(書寫)하였다. 이때 쓴 『금자법화경』 한 질은 양산 통도사에 보관되어 있는데, 필적이 매우 뛰어나다. 1896년 부터는 선암사에서 『화엄경』의 사경을 시작하여 6년 만에 완성하였는데, 『화엄경』의 일행 일자를 끝낼 때마다 일배(一拜)를 하면서 서사하였다. 선암사에서 85세의 나이로 입적하였다.

였거니, 체수(替受)를 하였거니, '이력(履歷)'이란 것을 치른 후진으로, 그와 전혀 교섭하지 못했다 할 이가 거의 드물고, 또 법맥이야 닿거니 말거니, 그에게 대하여 '스님'하고 속으로 고개를 숙이지 아니할 이는 물론 한 사람도 없을 것이다. 우리 석전(石顚) 스님만 하여도 당초에는 이 어른의 문정(門庭)을 치러 나온 이요, 시방까지도 몹시 아끼는 뜻을 가지는 모양이다.

의해(義解)로는 거의 '활경장(活經藏)'이 되다시피 하고, 또 문식(文識)으로나 인품으로나 모두 일대 총림의 목룡(木龍)이라고 하겠지만, 우리가 그에게 특수한 경앙(景仰)을 가지는 점은, 그보다도 더 그 계행(戒行)의 고결함에 있다. 알고 지껄이고 떠벌리고 주적대는 것으로 뛰어나기도 어렵지 않은 것 아니지만, 계행의 과연 조촐하기 어려움에 견주면 그까짓 것은 실상 아무 것도 아니다.

운공(雲公)만 한 학식(學識)·혜변(慧辯)은 시방도 꼭 없으랄 법 없고 그 앞으로도 얼마든지 볼 수 있겠지만, 글쎄 그만하게 계율을 지키고 몸을 닦는 이는 현세와 내세를 통틀어 얼마나 될는지! 꼭 많을 것을 증언하기 어려움이 유감이다. 교제에 익숙하여 통달하고 변설에 능한 운공은, 만나면 유쾌하게 이야기하고 화창하게 논하여, 겉을 휘갑쳐서 꾸미거나 겉모양을 꾸밈이 적다.

또 말투나 이야기의 소재에 그리 모질고 끈덕지게 싫어하여 서로 피함을 일삼지 아니하므로, 얼른 대하면 퍽 마음이 활달하여 거리낌이 없고 굽힘이 없는 것인 듯하여도, 그의 평소 행실을 볼 것 같으면, 실상 냄새 나지 않게 지키는 바라제목차(波羅提木叉)[8], 드러

---

8 불교에서 계율을 이르는 말. 불교에서 수행자가 지켜야 할 계율의 모든 조항을 모아 놓은 것. 신자들이 지켜야 할 계율을 해탈한다는 뜻으로 쓰인다. 계본(戒本)이라고도 하며, 몸과 입으로 범한 허물을 각 계율 조항을 지켜 따로따로 해탈한다고 하여 별해탈(別解脫)이라고도 한다. 산스크리트 프라티모크샤(Pratimoksya)를 음역한 말이다.

나지 않게 차리는 예법에 맞는 몸가짐에 실오라기 하나도 지적하여 비난할 바가 없다 한다.

남의 눈을 의식하여 자기 자신을 다스리는 이 많은 세상에, 그는 진실로 자기의 마음을 위하여 몸을 다스리는 드문 어른이다. 얽매여서 하는 계행의 지킴이 아니라, 좋아하는 청정한 수행이다. '히히히'하고 '식식식'하여 풀솜 같은 듯한 그의 속에는, 50여 년 굳히고 몽글린 금강불괴(金剛不壞)의 알맹이가 들어 있다.

이것이 보통 사람이 하기 어려운 것, 나머지 사람에게서 다시 보기 쉽지 아니한 것, 실상 우리가 노사(老師)를 높이 보는 이유이며, 또 이렇게 저렇게 말하는 아무라도 필경 스님을 만만히 알지 못하는 이유이다.

짐을 벗어 놓기가 무섭게 어서 만나고 싶은 마음으로, 스님을 불교 전문 학원의 일실(一室)에서 찾았다. 부스러져 떨어질 듯한 웃는 얼굴, 넘쳐흐르는 칭송하는 정, 늙지 아니한 그의 따뜻한 맛이, 바라고 온 마음을 단번에 흡족하게 한다.

"송광 왔단 말을 들은지라, 그만하면 올 듯하건만 아니 오기에 갑갑해서, 오늘은 사람을 보내 보려고까지 했노라."하는 것이 그의 말보이다. 바른 대로 말하면, 모르는 선암보다 아는 운공 만나기를 더 그리워했던 만큼 퍽 반갑고, 그 아름답게 넘쳐흐르는 원기가 70 넘은 노인 같지 아니함을 뵈옴이 더욱 기뻤다.

가엄(家嚴)[9]의 환갑 잔치에 찬 국수 한 그릇 자신 것까지 끌어내면서, 경성의 옛 모임을 회상하는 것이 도무지 은근히 서로 사귀어 친해진 정의 발로이었다. 어둔 밤에 하처(下處)[10]까지 뒤좇아 와서 '히히히!'를 연방 내놓으면서, 풍류태수(風流太守)의 거드럭거리고

---

9 남에게 자기의 아버지를 이르는 말이다.
10 손이 객지에서 묵는 곳을 말한다.

산문(山門)을 들레던 이야기, 순천 관속이 절을 못 견디게 굴던 이야기, 저승은 무서워하면서 사자(使者)의 코를 떼어 감에는 담(膽)이 동이 같은 불의(不義)의 인과(因果)에 덜미 집힌 아낙네의 이야기, 가벼운 해학을 사이사이 섞어 가면서 하나 둘 빼내는 이야기 방망이가, 하기에는 힘 아니드는 듯하고, 듣기에는 재미가 용솟음을 친다.

그렇게 파탈하고 쾌활스럽게 이야기하는 중에도, 염주 굴리는 손끝과 정수(定水) 지키는 눈초리에는 범하기 어려운 계위(戒威), 흔덩거리지 아니하는 도심(道心)이 은연히 스멀거린다. "시방 저이가 경향(京鄕) 궁려(宮閭) 40년에 여자를 범한 적 한 번이 없고, 지금까지도 뒷간 출입에 반드시 옷을 갈아 입는 이이지."하매, 그 입에서 떨어지는 항간에 떠돌며 쓰이는 속된 말 세속의 이야기가, 그대로 범음(梵音)[11] 맑은 말씀으로 들리기도 한다. 운보살(雲菩薩)의 이야기 선교(善巧)에 이럭저럭 '굴묵이' 넘어온 고달픔을 잊어버리고, 무엇인지 코가 에어져 나오는 듯한 향기를 맡으면서 청량한 꿈을 찾아들었다.

18일. 해가 뜨며 창을 밀치니 맑고도 진한 향기가 와짝 들이밀어, 코로부터 온몸, 온 방안을 둘러싸 버린다. 새빨간 꽃을 퍼다 부은 봄의 매화가 바로 지대(地臺) 밑에 있는 줄을 몰랐었다. 칙칙하도록 진한 것이 그 빛인데, 향기의 진하기는 빛보다도 열 배 백 배이다. 이러한 미인이 창 앞에 대령한 줄을 모르고 아무 맛없이 곱송그려 새우잠을 자고 났거니 하니, 아침 나절에 입맛이 쩍쩍 다시어진다.

맑고 여위어 고결한 선비에 비할 것이 매화의 호품(好品)일지는

---

11 범성(梵聲) · 범음성(梵音聲)이라고도 한다. 맑고 깨끗한 음성이란 뜻으로 불보살의 음성. 곧 교법을 말씀하시는 소리를 뜻한다.

선암사 무우전 매화(전남 순천)
선암사 무우전에서 원통전으로 가는 길 담장에 있는 매화이다. 옆에 '선암매'라 하여 천연기념물로 지정된 매화가 있다.

모르되, 부려(富麗)하고 농염한 탐스러운 부잣집 새색시가 단장하고 사치스런 옷을 입고 난초와 사향노루같이 이름난 좋은 향을 기구껏 차린 듯한 매화도, 결코 결코 못쓸 것이 아님을 알았다. 매화다운 매화도 좋지만, 도화 같은 매화도 또한 일종의 정취가 있는 것이다.

　하물며 복숭아 꽃 같아도 매화의 기품이 있을 것은 다 있음에랴. 매화인 체를 아니하는 매화, 매화 티를 벗어난 매화가 어느 의미로 말하면, 참으로 매화라 할 매화일지도 모를 것이다. 수수한 맛, 텁텁한 맛이 좋다 못하여, 마땅히 구할 자리가 아닌 매화에까지 이것을 구하고, 중에게까지 이것을 찾았더니, 선암에 맞추어 이 매화를 만나고, 그와 같은 경운 노사를 뵈옴은, 어려운 두 가지를 단번에 얼른 얻은 것이다.

　새벽같이 오시는 운공의 손에는 벌써 우리에게 주는 시편(詩篇)

이 쥐어 있었다. 모처럼 생각하여 주신 것을 받고만 말 길 없어 보운화정(步韻和呈)을 하려 하니, 저절로 일 하나가 되었다. 또 한바탕을 늘어놓으시는 운공의 이야기는, 역시 푸석한 듯한 중에 뜻이 있는 말씀이다. 덕(德)이나 식(識)이나 그만하면 역대 대덕의 뒤를 받아, 선암의 회두리를 맺을 만하다 하겠다.

선암 높은뫼에 높다란히 떴는구름
거리낄 무엇없어 한가한이 오락가락
이따금 번개일제만 일있는 듯 하여라

아침을 마치고는 동구(洞口)로부터 시작하여 절 구경을 나섰다. 우리를 인도하는 노(老) 운공(雲公)의 지팡이가 승선교(昇仙橋) 밖으로 나는 듯하다. 십백 리를 들어오면서 선암 한 형국을 만들 양으로, 많은 산봉우리가 구불구불 빙빙 돌고, 거듭된 산봉우리가 어울려 겹친 장관은 말로만 들은 바이다.

10여 리쯤서부터 금시금시에 꽉 막히고 말 골짜기가, 솟구쳐 나오는 물 때문에 겨우 목이 메지 아니하는 듯하다가, 다시 한참 시내를 끼고 올라오느라면 물이 돌을 끼고 소리를 요란히 하여, 가는 대로 땅이 조금씩 열리기 시작하여, 돌이 가장 기이하고 물이 가장 떠들어 대면서 탁 터져 버린 것이, 웅혼 쾌활하게 생긴 선암의 동부(洞府)이다.

이번 길에 금구(金溝)의 금산사를, 아닌 게 아니라 과연 아름답게 보았더니, 선암을 보니 공자를 뵙고 다시 노자를 대하는 셈이었다. 그런데 이 큰 배포의 주인은 아무래도 선암천(仙巖川)이라 하겠고, 선암천의 정화(精華)는 아무래도 승선교에 몰려 있다 하리니, 승선교란 것은 선암천이 내려오다가 양쪽 언덕의 푸른 낭떠러지와 하천 바닥의 기이한 바위를 얻어 움푹 푸른 못이 되고, 살짝 소용돌

선암사 승선교(전남 순천)

임진왜란 이후 불에 타서 무너진 선암사를 중건할 때 놓은 것으로 무지개 모양의 홍예(虹霓)
를 쌓았으며, 홍예를 중심으로 양쪽 시냇가와의 사이는 자연석을 쌓아 석벽을 이루고 그 윗
부분에도 돌을 쌓았다

이 굽이가 되는 못에 화의(畫意)를 실현한 듯한 두 곳 무지개 돌다
리를 이름이다. 선암의 경개(景槪)는 실로 이 승선교를 지점으로 하
여 사방에 전개된 한 폭의 파노라마일 따름이다. 물이 돌을 짓찧는
높은 음조의 건반을 누르고, 다리 위에 서서 아래 위를 내려다보는
동천의 아름다움은, 남승도(覽勝圖)의 한 자리를 줄 만한 것이다.

썩나무를 중견(中堅)으로 한 산에 가득찬 활엽림이 붉은 듯 파릇
하게, 스멀스멀 두런두런하는 것이, 마치 봄의 강습에 어쩔 줄을 몰
라하는 모양들이다. 나무마다 가지마다 형형색색이 온통 그대로
봄의 수(繡), 봄의 파란이요, 실 같이 굼실거리는 것, 연기 같이 서
린 것을 다 무어랄 수 없으매, 우선 춘색(春色)이라고나 부를 것이
다. 꽃은 꽃뿐이요, 단풍은 단풍뿐임에 대하여, 꽃 바탕에 단풍 맛
을 띠어서 눈터 가는 활엽수림은, 봄가을의 두가지 아름다움을 한
손으로 발보이는 것이다.

어린 잎 어린 싹이 온통 그대로 분명한 꽃이요, 단풍들이다. 쪽

푼 것 같은 물도 돌에 부딪쳐서는 눈을 뿜고, 우레를 웃을 듯하던 여울도 확에 들기가 무섭게 잠이 드는데, 녹유리(綠琉璃) 같은 바닥이 가끔 굵은 파문을 가늘게 짓는 것도 봄에 가빠서 트는 기지개의 하나이다.

운애(雲靄)에 잠긴 향로(香爐)·비로(毘盧) 두 암자는, 지척이언만 지극히 모호하여 고운 채 만질 가망 없음이, 구름 어머니 장막 속의 미인을 궁거워함과 같다. 붉은 것은 진달래, 누른 것은 개나리, 개울을 선두른 레이스도 고울 만큼 고운데, 이 사이를 찍어맨 길로하여 턱 놓은 마음으로 오르락내리락하매, 눈에 가득찬 광경이 만화방창(萬化方暢)[12]의 무엇임을 똑똑하게 가르쳐 준다.

휘돌아 꽃핀데를 실커정 지나면서
이제껏 어인셈을 분개하지 못했더니
예서야 언뜻깨치매 봄이깊어 졌더라

벽수 둘에, 하나를 '호법선신(護法善神)'이라 한 것은 보통의 사례이어니와, 또 하나에 '방생정계(放生淨界)'라고 새긴 것은 특별하다 하겠다.

순천으로부터 자동차가 들어오게 한다 하여, '산을 깎는다', '돌을 캔다', 치도(治道)가 한창이다. 편해지는 교통으로는 좋겠지만, 이지러지는 경승에는 못할 노릇이며, 설계의 사세(事勢)에 따라서는 선암의 안목(眼目) 같은 두 개의 무지개 다리도, 무슨 의외의 액난을 치를지 모르겠음은 공연히 애가 쓰이는 일이었다. 노파심으로 생각나는 몇 가지 일을 함께 나온 서 주지(徐住持)에게 헌의(獻議)하였다.

---

12 따뜻한 봄날에 만물이 나서 자라는 것을 뜻한다.

그대로 그림인 것을! 석장(錫杖) 짚은 노(老) 운공(雲公)이 굽은 허리로 굽은 다리와 대각(對角)을 짓고 섰는데, 나부끼는 꽃판이 머리를 스치면서 내리질리는 물로 떨어져가는 것은, 뉘 솜씨에도 기대할 수 없는 으슬으슬한 일경(一景)이다. 그렇다, '으슬으슬'이라고나 형언해 보고 싶은 서슬 있는 한 장면이다.

상월(霜月) 이하의 아홉 개의 달걀형 탑과, 침굉(枕肱) 이외의 두 개의 석종(石鐘)을 세운 제일부도정(第一浮屠停)은 승선교 밖에 있다. 상월·함명(函溟)·침명(枕溟) 세 대사의 비를 여기에 세웠는데, 상월의 비에 "바다같이 모여 강의를 듣는 무리가, 3,700을 채우고도 남음이 있다."라 함에는 사람들이 많이 모여 활기에 찬 분위기에 도리어 놀라겠다.

화산 대선사 사리탑(華山大禪師舍利塔)과 경붕당(景鵬堂)의 비를 세운 제이부도정(第二浮屠停)은 승선교 안으로 산문 가까이 있다. 탑은 청수(淸修) 1세, 속세의 나이 92에 사리 24과를 남긴 근년의 고승 화산당(華山堂)을 공양한 것이다. 사방을 사자가 받치고 한 스님이 머리로 이고 있는 위에 화강석으로 5층을 모은 것이 힘도 많이 들였으나, 수법이 졸렬하여 균형이 제대로 잡히지 못하였음이 유감이다.

'선돌' 하나를 논두렁에서 보고, 개울 건너 늙은 나무가 열을 이룬 중간으로 대승암(大乘菴)을 찾았다. 사방에 에둘린 죽림(竹林), 문 앞을 지키는 반송(盤松), 천연의 경치는 혼연히 옛 모양과 변함이 없다 하면서, 석전 스님은 30년 전을 회상하고 못내 감개해한다.

대승암은 남암(南庵)이라 통칭하여, 역내에서 가장 두드러진 하나의 강당으로, 순창의 구암(龜岩)과 함께 수백 년간 의학(義學)의 "나는 용이요, 너는 호랑이."를 겨루던 곳이다. 더욱 대승은 선암의 큰 배경을 가진 만큼 하나의 계책을 더 잡았다 할 만하던 터이니, 창건주 품훈(品訓) 이후로 환성(喚醒)·상월(霜月)·보응(普應)·와월

(臥月)·침명(枕溟)·함명(涵溟) 내지 경운 노사(擎雲老師)까지, 근 200년 동안은 40~50명씩 '강종(講種)' 끊어져 본 일 없던 곳이, 이제는 경내가 적막하고 쓸쓸하여 빈 듯한 집만 옛 뜻을 지녔을 뿐이매, 아무래도 처연한 생각이 아니 날 수 없다. 경인년의 중수라 집도 아직 반듯하고, 명승 운석(韻釋)이 전수(傳受)하던 곳이라 좋은 꽃 아름다운 풀도 볼만한 것이 많다.

조실 옆에 따로 여러 개의 기둥을 달아내고 '담향산창(淡香山窓)'이라 한 것은, 운공과 아울러 그 고족(高足)으로 운예(韻譽)가 한 방면에 들레다가, 불행히 단명한 금봉 화상(錦峰和尙)이 유심이성(游心怡性)하던 별당이니, 집안의 아름답고 귀한 물건 무지개 달과 창 아래의 화훼죽목(花卉竹木)이, 어느 것이 더 곱고 아름다운지 끊기 어려울 만하다.

「담향산창하화보(淡香山窓下花譜)」를 보매, 매화 영산홍 이하 모두 27종을 적었는데, 조실(祖室) 앞으로 한창 붉은 우박이 쏟아져 쌓인 노명매(老明梅)는 들에 버린 것을 다행히 금봉(錦峰)의 손에 거두어 길러진 것이라 한다. "사람은 간곳없고 집도 마을도 다 헐렸네.[13]라더니, 다 이렇게 되었구료!"하는 운공은 웃는 눈에 눈물이 고였다.

조실에 들어가보니, 네 벽에 그득한 내외 전적이 오히려 큰 살림의 기구를 보이며, 방 귀퉁이에 서 있는 '지옥개문(地獄開門)' 4자를

---

13 서산 대사의 「환향(還鄉)」에 나오는 시귀이다. "삼십 년 지나 고향을 찾아오니, 사람은 없고 집은 무너지고 마을은 황폐했네, 청산은 말이 없고 봄하늘 저물어 가나니, 멀리서 아득히 두견새 우네, 한 무리 계집아이들 창틈으로 날 엿보고, 백발이 된 이웃 노인 내 이름을 묻네, 어릴 적 이름을 대고 서로 잡고 우나니, 하늘은 바다 같은데 달은 이미 삼경이네." 이 시의 앞에 있는 연기문(緣起文)에서 "나는 어려서 부모를 잃고 열여섯 살에 고향을 떠나 서른다섯 살에 고향을 찾아갔다. 옛집은 다 허물어져 보리밭이 되었고 그 보리밭에는 푸른 봄보리만이 물결처럼 출렁이고 있었다. 슬픔을 금치 못하여 나는 옛집의 남은 벽에 이 시를 써 놓고 거기서 하룻밤을 지샌 다음 산으로 돌아왔다."라고 적혀 있다.

새긴 상월의 석장(錫杖)에서는, '사천회중(四千會衆)을 휘두르던 당시의 존엄한 위세(威稜)가 시방도 떨어지는 듯하다. 방장으로 돌아나가는 지붕 아래에 중수기와 함께 강추금(姜秋琴)의

함명 상인(上人)[14]과 더불어 도천 선사[15]의 반야경 제강송을 노래함

당당하게 붓을 들어 일원상(一圓相)을 만드니

종이 색은 은과 같고 먹색은 검더라.

그대가 문자 바라보는 눈을 파내버리고 나면,

동그라미를 그린 미친 선객을 잊을 것이네.

유학 경전의 뜻 있는 그대로 드러내니

스님네 웃어대며 회소(會疏)로 화답한다네.

팔만 장경 중의 참된 알맹이의 모습은

기쁨과 노여움이 발하기 이전을 드러낸 것일 뿐이라네.

진여(眞如)의 비의(秘義)는 같이하기 어려우니

도천(道川) 늙은이는 감춰진 옛 뜻을 어찌 알았겠나

나는 본시 도천의 옛 뜻을 계승하지 않았으니

서산에 예배하고 허공을 말할 뿐이라네

그 뜻을 헤아리기 얼마나 오래였나

---

14 함명(函溟; 1824~1902)은 한말의 승려로 본명은 박태선(朴太先)이다. 14세에 출가하고 선암사의 침명에게 5~6년 동안 수학하였다. 1849년(헌종 15) 서석암(瑞石庵)에서 건당(建幢)하여 풍곡의 법등을 이어 임제(臨濟)의 적전(嫡傳)이 되었다. 1866년(고종 3) 경붕(景鵬) 익운(益運)에게 법을 전한 다음 30여 년 동안 더욱 정진하였는데, 사람들이 모두 "진불(眞佛)이 출세하였다."고 하였다. 선교 외에도 유학과 성리학에 통달하였다.

15 중국 남송 때의 고승. 곤산 사람으로 속성이 적(狄)이어서 사람들이 적삼(狄三)이라고 불렀다. 남송 건염 초기인 1127년에 구족계를 받았다. 야부(冶父)에서 법을 널리 펼쳤으므로 야부 도천 선사라고 존칭되었다. 어떤 사람이 『금강경』을 가지고 와서 경전의 뜻을 문자 일련의 게송을 지어 상세하게 그 뜻을 풀어 주었다. 이것이 바로 유명한 「금강반야바라밀경송(金剛般若波羅蜜經頌)」이다.

아직도 생각만 무성하여 헤아릴 수 없네

옛 산인들이 행각하는 일을 끄집어내 보니

만리에 걸쳐 구름낀 산에 대 지팡이 하나일세.

우리나라 중엽에 유학의 기풍 성했지만

깊은 산속의 고승들을 오히려 중히 여겼다네.

길손들은 부처의 법은 모르고

지팡이 짚고 채공비만 자세히 읽고 있구나.

의 현판이 있다. 언제 보아도 시선일여(詩禪一如)의 극치를 보인 신령스런 재주에 감탄치 아니할 수 없음이, 그의 시경(詩境)과 그 조사(措辭)¹⁶이다.

영각(影閣)에는 상월(霜月)·침명(枕溟)·함명(函溟)·화산(華山) 등 추금(秋琴) 소위 '노고추(老古錐)'들의 상을 모셨으니, 이네들이 있어서 대승암이요, 대승이 있어서 선암사임을 생각하면, 이는 다만 대승 한 곳의 영각으로 볼 것 아니라, 실상 선암 한 사찰의 영각(影閣)으로, 송광의 국사전(國師殿)에라도 비할 만한 것이다.

그러나 그네의 법뢰(法雷)¹⁷가 일세를 높이 뒤흔들던 것은 언제 일인지, 이제는 대승도 입을 다물고, 그래서 선암도 소리가 없고, 그럭저럭 조선 불교가 온통 벙어리가 된 것을 생각하면, 아무리 영정이라도 염주나 비비며 입들을 다물고 앉으신 것이 한없이 딱해 보인다.

입술만 벙긋해도 구린내가 토를에니

중이란 산사람에 그누구를 믿으라오

---

16 언어를 구사하는 것. 시가나 문장을 구성함에 있어서 문자의 용법과 문구의 배치 등을 일컫는다.

17 불법 또는 법어(法語)를 우레에 비유하여 이르는 말이다.

차라리 그림일망정 님네처다 뵈겠소

쌔고버린 귀찮일을 모르는체 일향하면
님네앞 향로부터 어디갈지 모르리니
다어서 나려오시오 한 대잡아 봅세다

유마(維摩)도 시방나면 광장설(廣長舌)을 두를랐다
이보오 큰스님네 입들어이 닫으셨소
말(뚝)박힌 중생의 귀를 버려두자 하시오

나오며 보니 순례 다니는 아낙네들이 뒤를 대었는데, 틀어 얹은 쪽이 높은 것을 보고 순천 부인인 줄 알겠다. 내외를 특권으로만 여기는 젊은 아낙네는 슬쩍 돌아서면서, 공연히 꽃가지들을 꺾어 이리저리 던진다. 법회가 오래 적막하여 모처럼 보는 천녀(天女) 산화(散華)[18]도 받을 이 없음이 딱하였다.

'대승(大乘)'이 하나의 암자라 하되, 그 지위로 말하면 오히려 본사보다 중함이 있어, 선암의 대승이라는 것보다 도리어 대승의 선암이라 할 만도 하니, 어디보다 먼저 대승을 찾음도 이 때문이었다.

도로 건너와서 「조계산선암사(曹溪山仙巖寺)」를 현판(懸板)한 정문을 통하여 큰절을 들어갔다. 돌계단 열 층계를 올라가면, 만세루가 있어 옛 종 큰 북을 걸었고, 그 안으로 큰 법당이 좌승우선(左僧右禪)의 양당(兩堂) 날개처럼 보호하는 가운데에 한 쌍의 정중탑(庭中塔)을 거느리고 있어, 규모와 법도가 자못 엄정함을 보겠다.

법당은 대웅전으로, 협시 없는 커다란 석가상을 모시고, 신구 화

---

18 불공으로 꽃을 뿌림. 요즈음은 법회에서 독경하면서 줄지어 걸어가며 연꽃을 본뜬 종이를 뿌린다.

선암사 대웅전 동·서 삼층 석탑(전남 순천)
선암사 대웅전은 정유재란 때 불에 타 없어진 것을 현종 1년(1660)에 새로 지었다. 그 후 영조 42년(1766)에 다시 불탄 것을 순조 24년(1824)에 다시 지어 오늘에 이르고 있다. 동·서 삼층 석탑은 대략 신라 중기 이후인 9세기경에 만들어진 것으로 보고 있다.

엄과 법화 제부(諸部)를 법공(法供)으로 올렸으며, 오른편에 놓인 4칸통이 넘는 전판(全板) 장궤(長櫃)는 영산재(靈山齋)에 쓰는 괘불탱(掛佛幀)을 담은 것인데, 길이는 오히려 배가 된다 하며, 가끔 순천읍까지 가지고 가기도 한다고 하였다.

대웅전의 왼쪽에 명부전이 있어 순례하는 선녀(善女)가 득실거리니, 그중에는 사자(使者)의 코 벨 음모를 가지신 이나 없으신지 내가 공연히 겁이 난다. 뒤에는 석대 위에 불조전(佛祖殿)이 있어 53금장불(金裝佛)을 모시고, 그 왼쪽인 팔상전(八相殿)에는 화장찰해도(華藏刹海圖)를 주벽으로 하고, 전무(前廡)에는 팔상도(八相圖), 후무(後廡)에는 33조사상(祖師像)을 모셨다. 또 그 왼쪽에 대장전(大藏殿)이 있어 원각(圓覺)·법화(法華) 양경(兩經)과 침굉(枕肱)·상월(霜月) 양집(兩集)과 여래송(如來頌; 상하, 27丈) 등 책판(冊版)을 갈무리하여 보관하였다.

조사(祖師)·팔상(八相) 두 전(殿)의 어름인 후방으로, 금벽(金碧)이 특히 현란한 정자(丁字) 일자(一字)는 원통각(圓通閣)이니, 관음상과 아울러 순조 어필의 "인천대복전(人天大福田: 붉은 바탕에 금색 글씨)"을 모셨으되, 인(人)과 천(天) 두 자로는 협시를 만들고 대복전(大福田)은 편액을 지었다. 크지는 아니하여도 정자(丁字) 몸체에 넓은 난간을 단 것이 특수한 양식이라 하겠다.

그 뒤로 하여 '호남제일선원(湖南第一禪院)'을 방으로 붙인 협문으로 들어가면, 선종 사찰 한 구역이 별도로 배포되어 있다. 정면의 응진전(應眞殿)에는 석가와 양 보살 외에 십팔나한을 모시고, 그 좌익랑(左翼廊)인 진영당(眞影堂)에는 도선 국사를 주벽(主壁)으로 하고, 초창주(初刱主)로 만든 아도(阿度)로부터 2창 도선(道詵), 3창 대각(大覺)이란 이와, 산악(山嶽) 같은 침굉(枕肱), 미수염(美鬚髥)의 사명(泗溟), 설법하는 곳에는 비둘기가 배청(陪聽)하고 안선(安禪)한 곳에는 범이 와서 보호하였다는 눌암(訥菴), 묘공(妙空)을 풀이한 추사(秋史)의 영찬(靈贊)을 얹은 해붕(海鵬) 등 모두 40상을 걸었다.

쓱 둘러보매 아도로부터 지공(指空)·나옹(懶翁)·무학(無學)·서산(西山)까지 무릇 조선 불교사상의 번듯한 이라고는 다 끌어들여 으슬으슬하게 만든 것이, 과연 기운은 차되 한편으로는 도리어 소

선암사 응진전(전남 순천)
중심 영역인 대웅전 뒤쪽으로 원통전·각황전과 함께 있다.

견이 모자람을 드러낸 것 같았다. 여기를 보고는 "대승의 영당이 그대로 적절한 선암의 영당이로다."하는 생각을 다시 한번 하였다.

우익랑(右翼廊)은 달마전(達磨殿)이라 하여 참선방인데, 아직 결제 (結制)[19]가 아니되었으니까 어떤 이들이 모일는지 모르겠으나, 시방은 인귀상반(人鬼相半)한 어른이 많아서 반야봉(般若鋒)에 금강도(金剛刀)를 잘 둘러낼 것 같지 아니하며, 섬돌 위에 놓인 문짝 만한 육바라밀(六波羅密) 짚신 하나만이 좀 기세 있어 보일 따름이다.

이리로부터 동북으로 빠지면 비단(碑壇)이 된다. 먼저 세운 채팽윤(蔡彭胤)이 찬한 중수비와 나중에 만든 여규형(呂圭亨)이 찬한 사적비가 나란히 서 있다. 전자는 궁연(穹然)한 거석(巨石)에 용머리 거북받침이 다 상당하며, 후자는 아까 경붕(景鵬)[20]의 비와 함께 김성당(金惺堂)의 글씨였다.

골 하나 건너 올라가면, 늙은 귀목 하나가 산당화(山棠花) 떨기를 데리고 나섰다가 맞이하는 곳이, 북암(北菴)이라는 운수암(雲水庵)이다. 백일홍·목련화, 이것 저것, 계단에 가득한 화훼가 한창 무성하게 피어 자못 향성(香城)의 취(趣)가 있음은, 이 집의 어른인 김청호(金淸昊) 장로(長老; 시방은 광주 증심사에 잠깐 머무르시는)의 맑은 정취를 이야기하는 것이다.

남향한 판이 넓고도 먼 안계를 가져서, 마음과 함께 눈이 깨끗해짐을 깨닫겠다. 피어나오는 나뭇잎이 반이나 넘어 앞을 가린 틈으로 큰절을 내려다보니, "우리의 앉은 데가 이렇게 그윽하고 아득하

19 안거를 시작하는 것을 말한다.

20 익운(益運; 1836~1915)의 호로, 조선 후기의 승려이다. 15세에 어버이가 죽자 선암사로 출가하여 함명의 제자가 되었다. 19세에 구산사의 유형(有炯)에게 『화엄경』을 배웠다. 1868년(고종 5) 광주 무등산 원효사에서 개강(開講)하여 후학들을 지도하였는데, 언제나 그의 강석에는 수백 명의 승려들이 모여들었다고 한다. 당시 주위에서는 그를 '교가(敎家)의 노호(老虎)'라고 일컬었다.

구나."하는 생각이 절로 난다. 남북 양암(兩菴)이 서로 득실이 있거니와, 대체로 말하면 동구로는 남암이 승(勝)하여 으늑한 맛이 있고, 안계로는 북암이 승하여 시원한 맘이 생긴다 할 것이다.

골 바닥으로부터 밀려 오르는 황혼의 장막은, 가멸고 화려한 봄 산을 잡아서 차차 쓸쓸한 가을의 뜻으로 몰아넣는다. 으스름한 빛을 띠고 약사철불(藥師鐵佛)을 모신 북전(北殿)이라는 무우암(無憂菴)을 거쳐서, 축성전(祝聖殿)·천불전(千佛殿) 등 반이나 거칠고 아주 쓸쓸한 전우(殿宇)들을 데미다 보고 숙소로 돌아왔다.

'선송' 양사(兩寺)를 대관(大觀)할 것 같으면, 규모의 웅대하기로는 송광이 물론 앞서지만, 만들어 놓은 모양이 정돈되어 가지런함은 선암이 도리어 조금 나은 것을 볼지니, 대개 살림이 크니까 좀 어수선하고 단출하여서 더 짜임이 있을 따름일 것이다. 송광은 얼른 보기에 활기가 있으니 내용이 또한 그러한지? 선암은 화려한 걸 치레가 그리 활발하다 못 하겠으나 그 대신 알셈은 포실한지?

여하간 법운(法運)의 운수가 꽉 막힘이 전무후무한 이 때에, 양사 같은 역사적 대찰이 깊이 깨닫고 큰 책임을 맡음으로써 굳이 손을 잡고 나섰으면, 그 쇠퇴하는 형세를 만회하고 신운(新運)을 인도하여 맞이하는 힘이 거의 헤아릴 수 없을 자가 있을 것이언만, 부처님의 섭리가 과연 어떠하실지? 조계산왕(曹溪山王)이 하루 바삐 발을 벗고 나서야 할 것을 통절히 느끼고 생각하였다.

적어도, 이미 지나가 버린 그때에 아무렇지도 아니한 일로 서로 자기의 의견만을 고집하고 양보하지 아니할 만한, 또 대수롭지 아니한 일로 서로 다툴 만한, 그 정력·근기·수고로움과 비용을 한번 어울러서 물러나가는 불교의 사개를 꽉 들여맞추는 일에 경주할진대, 9정(九鼎)[21] 같은 양사(兩寺)의 지위가 몹시 오래되도록 갈림

---

21 중국 하나라의 우왕 때에, 전국의 9주에서 쇠붙이를 거두어서 만들었다는 아

이 없으련만, 언제나 이 생각들이 나실는지 옆에서 안간힘 쓰일 뿐이다. '뼉다귀'를 팔 수 없이 되었음이 '양반(兩班)'이란 이의 문벌에만 그런 것이 아니다. 이제는 송광이 '16국사'만을 내세울 시세도 아니요, 또 선암이 아도(阿度)의 개창(開創)이라야 대단한 대접을 받을 것도 아니다.

다만 누구든지 불심적(佛心的) 구제의 진정한 사도가 되어, 시대와 문화와 사회 이성의 조장(助長)에 끊으려 해도 끊을 수 없는 관계를 가지게 되는 여하(如何)로써 — 불교적으로 말하면 누구든지 본사(本師) 세존(世尊)의 출세(出世) 본디부터 마음속에 품고 있는 뜻이나 회포를 움퀴어 쥐고 조선의 국토를 제도하는 보살행을 하게 되는 여하로써, 송광도 송광, 선암도 선암 노릇을 하게 될 따름이다.

16국사나 아도를 내세우려 하는 그 마음이 만일 청정한 동기에서 나오는 것 같으면, 아닌 게 아니라 과연 "이 마음이 왕이 될 만하다."고도 할지니, 16국사의 갸륵함과 아도의 높음이 오로지 그네로 인하여 표현된 불심과 건립된 불행(佛行)이 갸륵하고 높음에서 말미암음을 생각하여, 그네 때문에 영광을 가지는 우리 집안이 이 세상에 떨치는 이름과 칭송받는 명예를 잃지 아니하려 하면, 무엇보다 가장 그네만한 불심(佛心) 불행(佛行)을 꽉 움키어 쥐고 있어야 하겠다는 생각으로 정성껏 감화시켜 나갈진대, 그 결과는 물론 조선 불법의 흥륭과 함께 양 사찰의 공덕이 널리 알려지고 오래 퍼져 나갈 것이다.

누구누구의 거짓 이름을 내밀기 전에 그네의 거짓이 없는 참된 마음(實心)을 내놓으려 하며, 돌로 비를 세우기 전에 사실로 비를 삼으려 할 생각이, 우선 이 양 사찰의 불법을 같이 닦는 동료 중에서 시작되어 나오기를 빌고 바라는 이가, 물론 나뿐만은 아닐 것이다.

홉 개의 솥으로 주나라 때까지 대대로 천자에게 전해진 보물이었다고 한다.

30. 비로봉에서 대각암까지

19일. 일찍 나대응(羅大應) 스님과 여러 청정한 대중의 동행으로 조계(曹溪) 상봉(上峰)을 올라가려고 나섰다.

절 뒤로 하여 서쪽으로 길을 취하면, 얼마 아니하여 오른편 작은 언덕 위에 하나의 커다란 부도를 찾게 되니, 형체가 자못 정돈되어 가지런하고, 의장이 침착하여 꽤 연대를 지낸 것인 듯하다. 골 하나를 건너서 같은 것 또 한 채가 있는데, 둘이 다 5단에 8면이요, 그 중 2면에 금강신을 새기고 옥개(屋蓋)의 추녀 끝은 구름 모양이 하늘을 가리켜, 창평(昌平) 석등의 제도와 같다. 도선 국사가 지맥을 누르기 위해 세운 것이라 한다.

돌무더기에 선돌 얹은 조탑(造塔)이란 것을 여기저기에서 보고, 남암과 마주 선 중수하고 있는 선조암(禪助庵)을 들러서, 선암 터의 주룡(主龍)인 등성이를 타고 오르면, 장군수(將軍水)로 유명하던 무성암(茂成菴) 터를 지나게 된다. 바위를 등지고 널찍하게 석대를 모은 것이 그리 작지도 아니한 절이었던 모양이나, 장군수로 장사(壯士)가 많이 나기 때문에 헐어 버렸다 한다.

감여가(堪輿家)의 말로 조계의 주봉은 '장군 대좌형(將軍對坐形)'이요, 그 나뉜 산기슭이 '令'(령)자가 되어 내려가는데, 선암사 터는 바로 그 밑의 점이라 하니, 시방 우리는 그 점 위의 'ㄱ'자 다리를 탁 오른 셈이다. 이러니 저러니 하는 '장군'이란 것이, 실상 '등금'이 바뀌어 달라진 것임은 이미 위에서 간략하게 언급하였다.

이쯤에서부터는 나무가 더욱 울창하고 빡빡해지지만, 송광에 있는 소나무나 상수리나무 같은 것은 귀하고, 대개 써나무 따위의 비교적 긴요치 아니한 것 뿐이다. 써나무에 나무의 골수가 밖으로 흘러서 불그레 희끗하게 엉긴 것을 잡아떼면 마치 장판떡과 같은데, 이것을 '다래장(醬)'이라 하여 국거리의 별미로 먹는다 한다. 길이 가팔라 가매 숨이 차고 땀이 솟아서, 동뱅이들을 절로 벗게 된다. 동뱅이는 저고리의 방언이다.

석굴이 있다 하기에 가 보니, 기어 드나들게 된 것이 넓이도 3칸쯤밖에 아니 되었다. 여기서 비탈길이 되어 큰 바위를 끼고 돌아가면 향로암(香爐菴)이 나오니, 석대 위에서 내려다보면, 큰절이건 남암 북암이건 다 턱밑에 있고, 순천읍도 바로 손가락질하며 돌아볼 만한 사이에 있다.

정면으로 가까이 보이는 얌전한 두 봉우리를 크고 작은 옥녀라 하고, 그 앞의 한 언덕을 배도(杯島; 술잔섬)라 하여, '장군 대좌(將軍對坐)'에 대한 '옥녀 헌배형(玉女獻杯形)'이라 하며, 남암 뒷 봉우리가 '말의 몸'이라 하여 용마봉(龍馬峰)이라 이름하고, '굴묵이'는 실상 '구미치(駒尾峙)'라 하고, 구례로 통하는 길의 '군장재'를 '군장(軍藏)'이라고 쓰는 등 '장군' 계통의 지명 설화지(說話地)를 여기에 다 지점한다.

생각해 보면, 이러한 설화를 제이차 제삼차적 부회(附會) 전생(轉生)이라 하여 손쉽게 사용하지 않고 묶어서 시렁 위에 올려 놓을 것이 아니라, 실상은 '딕금' 설화의 환형변복적(換形變服的) 잔존으로 신중히 처리해야 할 것들이다.

조선 설화학상에 있는 '장군 설화'는 그 권속도 많거니와 지위도 자못 중요한 것으로, 신화와 속화(俗話) 두 경역을 걸터앉은 일대 설화군(說話群)이니, 조계산에 와서는 송광측으로는 '천자 설화'로 전개되고, 조계측으로는 '장군 설화'로 발달되었으나, 밑을 들춰 보면 한 뿌리 두 줄기일 따름이다. 이 설화적 방면으로 들어가서, 드러내어 밝혀 낼 조계의 고면목(古面目)이 많고 많을 것은 물론이다.

내다보니 천산만봉이 바다의 파도와 같고, 노구레한 봄 아지랑이가 엷은 안개같이 끼었다. 동남으로 멀리 보이는 듯 마는 듯한 남해의 망운산(望雲山) · 금산(錦山), 여수의 취서산(鷲栖山; 興國寺가 있다), 동으로는 광양의 백운산(白雲山), 동북으로는 구례의 서롱산(棲籠山), 북으로는 곡성의 봉두산(鳳頭山), 남으로 가까이 낙안의 제석산(帝釋山), 고흥의 팔영산(八英山) 등은 그 중에서 높이 뛰노는 파도의 봉우리이다.

그런데 여기 열거한 것처럼, 각기 한 방면의 대단히 높은 산악이라 할 것들의 이름이 도무지 '붉' 아니면 '슬'의 전음(轉音), 혹 역자(譯字)임을 재미있게 보아 둘 것이다. 백운산의 남쪽으로 닭 머리같이 보이는 것이 억불봉(億佛峰)이요, 그 밑이 '천자 봉조형(天子奉朝形)'이라 해 유명한 것이니, 도선 국사가 어찌 좋든지 춤을 덩실덩실 춘 곳이라 한다. 천자 봉조형도 여기저기 많거니와, 이 따위 천자가 모두 우리가 생각하는 새로운 의미로 해석해야 할 것임은 물론이다.

냉수를 술 대신 마셔 뛰어난 경치를 갚으면서, 눈 닿는 데까지 이리저리 둘러보매, 무엇인지 모르던 응어리가 어쩐지 모르게 풀어짐을 깨닫는다. '선송광'을 통틀어 조망 좋기로 향로(香爐)를 첫째로 추천함이 진실로 까닭이 있다 하겠다. 아래는 복숭아 꽃이 피었는데, 여기는 봉오리가 겨우 맺었다.

무릇 빠지는 낙엽을 밟아 가면서 적멸암(寂滅菴) 터를 보고, 시방까지 온 길의 3분의 1이나 되는 동안을 길이 없어서 산철쭉 덤불을 헤치면서 올라가니, 비로소 돌무더기를 모아 놓은 산의 맨 꼭대기가 되었다. 돌 하나 볼 만한 것이 없고 추위에 지질린 검부저기[1]가 거친 밭을 이루었을 뿐으로, 상봉이라는 것 말고는 아무 재미가 없는 곳이다. 조망으로도 이쪽 저쪽을 한데 볼 뿐이지, 자미로 말하면 향로(香爐)를 따르지 못함이 크다.

길없는 길을 뚫고 천인절정(千仞絶頂) 올라오니

맛없이 짙은맛이 씹고씹어 남건마는

먹으며 부른줄몰라 배고프다 하더라

상봉 구경이라고 오는 이는 거의 없고, 해마다 제철 되면 '매바지'하는 사람이나 몇 사람 드나들 뿐이니, 길이란 것이 났을 까닭이 없다. 저 돌무더기도 본디는 종교적 유적으로 조계(曹溪)란 이름의 뜻에 관계가 있는 것이겠지만, 시방은 땅을 측량하는 삼각점의 옹호물이 되었다.

범바위 너머가 조계수의 근원 머리니, 본디 '두곰물'로는 신화(神化)의 오묘한 웅덩이가 되고, 조계수(曹溪水)로는 불교 계통의 살아 있는 샘이던 것인데, 시방 와서는 겨우 송선 두 절의 경계지기로 타락하였으니, 마치 훈련 대장이 시골 마을에 있는 집의 문 파수를 보는 셈이다. 뒤로는 광주의 무등산도 보이고, 앞으로는 장흥의 사자산으로부터 조계산을 만들기 위해 들어오는 150리 역룡(逆龍)의 구불구불 길게 뻗쳐 있는 모양이 샅샅이 내려다 보인다.

남으로 암석 떨기를 향하여 깎아지른 듯한 낭떠러지를 달리고, 어지러운 가시나무를 헤치면서 한참 내려가면, 배바위란 석대가 된다. 산정(山頂)이 멀지 않은 곳에 커다란 돌들이 어지러이 모여서,

---

1 먼지나 실밥 따위의 여러 작은 물질이 뒤섞인 검부러기를 말한다.

높기도 하고 또 훤칠하게 앞이 내다보이기도 하매, 조계산에서 높은 경개(景槪)를 말하자면 먼저 여기를 꼽고, 또 상봉 제쳐 놓고 그 대신 여기를 오르내리게 됨이 다 까닭 없는 것 아니다. 그만하면 바위로도 "조계산에서는 무엇이로라."할 만할 듯하다.

'배'라는 이름의 뜻은 무엇인지? 아마도 반드시 범바위의 범과 조계의 일족인 부유산(富有山)의 부유와 한가지로 '붉'류 어군(語群)의 하나겠지만, 너부죽한 돌이 공중을 향하여 고개를 번쩍 든 것이, 아닌 게 아니라 과연 내다 보이는 매우 세차게 일어나는 산의 물결에 대하여, 바다 위에서 별을 조사하는 모양이 없지도 아니하다.

> 물아닌 바다위에 바람없는 길이로다
> 구름으로 돛을하여 배를여기 띄우기는
> 은하수 밀물들제면 '한울'같까 함이외

> 어디서 오는바람 이렇듯이 시원한가
> 청량국(淸凉國) 나룻목에 이배아니 들어선가
> 인간의 만종열뇌(萬種熱惱)가 어이살아 지느니

> 산이란 헤진조쌀 다거두어 담을진대
> 부둥깃 아니난채 한울가는 제비라도
> 양식이 남을지언정 못미칠리 없어라

익수(鷁首)[2]에 나가 앉아, 구별이 명확하게 휘파람을 길게 내불기도 하고, 깊고 넓게 호방한 노래도 하며, 한참 돌아갈 줄을 모르다가, 멀리 들리는 '마지' 소리에 놀라서 귀로로 나아갔다. 늦으면 점

---

2 바람에 강하다는 익조(鷁鳥)의 모양을 뱃머리에 새기거나 그린 배를 뜻한다.

심 부탁한 향로암에 폐를 끼치게 될까 염려가 되어서다.

끝없는 침나무 밭이 앞길을 막았다. 덜미에서는 하늘 높이 부는 바람이 연해 불어 내려오지만, 가랑잎은 넓적다리를 파묻고 험한 너덜은 군데군데 방향을 헤매게 하여, 내려가는 길에 도리어 갑갑한 생각이 난다.

향로암으로 돌아오니 꼭 정오, 옥 같은 밥과 풍성하게 갖춘 찬이 이런 높은 데서 먹기에는 분수에 지나치고 또 지나쳤다. 여기서부터 길이 비로소 편리하여, 성긴 수림(樹林) 사이로 엷게 깔린 낙엽을 바삭거리면서 설렁설렁 내려가는 것은, 아리따운 노래와 얌전스러운 그림을 합친 무슨 세계를 걷는 것 같다.

서쪽으로 서쪽으로 돌아내려가다가 큰 바위를 의지하고 앞을 억지로 괴어 지은 것이 비로암(毘盧菴)이니, 조계산 상봉의 '비로(毘盧)'란 이름을 가져다 그대로 쓴 것이라 한다. '붉'이 여기서도 비로의 탈을 뒤집어쓰고 있음과 아울러, 이 험절한 곳에 암자 있는 것이 또한 오랜 단유(壇壝)를 습용하여 내려온 것임을 생각하였다. 더욱 조계산 같은 데서 이만큼 유착한 바위 — 치마바위를 돌 좋아하는 옛 '붉'도가 물론 가만두지를 아니하였을 것이다.

절에 전해 내려오는 전설에 선암사에서는 여기가 가장 먼저 개창되었다고 한다. 요약하면, 고제단(古祭壇)을 물려받아 조그만 난야(蘭若)가 여기서 생겨 가지고 차차 발전 성립한 것이 시방 선암사라는 의미일 것이다. 선암사 내에서 '향로'는 염불, '비로'는 참선으로, 예로부터 내려온 일정한 규례가 선 것이라 한다. 선방하는 암자라 하면, 못 보고도 높고 그윽하고 앞이 시원함을 생각할 수 있는 것처럼, 또 높은 데 있는 '붉'도의 제단이 하나도 범연(泛然)한[3] 것은 없는 것처럼, 비로암의 경승도 결코 만만한 것이 아니었다.

---

3 차근차근한 맛이 없이 데면데면하다는 뜻이다.

침굉(枕肱) 현변(懸辯)이라 하면 근대의 이름난 승려 가운데 한 분이어니와, 죽은 뒤에 육신을 무익하게 썩힘이 미안타 하여, 화토(火土) 사이에 장사 치르는 일을 마치지 말고, 까막솔개에게 시식(施食)으로 써 달라는 유촉(遺囑)의 현판이 걸려 있다.

만약 내가 죽은 후 화장을 하고자 하는 사람은 나와 백대의 원한을 질 것이다. 엎으려 바라건대 나를 불쌍히 여기는 작은 생각이 있으면, 물가 수풀 아래에 놓아두어 까마귀와 솔개가 마음대로 먹을 수 있도록 한다면, 그 착한 보시의 공덕을 어찌 이루 다 말할 수 있으리오. 엎드려 축원하건대 여러 크신 불가의 벗들께서는 괴이하게 생각지 마시고 돌보는 뜻을 베풀어 다비를 하지 마시기를 크게 바란다.

조계산의 병든 손님 현변(懸辯)⁴

이라 하고, 그래도 못 미더워서 다시

몸을 던진 일은 범의 주림을 걱정함이요, 살점 떼준 일은 매의 주림을 구제함이란 말이, 어찌 쓸데없다 하리요. 나도 또한 이를 본받겠다. 엎드려 바라건대 여러 벗들은 이를 믿을 지어다. 이를 믿을 지어다.⁵

라 한 손수 쓴 글을 새긴 것이다. 『해동불조원류(海東佛祖源流)』를 근거하건대,

4 현변(1616~1684)은 조선 후기의 승려로 성은 윤씨. 본관은 나주. 자는 이눌(而訥), 호는 침굉(枕肱)이다.
5 양 나라 때 명성을 날린 쌍림 부대사(雙林 傅大師)의 글 가운데, "보살이 지닌 깊은 지혜여! 어느 때인들 자비를 잊겠으리요. 몸을 던진 일은 범의 주림을 걱정함이요 살점 떼준 일은 매의 주림을 구제함이라. 삼아승지겁토록 쉬잖고 부지런히 힘쓰되 일찍이 한 생각도 피로함을 몰랐으니, 능히 이러한 행같이 할 수 있다면 누구든지 하늘을 교화하는 스승되리라."라는 대목이 있다.

월(月) 일(日) 얼굴을 서쪽으로 하고 앉아서 서거하였다. 영감(靈龕)을 금화 제2봉에 받들고 돌을 거듭 쌓아 전신을 봉하니, 새와 짐승들이 침범하지 못하고 안색이 변하지 않아, 나무하는 아이들과 나물 캐는 여자들이 점심으로 싸온 소쿠리 밥으로 공양하기를 여래와 같이 하였다고 이른다.

이라 하였으니, 까막솔개에게 먹히자고 한 노릇이 도리어 나무꾼의 밥을 뺏어 먹게 된 모양이다. 도심은 도심이겠지만, 도대체 괴망스러운 일이 아닐 수 없다. 집 하나를 겨우 붙일 만한 축대와 처마가 대 밖으로 드리우니, 지은 집이라 하기보다 도리어 매단 집이라 할 것이다.

조계산의 봄은 이곳을 홍구(鴻溝)[6]로 하여 이름과 늦음이 판이하다 하더니, 여기서부터는 만발한 홍자(紅紫)[7]가 아닌게 아니라 과연 성춘(盛春)[8]의 광경을 발보이었다.

6 초나라와 한나라가 천하를 양분했던 경계를 말한다.
7 붉은 빛깔과 보랏빛. 여러 가지 꽃들의 빛깔을 비유하여 일컫는 말이다.
8 각 계절 중에서 가장 그 계절다운 달을 일컬어 성춘(盛春), 성하(盛夏), 성추(盛秋), 성동(盛冬)이라 일컫는다.

31. 황량한 대각 국사의 성적(聖蹟)

배부른 김에 다시 화중인(畵中人)이 되어서, 머리에는 올해의 꽃을 이고, 발로는 지난해의 낙엽을 밟으면서, 쉽사리 쉽사리 한참 내려오다가, 새 것 묵은 것 섞인 상수견(上水筧)[1]이 멀리멀리 뻗쳐 내려 가는 것을 만났다. 이것을 따라가니 대각암(大覺菴)이 있다.

대각암은 우세(祐世) 승통(僧統) 대각 국사(大覺國師) 고려 왕자(高麗王子) 의천(義天)[2] 대덕(大德)이 한가할 때 물러나 고요한 마음으로 학덕을 닦던 곳이다. 절에서 전하는 바로는 여기가 그의 종언지(終焉地)라 하나, 아무런 증거가 될 만한 자취가 없고, 도리어 오관산(五冠山)과 남숭산(南嵩山) 등의 비문을 뒤져 보면, 국청사(國淸寺)에 직접 와서 위문하는 왕에게

원하는 바는 정도를 중흥하고 그 뜻을 병탈(病奪)하는 것입니다. 엎드려 바라건대 지극히 정성스럽게 외호하여 여래의 남기신 가르침을 도우면 죽어도 또한 길이 전하여 없어지지 않을 것입니다.

---

1 물이 흐르도록 대나무로 만든 홈통을 말한다.
2 우세(祐世)는 호이고, 승통(僧統)은 관직이고, 대각(大覺)은 시호, 의천은 법명이며, 고려 문종의 넷째 아들이다.

선암사 대각암(전남 순천)
대각 국사 의천이 선암사에 딸린 암자에서 크게 깨달음을 얻었다 하여 대각암이란 이름이 붙여졌다고 한다.

라는 유언을 남기고 천화(遷化)[3]하였다 한즉, 선암 운운의 설은 불과 후년의 낭설일 것이다. 다만 대각암이 선암에 있어서 전부터 가장 좋은 위치와 무거운 권위를 가지고 왔음과, 시방도 10월 5일 국사의 기신(忌辰)에 대향(大享)을 잡수고 있는 것으로 보건대, 해인사와 함께 선암이 그의 남방으로 순행하여 편안히 머물던 일대(一大) 연고가 있는 땅이요, 대각암(大覺菴)은 바로 그 성태(聖胎)를 길러 양성하던 난야로 당시쯤은 큰절 이상의 큰절 노릇을 하였음을 넉넉히 생각할 것이다. 터로만 보아도 엄연한 일대 초제(招提)의 역량을 가졌음이 실로 우연함이 아닐 것이다.

여하간 시방 우리가 모시고 온 물이, 실상 당년 대덕(大德)의 흥교(興敎)로 마른 목을 축이고, 홍법(弘法)으로 흘린 땀을 씻어드리던 그것임을 생각하고는, 넘치는 감격으로 한 그릇 떠 마시고, 또 자기

---

3 이승의 교화를 마치고 다른 세상의 교화로 옮긴다는 뜻으로, 고승의 죽음을 일컫는다.

의 손으로 관정(灌頂)⁴까지 하였다.

들어가는 문선(門扇)⁵에 붙인 '만고휘유(萬古徽猷)' '신광불매(神光不昧)'의 양첩(兩帖)은, 아닌 게 아니라 과연 이 집에 꼭 들어맞는 말이다. '대각암(大覺菴)' 현판에 저절로 합장이 되었다가, 급기야 큰방으로 들어가서 침침하고 지저분하고, 선반 위에는 책 대신 먼지가 손을 파묻음을 보고는, 기가 막히고 떡심이 풀렸다.

조실에는 어느 대지식(大知識)의 연화색녀(蓮花色女)신지, 어린 보살을 쌍쌍이 데리고 재미를 보시는 모양이다. 안에서나 밖에서나 아이 뒤를 거두느라면, 아닌 게 아니라 과연 큰방까지 손이 돌아갈 수가 없을 듯하다. 황폐한 절도 많이 보고, 조실에서 여자가 주인 노릇한 꼴도 더러 보았지만, 시방 여기는 대각 국사의 유택(遺宅)이거니 하여 경건하고 엄숙한 마음으로 왔던 터라, 이 꼴을 보니 특별히 그렁그렁 흐르는 눈물이 옷깃을 적신다. 큰절에서만 하여도 이 집이 어떤 집이건대 이 모양으로 만들어 두는지, 되는 대로 내버려 두고 등한함도 심하다 하겠다.

허술한 몸체에 비하여 '대선루(待仙樓)' 십수 칸은 크기도 하려니와 중수한 지도 오래지 아니하니, 이는 한참 선암을 들먹거리던 최경월(崔鏡月)이란 이가 시소(詩騷)로 거드럭거리기 위하여 힘을 들인 까닭이라 한다. 누(樓)도 시(詩)도 좋지 않달 것 아니지만, 시루(詩樓)를 위하여 도방(道房)을 버림은 참 범상한 정도를 지나는 본말 전도라 하겠다.

누상에는 "건륭 45년(1780) 경자 백운산 송천사(乾隆四十五年庚子白雲山松川寺)"를 새긴 700근 대종(大鍾)이 있으니, 이만이나 해야 이집에 어울리기는 한다. 누는 산야(山野)를 아울러 당기어 경승이 자

---

4 물을 정수리에 붓는다는 뜻으로, 본래 인도에서 왕이 즉위할 때나 태자를 세울 때, 바닷물을 정수리에 붓는 의식에서 유래되었다.
5 문 양쪽에 세워 문짝을 끼워 달게 된 기둥을 말한다.

못 아름다우며, 죽림(竹林)이 사방에서 에워싸고 노송이 듬성듬성한 곳에 작은 못엔 푸른 버들이 그림자를 담그고 화단에는 비취색의 향기로운 꽃이 고움을 다투니, 시나 짓자 하면 아닌 게 아니라 과연 재료 걱정은 아니하겠다.

그러나 다른 데는 어찌 갔든지, 대각암부터는 심상히 기어(綺語)[6] 부습(浮習)의 단장(壇場)으로만 쓸 곳이 아니요, 더구나 구기자 동산과 쑥 뜰, 여우굴과 쥐집을 만들고 말 수 없는 곳은 아니다. 말하자면 남암이 이리되든지 북암이 저리되는지 선암 본사가 온통 어찌되는지간에, 이 대각암 하나만은 서까래 하나를 썩히거나 기와 한 장을 깨뜨리지 못할 것이니, 선암은 말도 말고, 조선 불교계가 다 들어서라도 대각 국사의 성지(聖地), 더욱 홍왕·국청 등이 다 없어지고 당시부터 계속 이어져 바뀌지 않은 유적으로 유일한 이곳을 이렇게 괄시하여 대접할 수가 있다란 말이냐?

나는 생각하기를, 대각암에 가면 국사의 영정도 뵙고 또 유물도 찬탄하며 우러러 볼 것이 있으려니, 적어도 대장경이든 속장경이든 간에 고인본(古印本)이라도 좀 있고, 『원종문류(圓宗文類)』『석원사림(釋苑詞林)』『대각국사집』간에 고영본(古零本)이라도 구경하려니 하였더니, 이 꼴을 보매 한심은 고사하고, 쓸쓸한 마음, 얼어붙은 마음이 됨을 어찌할 수 없었다.

더욱 마음 깊이 사무치도록 느낀 것은, 금년은 대각 국사가 송나라로 건너가 법을 구하던 고려 선종 을축(1085)의 제14주갑(周甲)이요,[7] 명년은 그가 조선 불교가 세계적으로 자랑하고 칭찬하는 속장(續藏) 개간(開刊)에 착수하던 갑년(甲年)이니, 물론 기념하는 축전을 조선적으로 거행해야 할 터인데, 법보(法寶) 유통상의 우뚝하게 뛰

6 십악(十惡)의 하나. 도리에 어긋나며 교묘하게 꾸미는 말을 뜻한다.
7 원문에는 16주갑으로 되어 있으나, 이는 오자인 듯하다.

어난 공훈과 나라를 세우는 큰 사업이 고금에 끊어지고 없어져, 인도의 아육왕이라도 멀리 후진(後塵)[8]을 쳐다보게 할 이 대사업의 주인공, 세상에 매우 드문 대위인(大偉人)의 일천 년 유적을 새삼스럽게 뜨게 보고 소홀히 대함이다. 1년에 한 차례 향불이나 좀 드리는 것만으로는, 선암의 직책이 다 된다 못할 것이요, 또 선암만으로 그에게 입은 은택을 갚는 도리도 아닐 것이다.

선암사 대각암 부도(전남 순천)
전형적인 8각 승탑으로, 고려 전기에 만들어진 것으로 보인다.

암자의 뒤에 하나의 부도가 있어 규모와 제도가 아까 그것과 방불하고 몸이 좀 작은데, 반이나 넘어 거꾸러져서 일단의 마음이 몹시 상하고 슬픈 감정을 자아낸다.

이것이 혹시 대각 국사를 위한 무슨 영표(靈標)나 아니던가 하니, 눈물이 꼴짝 다시 난다. 동방 묘희 세계(妙喜世界) 부동불(不動佛)[9]의 재래(再來)라 하던 그의 끼치신 터도, 유형(有形)은 유위(有爲)를 면치 못함이 처량하다.

---

8 사람이나 마차 따위가 지나간 뒤에 일어나는 먼지를 말한다.
9 동방에 선쾌정토(善快淨土)를 세우고 설법하는 부처로 아축(阿閦)이라고도 한다. 사방의 정토에 있는 네 부처는 동방 묘희 세계의 아축불, 서방 안락 세계의 아미타불, 남방 환희 세계의 보생불, 북방 연화 장엄 세계의 미묘 성불이다.

거룩한 '부동불(不動佛)'국(國) 그어떠튼 장엄이뇨

선암에 남은기둥 이제마저 넘어가니

동방의 무진등경(無盡燈檠)을 어디걸가 하노라

뜰알의 어느흙이 님께아니 밟혔으리

자직한 모래에도 향내스며 있으련만

쑥대가 밭을이루매 맡을길이 없어라

일천년 씨를물려 봄마다 피우는꽃

줄다못한 구경꾼이 이제아주 없어지매

그립다 서투른손을 웃어마지 하노나

돌아오니 낙조가 오히려 만세루에 걸려 있기로, 다시 올라가서 기둥 사이에 걸린 제각(題刻)을 둘러보았다. 선암에는 시인이 오기를 덜하였는지, 와도 짓기를 덜하였는지, 혹시 정화(精華)는 남암으로 몰려간 탓인지, 소리하여 외고 싶은 것은 하나도 없었다. 김극기(金克己)의

적적한 산속 절이요,

쓸쓸한 숲 아래의 중일세.

마음속 티끌은 모두 씻어 없앴고,

지혜의 물은 맑기도 하네.

8천 성인에게 예배하고

담담한 사귐은 삼요(三要)의 벗일세.

내 와서 뜨거운 번뇌 식히니,

마치 옥병 속 얼음 대한 듯하네.

같은 고시라도 새겨 걸었으면 하였다.

글 대신 종을 한 번 울렸다. 숙종 26년(1700년) 경진의 개주(改鑄), 무게 800근. 새물 — 구정물 들지 아니한 220년 전 그대로의 깨끗한 소리거니 하니, 뼛속의 때까지 떨어지는 듯하다. 상월이니 침굉이니 하는 이들이 다 이 종소리에 공양도 받고 기침(起寢)도 맞추시던 것이다.

숙소로 돌아오며 보니 산위에도 사람들이 희끗거리고 여관에도 특별히 과객이 붐비기로 물어본즉, 명일의 곡우절을 맞추어 새로 오르는 '다래몽둥이물'을 받아먹기 위함이라 한다. 조계·지리 등 남방 대산(大山)에는 곡우 전후면 약이라 하여 생나무 즙 받아 먹는 일이 풍속을 이루고, 더욱 지리산 같은 데는 사방에서 분주히 뛰어 다니며 오는 손이 천만으로 센다 한다. 조선 사람의 '약물'이란 것이, 종류가 아닌 게 아니라 많은 것이다.

밤에는 여전히 운 노사(雲老師)의 법유(法乳)를 많이 빨고, 또 북전(北殿)의 철불(鐵佛)도 도선 국사의 '비보(裨補)'적 안치임과, '배바위'는 '장군'의 인(印)이라고 전설하는 것임과, 호남 삼암(三巖) — 낭주의 용암(龍巖), 희양의 운암(雲巖), 승평의 선암(仙巖) 가운데 선암의 특출함과, 조계산이 본디 선택(仙宅)으로 '선암' '호혈(虎穴)' 등이 그 유적이라는 고전(古傳)이 있는 등, 여러 가지 요긴한 말씀을 듣자왔다. 더욱 최후의 한 조항에서는 조계(曹溪)·선암(仙巖)·대길(大吉)·송광(松廣)·천자(天子)·장군(將軍)·호혈(虎穴)·선암(船巖)·부유(富有)·구미(駒尾) 등이 도무지 고신도(古神道)에서 나온 같은 근원의 다른 분파어임을 증명하는 쐐기를 얻음이 든든하다.

지리산 가는 길에

32. 해동 선풍의 선양지인 태안사

　20일. 나대응(羅大應) 스님의 정중한 조반 대접을 받아 '다래장'의 존득거리는 맛까지 보고, 글과 같이 "맺어 익힘이 오히려 남아 사흘 밤을 자고도 아쉬운" 선암사를 하직하였다. 당사 체류중 이달호(李達鎬) 군에게 여러 가지 폐를 끼치게 되었음은 특별히 미안하다.

　영가 대사(永嘉大師)는 조계에 가는 길로, "석장을 흔들고 판금을 끌며, 육조 혜능을 에워싸고 세 바퀴 빙 돌음"에 그만 "생사의 한 가지 일이 크니, 깨달은 후에는 다시 머물 수가 없는지라, 하룻밤 조계산에서 쉬고 나서, 긴 노래 부르면서 문을 나선다."라 하였다고 한다. 나는 조계산에 와서 선암사에서만 운공 같은 선지식을 사흘이나 모시고 지내면서도 의연히 칠통(漆桶)을 끼고 나가니, 이것이 과연 "황매산에서 방아 찧는 늙은이를 배신한다."라 하는 것인가 보다.

　깨어도 자는 듯한 흐리트적지근한 날씨, 아직 피지 못한 꽃이 마치 미숙한 단풍과 같은 이때는 비가 오려고 잠깐 바람이 부는 이런 일기가 제격인 것도 같다. 동암이라는 청련암(靑蓮菴)을 들러서 빼쪽한 뒷재를 넘어가니, 봄의 숨겨둔 별궁이 거기 하나 비어진다. 으늑한 골 천길만길이나 되는 낭떠러지, 등성이에는 취송(翠松)이 성을 쌓고, 비탈에는 짙도 엷도 아니한 진달래를 주줄이 붉은 장막을 둘렀는데, 길을 끼고 우거진 것은 절로 비단 터널을 이루었다. '지겟골'이라 하는 숨은 승지(勝地)이다.

봄이야 봄이야한들 다른봄이 또있으랴
이거니 저거니해도 이꽃아니 좋으신가
이봄에 이꽃가지고 자며놀미 어떠료

먹은 줄 모르게 먹히고, 취한 줄 모르게 어려진 봄이라는 맛 좋은 막걸리에 얼굴을 붉히면서, 엿새 동안 끼고 잔 조계(曹溪) 아가씨의 온유한 살맛을 돌이켜 추억하되, 흐무러진 뼈가 다시 한번 노그라진다.

나이가 들수록 색이 쇠하여 분(粉)이 떨어지고 머리가 메어진 마누라라 하면 안 그런 것도 아니지만, 이 천년 켜 내려오는 조선 불교의 지혜의 등불을 마지막까지 떠받들었던 고운 손은 이제도 나머지 보드라움과 덜어진 향내가 있고, 채 맞은 맵시와 씨 있는 거드름이 오히려 남의 심혼을 흔들지 아니하면 마지 아니하는 것이 있어, 시방이라도 고운 단장에 맞는 옷치장이나 하고 나서면, 오히려 뉘 성(城) 뉘 나라를 기울일는지 모를 것이다. 다만 버렸던 타고난 청초하고 고운 성품이나 체질, 꽃처럼 아름다운 자태를 언제 어떻게 매만져 다스리게 되느냐는 문제뿐이다.

'괴북이' 재를 넘으니, '괴양이' 주막을 지나서 동복서 작별한 순천 대로를 가로지르게 된다. 여기저기 못자리 하는 빛, 농가의 바쁜 때가 돌아왔다. 도정리(道亭里)를 뚫고 나가다가 마을 한복판에서 유난히 큰 홍도(紅桃) 한 그루를 만난다. 꽃이 어떻게 덜퍽지게 피었는지, 이것 한 나무만 있으면 세상이 다 가을이라도 혼자 봄 노릇을 할 듯하다.

살구 꽃은 철이 이미 늦고, 복숭아 꽃이 한창이다. '백현', '축내', 원체 복숭아 꽃이 많은 곳인데, 개울을 끼고 생긴 마을이 도화(桃花) 너머로 으늑하게 들여다보임은, 아닌 게 아니라 과연 그림 같고, 그 밑에서 땋은 이, 쪽진 이, 새색시들이 장단을 맞추며 눈 같은 빨래를 두드리는 것은, 아닌 게 아니라 과연 시 같았다.

도화핀 깊은골에 물이줄줄 흘러가고
태고적 그대로의 마을이 게있으니
도원(桃源)이 어디메런지 여기본 듯 하여라

저색시 뉘집색시 무엇보담 예쁜색시
이세상 모든 봄이 저두뺨에 모였거늘
나머지 무슨 고음이 남게꽃을 지은고

꽃은나를 어쩌는지 나는꽃이 새워라고
이따금 바쁜빨래 방맹이를 머물으고
물아래 두 그림자를 흘긋할긋 보더라

30리 넘는 '괴당이' 긴 재를 넘어 젖히니, 뭉싯우뚝한 지리산이 그 일면을 보여 준다. 마치 묵파령에서 금강산을 데미다 보는 셈이다. 언뜻 보이는 것이, 후자는 총명 지혜가 꽃부리처럼 피어나고 불꽃처럼 휘날리는 또렷한 재사(才士)를 만난 것 같음에 대하여, 전자는 도덕 교화를 깊이 감추고 비밀스레 보관하고 있는 둥긋한 도인에게로 가까이 가는 듯하다.

금강은 쳐다 보는 것, 지리는 건너다 보는 것, 금강은 예술적, 지리는 종교적, 금강은 명상(名相) 식수(識數)에 밝은 신출 강사(講師)가 예법에 맞는 (가사나 장삼 따위의) 법의를 갖추고 구식(九識) 십지

(十地)를 밝게 짚어 논설하는 것, 지리는 성태(聖胎)를 잠양(潛養)한 높은 선승(禪僧)이 드넓고 아득하여 이루 헤아릴 수 없는 웅혼(雄渾) 심대(深大)를 조는 듯 깨인 눈에 담아 가지고 있는 것, 금강은 공자, 지리는 노자, 금강은 원백(元白), 지리는 이두(李杜), 금강은 벼 선 논, 지리는 노적가리, 금강은 금벽원화(金碧院畵), 지리는 수묵산수(水墨山水), 금강은 김쌈, 지리는 곰국 같은 것이, 양자 첫 인상의 특징적인 점이다. 어찌 되었든지 그 품에 들기만 하면, 추울 리 배고 플 리는 없으리라 하는 믿음이 생기게 하는 형상이다.

월등(月燈)을 지나고 '영수'에 가서 점심을 한 후, 사천(泗川)네라고 통칭하는 '담뜰' 김부자집의 번지르르한 기왓골을 곁으로 보면서 '원달치(元達峙)'를 넘었다. 돌아다보니, 원감 국사(圓鑑國師)가 "누가 알리, 계족산 속 늙은이가 예전에 용두(龍頭) 모임에 상빈(上賓)이던 것을"이란 글을 짓던 정혜사(定慧寺)[1]의 계족산이 빤히 송치(松峙)쪽으로 보인다. "돌에 떨어지는 빠른 냇물 옥을 부수듯이 맑은 소리 나고, 구름 속 층층 산은 차갑게 가을을 일으키네."[2]란 글귀를 생각하고는, 정신이 달려가고 마음이 감을 금하기 어려웠다.

---

1 『신증동국여지승람』에 정혜사는 계족산에 있으니 절에 부처의 치사리가 있다고 하였다. 또한 다음과 같은 내용이 수록되어 있다.
고려 중 충지(沖止)는 본래 장원(壯元) 위원개(魏元凱)이다. 여러 요직을 거친 뒤에 중이 되어 이름을 원감(圓鑑)이라 하고 이 절에서 살았다. 일찍이 어떤 시에, "누가 알리, 계족산 속 늙은이가 예전에 용두(龍頭; 壯元) 모임에 상빈(上賓)이던 것을." 하였다. 또 이르기를, "물병과 바릿대 들고 처음 이 봉우리에 와서 머물렀더니, 쇠하고 병든 지금에는 이미 놀기에도 지쳤네. 돌에 떨어지는 빠른 냇물 옥을 부수듯이 맑은 소리 나고, 구름 속 층층 산은 차갑게 가을을 일으키네. 올라와 노는 흥이 천 바위 위에 뜨는 달을 보며 일어나고 늙어 돌아온 즐거움이 일만 구렁 흐르는 물에 넘치네. 적막한 산집에 소유하는 것 없으니, 손이 오면 오직 작은 마루 그윽한 곳에서 대접하네." 하였다. 그가 죽자 문한 학사 승지 김훤(金晅)이 임금의 명령으로 그 비명을 지었다. (『신증동국여지승람』 권40, 전라도 순천도호부 불우조)
2 『지봉유설』 권13, 문장부 6, 동시에 나오는 구절이다.

태안사 대웅전(전남 곡성)

대한불교조계종 제19교구 본사인 화엄사의 말사로 대안사라고도 한다. 최남선이 "신라 이
래의 이름 있는 절이요, 또 해동에서 선종의 절로 처음 생긴 곳이다. 아마도 고초(古初)의 신
역(神域) 같다."고 극찬한 곳이다. 6·25전쟁 때 대웅전을 비롯한 15채의 건물이 불타 버렸
으며, 근래에 지은 건물이 대부분이다.

원달(元達)재는 순천·곡성의 경계로 넘어서면서부터 시작되는
골이, 이것저것 할 것 없이 어디가 끝임을 모르겠으니, 곡성이란 것
이 과연 잘 지은 이름이라 하겠다. 유명한 종이 산지라, 물 있는 곳
에는 모두 지소(紙所)며, 다니는 짐은 대개 닥이며, 들리는 소리는
거의 닥 치는 소리이다. 지소에는 '갈갯군' — 닥 껍질을 벗기는 소
임 — 이 제일이라더니, 아닌 게 아니라 과연 동료들 중에서 그네
얼굴에는 특별히 기름이 진 것도 같다.

사잇길로 '어사리재'를 넘어서 태안사(泰安寺)를 다다르니, 60리
길에 해가 저물었다. 절은 옛적에는 대안(大安)이라고, 또 동리산(桐
裏山)에 있으므로 보통 동리사(桐裏寺)라고 부른다. 신라 이래의 명
찰이요, 또 해동에서 선종 사찰로 처음 생긴 곳이다. 대개 달마선
(達磨禪)의 해동 유입은 신라 헌덕왕 대, 당으로 말하면 현종 대, 육
조(六祖) 전후, 2종(二宗)은 이미 난 후이고 5가(五家)는 바야흐로 일

343

심춘순례

어나려 하는, 한창 선풍이 성하게 부쩍 일어나는 판에, 신행(神行)의 북종(北宗), 도의(道義)의 남종(南宗) 전래로 시초를 삼는다.

그러나 기회와 인연이 무르익지 못하여 비밀스럽게 전하고 개인적으로 받는 데 그치더니, 수십 년 후 신무왕 대에 적인 선사(寂忍禪師) 혜철(惠哲)이 서당(西堂) 지장(智藏)의 법을 계승하고 동쪽으로 돌아와, 시방 이 대안사에서 당을 열고 사람들을 모아 떨침에 미쳐 비로소 선풍이 일세에 성하게 되니, 대안사는 실로 해동에 있는 소림, 보림(寶林)이라 할 것이다.

속설에 혜사(惠師)의 중창에 부회(附會)하여 종종 신기하고도 이상한 자취를 전한다. "당초에는 온 동네가 다 모기와 등에가 진(陣)을 치고 있던 것을, 사(師)가 신통력으로 산의 오른쪽 고개로 쫓아 버리고 절을 세운 고로, 시방은 절에 모기와 등에가 없고, 또 고개의 이름을 축맹치(逐蝱峙)라 하였다."하는 등이다. 이것도 물론 송광에 있는 구적 설화(驅賊說話)와 마찬가지로, 우리더러 말하라 하면, 신구 양교(兩敎) 갈등 설화가 지명 기원 설화와 서로 응하여 만난 하나의 복합 설화일 따름이다. 최하(崔賀)가 찬한 「적인선사비송(寂忍禪師碑頌)」의,

곡성군 동남쪽에 산이 있어 이를 '동리(桐裏)'라 한다. 그 안에 정사가 있으니 그 이름이 '대안(大安)'이다. 이 절은 무수한 봉우리들에 둘러싸여 있고, 맑은 물줄기가 흐르고 있다. 길이 멀고 외진 곳이어서 찾아오는 속세의 지인들이 드물었다. 그윽하고 조용한 경내에는 승려들이 정숙하게 살고 있다. 신령한 기운이 상서로운 이적을 나타내고, 독충이나 뱀들은 그 해로운 자취를 감추었다. 소나무 그늘은 어둡고 구름은 깊어, 여름엔 서늘하고 겨울엔 따뜻하니, 이곳은 삼한(三韓)의 빼어난 장소이다.

선사(禪師)께서 석장을 짚고 와서 돌아보고 머물 뜻을 갖게 되어 교

화의 장소를 마련하고 자질이 뛰어난 사람들을 받아들이니, 점수와 돈오를 닦는 인물들이 사선(四禪)[3]의 선방에 구름처럼 모여들었고, 현명하고 어리석은 이들이 입정(入定)의 문하에 그림자처럼 달라붙었다.

파순(波旬) 같은 마왕의 무리나 브라만 같은 무리일지라도 어찌 정견(正見)으로 돌아오지 않을 것이며, 요 임금을 보고 짖었던 개가 잘못을 뉘우치듯 하지 않겠는가. 이는 바로 나부산(羅浮山)의 옛 영광을 회복함이며, 조계산의 오늘날을 만든 것이다.

라고 한 글로써, 혜사(惠師)가 들어와 살던 초에 다소의 분분한 의론도 없지 아니하였음을 짐작하겠다.

21일. 밤부터 부슬거리던 비가 자고 나니 꽤 커졌다. 한창 왕성하게 핀 놈, 반만 열린 놈, 물러서려는 놈, 들어서는 놈, 열어 젖히는 창문 앞에 갖가지 춘색이 점고(點考) 맞는 기생들처럼 대령하였다.

붉은 꽃나무 구경하느라 얼마나 먼 줄 모르고 푸른 개울까지 걸어가게 하는 복숭아꽃이여! 예, 여기. 붉은 꽃 자줏빛 꽃술이 봄의 추위를 피하여 꽃봉오리들이 가지에 말라붙은 살구꽃이여! 예, 여기. 집을 떠난 산승이 출가를 후회하게 하는 꽃다운 애정과 향기로운 생각의 목련꽃. 가랑비에 사람은 없고 나 홀로 가는데 빛나고 붉기가 불같은 동백꽃. 거듭거듭 누르는 가지가 다 황금이면 사귀어 보자, 개나리. '시끼시마'가 비에 떴다 '아사히' 없이도 벚꽃.

높을 듯 낮은 건넌 산에는 송림을 헤치고 오래된 절이 내다보며, 요란한 듯 조심하는 앞 시내는 아침부터 젊어 노세를 흥얼거린다. 산의 봄, 들의 봄을 보아 오다가 앞뜰의 봄을 보는 맛이다. 조금 너그러이 배포한 하나의 정원을 보는 듯함이 태안사(泰安寺)의 봄맛

---

3 불교 용어로 사선정(四禪定) 혹은 사정려(四靜慮)라고 한다.

이다. 대 너머 버들 곁에 뒤둥그러진 몇 가지 복사꽃의 촉촉하게 비를 머금은 것이 몹시도 남의 마음을 들썩거린다.

반만핀 홍도화(紅桃花)가 가는비에 젖었으니
칠분춘색(七分春色)이 하마거기 부렸도다
여남아 일반분(一半分)네야 가려무엇 하리오

고르게 오는비가 누를아니 적시리만
치우쳐 큰 생색(生色)이 복사꽃에 나노매라
동군(東君)아 네일러보라 어이그리 되느니

벌릴 듯 입담은꽃 무슨뜻을 머금은고
촉촉이 비는오고 단둘이 만난이제
은근한 모든하소연 들려봄이 어떠뇨

낮 뒤에는 비가 걷힐 듯하기로, 최(崔)·양(梁) 두 군(君)의 안내로 당탑(堂塔) 순배(巡拜)를 나섰다. 동구를 향하여 둘러 나가는 물이, 기이하고 특이한 돌을 얻어서 날 듯이 빠르게 흐르는 폭포수가 되고, 매우 급히 흐르는 여울이 되고, 맑은 시내가 되고, 깊은 못이 되는 회호점(廻互點)에 석교(石橋)와 아울러 수각(水閣)을 세우고 이름을 능파각(凌波閣)이라 한다. 하천의 한 지류 위아래의 넓은 반타(盤陀)[4]에는 바둑이나 장기 한 판, 거문고 한 장(張)도 놓을 만하고, 맑고 얕은 돌 여울에는 마음을 씻고 발을 씻는 것이 다 푼푼하여, 맑고 찬 기운과 밝고 넓은 빛이 자못 사람을 움직인다.

진달래 꽃밭이라고 해야 옳은 길로 하여 서부도(西浮屠)에 올랐

---

4 바위의 모양이 편평하지 아니한 것을 이른다.

다. 대안사 3세, 철사(哲師)의 법손(法孫)으로 고려 태조의 높고 깊은 귀의를 받은 광자 대사(廣慈大師) 윤다(允多)의 부도니, 천화(遷化)[5] 즉 시(945년)로 비문에

　　이윽고 조정의 영을 받아 본산에 탑을 세우되, 재물은 관의 창고에 서 내고 가까운 백성들을 부리니, 장엄하고 주밀하여 조각이 매우 오묘 하였다.

라 한 것이다.

　정묘하고 세밀하게 조각을 한 기대와 난간이 여러 층 겹친 위에 팔각 탑신을 얹고, 몸에는 한 칸씩 걸러서 사천왕을 새기고, 그 사 이에 전후로는 자물쇠, 좌우로는 둥근 거울과 향로를 새겼다. 부연 (婦椽)을 달아 처마를 들고, 여덟 추녀는 새가 날개를 편 것처럼 좌 우가 넓게 하늘을 가리키는 반개(盤盖) 위에는 겹겹이 상륜을 붙여 서 진실로 시방까지 보지 못한 몸체의 형상을 다 갖춘 하나의 큰 부도이다. 의장과 수법이 이의를 제기할 바가 없는 아주 뛰어난 작 품이다.

　손소(孫昭)가 교(敎)를 받들어 지은 비는 조금 떨어져 세웠는데, 연록색 비신은 넘어져서 큰 파편 두 개와 무수히 작은 파편이 되 었으나, 아직 다행히 "유당고려국 무주 고동리산 교시광자대사비 명(有唐高麗國武州故桐裏山敎諡廣慈大師碑銘)" 이하의 비문 첫머리가 남 았다.

　그러나 날로 침해당하여 부서지는 분수로 보아서는 그나마 며 칠이나 더 유지될지 모르겠으니, 일천 년 전에 뛰어난 행서로 쓰

---

5 이 세상의 교화를 마치고 다른 세상의 교화로 옮긴다는 뜻으로, 고승의 죽음 을 이르는 말이다.

인 이 고비(古碑)도, 남은 경치에 해가 지는 감이 없지 아니하다. 귀
부와 용두가 다 극히 크고 아름다운 것이나, 거북이는 몸과 머리가
거처를 달리한 지 오래고, 용은 사방으로 여의주를 받는 중에 중앙
의 것이 새로이 움큼 떨어지니, 수일 전까지 몸에 탈이 없던 것이
별안간 이렇게 되었다 한다.

원체 탑비의 근처는 편평하여 놀기가 좋으므로, 저절로 동리산
나무하는 아이들이 놀고 즐기는 중심 장소가 되어, 그 적막함을 깨
뜨리고 힘을 겨루는 희생이 되는 것이라 한다. 고탁본보다 『해동금
석원(海東金石苑)』, 『해동금석원』보다 『조선금석총람(朝鮮金石總覽)』
으로 내려오면서 차차 이지러져 떨어짐이 얼마나 심해졌는가는 알
던 일이어니와, 몇 년이 못되는 『조선금석총람』 시대보다도 현상은
멸실이 더욱 많고, 또 앞으로는 그 세가 점점 세속화할 것이다. 시
방 급히 무슨 방편을 꾀하지 아니하면 얼마 아니하여 한 글자도 얻
어보지 못할 것이 분명하다.

광자 대사(廣慈大師)는 대안사에 대한 공덕으로 말하여도 중창주
또 중흥주라 할 어른이니, 절이 천년 바뀌지 않는 복운을 누리는

밑바탕에는 고려 태조가 대사를 위하여

　본도의 수상에게 명하여 전결과 노비를 획급하여 향적(香積)에 이바지하도록 하여 밖에서 돕는 풍속을 잊지 않았다. 팔행(八行)의 예를 펴서 관리를 보내어 왕래하기가 길에서 끊어지지 않으니, 높이고 받드는 성함이 일찍이 있지 않았다.

란 음택(陰澤)이 분명히 세상에 널리 퍼져 전할 터인데, 이 비를 이렇게 버려 둠은 과연 잘못하는 일이다.

　한편 삼림을 채방(採放)하고, 한편 소속된 암자의 쓰는 비용을 긴축하여 가면서 급하지 않은 토목을 새로 일으킴은, 어찌한 생각인지 모르거니와, 그보다는 도리상으로나 체면상으로나 몇 백 배의 경중이 되는 이 비탑 수호를 사찰 당국이 진작 되돌아 생각하고 사찰을 위하여 못내 못내 바라고 부탁한다.

　동북으로 여러 등성이를 넘어 명적암(明寂菴)에 이르니, 암자는 태안사 중에서 가장 높고 그윽한 곳으로, 오래 좌선의 명소가 되던 곳이나, 요새 와서는 노승 하나를 두어 겨우 집을 지킬 뿐이다. 어떻게 집을 깨끗하게 거두었는지, 방과 집과 뜰 등에서 깨끗한 빛이 발할 듯하며, 겸하여 한 점의 티끌 한 올의 실오라기 소리도 이목(耳目)에 걸리는 것이 없어, 바로 '명적(明寂)' 그것을 보는 듯하다.

　나무에 바람자고 새도혀를 궤매어서
　시방도 터와집은 선나(禪那)를 닦건마는
　사람만 어디를가서 돌아들줄 잊은고

　내다보니 '삼산(三山)'의 열두 봉우리가 집 빈 줄도 모르고 여전히 이리 향하여 머리를 조아려 절을 하면서 찬탄하는 것이 딱하시다.

태안사 적인선사 조륜청정탑
(전남 곡성)
통일 신라 말기 적인 선사 혜철의 부도
로 그는 785년(원성왕 1)에 출생하여 861
년(경문왕 1)에 입적하였다. 사찰 중심을
약간 벗어난 북쪽 언덕에 있는데 주위에
흙담장을 쌓고 그 안에 탑비와 함께 나란
히 서 있다.

혜철암(惠澈菴)으로 내려가니, 옛터에는 단 두 층 고탑(古塔) — 하
층은 널따랗고 상층은 조그마해서 어울릴 성은 부족하나 예스럽고
질박하여 무척 선미(禪味)를 띤 한 기의 탑이 밭두둑에 이아쳐 섰으
며, 새터인 부도전에는, 후정(後庭)에 혜철 선사(惠哲禪師)의 '조륜청
정탑(照輪淸淨塔)'이 서 있다. 기대의 팔각에 사자를 새긴 것 외에는
만든 모양이 광자 탑(廣慈塔)과 흡사하니, 대개 광자의 그것이 신라
시대의 이것을 모조한 것을 알 것이다. 본디는 석대를 모으고, 그
위에 각(閣)을 지었던 모양이나, 시방은 단과 주추가 남았을 뿐이
다. 비문에

부도 가까이에 한 그루의 소나무가 있어서, 푸르고 울창하고 짙푸르
고 무성하여 산 안에서 매우 두드러지게 뛰어났는데, 길을 연 후부터는
봄 여름에는 하얗고 가을 겨울에는 누르러 영원히 조문하는 형상의 색
이 있다.

라 한 것은 그 뒤에 어찌 되었는지, 시방은 단(壇)의 좌우에 오래된

측백나무가 한 그루씩 서서 오랜 풍상을 자랑할 뿐이다. 비를 근거
하건대

함통 2년(861) 봄 2월 6일에 병 없이 앉은 채로 입적하니, 지체(支體)
가 흩어지지 않았고 신색(身色)이 평상시와 같았다. 곧 8일에 사송봉에
안치하고 돌을 세워 부도를 삼았다.[6]

라 한즉, 이 부도도 그 때의 관례에 의한 전신장(全身葬)의 영표(靈
標)임을 알겠다. 또 '송봉(松峰)'이란 이름으로 이 터가 태초부터의
영지(靈地)이던 것을 짐작할 수도 있으니, 대개 대조사(大祖師)의 신
후지(身後地)라 하여 오랜 명적(名蹟)을 그대로 사용한 듯하다.

오른쪽 방향으로 비(碑) 터가 있어, 네 마리 용이 날개처럼 보호
하는 가운데에 한 마리 봉황이 높이 날아오르는 것을 새긴 거북이
머리와, 글자가 마모돼 판독이 불가능한 끊어진 비석 하나가 남았
는데, 교룡의 이마에는 '천사(天寺)'인 듯한 두 글자를 판독할 수 있
다. 이는 대개 함통 13년(872)에 세우고, 최하(崔賀)가 임금의 명을
받들어 지었다는 「무주 동리산 대안사 적인선사비송 병서(武州桐
裏山大安寺寂忍禪師碑頌幷序)」의 잔해일 것이다. 절 안에 서 있는 것도
이 모양임을 보면, 절 밖에 있는 광자 비(廣慈碑)는 도리어 오래 성
하게 있는 셈이다.

대개 혜철(惠哲)은 한편으로는 혜철(惠澈)로 지으니, 신라 경문왕
이 시호를 적인(寂忍)으로 내려준 일은 있으되, 국사(國師)의 칭호를
더한 적은 없은즉, 대접하자면 적인 선사(寂忍禪師)라고 할 것이어
늘, 시방 통칭에 '혜철 국사(惠哲國師)'라 하여, 마치 혜철(惠哲)이 시

---

6 원문은 "咸通 二年 春二月 六日, 無疾坐化, 支體不散, 神色如常, 卽以八日, 安
厝於寺松峰, 起石浮屠之也"이다.

호 직위나 되는 줄 앎은, 저 '도선 국사(道詵國師)'라는 셈과 같이 한 명확치 않은 일이요, 또 국사라야 좋을 줄 앎은, 저 송광에서 조정의 명이야 받았거니 않았거니, 통틀어 '십육국사(十六國師)'라는 셈과 한가지로, 불교의 지위보다 세속의 자리를 좋아하는 덧없는 관습이다.

적인 선사 같은 어른은 그 살아 생전이나 죽은 후에나 다 국사 이상의 존숭을 받기도 하였거니와, 설사 그렇지 못하였다 할지라도 국사이냐 아니냐의 여부로 경중이 다른 분이 아닌즉, 구태여 아닌 것을 그렇게 부르잘 맛이 없을 것이다. 선생에는 서당(西堂) 지장(智藏), 제자에는 옥룡(玉龍) 도선(道詵), 사업은 해동 선풍의 실제 개창자(開創者), 이만하면 갸륵한 지체(地體), 아무 부러울 것 없는 극히 높은 지위이시다.

조선 불교란 견지에서는 교(敎)의 효공(曉公), 선(禪)의 눌사(訥師)를 칠지라도, 그 선구자 개척한 지위에 있는 자로 전습(傳習) 받들어 이을 대장(大匠) 되신 이가 교(敎)에는 의상(義湘), 율(律)에는 자장(慈藏), 선(禪)에는 혜철이 있음을 생각할지니, 이와 같이 우리 적인 선사는 실로 조선에 있는 대조사(大祖師) 중에서도 가장 위대하다 할 한 사람이다. 구구한 명예와 작위가 그에게 무슨 필요가 있으랴.

배알문(拜謁門)으로 나가면 동일암(東日菴)이니, 뜰에 핀 구봉화(九峰花)란 꽃이 다른 데는 없는 것이라 한다. 그 곁의 '미타전(彌陀殿)'은 예로부터 유명한 선방으로 선화자(禪和子)[7]가 참선하며 진리를 탐구함이 연중 끊임이 없다 한다. 시방 '무언(無言)'패(牌)가 내어 걸려 있는데, 대나무 숲에 둘린 맑고 깨끗한 신옥(新屋)이 지나만 가도 진탁(塵濁)을 벗을 듯하다. 여기까지를 '대상(臺上)'이라 하여 수

---

7 선승을 예사롭게 부르는 말이다.

선(修禪)의 구역을 이루었다.

대하(臺下)로 내려서면 맨 먼저 영자전(影子殿)을 만난다. 전에는 혜철(惠哲)·도선(道詵)·광자(廣慈) 이하 21상을 모시고, 여기 저장한 옛 물건 가운데 또 '경태 5년 갑술 3월 일…대시주 효령 대군(孝寧大君)…'을 새긴 대바라가 있는데, 바라로는 왕(王)이라 하겠다.[8]

명부(冥府)·응진(應眞) 양전(兩殿)의 사이에 대웅전이 있는데, 석가상이 클 뿐이요 거룩하시지 못하다. 좌우로 승선(僧禪) 양당(兩堂)이 벌여 있고, 앞으로 보제루(普濟樓)가 있어, 규획이 자못 정제하다. 누(樓)의 서쪽에는 새로 사무소로 쓴다는 한 채의 건물을 창건하고 있는데, 그런 돈을 옮겨서 고적 보존부터 힘씀이 옳을 성부르다.

동암(東菴) 터로 하여 맞은편으로 빠르게 올려다보이는 성기암(聖祈菴)을 찾았다. 멀리에서 보기에도 석봉이 비범하고, 또 위치가 심상치 아니하기로, 필연 이상한 무엇이 있으리라 하였더니, 아니나 다를까 좁다란 두 바위 틈으로 올라가서 커다란 바위가 앞으로 숙이고 아래가 움쑥하게 패어 들어가 '성공전(聖供殿)'이란 것을 들여 앉혔다. 예로부터 기도처로 유명한 곳이라 한다.

동리산의 상봉으로 말하면, 여기서 마주 보이는 753m의 한 지점이 따로 있는데, 여기를 순산봉이라 하여 주봉으로 치는 것도 이상하려니와, 암자 전체가 하나의 기도처로만 생긴 것도 그저 일은 아니다. 아마도 '순'이니 '성(聖)'이니 하는 이름에 편린이 번득이는 것처럼, 이곳은 동리산에 있는 태초부터의 신역(神域)이요, 신도(神道)의 옛날 풍속 그대로를 물려오는 것이 시방의 성기암(聖祈菴) 내

---

8 태안사에 있는 바라는 보물 제956호로 지정되어 있다. 이 바라에 기록되어 있는 명문에 의하면, 정통 12년(1447, 세종 29)에 태종의 둘째아들인 효령 대군의 발원에 따라 조성되었다가 경태 5년(1454, 단종 2)에 개조된 것임을 알수 있다. 현존하는 바라 가운데 크기가 가장 큰 작품인 동시에, 조선 초기의 귀중한 금석문 자료라는 점에서 높이 평가된다.

지 성공전(聖供殿)이니, 대저 전암(殿菴) 전후(前後)의 범상치 아니한 돌들이 실상 까닭 있던 무엇일 것이다.

암자의 앞에 아름드리 큰 살구나무가 있어 허연 꽃이 눈처럼 하늘을 가렸으며, 또 그만큼 큰 배나무 몇 그루가 옆에 있어 봉오리가 바야흐로 부루퉁하니, 그놈이 한참 벌어진 때의 훌륭한 경치는 진실로 여간이 아닐 것 같다.

내려와서 한 골을 건너서면, 호남 및 대암자(大菴子)의 여럿 가운데 첫째요, 유명한 대강당인 봉서암(鳳瑞菴)이 된다. 집도 크고 방도 크고 닷집도 크고 좋지만, 불상과 그 협시 양 보살은 어디서 그렇게 작은 몸을 모셔 왔는지! 좀 보태면 겨자씨를 수미산에 놓은 것 같다 하겠다.

마루에는 "강희 58년 기해 영광 봉정사 대종, 철의 무게 350근(康熙五十八年己亥靈光鳳停寺大鍾鐵重三百五十斤)"을 걸고, 뜰 앞에는 학서루(鶴棲樓)라는 다섯 칸 걸구(傑構)를 일으켜 기세가 자못 성대하지만, 적적해 사람이 귀하기는 일반이다. 누(樓)에 오르니 대나무 그림자, 시냇물의 음향 퍼부은 벚꽃, 얄따란 저녁놀, 시승(詩僧)이라도 하나 만났으면 하도록 하는 경치이다.

해질 무렵의 어둑어둑한 빛과 함께 돌아와서, 밤에는 절 안에 있는 고문서붙이를 사열(査閱)하였다. 이백운(李白雲)이 이추밀(李樞密)을 위하여 지은 「대안사담선방(大安寺談禪榜)」을(『李相國全集』 25), 사적(寺籍)에 이백운이 찬한 것임을 알고도 '혜철국사태안사담선방(慧澈國師泰安寺談禪榜)'이라고 표지의 제목을 붙인 것은, 연대를 무시한 착오이었다.

자며 깨며 듣자니 사나운 산짐승의 소리가 밤 사이 내내 끊이지 아니한다. 물어보니, '고라니' ― 암노루의 수컷 부르는 소리라 한다. 붙어 오르는 성(性)의 불꽃이 노루의 목청을 맹수화하는 줄을 비로소 알았다.

33. 섬진을 끼고 지리산으로

22일. 예스러운 정취가 질질 흐르는 노주지(老住持) ㅁ공 이하 여러 노장님네들의 은근한 전송을 받으면서, 좀 더 소문이 있었음직한 — 들어 앉은 큰절인 태안사(泰安寺)를 하직한다. 사나운 새 풍조를 마음이나 입맛에 꼭 맞지 않게 아시는 늙으신네들이, 기약치 아니하고 편안한 거처 유택(幽宅)으로 모여드셔서, 거주하는 승려의 거의 대부분이 지팡이를 짚은 이들이다.

둘러보니 그중에는 바수밀(婆須蜜)[1]도 있고, 가나제바(迦那提婆)[2]도 있을 듯하다. 동으로 배나무골 재를 넘으면 다시 순천 땅의 경계가 된다. 말하자면 태안사만큼 곡성을 다녀가는 셈이다. 재에 앉아서 태안사가 '큰' 사찰임과, 혜철·도선 양 조사(祖師)가 거룩한 석자

---

1 산스크리트어 vasumitra의 음사. 세우(世友)·천우(天友)라 번역한다. 설일체유부(說一切有部)의 논사로 평가된다.
2 산스크리트어 deva의 음사. 2~3세기 남인도 바라문 출신의 승려로, 용수(龍樹)의 제자이다. 성천(聖天; 산스크리트어 ārya-deva)이라고도 하고, 또 한쪽 눈이 멀었으므로 가나제바(迦那提婆; 산스크리트어 kāṇa-deva)라고도 한다. 산스크리트어 kāṇa는 애꾸눈이라는 뜻이다. 중인도와 남인도에서 여러 외도들의 주장을 논파하다가 남인도에서 외도의 칼에 맞아 죽었다. 저서에 『백론(百論)』·『광백론본(廣百論本)』·『백자론(百字論)』등이 있다.

(釋子)임을 새삼스럽게 생각하였다.

당우로 말하면, 얌전은 할지라도 그리 총다(叢多)하거나 굉려(宏麗)한 것 아니로되, 땅이 사람으로 인하여 드러나는 것이라 하면, 태안사는 실상 어디보다도 못하지 아니한 큰 절로 세상에 들렸어야 할 것인데, 아직 그다지 드러나지 아니하였음은 운수일 따름이다. 불교를 유학에 비하여 말하면, 각개에 있는 그 지위·관계가 혜철은 퇴계, 도선은 우암과 같다 할 수 있으니, 도산서원(陶山書院)과 만동묘(萬東廟)를 합함과 같은 것이 이 태안사라 할 것이다.

그중의 하나만 하여도 여간이라 할 수 없는데, 둘을 겹친 것이 좀 야단이리요만, 중간부터는 떠받드는 이가 부족하여서 그리 큰 소리를 내지 못하고 말았다. 떠나면서 적인 선사께 예찬(禮讚) 두엇을 드렸다. 처음에는,

애초에 없을일을 부질없이 작만하러
만리창명(萬里滄溟)에 왔다갔다 하시노라
얼마나 갓바계시오 노독(路毒)아니 납데까

하였다가, 너무 상투어 같기로 다시 이렇게 3장을 얽어 보았다.

마음을 연다하야 뽐내고 가시더니
입에까지 재갈먹고 헤죽헤죽 오실때에
머리도 긁히시지오 무료아니 합데까

치닫고 나리달아 달으면 될줄알고
세거리 아홉골목 드나들든 어린말이
뜻안한 님의채맞고 정신어찌 차린고

밤비에 살진물이 들먹어려 흐르거늘
입벌이는 꽃밑에서 자던풀이 고개들제
우든새 가지에앉아 낮졸음을 맞아라

재에서 내려와서 서쪽으로 들여다보이는 골목이, 곧 한창 푸르던 대흥사(大興寺)의 남아 있는 터이다.

대흥사 시절에는 태안(泰安)이 기죽을 펴지 못하던 것이러니, 이제 와서 태안은 줄곧 태안이로되, 대흥은 도리어 크게 망하여 부러진 전나무 한 밑둥이 법당 터를 표시할 뿐이다. 하나의 산 좌우에 등을 지고 있는 절치고 사이좋은 데가 드물다는 중에서도, 대흥과 태안은 띠앗이 가장 사납기로 유명하던 곳이다. 그야말로 태안은 푹 싸였는데 대흥은 벌어져 흐른 지덕(地德) 소관인지는 모르나, 흐지부지 대흥이 조잔(凋殘)하기 시작하더니, 끝까지 남았던 법당 하나조차 십 수년 전에 마저 없어지고 말았다 한다.

그렇게 크던 절도 없어지려 들면, 단 일이십 년 동안에도 비로쓴 듯하게 됨을 보아서, 옛날 거찰들의 유적 변변치 아니함을 괴이하게 여길 것 없음을 알았다. 행인에게 대흥 일을 물으니

"사람 잘못 만나서 그랬습니다. 불도(佛道)를 한 것 아니라 불도(佛盜)들을 하였습니다. 이 골 내외가 통털어 절 것이더니 다 없어졌지요. 저리 저어리 들어가면서 암자들도 쌔고 버렸었습니다만 주초(柱礎) 하나 남았답디까?"

하고 애석하게 여겨 탄식한다.

절이야 있건 없건 밤낮 그턱으로 연연(涓涓)³ 그치지 않는 대흥동 물을 끼고서, 구나무 장터에 가서 순천 대로로 나섰다. 명랑한 아침 햇빛에 물고기 비늘처럼 번득거리는 잔잔한 수면, 바빠도 한유(閑

---

3 시냇물이 가늘게 흐르는 모습을 형용한다.

悠)한 물레방아가 여기저기서 삐걱삐걱하는 농촌 냇가의 사실시(事實詩)! 오래오래 내려오면서 몰켜 응어리져 결리던 번뇌의 '담'이 녹신녹신하도록 풀어지는 이 화창한 광경! 뼛골까지 스미고도 주체할 수 없는 봄맛이다.

거리에 울타리를 한 누른 개나리와, 동네마다 덩어리진 복사꽃 살구꽃만을 가지고, 이렇다 저렇다 할 봄만이 아니다. 생각하면 오늘은 3월 30일, 일자로는 전춘(餞春)[4]이 당도하였으니까, 기후고 몸의 기력이고 축 늘어질까 걱정도 할 때이다. 빙설의 움을 튀어나와서 '봄! 봄!' 하던 그 봄을 여기 와서야 분명히 만났는데, 만나는 날이 이별하는 자리라니 어째 그리 벽창호더란 말이냐!

눈속에 왔다든봄 꽃피자 간다하니
퍽이나 올제갈제 앞질러서 서두르네
낯이나 익혀둡시다 거기잠깐 계시소

인제야 왔다할봄 보내란다 보내리까
붙기나 하여야지 정을아니 떼오리까
가신다 참말가시면 따라라도 가리다

3월이 그믐임은 거짓말이 아니란들
꽃아니 인제핀가 얼음아니 갓풀린가
책력(冊曆)아 물러있으라 사실(事實)먼저 보리라

뒤끝이 흐리마리되는 것을 '구나무장(場)뒤'라 할 정도로, 서는 둥 마는 둥 하다가 말기로 유명하던 '구나무장' — 괴목리(槐木里)

---

4 봄을 마지막으로 보내는 날을 가리킨다.

가, 이제 와서는 학교에 조합에 면소(面所) 주재소 하여 다리를 사이하여 벌어진 아래위 동네가 슬그머니 하나의 읍(邑)을 이루었다. '북창(北倉)' 시절 이상의 번창을 볼 것 같다. '건뜰개울'은 여기서부터 수량(水量)과 함께 경치를 늘려서 가끔 자못 볼만한 배포를 짓는데, 황학동(黃鶴洞) 천석(泉石)은 바로 그 최고조를 보이는 것이었다.

좋은 것을 더 좋게 만드느라고 수선이 한창 바쁜 장안(長安) 같은 대로에는, 손님을 처실은 자동차들이 과연 북 나들 듯 한다. 멀리는 여수 저쪽, 가까이는 순천·광양 등지에서 곡우(穀雨)를 대서 화엄사로 '거재수(水)'를 먹으러 왔다갔다 하는 행차들이다.

보행은 더 많음이 물론이다. '남문바위'에서 점심 짓기를 기다리고 앉아 있는 동안에만도, 주막 앞으로 지나가는 40~50 이상 노부인네의 떼가 열인지 스물인지, 하얀 옷들을 깨끗이 빨아 입고, 혹은 비단 맛에 아래는 홑것을 입고도 왜단(倭緞) 핫저고리를 저마다 내서 입고, 막내둥이 첫 손주들을 끌고서 지껄지껄 지나는 것이 큰 놀이 ─ 일대사(一大事) 인연이나 맺고 가는 모양들이다.

'거재수'란 것은, 이름과 같이 거재나무(책판 만드는 자작나무) 백화목(白樺木)을 도끼로 모로 에어서, 그곳에서 나오는 물을 인도고(印度膏: 고무) 받듯이 받아다가 먹는 것이다. 대강 간추려 말하면 사람에게 유조한 약이요, 자세히 밝혀서 말하면, 속병, 수도병(水道病), 요각통(腰脚痛) 등에 좋고, 더욱 남녀 임질, 부인네 대하에 아주 두드러지게 뛰어난 효험이 있다 하여, 곡우 전후면 새로 오르는 나무즙을 먹을 양으로 사방 ─ 더욱 해변 각지로부터, 특히 지리산, 특히 화엄사를 향하여 사람들이 바삐 뛰어다니고 한데 모이는 것이다. 곡우 전후 3~4일간은 하루에 천 명을 헤아리고, 단대목쯤은 수천으로 논하게 된다 한다.

'거재수'는 적어도 지리산 중심의 남선(南鮮)에 있는 일대 풍속이요, 장사치·유락물이 들이꾀어서, 동시에 사회적 경제적 일대 관절(關節)이 되는 대사건이다. 남녀 없이 약이란 뜻을 떠나서 큰 놀이란 생각을 많이 하며, 더욱 부인네에게 있어서는 그 길에 불연(佛緣)까지를 맺어서, 신병(身病)에는 거재 여래, 심병(心病)에는 화엄 여래, 현세와 내세 양쪽의 이익을 겸하여 거두고, 양쪽 다 얻으려는 대욕(大慾)이 붙은 일이 되므로, 기틀을 쓰고 1년 동안 베틀 모퉁이에서 푼푼이 모은 돈을 노자로 하여, 길이 험해도 산을 넘고 물을 건너 한곳으로 많이 몰려드는 것이다.

모르면 몰라도, 그네들의 사이에는 '거재수' 못 먹은 것이 아들 못 낳은 것만이나 한 병신(病身)성스러운 일로도 치는 듯하여, "나는 거재수를 먹었어." 혹 "올해도 거재수를 먹었지."하는 소리가 들린다.

들의 한바닥에 외로운 멧부리가 놀란 나귀의 귀처럼 오뚝 솟은 병방산(丙方山)을 바라고 나가느라니까, 오른쪽 방향으로 움투룩한 산골짜기가 까닭 없이 수상스럽고, 멀리 보기에도 행내기 아닌 석벽이 데미다 보이기에 물은즉, "예, 거기 폭포가 있지라오."하는 의외의 대답이 나온다. 듣고야 알과[5]하는 수가 있나. 즉시 길을 옆으로 꺾어서 내를 건넜다.

'용서(龍西)'라는 마을 중앙으로 하여 두서너 마장이나 들어가니, 볼 만한 석담(石潭)을 두어 곳 지나면서, 생각한 바에 지나도 몹시 지나는 좋은 동천(洞天)이 열린다. 당인(唐人)의

　　물을 건너 산에 다가가 절벽을 찾으니
　　흰구름 나는 곳에 동천도 열리네
　　선인의 내왕에는 자취가 없고

---

5 알과(戛過)는 어떤 곳의 근처를 지나면서 그곳을 들르지 아니하고 그냥 지나가는 것을 말한다.

돌이 많은 좁은 길에 봄바람 부니 푸른 이끼만 자라네.[6]

　그대로가 되었다. 동복 '적벽'은 듣기나 하였던 것이지만 이것은 듣느니 처음인데, 그나마 많이 얻기 어려운 절승(絶勝)한 경개(景槪)이니, 놀랍고 기이한 정(情)이 몇 곱이나 더하다. 속박이나 장애가 없는 변화를 드러낸 부벽(斧劈) 위주의 각각 모양이 종횡으로 결을 이루어, 수백 척 암벽이 전면(前面)에 마주하여 있다.

　왼쪽으로는 예운림(倪雲林)의 석법(石法) 그대로 생긴 일대 바위 날개가 휘어져 나가고, 오른쪽으로는 이사훈(李思訓)의 그림 속에서 본 듯한 기세 준준(峻皴)한 궁연(穹然)한 골짜기가 별도의 구획을 이루어 사면으로 둘러싸 들어 왔는데, 은실 천만 가닥을 미풍에 날리는 듯한 집조폭(集條瀑)이 정 중앙에 드리우면서 "눈을 부린다, 싸라기를 헤뜨린다, 구슬을 끼었는다."하는 위로, 일곱 색깔 무지개가 이리쿵 저리쿵 무늬 있는 비단이 어지럽게 비추어 나타나, 인타라망(因陀羅網)[7] 이상의 영롱 번쩍번쩍하고 황홀 어찔어찔한 기이한 광경을 발보이는 것이 그 대요의 관찰이다.

　돌만 떼어 가지고 보아도, 갖은 석법(石法)·준법(皴法)·태선(苔蘚)·색태(色態)가 물건마다 갖추어 있고, 그것이 그대로 다시 일대 조화를 이루었으며, 다시 물·이끼·빛 따위들도 제각기 그러하다. 가령 그림의 체법(體法)으로 보아도 『개자원화보(芥子園畫譜)』에 거둔 것 만한 분간(分揀)쯤 가지고는, 도저히 그 다종다양한 형상을 여러 모로 헤아려 그 가부를 결정하여 보지 못할 것이다.

6 조당(曹唐)의 「우유선시일절(又遊仙詩一絶)」(『唐詩紀事』) 끝 부분이다.
7 인타라가 사는 궁전을 장식하고 있는 보석 그물. 각 그물코마다 보주(寶珠)가 붙어서 다시 다른 모든 보주의 그림자가 비치고, 그 하나하나의 그림자 속에 다른 모든 보주의 그림자가 비치는 것으로, 이 세상의 모든 존재가 서로 관계하면서도 서로 장애가 되는 일이 없음을 비유한다.

같은 한 곳, 같은 한 돌, 같은 한 물에서 저러한 색채가 어찌하여 나뉘는지, 푸른빛·비취색·붉은색·자줏빛, 기타 허다한 이끼의 색을 보고는, 조화의 도균(陶鈞)[8]이 참으로 헤아리기 어려움을 다시 한번 경탄치 아니지 못하였다. 눈이 오다가, 비가 오다가, 또 소나기가 오다가, 가랑비가 오다가, 시방 수량으로는 모두 모아야 한 동이쯤 되거나 할 물줄기가, 비와 눈의 천만 가지 모양을 동시에 만드는 것이, 말하자면 일대 환술(幻術)이라 하겠다. 준리(皴理)·태색(苔色)·수말(水沫) 세 가지가 다변화(多變化) 극활동(極活動)함으로, 모르면 몰라도 몇 없는 절품(絶品) 중의 하나가 될 것이다.

　　이번 길에 눈이 번쩍 뜨인 구경을 말하자면, 이때까지 두 군데라 하겠는데, 반지르르하게 산뜻하기는 적벽(赤壁)이요, 우묵주묵 정신을 얼떨떨하게 만들기는 시방 이 광경이니, 둘이 다 얌전하고 아리따운 점으로는 똑 같으면서, 다시 각각 다른 특색을 지니고 있다.

　　그런데 적벽은 벽(壁)이라고 하거니와, 시방 이것은 무엇이라고 일컬을 것인지! 떨어지는 물이로되 올올이 헤어지니 폭포랄 것도 아니요, 현류(懸流)와 홍담(泓潭)이 있는 바에 무슨 암(巖)이라 하고 말 것도 아닌즉, 이름 짓기가 썩 뺑뺑하다.[9] '수렴(水簾)'도 물론 아니요, '단제(丹梯)'란 것도 아니요, 새로 비슷한 이름을 짓자면 '구슬비'라고 할 것이니, 구태여 한문으로 쓰려 하면, 산화동(散花洞)의 쇄주폭(灑珠瀑)이라고나 함이 어떨까 하였다.

　　이 좋은 경치도 오래 임자를 만나지 못하여 근처에서도 아는 이나 앎에 그치더니, 요새 와서야 어느 운객(韻客)이 모정(茅亭) 하나를 앞에 짓고, '구선대(九仙臺)' 석 자를 석면(石面)에 새겼다. 거주하는 사람들을 붙들고 물어야 산 이름을 똑똑히 이르는 이가 없고,

---

8 임금이 천하를 경영함을 비유적으로 이르는 말이다.
9 어떠하다고 잘라 말하기가 어렵다는 뜻이다.

대개 무슨 뒷산, 무슨 앞산이라고 할 뿐이다.

　토지 조사국의 지도를 보니, 서롱산(棲籠山: 690m)이라고 표시한 지점의 산기슭임을 알겠으나, 이만큼 높고 또 기이한 경치를 가진 산이면 지지서(地誌書)에 있을 듯 하건만,『여지승람』『동지(東志)』에 서롱(棲籠)과 혹 그 유음(類音)이 없다. 다만『동지』순천조에 "송원 치가 북쪽 30리에 있으며 천석(泉石)이 기괴하다. 한편 송현(松峴)이 라고도 한다."이란 것이 이정(里程)은 좀 미덥지 못하나 사실에 가 깝고, 더욱 송원(松院) 곧 '솔원'이란 것을 조사반들이 신중하지 않 고 소홀하게 소리를 글자로 대체하여 '서롱(棲籠)'이라 한 듯도 하 니, 대개 이 추측이 크게 어긋나지 않음을 짐작할 듯하다.

　'솔원'의 '솔'도 또한 송광(松廣)의 송(松)과 같은 출처를 가지는 것이려니와, 여하간 '송원(松院)'으로 '서롱(棲籠)'이 되는 방식을 따 라 이름 짓기로 하면, '설연(雪縿)' '살염(撒鹽)' '서련(絮蓮)' 등이라 함도 또한 무방할 듯하다.

　　신선이 일없단말 아마도 옳은 것이
　　저의장(意匠) 저수공(手工)을 저렇듯이 이룰새에
　　반도(蟠桃)[10]가 몇번나든고 그예끝을 보셔라

　　선경(仙境)에 좋은곳이 얼마나 많으시계
　　이배포 이리한걸 버리시고 딴데갔나
　　범골(凡骨)이 그러나하야 복토(福土)밟아 보아라

　　구슬비 수정안개 어이쥐양 나리시나
　　속객의 발에묻어 행여티끌 들어와도

---

10 삼천 년마다 한 번씩 열매가 열린다는 선경에 있는 복숭아를 말한다.

애적에 붓접마도록 씻어내려 하왜라.

버커 쏟아지는 구슬비 너머로 동학(洞壑) 덮은 하늘을 올려다보
니, 물방울에 배 부른 구름장들이 병화(兵火)에 쫓기는 것처럼 갈팡
질팡 왔다갔다 하여 정신이 어리둥절한 채로, 말할 수 없이 아름다
워 볼 만한 경치를 짓는다. 별것 아닌 저 구름도 여기 와서는 절경
을 이루는 것이 신기하다.

더구나 천 가지 만 가지로 기이하게 뿌다귀져서 나오던 돌이 한
참 만에 거울 같은 하나의 못을 이루면서, 햇빛과 구름 그림자를
그대로 비춰내는 아름다움! 우러러나 굽어서나 눈을 사로잡는 것
은 도무지 인간의 풍광이 아니다. 어허! 작은 채 큰 이 경치, "어떤
화가에게 맡길꼬, 어떤 시인을 불러댈꼬."하며, 바로 내가 맡아 가
진 것 같은 걱정을 한참 하다가 시간에 쫓겨 돌아섰다.

시간상으로 얼마 안 되어 잔수진(潺水津)에 당도하니, 남원의 순
자강(鶉子江)이 순천의 낙수(洛水)를 합하여 압록진(鴨綠津)이 되어
동쪽으로 흐르다가, 구례에서 병방산(丙方山) 끼고 V자 곡강(曲江)을
이룬 곳이다. 평평한 들 뾰족한 산, 맑은 내 깨끗한 모래, 소나무 숲
대나무 정원을 의지하여 소담스럽게 들어앉은 촌락이, 그대로 수
채화첩에 집어 넣음직한 경색이다.

전에는 역(驛)도 있고 원(院)도 있어, 마을 모양이 본디 부유하여
사람들이 많았고, 또 순천 및 남원으로 통하는 대로를 움켜쥔 요해
(要害)로, 사변(事變)이 있을 때에는 매우 중시되던 곳이다. 저 임난
에 군(軍)의 연락 관계로 인하여, 두 번이나 반드시 다툴 수밖에 없
는 땅이 된 것도 이 까닭이다.

오른쪽 언덕으로 좇아 내려가다가 오산(鰲山)을 바라고 산길로
들어섰다. 이름만 길이요, 게다가 가파르니, 가느니보다 쉬는 동안
이 더 길었다. 개울은 고사하고, 샘 하나 그늘 하나 제법한 것 없는

높은 곳에 위치한 암자로 원효 · 의상 · 도선 · 진각 등 4명의 고승들이 이곳에서 수도했다
하여 '사성암'이라는 이름이 붙여졌다고 한다.

빡빡한 길을 5리나 넘어 올라가서, 커다란 바위의 틈틈으로 돌아
들어가니, 바위 아래의 한 벌어진 땅에 대(臺)를 모으고 작은 절을
붙인 것이 정상(頂上)이었다.

　암자는 사성(四聖)이라 하여, 작기는 하여도 오래 전부터 이름 있
는 정수처(靜修處)다. 원효 · 의상 · 도선 이하로 진각 · 원감 등이 다
여기에서 좌선하였음을 전하며,『여지승람』에는 "세속에서 전하는
말에, 중 도선이 이 산에 살면서 천하의 지리를 그렸다고 한다."[11]

11 『신증동국여지승람』에 의하면, "오산은 유곡(楡谷) 남쪽 15리에 있다. 꼭대
　기에는 바위가 하나 있고 바위에는 빈틈이 있는데 그 깊이를 헤아릴 수 없
　이 깊다. 전하는 말에, 중 도선이 이 산에 살면서 천하의 지리를 그렸다고 한

라고도 하였다.

대개 오산은 백운산의 서북 갈래가 섬진을 만나 절벽처럼 험준하게 솟은 천길 봉우리이니, 암자의 전후좌우가 다 가파른 바위로 된 석벽이다. 돌아가면서 대(臺)도 있고 굴(窟)도 있고, 깊이를 헤아릴 수 없는 비어 있는 틈도 있어, 그 자체만도 이미 하나의 기이한 광경이라 하겠다.

더군다나 구례의 평야는 쾌활한 뜻으로, 섬진의 긴 물줄기는 구비치고 깊은 맛으로, 두류(頭流)의 이어진 봉우리는 웅장하여 막힘이 없는 기운으로, 이 세 가지가 합하여 일대 장엄하고 화려한 안계(眼界)를 만들어서 발 아래 벌여 놓으니, 한번 올라서면 호연한 기운 씩씩하고 호방한 기상 대장부의 기운이 한꺼번에 내뿜어 천지를 뒤흔들려는 휘파람이 저절로 목구멍으로부터 솟아오름을 누르지 못함이 떳떳하다. 오산은 높은 것, 넓은 것, 긴 것을 섞으면 어떠한 맛이 되는지를 알리기 위하여 조화가 일부러 만들어 놓은 망대(望臺)라 하겠다.

서북으로 고개를 돌리면, 저 광주의 무등산으로부터 곡성·남원을 겸쳐서,[12] 산은 개 어금니가 겹겹으로 겹쳐져 있고, 물은 뱀이 가는 것처럼 구불구불 이어지는데, 물과 같이 넓어지는 평야는 눈의 힘이 다하는 데까지 도무지 새파란 보리밭이다. 지리산을 싸고 내려가는 아랫녘에는 거적으로 만든 돛이 하나둘씩 흔들꺼떡하며 가다가, 대나무 숲이 이가 빠지고 빨간 꽃이 파란을 박힌 곳이면, 반드시 그 안에는 살림이 넉넉하고 윤택한 기운이 질질 흐르는 촌락이 수북수북하게 들어앉아 있어, 온통으로나, 한 귀 한 모씩으로나, 중장통(仲長統)의 낙지론(樂志論)[13]을 실현한 듯한 광경이다.

다."(『신증동국여지승람』 권39, 전라도 남원도호부 산천조)

12 '겸치다'는 한 물체의 두 곳이나 두 물체를 맞대고 걸쳐서 붙이다는 뜻이다.

13 중장통(仲長統; 179~220)은 당시 사람들이 광생(狂生)이라 부를 정도로 비

섬진강 하구(경남 하동)
아래에 섬진강 철교와 술숲이 보인다.

생리(生利)라는 측면으로 말할지라도, 여기서 보이는 일대의 땅은 나라 안에서 제일 가는 옥토로 치는 곳이니, 『택리지(擇里志)』에 이른바,

　　나라 안에서 가장 기름진 땅은 오직 전라도의 남원·구례와 경상도
　의 성주·진주 등 몇 곳이다. 논에 한 말의 씨를 뿌려서 최상은 140두
　를 거두고 다음은 100두를 거두고 최하는 80두를 거두는데, 딴 고을은
　그렇지 못하다.

이라 하는 곳이다. 그뿐 아니라, 1년에 두 번 씨뿌리기를 행하여 여름과 가을의 논을 그대로 겨울과 봄의 보리밭으로 지으니, 시방 눈 아래 깔린 저 큰 보리밭도 실상은 논에 심은 것으로, 조금 있으면 베어낸 자리에 벼를 부칠 곳들이다.

판 정신이 투철했던 중국 후한 시대의 학자. 「낙지론」은 『고문진보』 후집에 실려 전해진다.

그뿐인가? 섬진강은 마한과 진한의 서로 맞닿은 경계점인 이래로 숙명적 전장이 되어, 신라와 백제에 와서는 거의 병마의 그림자가 끊어져 본 날이 없었고, 고려와 조선 양 시대로 말해도 왜구의 담 뚫는 구멍이 되어, 작으면 조운선을 불사르며 노략질하고, 크면 피 튀기며 다투는 격렬하게 전쟁하던 곳이니, 혈(血)과 화(火)로 말미암는 역사적 흥미 — 감개(感慨)의 자료로도 오산의 안계(眼界)는 아무 데만도 못하지 아니할 것이다.

가만히 생각하면, 이만한 배포 이만한 경력을 가진 이 땅에 무엇보다도 없지 못할 것이, 그것을 전체 솥 안의 음식을 맛본다는 식으로 마음대로 구경하고 자세히 맛볼 이 망대(望臺)일 듯하여, 조화를 주도하신 용의를 한번 깊이 찬탄하고 감탄하였다.

'새오재' 개인날에 눈이한번 멀었어라
　끝없는 파란벌이 높은뫼에 막혔거늘
'두치내' 꼬리를 펴고 장달음을 주더라

'새오재'는 오산(鰲山)의 훈독(訓讀), '두치내'는 섬진(蟾津)의 속칭이다. 사성암 뒤로 돌아가면, 가장 북쪽에 가장 뾰족하고 우뚝한 것은 월풍대(月風臺), 그 다음 편평한 데가 망풍대(望楓臺), 다시 오른쪽으로 위태로운 낭떠러지를 안고 돌다가 일단 높이 생긴 바닥이 배석대(拜石臺)요, 다시 나아가면서 '낙조(落照)' '신선(神仙)' 등 합하여 12대가 있는데, 산은 높고 물은 길고 들은 넓은 세 가지 풍취를 잡아당겨 보기에는 배석대가 으뜸이 된다.

주승(住僧)이 새로 온 지 며칠 되지 않았고, 겸하여 이런 종류의 일에 등한하므로 일러주는 것이 눈치가 빠르거나 똑똑치 못하며, 도선굴(道詵窟)과 절벽에 새긴 관음상 같은 것도 가리키지 아니하여 보지 못하고 말았다. 『원감록(圓鑑錄)』의,

오산(鰲山)의 정상에 좌선암(坐禪岩)과 행도석(行道石)이 있으니, 선각(先覺)·진각(眞覺)의 두 국사가 좌선하며 수도하던 유적이다. 근래에 절 안의 덕 높은 노공(盧公)이 좌선암 아래에 터를 잡고 덤불이 무성한 곳을 절로 만들어 거처했다. 그 지세의 빼어남과 기이한 경치는 진실로 형용할 수 없을 정도이다. 회당(晦堂) 화상[14]에게 이름 지어 주기를 청하니, 화상이 '선석(禪石)'이라고 이름을 지었다. 게송을 짓고 나서 노공이 나에게 이어서 지어줄 것을 청하면서, 간곡한 정성으로 권하므로 사양할 수 없었다. 억지로 거친 말을 엮어서 잘못된 것을 고쳐 달라고 노공에게 보냈다.

고둥 한번 회전하듯 굽이굽이 돌아 빼어난 산이 되고
육첩 병풍 에워싸듯 기이한 바위 만들었네
파서 뚫어 바위 얹은 천 길 산 정수리
하늘 높이 올라있는 팔 척의 암자
멀리 바라보니 산과 강 다 보이고
올라가는 걸음걸음 구름을 밟고 있네
조식(曹植)과 유정(劉楨)의 붓으로도 제대로 묘사하기 어렵고
고개지(顧愷之)와 육탐미(陸探微)의 그림 솜씨로도 감당하기 어렵네.
훌륭한 경치, 세상의 으뜸이니
아름다운 이름이야 어찌 강남(江南)에만 있으랴
좌선하고 도를 행함은 예와 오늘이 한가지여서
두 국사를 아울러 스승 삼으니 오직 세 분이 되었네.

이라 한 것은 아마 산의 승개(勝槩)와 암자의 역사를 전하는 가장

14 원오 국사(圓悟國師) 천영(天英; 1215~1286)을 이른다. 수선사에서 보조 국사 지눌 이후 16명의 국사가 배출되는데, 회당 화상은 제5세 국사이다.

매천사(전남 구례)
한말의 순국 지사이자 시인이며 문장가인 매천 황현(1855~1910) 선생의 위패를 모신 사당이다. 황현은 1910년 일제에 강점되자 절명시 4편과 유서를 남기고 자결하였다.

오래된 문자일 것이다.

'좌선암(坐禪岩)' '행도석(行道石)' 등은 다 시방 12대 가운데 포섭된 하나의 물건일 것이다. 암자는 본디 수선사계(修禪社系)의 절로, 마치 무등산의 광석대(廣石臺), 지리산의 상무주(上無住)처럼 고고(高孤)를 취한 하나의 습정지(習定地)였던 모양이다. 그러나 시방은 '53불'의 영험을 파는 기도처가 되었으며, 다만 구례에 있는 특별히 뛰어난 등고점(登高点)이라 하여, 불교 측보다 시소(詩騷) 측에 더욱 기세를 부리는 터이다.

저 한 시대의 지사요 시인이던 이 해학(李海鶴) · 황 매천(黃梅泉) 네들의 침통 비장한 성조(聲調)와, 참혹한 고통 안타깝고 답답한 취의(趣意)도, 실상 오산(鰲山)의 끊어진 연기, 잡초가 무성한 편평한 들, 쓸쓸한 바람, 으스름한 달에서 유발(誘發) 격성(激成)됨이 큼을 생각할 것이다.

넓다란 고전장(古戰場)을 높이서서 굽어보니
시원히 갑갑함에 웃을지 울지몰라
뒷짐을 느짓이지고 침을 한번 삼켜라

그러나 오산에서 내려다보게 된 그것보다 못하지 아니한 역사미를, 오산 바로 그 본체에서도 발견하는 것이 또한 재미있는 일이다. 있었으면 할 이 자리에 만들어 놓은 듯한 이 기봉(奇峰) — 깎아세운 듯한 산이나 바위가 높고 험한 석대(石臺)는 신라나 고려에 와서 처음 드러난 것이요, 불교인에게 비로소 주의될 것 아니다. 그 기이하고 괴상한 형상, 깊숙이 있는 방, 가파른 절벽은 진작부터 산악을 신성시하는 사람들의 수희갈앙(隨喜渴仰)[15]을 사서 신궁(神宮)도 되고 천제(天梯)도 되었으니, 이는 첫 대 오산(鰲山)의 '새오'가 또한 '슬'의 전화형(轉化形)인 이름임으로써 짐작할 일이다.

저 가장 높은 곳을 '신선대(神仙臺)'라 하고, 거기 응하여 월풍대(月風臺)가 마주 있고, 또 그 밑으로 마고동(麻姑洞), 선암(仙巖) 등이 둘려 있음은, 물론 다 오산의 종교적 영장임을 증거하는 명목들이니, '마고(麻姑)'라는 이가 조선 고대 종교에서 중요한 종교적 표상자임은, 고대 종교의 제단을 시방 흔히 마고성(麻姑城)이라고 전함에서 아는 일이다.

'사성(四聖)'이란 암자의 이름에 대하여 그 출처를 알지 못하여, 이이 저이 넷을 가져다가, 아마 이래서 4성(四聖)인가 보다 하기도 한다. 그러나 우리의 견해로는 '사성'은 본디 어느 인격자로 인한 것이 아니라, 실상 고대 종교에서 나온 물명(物名)을 받들어 이은 것이라 한다.

---

15 다른 사람의 좋은 일을 자신의 일처럼 따라서 함께 기뻐하고 깊이 불도를 숭상하는 것을 이른다.

『봉성지(鳳城志)』를 근거하건대, "암자의 위에 바위가 있고, 바위에는 100장 길이의 빈틈이 있으니, 속칭 용암이라 한다. 바위에는 12대가 있고 대에는 각각 이름이 있다."고 함으로써, 오산 정상의 석봉을 모두 합하여 용암(湧巖)으로 일컬음을 알 수 있으니, 용암의 용(湧)은 아마 '솟은' 비슷한 무슨 음의 대자(對字)일 것이요, '솟은'은 대개 '솔' 혹 '술은'의 늘여서 잘못된 이름일 터인즉, 이것이 다른 것이 아니라, 곧 다른 곳의 선암(仙岩)·입암(立岩) 등과 함께 신체석(神體石)이란 의의를 띤 것임은, 우리 독자가 얼른 생각이 미칠 점일까 한다.

그런데 '사성'이라 함은 다른 것이 아니라, 즉 불과 '솟은'의 종교어적 대자일 따름이니, 말하고 보면 '솟은 바위'에 지었다 하여 '솟은암(菴)' — 사성암(四聖菴)이라 함일 것이다. 저 원감문(圓鑑文)에 나오는 '좌선암(坐禪岩)'의 좌선도 또한 '솟은'의 불교적 대자일 것이다. 이렇게 보아오면 딱 밝혀 말하기는 어려워도, 꽤 많은 명승고적이 오히려 선명하게 남아 있는 것처럼, 오산이 역시 고신도에 있는 하나의 영장인 것은 거의 의심 없을 바이니, 사성암이란 것은 다른 데서와 마찬가지로, 요약하건대 고제단의 불교 투탁인 한 곳일 것이다.

더욱 여기 소금강(小金剛)의 이름이 있고, 깊이를 헤아리지 못할 석굴이 있어 아래로 동해를 통하였다던 전설이 있고, 배석대니 마고동이니 하는 것이 있고, 내지 영자대의 절벽에 새긴 상 — 혹칭 관음, 혹칭 도선 하지만, 실상 고대 종교 신상(神像)의 미륵(彌勒) 가모(假冒)일 것까지 있는 등은, 그 본래의 모습을 밝힐 조건이 구비함에 도리어 놀랄 일이다.

아마도 덜미에는 계족산을 짊어지고, 앞에는 두류산을 껴안고서, 오똑하니 하늘을 찌르는 이 오산이, 아닌 게 아니라 과연 수월치 아니한 지위를 고대 종교 중에 가졌었을까 한다.

이무슨 바람이계 이리시원 한고하니

고마운 '어머님'이 몰래부쳐 보내심을

불타듯 끓던이마도 씻어낸 듯 하여라

언제부터 무너져 내려온 것인지, 오산을 절반이나 부스러뜨렸을 듯한 긴 '너덜' 위로 구르는 듯이 내려오는 동안이 여간 지루하지 않다. 온갖 굽이를 회피하는 길을 만들었으나, 그런 채 엎어질 듯 엎어질 듯한 내리박잇길이다. 초록빛 대와 비취색 버들이 뺑둘려 울을 하고, 현도관(玄都觀)[16]이 이러했던가 의심하게 하는 복숭아꽃 천 그루의 '문척리' 앞에서 구례 읍내 가는 나루를 건넜다.

양쪽 언덕에 쇠밧줄을 건너질러 매고 그것만 잡고서 왔다갔다 하는 나룻배가 또한 일종의 풍류와 운치를 지녔다. 긴 모래톱을 지나서 읍내를 들어가니, 여기저기 사람이 득실득실하고, 큰 운동회장처럼 높다란 깃대에 만국기를 가득 꾸민 자동차 정류장에는 차지행(此地行) 피지행(彼地行) 할 것 없이 머물러 기다리는 손님들이 그득그득이다. 졸음이 깰 듯한 산뜻한 봄철의 옷을 입으신 젊은 아낙네도 많고, 그 중에는 장구채 잡는 직업 부인도 적지 아니하다. 8일의 개성, 단오의 평양을 연상케 하는 질번질번이다.

화엄사까지 가자면 해가 모자라기로 자동차를 타러 갔더니, 수시간 기다려야 하겠다 하고, 인력거는 물어본즉 엄청나게 떼오르므로, 늦어도 보행하기로 하였다. "뿌―"하는 소리가 뒤에서 나는 것을 돌아다보자면, "뚜―"하는 소리가 앞으로 다닥뜨려서 하도

16 중국 당나라 때 장안에 있던 도교 사원. 복숭아 꽃이 유명하였다. 중당 시기에 활동한 유우석(劉禹錫)이란 시인은 현도관을 유람하고 장안 거리에 뿌연 먼지 얼굴을 스치는데, 사람마다 꽃구경하고 돌아온다 말하네. 현도관에 심은 천 그루 복숭아나무는, 모두 유랑이 떠난 뒤에 심어진 것이라네."라는 「유현도관(遊玄都觀)」을 지었다.

둥쌀이 심하매, 자동차의 밉살스러움을 오늘 특별히 아는 것 같다. 나오는 이마다 동백꽃을 한두 다발씩은 꺾어 가졌으니, 화엄사란 데 저 꽃이 얼마나 많은지는 모르나, 아직도 우리가 가서 볼 것이 남았을까 하였다.

마산리(馬山里)로, 황전리(黃田里)로, 화엄사의 동구를 접어 들었다. 즐비한 길가의 집들은 술집 아닌 곳이 없고, 기름 바른 머리, 분 바른 얼굴에다, 각기 내가 미인이라 하는 듯한 젊은 각시네가 향로를 담당하지 않은 집이 없어, 당년의 홍제원(弘濟院)이나 남태령(南泰嶺) 앞을 지나는 것 같음에는, 어안이 벙벙하여 분명한 절 동구라는 것이 아무래도 거짓말 같았다. '거재수' 손님을 관약하는 임시 여관의 설치도 많기는 한 모양이었다.

어둑하여 잘 보이지는 아니하여도 소리만으로 천석(泉石)의 웅대함을 짐작하면서 두어 마장 들어간즉, 대구령(大邱令) 판처럼 혹 가방(假房), 혹 차일(遮日), 혹 설포장(雪布帳) 친 음식점이 늘어앉고, 각색 잡화포(雜貨舖), 구경거리가 좌우에 벌려 있어, 장이라도 큰 장이 나선다.

"여기는 어딘고?"하고 두리번두리번 하느라니까, 우뚝한 문이 가운데 솟고, '지리산 화엄사(智異山華嚴寺)'란 현판이 눈에 들어온다. '거재수'가 산문을 난장으로 만든 것이 이렇듯 심하였다. 여관 패 붙인 집에는 빈지를 떼고 술과 안주를 내다보이게 하였는데, 시뻘건 갈비를 주렁주렁 달아 놓은 것은 산문 안인 만큼 놀랍기가 그지없다.

여러 청려(淸侶)의 너그러운 대접을 받으면서, 오늘이기에 이 방이 남았다는 일실(一室)에 지친 다리를 들여 놓았다. 어제까지는 백천으로 쇄도하는 '거재수' 손님에게 밀려서, 승려도 절에서 잠을 자지 못하였다 한다.

"새벽 종소리가 이르지 않으면 곧 봄"이니까 자서는 안 된다는 밤이지만, 이튿날 깨서야 봄으로 부르는 금년의 월일이 코고는 동안에 영원의 무덤으로 들어가 버렸음을 비로소 알았다. 오냐! 봄은 잃었는지 몰라도, 그보다 더 따뜻한 지리산 어머니의 품이 이제부터 나를 안으신다.

　찾아도 못보던봄 절로이리 널렸도다
　어디가 숨으셨다 어느사이 나오신고
　가서도 저러시리니 지켜본다 하리오

(이 아래는 『지리산』이라 하여 따로 일 편을 만들겠습니다.)

해제

1

『심춘순례』는 육당 최남선(崔南善, 1890~1957)이 1925년 봄에 전라도 지역의 역사 유적을 돌아보면서 쓴 기행문이다. '심춘(尋春)'은 "봄을 찾아 간다"는 뜻이다.

최남선은 국토를 순례하는 목적과 태도에 대해 "조선의 국토는 산하 그대로 조선의 역사며 철학이며 시며 정신으로", "나는 조선 역사의 작은 한 학도이며 조선 정신의 어설픈 한 탐구자로서 진실로 남다른 애모 탐미와 함께 무한한 궁금스러움을 이 산하대지에 가지고 있기" 때문이라고 『심춘순례』 서문에서 밝히고 있다. 일찍이 이광수가 언급했듯이 최남선에게 여행은 "결코 한유(閑遊)의 여행도 아니고 탐경(探景)의 여행도 아닌, 스스로 이름 지은 것과 같은 순례"였다. 조선의 역사며 철학이며 시며 정신인 조선의 국토와 산하 대지가 최남선에게는 모두 성지(聖地)요 영경(靈境)이었기 때문에, 이러한 곳을 돌아보는 여행은 곧 '성(聖)'스러운 '순례(巡禮)'였던 것이다.

최남선은 1925년 3월 28일(토요일, 음력 3월 5일) 밤에 기차를 타고 경성을 출발하여, 경부선~호남선~경편철도(후의 전라선)를 이용하여 29일 전주에 도착한 후, 29일 오후부터 전주의 오목대(梧木臺)를 시작으로 본격적인 답사를 하기 시작하였다. 이후 전라북도의 금산사 태인 백양사 내장산(내장사) 정읍 줄포 내소사 변산 등과 전라남도의 창평 담양 소쇄원 광주 무등산 동복 유마사 송광사 선암사 곡성(태안사) 등을 거쳐, 4월 22일(음력 3월 30일) 밤에는 지리산 화엄사의 산문(山門)에 도착하여 숙박함으로써, 25일간의 '심춘순례'를 마무리하고 있다.

그동안 흔히 '심춘순례'를 "1925년 3월 하순부터 50여 일에 걸쳐 지리산을 중심으로 한 그 주변"을 순례한 기행문으로 소개하여 왔으나, 이는 잘못된 설명이다. 최남선이 1926년 3월에 단행본으로 간행한 『심춘순례』 서문에서 "작년 3월 하순부터 모두 50여 일간 지리산을 중심으로 한 순례기의 전반을 이루는 것"이라고 밝히고 있으며, 『심춘순례』 말미에 "이 아래는 『지리산』이라 하여 따로 일편을 만들겠습니다."라고 약속한 것으로 보아, 원래는 '지리산'을 포함해 50여 일간의 국토 순례가 이루어졌으나, 전반부 25일간의 답사만을 '심춘순례'라고 일컬은 것으로 여겨진다. 또한 이 '심춘순례'에서는 지리산을 직접적으로 다룬 것도 아니고, 4월 23일부터 지리산을 본격적으로 여행하기 전, 전라북도와 전라남도 지역을 두루 다니면서 작성한 여행기로 사실 '지리산'과는 무관한 것이다.

'심춘순례(尋春巡禮)'를 "봄을 찾아 떠나는 국토 순례"라고 했을 때, 최남선이 지리산 화엄사 산문에 도착한 시점이 음력 3월 30일이므로, 다음날인 4월 1일부터 시작되는 지리산 탐방은 더 이상 봄이 아니라서, 최남선은 여기에 '심춘(尋春)'이라는 표현을 사용할 수 없었을 것이다. 계춘(季春), 만춘(晩春), 모춘(暮春)이라고도 불리는 음력 3월은 봄의 끝 달이고, 지리산 탐방을 시작한 음력 4월 1일은 이미 여름이 시작되는 날이기 때문이다.

2

최남선은 1925년 "삼짇날이 이틀 지난 저녁에" 석전(石顚)과 함께 기차를 타고 남행길에 나섰다. 삼짇날은 음력 3월 3일이니, 그렇다면 이날은 음력 3월 5일로 양력으로는 1925년 3월 28일(토요일)에 해당한다.

석전은 박한영(朴漢永, 1870~1948)의 호로, 불명(佛名)은 정호(鼎鎬)·영호(暎湖)이다. 전라북도 전주 출신으로 어머니가 위봉사(威鳳寺)에서 듣고 온 생사법문(生死法門)에 감동을 받아 출가를 결심하여 19세에 전주 태조암(太祖庵)으로 출가하여 금산(錦山)의 제자가 되었으며, 21세에 장성 백양사(白羊寺)의 환응(幻應)에게 4교(四敎)를 배우고, 선암사의 경운(敬雲)에게 대교(大敎)를 배운 뒤, 구암사에서 처명(處明)의 법을 이어받았다고 한다. 27세인 1896년부터 해인사 법주사 범어사 등에서 불경을 강의하였으며, 1910년 한일합방 이후 만해 한용운과 함께 불교의 명맥을 유지하는데 노력을 기울였고, 해인사 주지 이회광(李晦光)이 조선 불교를 일본의 조동종(曹洞宗)과 통합하려 하자 이를 저지시켰으며, 1913년에는 불교 잡지인 『해동불교(海東佛敎)』를 창간하여 불교의 혁신과 한일합방의 부당함을 일깨웠다고 한다. 이와 같은 석전의 이력과 전라도 지방과의 연고는 최남선이 함께 전라도 지방으로 '심춘순례'를 하는데 많은 도움이 되었을 것이다. 1925년 당시 최남선은 36세, 석전은 56세였다.

최남선은 경부선을 타고 가다가 새벽에 대전에서 호남선으로 바꾸어 타고 함열과 이리를 거친 후, 전주로 향하였다. 이리에서 전주까지는 당시 전북경편철도회사에서 1914년부터 철도 부설 허가를 얻어 영업하고 있던 협궤 단선 철도[24.9km]를 이용하였다. 전주역에 도착한 후에는 위봉사의 전주 포교당에서 29일 오후 3시까지 한숨을 자고 나서, 비가 그치고 구름이 걷히자 오목대부터 본격적인 답사를 시작하고 있다.

최남선은 매일 적지 않은 산을 넘고 물을 건너는 고된 여정을 마무리하고 가쁜 몸으로 날마다 그때 그때 침침한 촛불 아래의 숙소에서 답사기를 작성하였으며, 이를 『시대일보』에 우송하여 한도인(閒道人)이라는 필명으로 '심춘순례'를 연재하였다. 이 연재기는 이듬해인 1926년 3월에 33개의 주제로 편집되고, '순례기의 권두에'라는 서문이 추가된 『심춘순례』라는 단행본으로 백운사(白雲社)에서 간행되었다. 따라서 『심춘순례』 서문과 33개의 주제명은 『시대일보』에 연재할 때에는 없던 것이다. 33개의 주제명을 답사 일정과 관련하여 제시하면 다음과 같다.

	『심춘순례』 주제명[현대역]	답사일 및 답사 지역
1	百濟의 舊疆으로 [백제의 옛 영토로]	3월 28일(음력 3월 5일). 저녁 출발 경성~대전(경부선), 대전~이리(호남선), 이리~전주(경편철도) 29일. 오후 오목대에서 답사 시작, 다가산, 한벽당, 옥류동, 위봉사 전주포교당[숙박] 30일. 완산칠구, 대원사, 항가산, 염불당[숙박]
2	母岳山의 眼界 [모악산의 안계]	31일. 수왕암, 모악산 국사봉
3	三層法堂의 金山寺 [삼층 법당의 금산사]	31일. 금산사의 용안대, 심원암, 혜덕과 소요의 비, 삼층법당, 장육미륵상, 송대 등
4	崔孤雲의 太山遊蹟 [최치원의 태산 유적]	31일. 원평, 태인 폐읍(태산 유적), 피향정, 김죽헌가[숙박]
5	蘆兒의 蘆嶺 [노아의 노령을 빠져]	4월 1일. 동헌, 신태인, 사가리역
6	黃梅의 白羊山 [황매의 백양산]	1일. 네거리, 곰재, 백양사[숙박] 2일. 쌍계루, 당우 순례
7	物外로 藥師로 [물외로, 약사로]	2일. 천제등, 백련암 터, 백양산, 물외암, 약사암, 본사

8	鏡潭의 雲門庵 [경담의 운문암]	2일. 운문암
9	二百年選佛場이든 龜巖寺 [200년 선불장이던 구암사]	2일. 영구산 구암사, 구암사[숙박] 3일. (비옴) 구암사[숙박] 4일. 출발
10	留軍峙 넘어 內藏山 [유군치 넘어 내장산]	4일. 복흥면, 유군이재, 영은암, 벽련암[숙박] 5일. 불출암으로 향함
11	三神山을 끼고 [삼신산을 끼고]	5일. 원적암, 솔틔, 부전, 금호, 정읍 읍내, 점심, (자동차) 줄포(3시), 염전
12	邊山의 四大寺 [변산의 사대사]	5일. 버드내, 실음거리고개, 진서리, (옛길), 환희재, 입암리, 당산, 내소사, 내소사[숙박] 6일. 원암리, 실상용추, 실상사
13	落照의 月明庵 [낙조의 월명암]	6일. 송정, 월명암, 낙조대, 월명암[숙박]
14	一葦로 古阜灣 橫斷 [한 척의 작은 배로 고부만 횡단]	7일. 변산 경관, 진서리(곰소, 범섬), (수로), 상포
15	兜率山, 天王峰, 龍門窟 [도솔산, 천왕봉, 용문굴]	7일. 상암 등마루(충강공 김제민 낙파정 유허비), 장소강, 연기동, 선운사, 만세루, 선운사[숙박] 8일. 선운사 전당순례, 선운사 도솔암, 동불암지 마애불, 용문굴, 참당사, 내원암 [숙박]
16	壺巖을 지나 鎭西華表를 지나 [호암을 지나 진서화표를 지나]	9일. 무장, 산간소로, 선돌, 방골, 구암리, 호암, 부정교, 삼호정, 못백이재, 고창 읍내, 진서화표, 동광정, 신평, 네거리, (자동차), 장산, 평창 폐읍 [숙박] 10일. 이발(오전), 녹천정, 烏木臺(용주팔경), 죽포, [숙박]
17	大石橋 찾아서 潭陽으로 [대석장 찾아서 담양으로]	11일. 장산역~담양(자동차), 송강정, 담양, 오층석탑, 돌짐대, 장산

18	金德齡將軍의 故里 [김덕령 장군의 고향]	11일. 용담대, 반기실, 개선동 석등, 지실, 식영정, 소쇄원, 취가정, 석저산 아래의 성안, 김충장 낚시터, 정각, 충효리, 김덕령 종손집, 서림, 와송정, 샘바위, 원효암 [숙박]
19	聖石林 巡禮 [성석림 순례]	12일. 대웅전 첨례, 무등산행, 마당바위, 입석대, 서흡사 터, 지공너덜, 문바위, 광석대, 규봉암, (점심)
20	無等山上의 無等等觀 [무등산 위의 무등등관]	12일. 무등산 상봉, 뜀바위
21	四十里 瑞石國의 再橫斷 [40리 서석국의 재횡단]	12일. 장굴재, 물통(폭포), 증심사 [숙박] 13일. 당우순례, (무등산 재횡단), 천제등(천제봉), 입석대, 지공너덜, 조탑, 규봉암, 광석, 동복, 도은동
22	造化의 絶唱인 赤壁歌 [조화의 절창인 적벽가]	13일. 장복리, 영신천, 야사리, 방석보, 적벽(채벽), 망미정, 보산리, 노두, 동복 폐읍 [숙박]
23	母岳山中 維摩寺 [모악산 안의 유마사]	14일. 동복 읍내, 역말, 중천, 밀양, 가막재, 도마재, 유마리, 모후산 유마사, 말거리재, 차독박이재, 낙수
24	朝鮮佛教의 完成地인 松廣寺 [조선 불교의 완성지인 송광사]	14일. 신평, 외송, 송광사 [숙박] 15일. 당우 관람, 문적 사보 전람
25	義天續藏殘本의 新發見 [의천 속장 잔본의 신발견]	15일. 송광사
26	臺上臺下의 方丈三千間 [대상대하의 방장 삼천 칸]	15일. 송광사 대위 역내, 설법전, 간당틀, 비사리구수, 보조탑, 하사당, 청운당, 조사전, 백운당, 차안당, 치락대, 국사전, 진영당, 해행당, 불조전, 화엄전, 화엄루, 영산전, 향로전, 대장전, 보제당, 문수전, 관음전, 성수전

27	普照로, 圓鑑으로, 眞覺 으로 [보조로, 원감으로, 진 각으로]	16일. 송광사 속암, 보조암, 부도암, 비전, 남암, 원각국사보명지탑, 동암[은적암], 보 조암, 고봉지탑, 융묘대사탑, 감로암, 원감 국사비, 일람각, 적취루, 원각국사원조지탑, 자정국사묘광탑, 자정암, 보제당(강연회) [숙박]
28	將軍峰 넘어 曹溪水 건 너 [장군봉 넘어 조계수 건 너]	17일. 송광사(오전), 삼청천, 수석정 터, 웅 구재, 치락대, 천자암, 전단향나무, 만세루, 장군봉, 굴묵이, 범의턱거리, 기름바위, 선 암사 경내, 백련암, 대각암, 선암사
29	敎學의 淵叢인 仙巖寺 [교학의 연총인 선암 사]	17일. 불교전문학원실, [숙박] 18일. 선암사 경내 구경[동구, 선암천, 승선 교, 향로암, 비로암, 제일부도정, 제이부도 정, 선돌, 대승암(남암), 조실, 영각, 조계산 선암사, 만세루, 정중탑, 대웅전, 명부전, 불 저전, 팔상전, 대장전, 원통각, 응진전, 진영 당, 달마전, 비단, 북암(운수암), 북전(무우 암), 축성전, 천불전], [숙박]
30	毗盧峰에서 大覺庵까지 [비로봉에서 대각암까 지]	19일. 조계 상봉 등정, 여대의 3부도, 선조 암, 장군수, 향로암, 망운산 백운산, 조계산 상봉, 범바위, 배바위, 비로암
31	荒凉한 大覺國師의 聖 蹟 [황량한 대각국사의 성 적]	19일. 의천대덕, 대선루, 만세루, 호남삼암
32	海東 禪風의 扇揚地인 泰安寺 [해동 선풍의 선양지인 태안사]	20일. 청련암, 동리사 21일. (오전 비), 광자대사, 명적암, 혜철선 사탑, 동일암의 구봉화, 성기암의 신석, 봉 서암
33	蟾津을 끼고 智異山으 로 [섬진을 끼고 지리산으 로]	22일(음력 3월 30일). 대흥사 유허, 거재수, 용서폭포, 구선대, 사성암, 풍월대, 좌선암 행도석, 화엄사 산문

3

1926년 3월에 집필한 '순례기의 권두에'라는 서문을 첨부하여 1926년 5월 10일에 백운사에서 발행한 『심춘순례』의 출간은, 당시 세간의 많은 관심을 모았다. 우선 '심춘순례'를 연재했던 『시대일보』에서는 1926년 5월 24일자에서 단행본 『심춘순례』를 비평소개하고 있다. 전문(全文)을 인용하면 다음과 같다.

사가(史家)의 기행문은 문장가(文章家)의 그것과는 별다른 맛이 있는 것이다. 문장가의 그것이 서정적임에 반하여 사가의 그것은 항상 고고적(考古的)으로 달아난다. 이곳에 사가의 기행문이 일반으로부터 난삽하다는 비난을 사는 이유가 있다. 말하자면 문사의 기행문은 수채화를 보는 것 같고 사가의 그것은 판화(版畵)를 보는 것 같다.

그러나 육당의 기행문, 수필에는 이 말이 들어맞지 않는다. 그의 글은 사실을 탐색하는 학구적 태도가 철두철미로 일관되어 있으면서도 횡으로 그것을 에워싸는 시(詩)가 있다. 즉 사실의 탐색이 씨가 되고 일맥의 시미(詩味)가 날이 되어 그 일맥의 날이 부절(不絶)히 횡왕횡래하여 짜아놓은 일폭의 북포(北布)와 같다. 그 짜아진 눈은 엉성하나 그런데도 거기에는 고음이 있다. 어떤 사람이 최남선 이광수 권덕규 삼씨의 금강산 기행문을 평하여 말하되 육당은 전자로 쓰고 춘원은 초서로 쓰고 애류는 팔분으로 썼다고 하였다는 말을 들은 일이 있음을 기억하나 이것은 어느 점까지 적절한 비유라고 말할 수가 있겠다.

『심춘순례』는 저자가 권두언에서 언명한 것과 같이 마한 내지 백제인의 정신적 지주이든 신악 지리산을 중심으로 한 순례기의 전반이라 한다. 순례는 예찬의 의미와 같다. 그리하여 『심춘순례』는 이 반도를 형성하는 우리들의 조선(祖先)의 국토의 예찬으로 충만하였다. 그러나 거기에 예찬과 동반하는 일미의 애상이 있다. 이것은 현재의 이 종족의 비애가 아니면 아니다.

그 위에 가(加)함에 다수(多數)한 삽화와 지도로써 하였다. 이 책의 후반이 전부 간행된 후이면 이 점에 있어서 이 책은 학생의 참고서로도 완비한 것이 될 줄 안다. 전설과 신화의 고고적 탐구의 무용(無用)을 설하는 사(士)가 있으나 그것은 극언일 뿐이다. 이 의미에 있어서 저자는 조선에 재(在)하야는 사학(斯學)의 독보이라 한다.

이 글의 제목은 '『심춘순례』평 ; 사가(史家)의 기행문을 추후(推詡)함'이다. 비록 "추켜올려 자랑하고 칭찬한다"는 의미의 '추후'에 걸맞게 칭찬 일변도의 소개이기는 하지만, 『심춘순례』의 가치와 성격을 잘 보여주고 있는 평이라고 생각된다.

1926년 6월 1일 춘원 이광수(1892~1950)는 병중임에도 불구하고 『동아일보』에 "육당의 근작 『심춘순례』를 읽고"를 써서 싣고 있다. 여기에서 이광수는 『심춘순례』를 "호남 지방의 여행기"라고 정의하고 있으며, 여행의 목적과 태도를 최남선이 쓴 권두언의 표현을 빌려 자세히 소개하고 있다. 나아가 최남선이 그동안 온 재산을 소진하면서 매진해온 문화 운동에 대해 높이 평가하면서, 그의 국토순례도 조선의 정신을 찾고자 하는 노력의 일환으로 해석하고 있다. 그런데 이광수는 최남선이 기행문을 쓴 궁극적 목적은 그의 종교적 대상인 조선이라는 국토의 조각조각을 대할 때의 감격과 예찬을 스스로 그칠 수가 없고 부득불 그렇게 할 수밖에 없는 진정을 말하려 하였다고 하면서도, 문학가답게 『심춘순례』의 문학적 작품성에 대해 주목하고 있다.

이광수는 『심춘순례』의 문체에 대해 아름답고 예술적인 기행문임을 언급하고 있다. 최남선의 종전 기행문이 전자(篆字)로 쓴 난삽한 글임에 반해, 『심춘순례』에서는 정치하고 간결하고 함축 많은 묘사법, 기경(奇警)하고 해학적인 관찰과 비유, 고(古)·금(今)·아(雅)·학(學)·상(常)의 어휘의 자산자재(自山自在)한 사용 등이 이루어지고 있다고 칭찬하면서, 나아가 한 마디 한 구절이 모두 진정의 유로(流露)도 일자일언도 군것이 없고 구석 빈 것이 없다고 극찬하고 있다. 그리하여 산만하기 쉽고 희작적(戱作的)이기 쉬운 기행문에서 벗어나 세련되고 긴장미를 지닌 기행문이 되었다고 평하였다.

1926년 7월의 『불교』 25호에는 운양사문(雲陽沙門)의 「심춘순례를 읽다가」라는 제하의 서평이 실리고 있다. 운양사문은 권상로(權相老, 1879~1965)의 필명으로 알려져 있다. 권상로가 1896년에 출가했기 때문에 스스로 사문이라고 밝히고 있는 이 서평은 4쪽에 달하는 긴 글이다. 운양사문은 최남선의 박학다식함과 이전의 글과는 다른 『심춘순례』의 평이하고 미려한 문체를 칭송하면서, 필자를 모르고 읽는다면 춘원 이광수의 글로 착각할 정도라고까지 하였다. 그러나 단순한 문장가의 여행기가 아니라 사학도로서 곳곳에서 전거를 바탕으로 한 고증이 이루어졌음에 대해 높이 평가하면서 몇 가지 예시를 들고 있다. 또한 최남선의 '붏교'와 '붉도'에 대한 설명에 주목하고 있으며, 여행기 안에 등장하는 대표적인 시조도 5수나 소개하고 있다. 끝으로 권상로는 서평의 말미에 다음과 같이 『심춘순례』의 아름다움을 격찬했다.

통틀어 말하면 덩어리 채 그냥으로는 마니해(摩尼海)나 산호도(珊瑚島)가 될 것이오, 산산히 바스러트리더라도 금니옥설(金泥玉屑) 편금입단(片錦粒丹) 아님이 없을 것이다. 선생이 지나간 사찰에서는 이 책 한 권의 유진(留鎭)이 문득 금산옥대(金山玉帶)보다 가치가 높을 것이오, 조선불교의 지리, 역사, 전설 아니 더욱 호남의 그것이 어떠한가를 엿보려 하는 자는 이 글로써 남침부낭(南針浮囊)을 삼지 않을 수 없다. 고금래(古今來)에 남국(南國)을 순유(巡遊)하며 기행한 자가 하한(何限)이랴마는 그 모든 중에서 "발췌출류(拔萃出類) 구수병축(俱收幷蓄) 합중장(合衆長) 집대성(集大成)'한 것이 어떤 것이냐고 묻는 자가 있다 하면, 나는 서슴지 않고 『심춘순례』를 소개하려 한다.

4

역자는 청소년 시기에 교과서에 실린 수필 '심춘순례 서'의 미려한 문체와 최남선의 국토 예찬에 매료된 적이 있었다. 그런데 나중에 역사를 공부하면서 그 글은 『심춘순례』의 머리말에 불과하고 뒤에 본문이 있다는 것을 알게 되었다. 이러한 『심춘순례』의 전문(全文)을 모두 읽은 것은, 부끄럽게도 이번의 현대어 작업을 통해서 가능했다. 현대어로 옮기는 과정에서 최남선의 살아 있는 명문장이 혹시라도 필자의 무딘 손에 의해 죽은 문장으로 바뀌지 않았을까 걱정된다. 미흡한 점이 많더라도 독자 여러분의 너그러운 양해를 바란다.

"한 방울의 물만으로도 충분히 큰 바다를 맛볼 수 있고, 한 조각의 저민 고기만으로도 충분히 솥 안에 들어있는 음식 전체의 맛을 알 수 있다."는 말이 있다. 그러나 이 말이 최남선의 『심춘순례』에는 적절한 표현이 아닌 것을 깨달았다. 나무 몇 그루만으로 깊은 숲의 참맛을 알 수 없듯이…. 아무튼 이 책을 통해 독자 여러분들의 국토애가 깊어진다면, 역자로서는 큰 보람을 느낄 것이다.

최남선 한국학 총서를 내기까지

현대 한국학의 기틀을 마련한 육당 최남선의 방대한 저술은 우리의 소중한 자산이다. 그러나 세월이 상당히 흐른 지금은 최남선의 글을 찾아보는 것도 읽어내는 것도 어려워졌다. 난해한 국한문 혼용체로 쓰여진 그의 글을 현대문으로 다듬어 널리 읽히게 한다면 묻혀 있던 근대 한국학의 콘텐츠를 되살려 현대 한국학의 발전에 기여할 것이었다.

이러한 취지에 공감하는 연구자들이 2011년 5월부터 총서 출간을 기획했고, 7월에는 출간 자료 선별을 위한 기초 작업을 하고 해당 분야 전공자들로 폭넓게 작업자를 구성했다. 본 총서에 실린 저작물은 최남선 학문과 사상에서의 의의와 그 영향을 기준으로 선별되었고 그의 전체 저작물 중 5분의 1 정도로 추산된다.

2011년 9월부터 윤문 작업을 시작했고, 각 작업자의 윤문 샘플을 모아 여러 차례 회의를 통해 윤문 수위를 조율했다. 본격적인 작업이 시작된 지 1년 후인 2012년 9월부터 윤문 초고들이 들어오기 시작했고 이를 모아 다시 조율 과정을 거쳤다. 2013년 9월에 2년여에 걸친 총 23책의 윤문을 마무리했다.

처음부터 쉽지 않은 작업이리라 예상했지만 실제로 많은 고충을 겪어야 했다. 무엇보다 동서고금을 넘나드는 그의 박학함을 따라가는 것이 쉽지 않았다. 현대 학문 분과에 익숙한 우리는 모든 인문학을 망라한 그 지식의 방대함과 깊이, 특히 수도 없이 쏟아지는 인용 사료들에 숨이 턱턱 막히곤 했다.

　최남선의 글을 현대문으로 바꾸는 것도 쉽지 않았다. 국한문 혼용체 특유의 만연체는 단문에 익숙한 오늘날 독자들에게는 익숙하지 않았다. 그렇다고 문장을 인위적으로 끊게 되면 저자 본래의 논지를 흐릴 가능성이 있었다. 원문을 충분히 숙지하고 기술상 난해한 부분에 대해서는 수차의 토의를 거쳐 저자의 논지를 쉽게 풀어내기 위해 고심했다.

　많은 난관에 부딪쳤고 한계도 절감했지만, 그래도 몇 가지 점에서는 이 총서의 의의를 자신할 수 있다. 무엇보다 전문 연구자의 손을 거쳐 전문성을 확보했다는 것이다. 특히 최남선의 논설들을 현대 학문의 주제로 분류 구성한 것은 그의 학문을 재조명하는 데 도움이 될 것으로 본다. 또한 이 총서는 개별 단행본으로 구성되었다는 것이다. 총서 형태의 시리즈물이어도 단행본으로서의 독립성을 유지하여 보급이 용이하도록 했다. 우리들의 노력이 결실을 맺어 이 총서가 널리 읽히고 새로운 독자층을 형성하게 된다면 더 바랄 나위가 없겠다.

2013년 10월
옮긴이 일동

임선빈

공주사범대학 역사교육과 졸업
한국학중앙연구원 한국학대학원 역사학과 졸업(문학박사)
충남역사문화연구원 충청학연구부장
현 한국학중앙연구원 전임연구원

• 주요 논저
『조선초기 외관제도 연구』(1998)
『조선은 지방을 어떻게 지배했는가』(공저, 2000)
『조선사회 이렇게 본다』(공저, 2010)
『조선을 이끈 명문가 지도』(공저, 2011)
「조선시대 해미읍성의 축성과 기능변천」(2011)

최남선 한국학 총서 1

심춘순례

초판 인쇄 : 2013년 11월 25일
초판 발행 : 2013년 11월 30일

지은이 : 최남선
옮긴이 : 임선빈
펴낸이 : 한정희
펴낸곳 : 경인문화사
주   소 : 서울특별시 마포구 마포동 324-3
전   화 : 02-718-4831~2
팩   스 : 02-703-9711
이메일 : kyunginp@chol.com
홈페이지 : http://kyungin.mkstudy.com

값 24,000원
ISBN 978-89-499-0968-4 93810
ⓒ 2013, Kyung-in Publishing Co, Printed in Korea